江山幽处 客重经

客重经

一个家族的诗歌史

柳冬妩

著

南方出版传媒
花城出版社
中国·广州

图书在版编目（CIP）数据

江山幽处客重经：一个家族的诗歌史 / 柳冬妩著
. -- 广州：花城出版社，2018.4
ISBN 978-7-5360-8559-6

Ⅰ．①江… Ⅱ．①柳… Ⅲ．①古典诗歌－诗歌研究－
中国－清代 Ⅳ．①I207.227.49

中国版本图书馆CIP数据核字(2018)第000706号

出 版 人：詹秀敏
责任编辑：张　旬　邹蔚昀
技术编辑：薛伟民　凌春梅
封面设计：WONDERLAND Book design
　　　　　仙德 QQ:344581934

书　　名　江山幽处客重经：一个家族的诗歌史
　　　　　JIANG SHAN YOU CHU KE CHONG JING：YI GE JIA ZU DE SHI GE SHI
出版发行　花城出版社
　　　　　（广州市环市东路水荫路 11 号）
经　　销　全国新华书店
印　　刷　佛山市浩文彩色印刷有限公司
　　　　　（广东省佛山市南海区狮山科技工业园 A 区）
开　　本　880 毫米×1230 毫米　32 开
印　　张　12.875　1 插页
字　　数　300,000 字
版　　次　2018 年 4 月第 1 版　2018 年 4 月第 1 次印刷
定　　价　42.00 元

如发现印装质量问题，请直接与印刷厂联系调换。
购书热线：020－37604658　37602954
花城出版社网站：http://www.fcph.com.cn

自　序

商量文字是前缘

　　清乾隆、嘉庆年间的诗人窦国华云："竹屋挑灯历九年，商量文字是前缘。"许多年后，我才知道我生活了二十年的庄子上，在清嘉庆、道光年间，还曾有一位诗人在这里对酒高歌："一杯两杯难尽量，三杯五杯还嫌轻。教儿酌我以大斗，愿学当年刘伯伦。醉后临风发长啸，此恨茫茫向谁告……"他叫窦桂林，号一山，是窦国华的族孙。民国《霍邱县志》载有窦桂林小传。窦国华五代孙、诗人窦以蒸撰有《一山先生传》，谓窦桂林"肇罗观察讳国华之族孙，幼随父守智依观察以教养，天资聪敏过人，而性尤笃学不倦，观察家既富有藏书，先生因得尽读之，号称博洽，诗才尤高绝"。窦桂林深受族祖窦国华的教诲和影响，读书甚多，诗才清逸，以教书为生，名播六安、寿县一带，各地争相延聘。霍邱《安丰窦氏族谱》记载，其"品学兼优，诗尤擅"。窦桂林著有《撷蘅轩诗文集》，太平天国战乱后散佚，窦以蒸抄得遗诗百余首，刻录成《撷蘅轩诗抄》。在窦桂林的遗诗中，与窦守谦、窦守愚、窦荣昌的唱和赠答之作，占了相当大的比重。窦桂林笔力雄壮，其诗博大雄浑，深远超逸，有盛唐气象。

　　洪集窦氏家族是皖西清代著名的诗歌世家，聚灵淑之气于一门，风雅祖述，前薪后火，息息相继。离现在最近的一位窦氏诗人，可能是窦桂林的侄孙窦以云（1876—?），号缙卿，与窦桂林一样，也是家乡远近闻名的塾师。2016 年，我在管笠于 1925年出版的诗集《雪庐诗草》中，读到《附录·窦缙卿中表杨花七律四首》，这是窦以云留下的仅有的四首诗。管笠曾留学日本弘文学院，先后做过湖南督军张敬尧、民国总理许世英的幕僚和国史馆编修。管笠的哥哥管笛也曾留学日本，归国后创建了上海巡警学堂。管笛、管笠与窦以云是表兄弟，他们的母亲是窦以云的姑姑。管笠在《先妣考事略》中言其母窦氏"系出名门，幼娴母训"，并多次在诗中写到窦以云：

> 独吹清气化文章，风雅由来最擅场。
> 赢得赠诗三百首，不辞萧瘦到归装。
>
> （《送塾师窦缙卿暑假归里》）

> 满地绿云下夕阳，夏初景色最清苍。
> 遥山一曲青如幄，多少深藏古树庄。
>
> 野鹤闲云共起居，芒鞋踏送夕阳徐。
> 笑侬那有烹鲜想，叉手溪边看打鱼。
>
> （《孟夏同塾师董琢堂窦缙卿自外归》）

与窦以云同为塾师的董琢堂，是现代著名作家李霁野的塾师，也是李霁野在散文中提及最多的一位老师。董琢堂在民国初年任叶集明强小学国文教员，其学生韦素园、张目寒、台静农、韦丛芜、李霁野，因为与鲁迅办过未名社，都成了现代文学艺术史上的著名人物。

民国初年，我曾祖父、曾祖母带着我爷爷，从霍邱县龙潭妙岗村，迁到几十里外的洪家集龙井沿上，与窦以云家毗邻而居。窦以云的夫人朱氏，是我曾祖母朱氏的姑姑。

20世纪50年代初，我父亲还是一个儿童，但对窦以云印象很深。窦以云晚年，仍在自家庄园开设私塾，其家为四合院，四合院里数十棵桂花树，比碗口还要粗。父亲说，窦以云是投水而死，具体哪一年已经记不清了。窦以云的坟就在庄子旁边的竹园里。20世纪80年代，他的一个孙子以国民党老兵的身份，从台湾回到离开四十多年的庄子上。庄子已经面目全非，窦以云留下的四合院，在"文革"期间被毁，四合院周围的圩沟也早已被填平。在过去的宅基地上，窦以云的几个曾孙住着横七竖八的几间土坯草房。老兵离开后，窦以云的坟前立起了一块墓碑。我那时候已经开始写诗，在老兵回到庄子上的那个夏天，我的一首诗被安徽人民广播电台选播。那时候，我完全不知道庄子在清代曾经出了多位秀才和诗人，但经常听到老人们谈论一位窦氏先生。许多年后，我终于在窦氏族谱里查到他的确切姓名：窦以云。

窦以云的一个曾孙是最后离开庄子的人，我叫他三表叔，他与诗人窦桂林一样嗜酒，家里经常缺钱花。1993年夏天，我与三表叔和他的儿子，在上海嘉定县做修路工。三表叔感叹，托人写了几封信，跟台湾要钱，都没有回音。我立即自告奋勇帮他写了一封信，发往台湾。信是以他儿子的身份写的，编造了交不起学费而失学的痛苦经历，表达了渴望读书的迫切心情。三表叔很快收到了一笔数目不小的"学费"，这笔"学费"很快变成了他的酒钱。2016年，我在1988年出版的霍邱《安丰窦氏族谱》里查到了老兵的信息：生于1926年，其夫人生于1955年，1972年生下第一个儿子。老兵直到四十五岁之后才结婚生子。据此推测，他在台湾的生活，并不容易。反复揣摩他的族谱记载，我想起了二十多年前的那封信，愧疚之情在心头油然而生。在"侄孙"的信中，老兵也许看到了家族文化复兴的一线希望。

我家的老屋是三间土墙瓦房，与三表叔的草房紧挨在一起，在空置了数年之后，于2006年拆除。庄子上只剩下三表叔的两间草房，土坯墙上开出多条裂缝，周围用几根树桩撑着。2001年秋天回乡，我曾以《空心的村庄》为题写过一首诗：

　　　门前的路被杂草掩盖/我只能在记忆中分辨出来/一些亲切的门已不存在/剩下的门一直关着/锈迹斑斑的锁/等待偶尔的打开和最终的离去/钥匙锈在千里之外的背包里/藤蔓蜷起衰老的身子/从灰黄的土墙上泛出新绿/稻草在房坡上一天天烂下去/几只麻雀啄食着稀薄的阳光和自己的词语/跳跃的技艺与众不同/与众不同而显得怪异孤立//背着无处不在的绿色屏障/故乡的村庄像我的血液摇晃不定/我自己早已是瞬间的一瞥/就像这些沉默的树叶/在沉默的小路上，眨眼之间长出/更多沉默的树叶/风轻轻托起枝头的寂静/熟悉的人越来越少/陌生的狗越来越多/我望它们一眼/它们也望我一眼/我真想像狗一样对着村庄狂吠几声/让沉睡的鸟儿一只只苏醒

2010年，家乡统一平整土地，三表叔的草房和我家的宅基地都被改成了稻田。2014年夏天回乡，我第一时间造访了这片稻田。浓烈的阳光里，几只白鹭突然从稻田里飞起。在腾空而起的瞬间，似乎还在回头打量着我，它们翅膀的扑腾声，打破了乡村的寂静。我吓着了它们，它们也吓着了我。它们不清楚，这块稻田储藏着我密码般的记忆。我这个不速之客闯入了它们的领地，而它们则更深地侵入了我记忆中的领地。眼前的这一大块稻田，我在记忆中把它还原成老窦家的小园子，我家的老房子、菜地、竹园、池塘，我曾祖母、祖母和窦以云的坟地……

古今多少事，尽付稻田中！

在家乡洪集，百分之九十以上的庄园，都在最近几年变成了

田野的一部分。打开现在的百度地图，还能看到窦老楼、窦家东楼、窦家西楼、窦老圩、窦西寨等地名，但作为庄园的形态已经不复存在。这些庄园都有着悠久的历史，绵延着一个家族的命脉、血脉与文脉，让人看到诗书继世、绵绵瓜瓞的文化传承。窦老楼是几代诗人窦国华、窦守谦、窦守愚、窦荣昌的唱和之地。窦家东楼是诗人窦以蒸、窦以煦居住地，窦家西楼是诗人窦以燕、窦以显居住地，东西两楼是"窦氏四隐"著书立说的地方，是清末当地名士的雅聚之地。窦老圩由中国第一条铁路隧道（台湾基隆狮球岭隧道）的监修者、记名提督、浙江处州镇总兵窦如田创建于咸丰年间，"五四运动总司令"陈独秀的父亲曾在窦如田的家里当塾师，并病死在他家里，多年后窦如田的孙女成了陈独秀的儿媳。窦西寨是由诗人窦如郊创建于咸丰年间，窦以勖在这里开设惜阴书屋，河南进士吴学曾把他的女儿嫁到这里。民国总理许世英感叹："霍邱窦氏为汉大司空安丰侯融之后裔……今县以南甲第相望数十里不绝。近代数吾皖世族，若桐城张氏、合肥李氏、寿春孙氏，虽仕宦较显，然求如窦氏之繁衍长久易代不衰，殆犹弗及。"清代陆军部尚书、两江两广总督周馥云："窦氏为吾乡鼎族，文章政事代有伟人。"清代著名学者罗正钧也赞叹霍邱洪家集窦氏家族"家承阀阅，以诗学相传，至于今数世绵绵不绝而益昌"。窦氏家族所筑庄园，都将书屋、书斋作为主要构件，发挥了庄园的藏书、读书、治学的功能。这些窦氏庄园有着稳定的结构，耕读世家，代代相继，百年不易。但这些庄园终究经不起"数千年未有之变局"带来的天崩地坼与山川陵替。最近几年，我曾经多次回乡，在窦老楼、窦家东楼、窦家西楼的遗址上反复寻觅，那些珍贵的历史遗迹已经荡然无存，毫无一点痕迹。民国年间曾经刻印过诗歌合集《百庆集》的窦家中楼，已经找不到具体方位。存在着的一切，遭受着时间的风化，进而消逝在历史的幽深处，了无痕迹。

唯有诗歌可以应付岁月沧桑，将历史浓缩为可以触摸、心灵可以感受的某种东西。九年前，在家乡镇志的一面纸上，我看见了十几位清代窦氏诗人的简介，感到非常惊讶，之前我从未听说过他们。后来在族谱上查到，我的小学、初中同学和一起外出打工的老乡中，都有他们的很多后人，但这些后人已经不知道自己的祖先是诗人，也不太关心自己的祖先是不是诗人。镇志的那面纸上也有我的介绍："以打工诗人闻名全国，并出版了打工诗集。"与窦氏诗人在一面纸上相遇之后，我开始寻找他们的著述，寻找他们游宦之地的各种志书，寻找他们的族谱，寻找与他们关系密切的清代文人。在被历史遗忘了的角落里，终于找到他们尘封已久的十几种诗文集。1811年刻本《挹青草堂诗钞》，由羊城著名刻字铺西湖街六书斋刊刻，写刻颇精，是窦国华存世最久的一部诗集，收入诗歌一千多首，是后来刊刻的《挹青堂诗选》和《挹青堂诗集》的三倍。这部一百五十多年前便已失踪了的诗集，经过我的不懈查询，终于找到了它的下落。窦氏家族的一些诗集，经历了颇为坎坷的命运。《窦氏四隐集》是1928年刻本，实际上只是"窦氏三隐集"，只刻印了窦以蒸、窦以燕、窦以显的诗，窦以煦的诗没有来得及刻录。这部诗集的刻录者是窦以显长子窦贞光，民国年间，他曾在洪集窦家东楼创办扶风小学，自任校长，经费来源由窦族公祠田收入和地方捐献，学生上学免收学费，课本、作业本由学校发给。1949年后，窦贞光曾被劳改三年，"文革"中屡遭批斗，于1996年去世，享年93岁。为保护家族的诗歌文献，窦贞光想尽了一切办法，但窦以煦的诗稿还是遗失了。在我眼里，窦氏家族诗人残留下的每一首诗，都是重构的精神传记，我仍然能真切地感受到他们心灵的呼吸和历史的体温，体悟到一个家族的盛衰演变、一个个诗人的生命体验、精神世界及其审美意识。

窦氏诗歌世家与江淮地域文化之间存在着天然的、密切的、深度的联系，地域文化潜移默化地对诗人的人文个性产生濡染，成为他们与异质文化进行比较、判断、选择的天然依据，同时也是群体间交往的自然动力和诗歌创作的原生符号。今天，在洪集当代作家徐贵祥、穆志强和我的作品里，也熏染着浓郁的地域文化色彩。即使我们远离乡园，也无法摆脱本土文化对自己骨血的渗透。两百年前的窦氏小园雅集，与今天的洪集"作家村"，被一方水土的血脉贯通在一起。而我与客居岭南的窦国华、窦守谦、窦守愚、窦荣昌，在情感上更容易亲近。读到窦国华的"泚水梦悬乡树畔，端山春到署楼东"，我的眼前便出现家乡的那条母亲河——淮河的主要支流，古时称之为泚水的汲河。最近几年几次回乡，我都专门去汲河边走动、伫立、沉思，对着河水吟诵窦国华的诗歌："蓼城何日聚，白首动离情。河上重携手，天涯又送行。鸟飞还有意，花落听无声。不语残阳下，桥边水自清。"读窦守谦"分明淮上月，夜夜照端州"，也让我为之怦然心动，两百年的时间距离随之归零。在某种意义上，我研究他们的诗歌，就是在为故乡立传，建构乡园的文化记忆。

1806年冬天，五十多岁的窦国华前往岭南担任广东肇罗道（后来又兼署广东粮道）时，曾写《路经皋城，张右垣饯我东郊，诗以谢之》："萧萧班马动征声，小立河梁惜别情。兰叶风中君细咏，梅花香里我孤行。漫山烟雾迷鸿雁，近水楼台住弟兄。他日岭南频梦远，难忘一醉傍东城。"岭南游宦十年，窦国华寄兴吟咏，笔墨得江山之助，将粤中山水一一收入诗囊。他广泛地描绘了岭南各地的名胜古迹、山川形势、历史文化、人情风俗、花鸟虫鱼，从他的诗歌中，不仅看到尚存的事物，还看到消失了的东西。窦国华还出使越南，护送暹罗国贡入都，协助几任两广总督打击海盗，并以诗歌记之，这些诗歌反映那个时期广东的重大历史事件，蕴含着丰富的社会内容。窦国华当时未曾想到，两百多年后，来自他故乡洪集的一个诗人，也对岭南大地产生情感的皈依，不仅成了户籍意义上的广东移民，还成了在精神上高度依恋这片土地的新岭南人。窦国华的《纳凉》写到了岭南特有的木鱼歌："风前小扇试轻罗，簟展虚亭月色多。何处清音来水外，粤人争唱木鱼歌。"木鱼歌简称木鱼，也叫摸鱼歌，是广东传统说唱艺术之一。想不到两百多年前，来自故乡的诗人暗生幽情，已经把木鱼歌写进诗里，让我感到很亲切、很有趣。2016年，荷兰汉学家柯雷先生专程来东莞，跟我聊了半天的"打工诗歌"，并帮他的导师搜集有关木鱼歌方面的书籍。而此时，我正在研究窦国华所写的木鱼歌。这包蕴着怎样的玄机和宿命，让我禁不住想起窦国华出使越南途中所作的诗歌："西粤南关道，千乡一夕心。平生得琴趣，行处有知音。"

当然，窦国华及其家族诗人的诗歌创作，其意义不仅仅体现在乡关书写与岭南书写上，他们的诗歌还承载着历史的幽深和无语。读他们的诗，就是游走于历史幽深的脉动里，使很多干瘪苍白的正史片段变得更加丰盈瑰丽，变得更加真实。在历史上曾经显赫的窦氏诗人，已经被人们遗忘了大半个世纪。他们诗歌的"边角废料"，却恰恰勾勒出历史形成的另类逻辑。历史的真相、历史的秘密就在家族诗歌最微小的基因中被编定。钱穆先生在《略论魏晋南北朝学术文化与当时门第之关系》一文中说："欲研究中国社会与中国文化，必当注意研究中国之家庭。"家族文化是中国传统文化的重要组成部分。清代窦氏诗人与中国传统文化的主潮脉息相连，互感互动，当把他们放置在广阔的历史环境、文化背景和文学语境中进行观照时，他们的诗歌显示出独特的价值和意义。霍邱窦氏诗人世家经历了乾隆盛世、鸦片战争之前的粤海动荡、咸同之际的太平天国战争，以及前所未有的文化变革，即晚清以来"数千年未有之巨劫奇变"和20世纪中期的大转折。从乾嘉时期的诗人窦国华开始，窦氏诗人就有一种强烈的"以诗存史""以诗补史""史诗互证"的创作意识，从他们的诗中可以看出时代的历史侧面，体现了诗歌的史学价值。"诗史"始见于晚唐孟棨的《本事诗》，至宋代而成为中国诗学中的一个重要概念。《本事诗》评杜诗云："杜逢禄山之乱，流离陇蜀，毕陈于诗，推见至隐，殆无遗事，故当时号为诗史。""诗史"这个概念兼具了诗学和史学的某种特质与功用。清初著名诗人钱谦益不遗余力为诗史说张目，认为诗"足以续史"。陈寅恪在《柳如是别传》中称赏其晚年所作《投笔集》"实为明清之诗史，较杜陵犹胜一筹，乃三百年来之绝大著作也"。经过钱谦益、朱彝尊、黄宗羲、吴伟业、赵执信等人的提倡和坚持，"诗史"在清代成为一种较有系统的诗学思想，"诗史"的价值功能得以充分挖掘。窦国华及其他窦氏诗人的诗歌，并非仅仅由格律、声调的形式层面或者宗唐、宗宋的观念理路堆砌而成，而是融合了清代的时代精神、学术思想，以及士人心态等文化内核的有机统一体。窦氏家族诗人的创作，就是一部大清王朝的袖珍史，就是一部清代士人心态的演化史，也可以看作是一部中国社会的变迁史。他们的诗歌，让我们返回到历史的幽深之处，更真实地去把脉历史的疼痛，去追溯史实尽可能本真的生动。

我相信，也只有诗歌能烛照历史的隐微幽暗之地。对于那群湮没在历史深处的窦氏诗人，我承担了与他们接续前缘的使命。"江山幽处客重经"。他们留在历史幽深处的回音，值得我仔细聆听。他们已经等待我很久了。我注定要与他们在汲河之滨、在岭南、在历史的幽暗之地相遇。正如清代桐城派著名诗人刘开与窦国华所唱和的那样：

> 千里看山到粤东，却愁沧海不能穷。
> 不图使者先知我，自识匡君早忆公。
> 文字缘成萍水后，化工笔在暮云中。
> 七星绝境归诗卷，愿乞馀芳斗蕙风。

目　录

第一辑　诗人谱系史

第二辑　家族文献史

第三辑　园林史

第四辑　岭南史

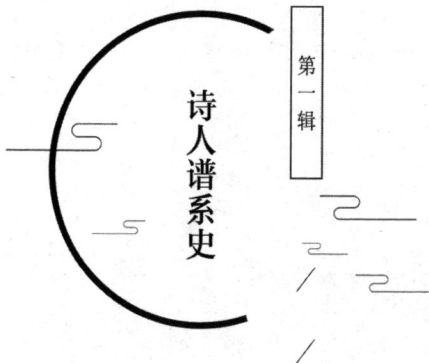

第一辑

诗人谱系史

第一章　窦国华生平事迹考述

先秦至清代的古典诗歌是极为珍贵的文化遗产，但谈到古典诗歌，人们津津乐道的往往是唐、宋之前，有意无意地忽略和轻视了清诗。清代是中国古典诗歌作为诗歌发展主体的最后一个朝代，尽管戏曲和小说在清代取得了辉煌成就，但诗歌仍然拥有着强劲的生命力，清诗的数量与质量绝不逊色于之前的任何一个朝代。诗歌仍是清代最重要的文学体式，在各种体裁中，若论文化典籍之浩瀚无涯，以诗歌为最。徐世昌认为清诗在"诗教之盛""诗道之尊""诗事之详""诗境之新"等四方面"均异前规"。就连卡夫卡这样的现代文学之父，也被清诗所折服。在给未婚妻菲丽斯的情书中，他多次提到清代诗人袁枚，称袁枚的《寒夜》"是一首值得回味的诗"。清人直继唐宋、超迈元明，创作了大量诗歌作品，印行的诗文集数以万计。20 世纪 80 年代，著名学者袁行云的《清人诗集叙录》是当时介绍清人诗集最为宏富的一部学术著作，共八十卷，近二百万言，著录了两千五百多位清代诗人的诗集，对作者的生平和版本都进行了考订。袁行云在序言中认为，"清人诗集约七千种。连同诸总集、选集及郡邑、氏族、怀旧、唱和等辑集，计当三万家以上"。柯愈春先生所著《清人诗文集总目提要》是迄今为止收录清人诗文集最为详尽的巨著之一，收入清人诗文别集存世者约四万种，著者近两万家。李灵年和杨忠先生主编的《清人别集总目》是一部全面清理清人别集的目录学巨著，录入了清人的四万多种别集，这个数字是唐人的十余倍，宋人的三至四倍，元代诗人和明代诗人的六至七倍。由于研究薄弱，在浩如烟海的清诗中，只有像袁枚这样极负盛名的诗人才会受到研究者的关注，而其他诗人一些艺术价值和文献价值极高的诗歌却未能得到发掘，为世所用。

在《清人诗集叙录》中，袁行云先生介绍了窦国华的诗集《挹青堂诗选》，称他的诗"有章法""格调遒古"。《清人诗文集总目提要》著录了窦国华家族的多部诗集：窦国华《挹青堂诗选》、窦守谦《红药园诗集》、窦守愚《槐阴屋诗集》、窦荣昌《延绿阁诗选》、窦桂林《撷蘅轩诗钞》、窦如祁《晥南书屋诗稿》、窦以燕《爱日轩诗草》、窦以显《存诚山房集》、窦以蒸《颍滨居士集》。《清人别集总目》著录了二十七位清代窦氏诗人，其中窦国华家族占了十一位，特别引人注目。尽管如此，面对海量的清代诗歌，窦国华仍然是长期被埋没的清代诗人之一。

作为崛起于清代乾嘉诗坛的优秀诗人，窦国华有自己的独立诗风，成就巨大，在当时名重鸡林。1798 年，左辅时任霍邱知县（后擢湖南巡抚），他对窦国华"心慕者久之，及抵霍，访其素行无异于曩日之所闻。接见时言论丰采欢如平生，读其诗，清和之音泠如振玉，妙无轻绮之习险怪之词，山水方滋，性情独得，《佳园二十咏》则胎原颜谢、颉颃李杜，岂特文资道力是真，诗杂仙心，至此令人叹观止矣"。1797 年冬，新任阜阳知县宁贵路过霍邱，"官齐道及邑中风雅士以窦君霁堂为最。君家筑小园，种竹莳花，吟风啸月，四方名宿争相结纳，联句于松屏萝径、霞梁水榭之间，殆无虚日。予读其《佳园二十咏》，清浑庄雅，嗣响三唐矣"。这年冬，桐城诗人吴贻沅在宁贵府中得窦国华诗歌一编，赞"其诗壮阔如黄金在冶，而宝光之灿烂如绛云在霄，而舒卷之自如也"。翰林院庶吉士、白鹿洞书院主持陈观光赞窦国华"咏古游览诸作，辞质而洁，味隽以长，寄托遥深，因言见道，大合乎敦厚温柔之旨，坐而言者，起而行，观其诗如见其人矣。"1806年，翰林院编修、端溪书院主讲、广东著名诗人刘彬华称窦国华"气象粹然"，"无所不窥，而枕葄则一主于杜。故其诗或鲸鱼碧海，雄伟绝伦；或翡翠兰苕，鲜新夺目。至于发抒忠爱，自道性情，则见于纪恩诸作；沈郁顿挫，浑脱瀏漓，则见于怀古诸作。皆驭驭乎入子美之室，所谓本性情之正以发为正声者，其在斯乎抑。"钦点翰林院庶吉士、嘉庆十四年御史何元烺赞窦国华"笔墨得江山之助"，"追步曹刘，衙官屈宋"。1810年，广东巡抚（曾两次代理两广总督）韩崶曾与窦国华"共事乡闱场务，暇时以诗唱和"，赞窦国华诗歌"温柔敦厚，得三百之遗"，"皆从至性流露，驭驭乎入老杜之室焉"。从中可以看出窦国华诗歌在清代中叶所享有的声誉。窦国华是《同治霍邱县志》着墨最多的人物之一，该志还录入了萧景云为《挹青堂诗选》所做的序，但遗憾的是没有收入窦国华的诗歌。在当代，不单在清诗研究中，就是在有关霍邱的历史人文介绍中，窦国华也被遗漏了，几乎是一片空白，其知名度远远低于另一位在广东做官的霍邱清末诗人、收藏家裴伯谦。但将裴伯谦的《睫闇诗钞》与窦国华的《挹青堂诗选》稍做对比，无论是作为名宦，还是作为一名诗人，裴伯谦都难以望其项背。点校《挹青堂诗选》，笔者深深惋惜于窦国华的大量杰作被尘封在历史的记忆深处，而使其声名不彰。

窦国华，洪家集人。乾隆庚子举于乡，大挑四川知县，擢江西南康守。多善政。西江士民有"召、杜重生，龚、黄再见"之誉。后擢广东肇罗道。肇罗所辖十六属，皆近海疆，洋匪出入，屡为民患。国华警备严整，往来侦伺，盗无敢犯境者，民倚以安。东安民某或指为盗，株连数十人，已诬服。国华察其冤，下县平反，果系怨家仇陷，立释之。东安民感其德，为建生祠。

——《同治霍邱县志·卷十·宦绩》

窦国华，安徽人，年五十岁由举人大挑一等，分发四川试用知县，遵工赈例加捐知府，双单月即用。嘉庆九年八月内用江西南康府知府，嘉庆十年十月内用广东肇罗道。

《清代官员履历档案全编》（中国第一历史档案馆馆藏，华东师范大学出版，第493页）

研究窦国华及其诗歌，许多工作都必须从零做起，第一步得考证其生平。知人论世似乎是研究古典诗歌所遵循的一条法则。所谓知人论世，就是欲知其诗，必知其人。从作者的个性和生平方面来解释作品，是一种最古老和最有基础的诗歌研究方法。但自20世纪以来，许多理论家似乎对这一研究方法提出了质疑。1917年，托马斯·艾略特在《传统与个人才能》中提倡："诚实的批评和敏感的鉴赏，并不注意诗人而注意诗。"因为诗歌的意义、结构和价值存在于已经完成的、独立存在读者面前的文本本身。一件作品的好坏，和作品之前的东西是没有关系的，只取决于它形成之后的状态。作品形成之前什么也没有，作品这一形式一旦完成确立，也就什么都有了。正如瓦莱里所言："我的悖论之一正在于此——了解诗人的生平对于我们应该如何去领会其作品，如果说不是有害的，也是无用的。我们对作品的领会在于要么从中得到享受，要么从艺术上受到启迪和发现问题。……对于荷马的生平我们一无所知，但《奥德修纪》的海洋之美并不因此而损失丝毫……对于《圣经》的诸位诗人、《传道书》的作者以及《雅歌》的作者，我们又所知几何呢？但这些古老篇章的美并不因此而稍有减损。"而面对诗人魏尔伦与维庸，瓦莱里又只好声称："但这一次，生平问题不可避免。问题摆在我们面前，我得去做我方才指责过的事情。"瓦莱里这样提倡"纯诗"的人，也承认了解维庸和魏尔伦的生平际遇是必不可少的。但"知人论诗"的这个前提，恰恰是文本本身。在读了窦国华的几百首诗歌之后，认识到这些文本潜藏的艺术价值之后，我才决定考证窦国华的生平事迹。

1. 窦国华生卒年考

窦国华（1752—1815），一名青云，字霁堂，号黻轩，安徽霍邱县洪家集（今六安市叶集区洪集镇）人。其祖父叫窦瑞，其母张氏，其父窦梦熊。同治《续修霍邱县志·选举志·例选》记载："窦梦熊，附贡，候选理问。"同治《续修霍邱县志·人物志·孝友》记载："窦梦熊系观察窦国华之父也。孝事双亲，病则日侍汤药，目不交睫；殁则庐墓数载，事死如生。……居心恬让，见义必为，恤孤赈穷，建桥修庙，善不胜举。"窦氏为当地名门望族，清乾隆三十五年（1770），洪集镇牌坊村尚楼岗东南侧建有安丰窦氏宗祠，1954年被拆除。2012年，窦氏家族在原址上重修窦氏宗祠。

《肇庆历代诗词选》所列的窦国华简介中，标注其生年为"1757—?"。《清人别集总目》所附简介标注为"约1757—约1830"。误判窦国华出生于1757年，其依据来源于袁行云先生的《清人诗集叙录》：

> 《丁卯先严大照》注有"年逾半百，方博一官"语，其生岁约在乾隆二十二年。

丁卯为1807年，窦国华已经由大挑四川知县、江西南康知府，擢广东肇罗道。窦国华《丁卯先严大照》原题如下：《丁卯冬，余眷属来端接奉。先严大照瞻拜之馀凄然泪下。夫为子者居官万里，迎养双亲承欢膝下，乐何如之。若余之碌碌无能，年逾半百，方博一官，不能侍奉于生前，而从徒荣封于身后，不能迎养于官署，而徒想像于几筵，悲不自胜，悔何及矣！谨洒泪和墨聊志哀思》。袁行云先生据此推测窦国华生岁约在乾隆二十二年，也就是1757年。但结合《清代官员履历档案全编》收入的窦国华档案来看，窦国华"年逾半百，方博一官"之意应为"年五十岁由举人大挑一等，分发四川试用知县"。五十岁之前，除潜心研习、创作诗歌外，窦国华的施政才能被长期搁置。《丁卯先严大照》一诗中的"为官偏是子衰年"正是对此的咏叹：

> 白云何处望苍天，瞻拜遗容泪泫然。
> 迎养未当亲逮日，为官偏是子衰年。
> 沆滨春露愁魂梦，海国冰鱼荐几筵。
> 深愧慈乌恩莫报，几时反哺到黄泉。

同治《星子县志》所载的一首窦国华诗歌，也为考证其生年提供了一个佐证：

> 行年五十疾如梭，学未成名岁月过。
> 工部诗章裁伪体，昌黎文品起颓波。
> 青灯吟咏韦编绝，黄卷摩抄笔冻呵。
> 廿载以前回首事，风檐冰雪砚中磨。

此诗前注标明："乙丑孟春，余历任西宁之次年也。"南康府曾叫西宁府。乙丑年即1805年，窦国华担任南康知府的第二年。如果窦国华 1757 年出生，1805 年孟春则只有 48 岁，谈不上"行年五十疾如梭"。此诗也是对"年五十岁由举人大挑一等"的人生感喟。《偶吟》也是这种人生感喟：

> 半百光阴瞬息过，车尘马迹易销磨。
> 少年已去心犹壮，酒到醋时快论多。

　　《偶吟》收入《抱青堂诗选》时无注，收入《抱青堂诗集》时则有注，此注对窦国华大挑时的年龄交代非常清楚："辛酉赴挑，时年五十。""年五十岁由举人大挑一等，分发四川试用知县"，是测算窦国华生年的最重要的依据。只要弄清楚窦国华何年"由举人大挑一等"，便可明确其生年。大挑之制实始于乾隆十七年（1752），其数额标准，大省落第举子中选四十人，中省三十人，小省二十人，从中选取一部分分任知县或教谕。后来数额增加，如乾隆三十一年（1766），"挑取一等八百余人，以知县等官分发试用，二等一千一百余人，以教职铨选，未入选之年七十以上者，即给与中书等项职衔"（《清朝通志·选举略二》卷七十三）。此后，每六年（两科）举行一次。窦国华参加了嘉庆六年（1801）大挑，得一等。此年为辛酉年，《诰赠四川知县候补同知加一级窦国华父母》（载《续修霍邱县志》）因之称："尔布政司理问窦梦熊，乃举人辛酉大挑一等、四川知县候补同知加一级窦国华之父。"但时间却标示为"嘉庆五年"（1800），此是一处错谬，正确时间应为嘉庆六年（1801）。因为时间矛盾，《续修霍邱县志》点校本将此处点校成"尔布政司理问窦梦熊乃举人辛酉大挑一等，四川知县候补同知加一级窦国华之父"。辛酉年六十年为一周期，前一个辛酉年是 1741，而大挑之制十年后才开始实施，窦梦熊不可能"乃举人辛酉大挑一等"。同治《续修霍邱县志·艺文志》录有"诰授朝议大夫四川知县候补同知加一级窦国华",诰封时间也应为"嘉庆六年",即1801年。《窦氏族谱》所载《诰赠四川知县候补同知加一级窦国华父母》标注时间为"嘉庆六年"。诰封就是诰命封赏。在清代,对文武官员及其先代妻室赠予爵位名号时,皇帝命令有诰命与敕命之分,五品以上授诰命,称诰封;六品以下授敕命,称敕封。诰命针对官员本身的叫诰授;针对曾祖父母、祖父母、父母及妻时,存者叫诰封,殁者叫诰赠。诰赠表明,在1801年窦国华父母已经去世。

同治《续修霍邱县治》记载:"庚子科:窦国华,顺天乡试中式第六名,江西南康府知府,分巡广东肇罗道。"顺天乡试是清代科举制省一级的考试,录取名额,因省因年而异,顺天的乡试取中者往往有一二百名。窦国华于1780年(乾隆庚子年)中举,名列"中式第六名",实属不易。清早期,人才缺乏,考取举人即可担任知县。但到了乾隆时期,对欲为官者的要求已非常苛刻,非进士不能为官。但进士毕竟凤毛麟角,难以满足许多官职的需要。闲处家中的举人不断增多,这不但影响读书人的理想追求,而且影响到科举制度的稳定。因此,必须考虑为落第举人另择出路。所谓大挑制度,就是在落第举人中选拔一批符合规定标准的人,授予知县、教谕等官职。窦国华的《辛酉人挑》一首直接写到了大挑:"春宴迟迟待杏林,九天选诏费搜寻。经纶阁下人才盛,青锁斑中雨露深。"此诗有注:"时挑一等,签分西蜀。"从1780年考取举人,到1801年大挑一等,窦国华整整等待了二十个春秋。大挑作为一种科考制度,终于让已经有举人身份但又没官职的窦国华有了一个走向仕途的机会。因此,我们不难理解窦国华为什么会发出"年过半百,方博一官"的感叹。

1801年,窦国华"年五十岁由举人大挑一等",而清代年龄按虚岁计算,据此可以推算出,窦国华应该出生于乾隆十七年(1752)。这个推算结果,可以与安徽霍邱县洪家集《安丰窦氏族谱》进行互证：窦国华"生于乾隆十七年壬申八月初十日巳时"。因此，《清人诗集叙录》《清人别集总目》所标注的窦国华生年应予以纠正。

至于窦国华卒年，《清人别集总目》标注为"约1830"，也是错误的。窦国华去世后，萧景云编刻了窦国华的《抱青堂诗选》和窦守谦、窦守愚、窦荣昌的《退学诗选》，在两本诗集的序言中，萧景云交代窦国华"呜咽而卒""厌世而殁"，《抱青堂诗选》附有萧景云和窦国华侄孙汝辑、桂林、外孙朱益清、小门生王心一、受业吴双贵的题词，表达了对窦国华的哀思。萧景云两序的落款分别为"嘉庆二十四年岁在己卯闰四月上旬寿春愚弟萧景云拜譔"和"嘉庆己卯岁五月下旬寿春萧景云雪蕉氏撰"，嘉庆二十四年为己卯年，即公历1819年，也就是说，窦国华的离世时间应该在该年闰四月之前。

《清人诗文集总目提要》称窦国华"乾隆四十五年举人，官至广东肇罗道。道光十九年入觐，假归卒，年六十四"。"道光十九年"（1839）系明显笔误，应为"嘉庆十九年"（1814）。安徽霍邱县洪家集《安丰窦氏族谱》记载，窦国华"甲戌冬俸满入觐，道病假归寻卒"。甲戌为嘉庆十九年。窦国华生年为1752年，卒年六十四，据此可以推算出其卒年为嘉庆二十年（1815）。这个推算结果被《安丰窦氏族谱》所验证：窦国华"卒于嘉庆二十年乙亥三月十四日午时"。在《清人诗文集总目提要·卷三十八》，柯愈春先生将窦国华与其长子窦守谦同时收入"生于乾隆四十一年至四十五年（1776—1780）"，是明显错误。"守谦生于乾隆四十二年（1777），卒于道光二十四年（1844）"，窦国华不可能与儿子同龄。柯愈春先生在作者生卒年的考订上颇费工夫，但也难免出现疏漏。不过，柯愈春谓窦国华卒"年六十四"，与《安丰窦氏族谱》所记载的"享年六十四岁"相一致。

2. 窦国华事迹考略

窦国华的人生经历和诗歌创作可以分为五个阶段：

第一个阶段为二十九岁之前，即1780年中举之前。窦国华乾隆十七年（1752）生于洪家集一个书香之家、官宦之家。其祖父窦瑞，监生，明清两代称在国子监（国家最高学校）读书或取得进国子监读书资格的人。《安丰窦氏族谱》记载，窦瑞绩学隐居，晚年家境殷实，乐善不倦，带头捐建了杨兴水大桥（今桥头集大桥）、陡沟河石桥（油坊河老桥）。窦瑞生于康熙十二年（1673），卒于乾隆十年（1745）。窦国华出世时，窦瑞已经去世。窦国华父亲窦梦熊系窦瑞三子，贡生，官至布政司理问。窦梦熊生于雍正二年（1724），卒于乾隆五十一年（1786）。窦梦熊注重对子女的教育，让窦国华师从名师台白水先生。同治八年《续修霍邱县志》卷十《人物志·文学》列有台白水的小传："台韧，敦品笃学。兄年卒，抚孤侄如己出，屡试乡闱不遇，乃不复事举子业。以教授养母，凡从游者，多所成就。窦国华观察、从弟士佳明府，以文章政事著称，皆亲承授指者也。乾隆甲辰六月六日，沐浴更衣，越二日清旦，端坐而逝。门人称之曰'白水先生'。"台白水于1784年去世。台白水堂弟、窦国华同门台士佳，乾隆己亥（1779）恩科中式第三名举人，官山东东平州知州，与窦国华同列同治八年《续修霍邱县志》卷十《人物志·名宦》。窦以蒸在民国初年撰写的《谨将窦故宦事实造具清册缮呈鉴核》，提及窦国华"故宦品行醇谨，学问博通，时汉学方盛，崇尚考据。故宦从同里台白水先生学，独研索义理求收放心，为文清新秀婉，诗宗唐人，枕葄一主于杜。游太学，见知于漳浦蔡文恭。年二十九，中式乾隆庚子科顺天乡试第六名举人，出漳浦之门"。明朝、清朝时太学即国子监的俗称。国子监是古代最高学府与教育行政管理机构。窦国华作为太学生，也是最高级的生员。窦国华读太学时，得到了福建漳浦人蔡文恭的赏识，蔡文恭当时以大学士兼管国子监。大学士，为辅助皇帝的高级秘书官。乾隆四十四年、四十五年，蔡文恭两典顺天乡试。窦国华系乾隆四十五年（1780）庚子科顺天乡试第六名举人。

第二个阶段为三十岁至五十岁，即1780年中举之后至1801年大挑四川知县之间。元孙窦以蒸在《谨将窦故宦事实造具清册缮呈鉴核》中，描述了中举之后的窦国华，"家居廿年，澹于进取，居旁辟小园十余亩，种生蒔花，幽胜名霍南，时时觞咏其间，以为乐"。这个时段，窦国华游历颇广，成为当时霍邱最著名的诗人之一。从霍邱知县左辅、阜阳知县宁贵、桐城诗人吴贻沇等人为窦国华诗集所做的序中可以看出："丁巳年余衔命来皖，闻其品端行粹，乡人德之，而诗学尤著。余心慕者久之，及抵霍，访其素行无异于曩日之所闻。"（左辅，1798）"稽其半生游迹，过秣陵，览北固，登虎邱，泛太湖，至维扬，访二十四桥，渡大河，入燕京，上黄金台，睹宫阙壮丽，万里行踪其胸中之所有称。是故，为诗巧而不凿丽，而不淫深，澹而和平未尝有世俗之语，横亘胸臆所谓大江南北风雅甲于天下者，君其首屈一指哉。君居霍城南，距余宰邑仅二百里许，倘肯来游于聚星堂中，联吟酬答畅千秋之乐，则余之私心自幸者，又何如也。"（宁贵，1799）"窦孝廉霁堂先生，霍之风雅士也。少壮时负才名，家素封好，礼义无纨绔习，又能文工诗学，四方人士相与津津称道有年。余心志之，而未见也。前年冬，余橐笔来汝南，尝登女郎之台，泛西湖之棹，以为壤接松滋，庶几先生因公庶止得一见颜色而唱和于芦花双柳，闲乎而亦未晤也。未几，于鞠溪夫子署中得诗一编，读既尽曰：'嗟乎，我神交先生有日矣，今得读其诗，即如见其人也。'夫诗之发源于骚雅，下逮汉魏六朝三唐两宋，名流接踵，支分派别，大率以温柔敦厚旨远辞文为归然，能致此者，往往难之。先生性情和雅，而佳园习静，又有以涵养其天倪松风，把卷梧月拈毫，时时得翛然超于俗尘之表。故其诗清浑，及其壮游四国，放秦淮之舟，蹑金焦之屐，揽灵岩之胜地，盼栖霞之名山，一时兴到机流。"（吴贻沅，1799）窦国华在走向仕途之前，其诗名之盛，在当时的霍邱，无人能与其抗衡。这一阶段，窦国华的山水诗居多，自得天趣，神超韵胜，有奇秀之气。特别是《小园二十咏》已入妙境，工致天然，风味可掬。当时，窦国华还成了霍邱地区乐善好施的士绅，"乾隆五十八年，邑绅窦国华率子守愚、守谦重修大成殿"。

第三个阶段为分发四川试用知县时期。窦国华"年五十岁由举人大挑一等，分发四川试用知县"，时间为嘉庆六年（1801），但在四川何地任"试用知县"，目前无资料可考，只能依诗推测，应为陵州。在《陵州感旧》中，窦国华写道："三十余年两载居，经过指点旧精庐。燕辞谷口随人去，樵过街头识面疏。诗礼风高真近古，鱼盐业在可如初。相逢犹忆殷勤意，一笑迎门挽我车。"陵州，古地名，今四川仁寿县。四川是我国古代井盐生产的主要基地，岷江、沱江流域一带就是盐井分布的密集区。唐代李吉甫的《元和郡县志》卷三十三就记载了蜀地盐井，并详细描绘了盐井的规模："陵井纵广三十丈，深八十余尺，益都盐井最多，此井最大。"北宋沈括的《梦溪笔谈》记载："陵州盐井，深五百余尺，皆石也。"窦国华在《陵州感旧》中描写了陵州的盐业经营和诗人的生活场景，诗中的"精庐"，即学舍，读书之所。

第四个阶段为任南康府知府期间。窦国华嘉庆九年八月任江西南康府知府，《同治南康府志》也有同样记载。清代南康府辖星子、都昌、建昌（今永修县）、安义（今属宜春市）共四县，府治设星子县城。萧景云在《挹青堂诗选·序》中概括了窦国华的宦迹："当守南康也，政简而惠深，修朱子白鹿洞书院遗规，增月课膏火以励士。修养济院、普济堂以恤穷独。修周子爱莲池，复陈子之田，以导民景仰古昔。……先生莅南康一年，肇罗八年，包苴不行。"窦国华任南康知府时间很短，仅有一年，但政绩斐然。陈观光在《挹青堂诗选》原序中写道："吾友霁堂先生博学能文，尤工古今体诗，以名孝廉来守是邦，其地滨湖背山，号难治。先生莅任甫一年未尝假权术而民翕，从未尝事鞭笞而民贴。然服户尽弦歌，庭无讼牒，以故，公余之暇手一编不释，且时与都人士饮酒赋诗相娱乐焉。余自惭衰朽，息影蓬门，往岁秦大中丞招主鹿洞讲席，与先生一见如平生欢，订文字交，唱和无虚日。方自幸得贤主人，而先生又政成化洽，擢为岭南观察使。去去之日，先生谓余曰……"《原序》落款为"嘉庆丙寅春愚弟陈观光拜撰"。"嘉庆丙寅春"是指嘉庆十一年（1806）春，此时窦国华已经擢为"岭南观察使"，但尚未赴任。窦国华作有《丙寅春，卸篆南康，将奉檄北上》一诗。陈观光与萧景云序中所言及的窦国华政绩，在《星子县志》以及窦国华的诗中也能得到佐证。

一是"修朱子白鹿洞书院遗规，增月课膏火以励士"。白鹿洞书院是我国古代最著名的书院之一，位于庐山五老峰南麓。相传书院的创始人可以追溯到唐代的李渤。李渤养有一只白鹿，终日相随，故人称白鹿先生。后来李渤就任江州（今九江）刺史，旧地重游，于此修建亭台楼阁，疏引山泉，种植花木。由于这里山峰回合，形如一洞，故取名为白鹿洞。白鹿洞书院的学规，由著名的理学家朱熹所作。同治《星子县志》记载："嘉庆九年大中丞秦承恩、观察阿克当阿，清理洞事及各县田租，捐俸筹款，大加修葺。"大中丞，明清时用作巡抚的别称。秦承恩于1802年至1805年间，任江西巡抚。陈观光就是由"秦大中丞招主鹿洞讲席"，与窦国华"一见如平生欢，订文字交"。窦国华于嘉庆九年八月任南康府知府，府治在星子县，而白鹿洞书院就在星子县。当时书院亏至七千余两，以致洞长有缺膳修，生徒膏火不给，垣坏栋摧。巡抚秦承恩借南昌友教书院余银二千两，重修白鹿洞书院，嘉庆十年作记。记中虽未提及窦国华，但作为时任南康府知府，窦国华肯定参与其中了。恩平知县、诗人仲振履在《观察窦公奉旨出关敬呈古体一章》中谓窦国华"龙少千里瞻驸虞，鹿洞诸生拜节幢"。1805 年，著名文学家洪亮吉到白鹿洞书院讲学，受到窦国华与星子知县周吉士的接待。洪亮吉在《游庐山记》中写道："夜将半，南康太守霍邱窦君国华垂访，知已卧乃去。翼晨复来，余已欲出城，涂次相值，立谈一晌。始知太守乃庚子北闱同岁生也。"洪亮吉与窦国华同是乾隆庚子年参加顺天乡试的举人，他到书院讲学时，生徒列队私语把他和苏东坡相提并论。洪亮吉精通经史、音韵训诂之学，诗文也被称为名家。

二是重修庐岳祠、刘西涧墓、爱莲池。同治《星子县志》记载，"巡抚秦承恩、知府窦国华捐廉重修"庐岳祠。《庐山志》录入窦国华诗歌时，介绍其"嘉庆时官南康知府，曾重修庐岳祠"。窦国华曾作《由栖贤上庐岳祠》一诗："宝殿参差入翠微，望中先迹想依稀。玉渊水响龙潭咽，瀑布山高涧雪霏。峻岭奔腾天上坐，祥云拥获雾中飞。匡庐群仰神威力，好沛甘霖遂所祈。"栖贤寺坐落在星子县庐山南麓栖贤大峡谷，左依石人峰，东临栖贤谷。寺侧原有庐岳祠、刘西涧祠。北宋高士刘凝之曾居庐山宝峰西涧，自称西涧居士。窦国华《题刘西涧先生墓碑并序》："先生号西涧，北宋瑞州人也。以名进士出宰颍上，直道见黜，归隐庐山，筑读书台壮节亭，沉浸史籍，乐道终身。其后嗣克承家学，以经术显。余守是邦，询其父老，无能道者。乙丑秋偕同人搜得故址于荒烟蔓草中，低徊久之。客谓余曰，发潜德之幽光，君素志也，亦守土者责也。今无以表之，终将湮没弗彰矣。爰赋一律并志数语勒于石傅，来者知所景仰云。"乙丑为嘉庆十年（1805），这年秋天窦国华重修刘西涧墓。同治《星子县志》

记载"西涧读书记（碑佚，文存），窦国华记"。《庐山志》记载"刘凝之读书台在爱莲池北"，"嘉庆十年窦国华得故址于荒烟蔓草间，勒古以志"。除了重修庐岳祠和刘西涧墓外，窦国华还"重浚爱莲池"，其《爱莲池》诗云："莲花千载不曾污，松柏参天节概殊。闻道樵夫皆爱惜，三年剪伐事全无。"窦国华为此诗加注："余三年前重浚爱莲池，培植树木至今，无毁伤者。"爱莲池位于庐山南麓星子县城周瑜点将台东侧，其东南紧连冰玉涧，正南距鄱阳湖1000米左右。宋熙宁四年（1071），周敦颐来星子任南康知军时写下了著名的《爱莲说》。

三是修养济院、普济堂以恤穷独。据同治《星子县志》记载："普济堂，在县治西北试院西南二十步。国朝乾隆三十年建。""知府窦国华捐修。""养济院，旧在县治西北孝行坊侧。"

第五个阶段为"肇罗九年"。

"肇罗九年"是窦国华为官生涯中最为显赫的时期，形成了极佳官声。嘉庆十年（1805）十月，窦国华被任命为广东肇罗道，实际到任则在嘉庆十一年。"丙寅春迁广东肇罗道，是冬履任。"嘉庆十一年（1806）为丙寅。《清代官员履历档案全编》载，窦国华于"嘉庆十一年七月内引见"，这年七月受到嘉庆皇帝的接见。窦国华有诗《丙寅冬余奉檄来粤，长子守谦相送端城，阅三月将促归里，诗以训之。兼寄训次子守愚，以示触目惊心尔》。《肇庆府志》记载，窦国华是嘉庆十一年十二月到任。清朝分地方行政区为省、道、府、县四级。乾嘉时期广东省按地域设有分巡南韶连道、分巡惠潮道、分巡肇罗道、分巡高廉道、分巡雷琼道，为窦国华诗集作序的左辅曾任广东雷琼道，韩崶曾任广东高廉道。当时广东全省有十府三直隶州。分巡肇罗道辖肇庆府与罗定直隶州，下有"十六属"：肇庆府领德庆州和高要、四会、新兴、高明、广宁、开平、鹤山、封川、开建、阳江、阳春、恩平12县，罗定直隶州辖本州（今罗定市）和东安县（今云浮市云城区、云安县）、西宁县（今郁南县）。萧景云在《挹青堂诗选·序》中勾勒了窦国华肇罗八年的事迹轮廓：

及巡肇罗也，地边海号难治，先生布恩明法，爬梳灌掖，以滋以雍。修郡城以固民围，修丰乐围堤以保民田，修端江义学以正士习，清积案以除讼累。救高要、高明、四会、德庆、开平、开建、鹤山、封川诸县水灾以苏难黎。平反德庆、东安被诬盗犯数十人，以扶良善。收溺尸于白马庙、建附祀孤魂祠于法轮寺，置义冢，瘗枯骨于大鼎冈，以慰死亡。先生职在巡洋，必亲必周。制军百公谘先生剿抚洋匪方略事宜，倚之如左右手。捕辣头沙、都骑、开平、车冈等处积匪，而商旅安。置横查汛各处巨盗大只伦等于法，而盗贼息。堵御开平、九江坪、长沙汛、鹤山、阳江、佛山等处海寇，寇慕德畏威，皆遁去，而杀伤免。奉委护送暹罗国贡入都，详密宁靖。奉旨出使镇南大关，询南掌国投诉情事，得其真由。总督奏达天子，而天子施恩体义兼至。先生莅南康一年，肇罗八年，苞苴不行。肇罗十六属陋规不便官民者，悉革之。俸满赴京，缺路资，船已启，属吏半夜陈金五百，曰："知公素操，非敢溷公，念公待群属吏厚，不忍公饥。群属吏奉此，聊解公困。"先生曰："天下有饿死官长者乎？"严绝不受，典衣以行。制军百公叹为岭西保障。相国松公襃以清风亮节，而僚属多相观励廉隅。先生竭力国政，全下事上，而每以负君为惧。其诚于忠如此。先生平居温温恂恂，仁厚为质，不以才显，及临事刚毅果决，才敏而事理，或诱之、劝之、阻挠之、震撼之，不为动而卒达其忠孝之性道尽而始终无间。先生之诚，根于性，而还其性，未尝杂以伪也。

窦国华任道台八年，办事认真，刚正不阿，为官清廉，这在当时的官场上十分难得，得到几任两广总督的器重。"制军百公谘先生剿抚洋匪方略事宜，倚之如左右手。""制军百公叹为岭西保障"。萧景云所言"制军百公"，是指百龄（1748—1816），乾隆进士，嘉庆十四年（1809）擢两广总督。制军，明、清时期总督的称呼。"相国松公褒以清风亮节，而僚属多相观励廉隅。"萧景云所言"相国松公"是指松筠（1752—1835），清朝大臣，嘉庆年间官至两广总督、武英殿大学士，军机大臣，兵部、礼部尚书。十六年（1811），任两广总督。古代对担任宰相的官员，敬称相国，明清对内阁大学士和军机大臣也雅称相国。在窦国华任肇罗道期间，韩崶曾任广东巡抚，两署两广总督，他在给窦国华诗集所做的序中写道："余与肇罗霁堂窦观察同舟共济，其政治贤声津津人口，与端水泷江而俱长矣。"

在担任道台期间，嘉庆十四年（1809），窦国华奉旨出镇南关调查南掌国投诉情事。窦国华有诗《己巳秋余有出关之役舟次接见新宁田刺史旧交也话别之馀倾慕贤声赋此奉赠》，己巳，系嘉庆十四年（1809）。嘉庆十六年（1811年，辛未），窦国华还奉旨护送暹罗国贡使入京。窦国华与此有关的诗歌，具有重要的文献价值。

清嘉庆十八年（1813），窦国华增设一义冢在大湾大鼎庙右侧。窦国华以诗记之，写有《白马庙旁柩多露昨为移葬之》："忏悔空教近道场，飘零身后总凄凉。长看鬼火团青血，谁为幽魂种白杨。再世炎尘休恋恋，豪家石椁亦茫茫。枯馀骸骨归泉壤，便是千秋最乐乡。"

值得一提的是，出任肇罗道后，窦国华与其老乡包拯发生了联系。北宋康定元年（1040），包拯知端州军州事，他倡议并带头捐俸在城北的宝月台创办星岩书院（今肇庆市第一中学）。窦国华在星岩书院的旧址上辟"五峰园"，祭祀包拯，且增建半舫室、晚香榭、退思台等亭台楼阁。清宣统《高要县志·古迹》载何元《修宝月台记》："郡城北百余步，陂塘数十顷，中起高邱丈余，周环如台。宋州守包公建星岩书院其上，岁久几废。明万历间，郡守张公即其地建观音殿、太和殿。崇祯四年，郡守陆公修之。国朝邑令王公再修，又于观音殿西建包公祠像。后观察窦公又从包公祠旁建五峰园，累石凿池，构亭石中，开轩池上，颜曰'半舫'。"何元还写有《窦观察国华重修宝月台内包孝肃祠又新建五峰园敬纪》："使君高义揽群材，林水新开宝月台。半舫池边如不系，五峰天外忽飞来。心清朗映符前哲，政暇风流擅雅才。更似徐州苏太史，黄楼重整俯江隈。"清代桐城诗人吴诒沣撰《五峰园记》云："肇郡之北多山，七星岩最著；星山书社废为佛寺，宝月台最著。曷为有五峰园也，台荒，郡人葺之。适观察窦公来，喜其将成，助之金。睨台之西隅为宋包孝肃公祠，由书社祀也。"窦国华在《五峰园》一诗中写道：

胜地初教辟小园，消闲聊可谢尘喧。
五峰花瓣红迎客，一片云光碧到门。
茶罢抒笺挥白昼，酒阑横笛倚黄昏。
池中亦有蒹葭影，添个渔翁便似村。

窦国华的诗《宝月台，包公星岩书院也，新建溯洄亭成赋此》也可以印证："弯环池水向人清，缅溯伊人宛在情。朗朗经声明月上，入门疑听课书声。"诗中的溯洄亭应是新构的亭。《诗经·秦风·蒹葭》："所谓伊人，在水一方。溯洄从之，道阻且长。溯游从之，宛在水中央。"包拯留在肇庆的遗迹一直引人缅怀。这首诗因新亭落成而作，而新亭的命名就蕴含着缅溯的深情，因而吟咏也就在缅怀包拯，仰慕他标举的"清"，身体力行的"情"，创办星岩书院并养成善教勤学的风气。入夜时分明亮的月亮升起，便传出一片读经的声音。

嘉庆十三年（1808年，戊辰）、嘉庆十五年（1810年，庚午），窦国华两次充任广东文闱监视官。窦国华作《戊辰闱中即事》："乡心月满易思家，对镜常怜老鬓华。回首卅年蟾窟客，蹉跎岁序滞天涯。"此诗有注："时充粤东监试。"广东诗人、时任阳江训导刘统基作有三首《次韵奉和窦霁堂观察文闱监试纪兴》：

> 重熙累洽日方中，文治宣昭雅化隆。春夏气蒸仁寿宇，桂花香溢广寒宫。连年雨露涵濡足，万里云衢蹀躞通。在事挥毫歌旷典，夜深铃阁烛光红。

> 绣衣行部荷恩纶，下士如瞻天上人。锁院分监严贡举，风檐俯视忆艰辛。商彝夏鼎岩廊器，翠羽明珠岭海珍。欲使真才都脱颖，冰心和月照经旬。

> 三载旬宣使节忙，檐帷又驻至公堂。求贤共叹心如渴，爱士谁云面带霜。此日龙门看跃鲤，昔年仙石化神羊。公馀怀古登楼望，千丈彤云起粤疆。

3. 唱和诗人考略

通过考证窦氏诗人与其他诗人的唱和诗，也是了解窦氏家族诗人的一个重要渠道。唱和诗是一种以交往为目的，以应制、同题、赠答、联句为手段，展现诗人交往关系的诗歌。唱和之风，大盛于宋。南宋邵浩编有《坡门酬唱集》二十三卷，收东坡、苏辙及两公门下士黄鲁直、秦少游、晁无咎、张文潜、陈无己、李方叔等次韵诗作六百首。这种步酬唱和范围很窄，难度很高，未免拘束性情。但能者却能因难见巧，机锋相摩荡，往往出险句奇思，有迁想妙得之高境。同时作为一种基本功，它可以锻炼人驾驭语言，丰富联想的手段。唐宋至今的才人高手往往乐此不疲。

在窦国华的诗歌中，唱和诗占了相当大的比例。他早期的唱和诗，与安徽寿春诗人萧景云唱和最多。出仕之后，与窦国华唱和的诗人群体扩大，其诗歌的形式、内容也得到极大的扩展。任肇罗道期间，窦国华与友情最为深厚的诗人刘彬华，也相互留下了不少唱和诗。萧景云与刘彬华都是窦国华诗集的作序者。除了这两人之外，刘开、吴文照、仲振履、袁珏、熊少泉等诗人以赠答、同和、追和为主要手段，与窦国华唱和，留下了展现诗人交往关系的诗歌。对窦国华各个时期、各类题材和体裁的唱和诗进行细致剖析，对诗人的交游关系展开认真考证，对研究窦国华及其诗歌具有重要意义。窦国华诗中丰富的人文意象、生新廉悍的艺术风貌以及渊博的用典和奇险的押韵，更多源于其博览群书和广交师友。可以说，这种现象在文学家族中是一种普遍的存在。家族成员通过社会活动拓展自身的文学能力，促进了家族文学的开放性和变异性，也使家族文学始终与当时的文坛保持着紧密的联系。从诗歌唱和的角度来看，窦国华与当时文坛发生了明显的互动关系。

安徽清代著名文学家刘开与窦国华留下了唱和之作。刘开（1784—1824），字明东，又字方来，号孟涂，桐城人，散文家、诗人。刘开出生数月丧父，母吴氏日耕夜织，尽心抚育。少时牧牛常依塾窗外，傍听塾师讲课，天长日久，习以为常，塾师颇为爱怜，留馆就读。刘开如饥似渴，好学不倦，遍读诗文。十四岁时以文章拜会乡里先辈姚鼐（是当时文学流派桐城派三祖之一），姚鼐奇赏之，认为刘开之文："命意遣词俱善，世不可无此议论，亦不可无此文，尽力如此做去，吾乡古文一脉，庶不至断绝矣。""此子他日当以古文名家，望溪、海峰之坠绪赖以复振，吾乡幸也。"刘开遂师姚鼐，尽得师传，与同乡方东树、上元管同、上元梅曾亮并称"姚门四大弟子"。刘开曾任两广总督蒋攸铦的幕府，在广东游历颇广。蒋攸铦于1811年11月5日至1817年10月22日任两广总督，而窦国华在1814年底进京，途中病归故乡，1815 年春去世。刘开写给窦国华的赠诗，大约作于 1812 年—1814 年之间，《挹青堂诗选》对其身份介绍为"桐城生员"。刘开也是走科举的道路，但"习举子业，试辄不利"，终生只是县学生员。嘉庆十七年（1812）春，刘开游幕岭南时，适姚莹也在广州。姚莹（1785 年—1853 年 1 月 24 日）是桐城派代表人物姚鼐的侄孙，嘉庆十三年（1808）中进士，次年招入两广总督百龄幕府。故人粤中相逢，使刘开大为兴奋，作《喜晤石甫》诗，以表达其心情。而此时的窦国华，百龄"倚之如左右手"。刘开作为晚辈，对窦国华的赠诗充满了溢美之词：

其一

频年岭表建旄旄，坐镇江天息怒涛。
惠泽长随春雨布，诗情直压海云高。
服官好把千秋定，倒屣偏为一士劳。
绝足不须悲失路，故乡今有九方皋。

其二

千里看山到粤东，却愁沧海不能穷。
不图使者先知我，自识匡君早忆公。
文字缘成萍水后，化工笔在暮云中。
七星绝境归诗卷，愿乞馀芳斗蕙风。

刘开的赠诗写得奇丽雄肆。第二首赠诗第二联加注："谓昔守南康。"可见刘开对窦国华仰慕已久。第一首首联"旄旄"出自《诗经》，《国风·鄘风·干旄》系先秦四言诗，此诗一般被认为是赞美卫文公乐于招贤纳士。刘开在两首七律中，表达了对窦国华的景仰与推崇。嘉庆十九年三月（1814）刘开离开广东归里，姚莹作有《送孟涂归里》诗（《后湘诗集》卷五）。广东著名诗人张维屏作《赠刘孟涂开，即送其归桐城》诗为其送行。
窦国华的《和刘孟涂见赠之作》（其二）尾联为"我滞海南何所赠，送君破浪一帆风"，也应该是写于刘开离粤之时：

其一

浚郊何未应干旄，惯狎江湖雪涌涛。
蛟不急腾时自及，鳌能卑伏戴方高。
人过岭外心长逸，家忆枞阳梦转劳。
怜我苦茨生意少，清风千里洒兰皋。

其二

射蛟台影射江东，台畔纯儒自固穷。
他日文章传万古，当时廊庙压群公。
声名直接先人后，意气尤高烈士中。
我滞海南何所赠，送君破浪一帆风。

窦国华在第二首律诗首联加注："刘海峰先生居枞阳江射蛟台畔。"为颈联加注："孟涂，海峰先生之孙也"。刘海峰系刘大櫆的别名。刘大櫆（1698—1780），清安徽桐城（今枞阳县汤沟镇）人，桐城派代表人物，姚鼐是其弟子之一。刘开出生时，其祖父刘大櫆已经去世。刘大櫆晚年居射蛟台畔，以文学教授生徒。射蛟台位于枞阳县城西达观山之巅，因汉武帝刘彻在此射蛟江中而得名。射蛟台一直是枞阳历史一个独特的人文景观，历代文人于此留下了大量诗章。姚鼐的《夜抵枞阳》："轻帆挂与白云来，棹击中流天倒开。五月江声千里客，夜深同到射蛟台。"窦国华之孙窦荣昌曾作《题汉武帝射蛟图》。窦国华写给刘开的和诗，表明窦国华对刘开的身世以及桐城、枞阳的历史人文颇为熟悉。

吴文照（1758—1827），原名煐，字香竺，号聚堂，一作裴堂，浙江石门（今桐乡）人。清诗人、书画家。吴文杰兄。乾隆五十三年（1788）举人。由教习任新兴知县、香山知县，擢惠州同知。工诗文，善书画。室名"在山草堂"，有《在山草堂集》，《在山草堂诗稿》十七卷。《在山草堂诗稿》系道光八年刻，中国国家图书馆藏。凡诗九百八十三首，自乾隆四十二年迄道光七年。吴文照在任新兴知县时，作《观察窦公奉旨出关敬呈七律一章》："百队雕戈拥传行，瘴云消尽四山清。重台先下夷王拜，万口争传天使名。古戍横斜分雁影，严关逼仄走风声。圣朝柔远家天下，置驲能通中外情。"

仲振履（1759—1822），清代诗人、戏曲作家，嘉庆十三年戊辰（1808）进士，次年授广东恩平知县，后任兴宁知县，嘉庆二十一年（1816）迁任广东东莞知县，后调南澳同知。历任皆有善政。在恩平修金塘桥；在兴宁禁水车、疏河道；在东莞筑虎门碉台，严海防；在南海筑桑园基，卫农田，所费不赀，多者以数万计。《道光泰州志·仕绩》载其著有《作吏九规》《秀才秘龠》《虎门揽胜》《咬得菜根堂诗文稿》。另据《海陵著述考》载：仲氏别号群玉山木石老人，有《家塾迩言》五卷，诗集《弃馀稿》六卷，《羊城候补曲》一卷，《双鸳祠传奇》《冰绡帕传奇》等。据郑振铎《中国文学论集》所载，巴黎图书馆藏有《双鸳祠传奇》嘉庆庚辰刻本，国内有抄本传世。仲振履曾撰《东莞袁督师祠碑记》。仲振履诗、书、画、曲皆精，清人萧凤台《弃余稿序》论仲振履诗如"秋水芙蓉，不假雕饰"。仲振履在恩平知县任上，恰逢窦国华出使越南，其赠诗《观察窦公奉旨出关敬呈古体一章》，对窦国华极尽赞美。

窦国华在担任肇罗道时，与肇庆知府张纯贤在工作与生活上多有交集。窦国华作《留别信安张粹吾太守》，张纯贤作有和章。窦国华诗如下：

其一

雨过窗前刻烛红，清谈每在客亭东。

心悬海岸三更月，袖贮榕阴一树风。

奔走长愁为俗吏，逍遥敢道是仙翁。

相期九载勤公事，不独闲时雅趣同。

其二

早饮芳香已著名，三株玉树压群英。

真看王谢同今古，犹胜郊祁是弟兄。

忠孝一家长济美，别离经岁总含情。

天涯此去谁相伴，自数邮签记水程。

太守是对知府的雅称。信安张粹吾太守，是指肇庆府知府张纯贤。隋大业三年（607）曾改端州置信安郡，治所在今肇庆市高要区。张纯贤系汉军镶红旗人，早年任翰林院笔帖式。先后于乾隆五十三年、嘉庆二年、嘉庆八年任德庆州知州。其作于嘉庆十八年的《重建龙母祖庙碑序》谓："余承天子命，三任是州。"嘉庆十年任罗定州知州。嘉庆十二年任肇庆知府，嘉庆二十一年高廷瑶接任。嘉庆十四年八月，窦国华护贡进京，张纯贤代理肇罗道。嘉庆二十年六月，窦国华去世后，张纯贤再次代理肇罗道。他与窦国华"相期九载勤公事，不独闲时雅趣同"。

与窦国华唱和的诗人颇多，对研究窦国华的交往史非常重要。对于其他窦氏诗人，也需要探讨他们与当时各类诗人的唱和，借尘封已久的片断史实，以"发潜德之幽光"。

第二章　窦氏家族诗人谱系考略

　　安徽霍邱县洪家集清代诗人窦国华系东汉名将窦融后裔。窦融家族在汉代建立了彪炳史册的不朽功勋。公元32年，光武帝刘秀封窦融为安丰侯。公元37年，光武帝诏窦融回朝，拜为大司空（宰相）。窦融于公元62年去世。戴侯是窦融去世后，汉明帝赐赠之爵。东汉著名文学家班固曾作《安丰戴侯颂》。与班固齐名的东汉文学家崔骃作有《安丰侯诗》："戎马鸣兮金鼓震，壮士激兮忘身命！被兕甲兮跨良马，挥长戟兮彀强弩。"据霍邱《安丰窦氏族谱》民国十一年版载称："吾霍窦氏本为安丰戴侯遗裔，纯公为一世祖。""吾宗自安丰戴侯以河西归汉赐爵封土，普食蓼及安丰、阳泉、安风等四县。"《后汉书·窦融列传》记载："帝高融功下诏：以安丰、阳泉、蓼、安风四县封融为安丰侯。"今安徽霍邱县与河南固始县均称蓼城。窦融墓在霍邱县西二十里陈家铺。霍邱安丰窦氏家族尊安丰侯戴侯窦融为始祖，在其封地生息繁衍至今。民国总理、时任安徽省长许世英在《清封振威将军荣禄大夫窦封翁家传》中感叹："霍邱窦氏为汉大司空安丰侯融之后裔……今县以南甲第相望数十里不绝。近代数吾皖世族，若桐城张氏、合肥李氏、寿春孙氏，虽仕宦较显，然求如窦氏之繁衍长久易代不衰，殆犹弗及。"清代陆军部尚书、两江两广总督周馥在《清授建威将军记名提督浙江处州镇窦公家传》一文中云:"窦氏为吾乡鼎族,文章政事代有伟人。"清代著名学者罗正钧在《子任先生七十寿序》中云,霍邱洪家集窦氏家族"家承阀阅,以诗学相传,至于今数世绵绵不绝而益昌"。

元明之际,时任谏议大夫窦纯"始迁霍南善乡里"。善乡里即今霍邱县洪集镇。窦纯墓在洪集镇牌坊村汲河沿大明塘稍上。其玄孙窦应麒为嘉靖间贡生,州判,家谱云:"江西星子县知县""赣州知府"。窦公牧民国出版的《老屋闲谈》云:"应麒生启胤;启胤生来贡;来贡生芝藩;芝藩生琏;琏生瑞;瑞生梦熊;梦熊生国华,乾隆庚子举人,广东肇罗道。""霍邱先世以黻轩公讳国华为最。公举乾隆庚子顺天乡试第六名,官广东肇罗道兼营粮储道,尝著《抱青堂诗集》八卷、《经义》一卷、《安南星槎录》四卷。"自窦国华始,霍邱洪家集窦氏成为皖西历史上延续较久的诗人世家,一直到民国,书香不绝,芳馨不坠。家族文化是中国传统文化的重要组成部分。作为社会缩影和社会基本细胞的家族,从家族角度观照诗歌或者从诗歌角度观照家族,能够为清代诗歌的发展提供多样化的阐释视角,对于清代家族文化和清代诗歌研究具有重要的理论价值和知识创新意义。

窦国华家族家学渊源,父子祖孙相承,形成两百多年的诗人世家。一个绵延长久的窦氏家族的诗歌史,可以成为整个清代诗歌史的缩影。鉴于对窦氏家族诗歌的研究尚属拓荒状态,有必要对窦国华的世系、家族、身世等做出详尽考证。这是对诗歌家族追源、溯流、知本的基础性研究,其最基本的表现形态是家族谱系,而窦氏族谱为了解窦氏家族诗人的生平提供了丰富的信息。窦氏家族,绵延七代左右,且代有文名,人物众多。

第一代:窦国华

在窦氏诗人世家的形成过程中,窦国华是对家族文化起关键作用的核心人物，他给家族后人留下了丰富的文化遗产，构成了"祖宗家法"或家风的基本内容。在窦氏家族诗人中，有关窦国华的生平资料也最为丰富。民国初年，三十六位霍邱县士绅学商联名上书安徽省长许世英，要求清史馆为窦国华立传，留下了《肇罗公请祀乡贤祠公呈》。这些乡贤包括民国十七年《霍邱县志》编撰者钟嘉彦、李灼华（李肖峰）、台肇基等。台肇基（字佛岑）是著名文学家台静农的父亲，清末毕业于天津法政学堂，后来在泾县、汉口、芜湖、重庆等地做事，历任法院推事、检察官、法院院长、地方首席检察官等职。窦国华元孙窦以蒸撰写的《谨将窦故宦事实造具清册缮呈鉴核》，也颇为翔实。任之萃撰写的《诰授通奉大夫广东分巡肇罗道霁堂窦公事略》是一篇非常珍贵的文史资料，写于 1857 年之前。同治《霍邱县志》有任之萃小传："任之萃，字香圃。乙酉拔贡。工制举业，尤长于诗文词。为人慷慨，以忠义自命。城破死，骂贼不屈。死。"咸丰七年（1857）太平军攻破霍邱县城时，任之萃遇难。同治《霍邱县志》载有其诗一首："图开粉本白云困，吹起银光入翠微。古寺声中天外落，层岩樵唱月明归。霜铺杉径猿啼急，雪压松梢鹿过稀。一片禅光开法界，何年到此认皈依。"（《银寺林峦》）

第二代：窦守谦　窦守愚　窦守智

窦守谦（1777—1844），一名水德，字益广，号瀛舫，窦国华长子。候选守御所千总。清道光二年封中宪大夫，浙江同知。著有《红药园诗集》三卷、《银河记传奇》二卷、《聚仙亭传奇》二卷。《安丰窦氏族谱》记载，窦守谦生于乾隆四十二年八月二十五日，卒于道光二十四年四月初十，这与《清人别集总目》所标示的生卒年相同。

窦守愚（1779—1826），字春坡，窦国华次子，名医。候选布政司理问。著有《槐阴屋诗集》二卷，《回春集药方》二卷。

《安丰窦氏族谱》记载，窦守愚生于乾隆四十四年十月五日，卒于道光六年八月十三日，享年四十八岁。

窦守智（1763—1826），字乐庭，候铨巡检，生于乾隆二十八年，卒于道光六年。系窦体仁三子。窦体仁与窦国华的曾祖为窦一斑。窦守愚作有《署中寄家乐庭三兄》。

第三代：窦荣昌　窦桂林

窦荣昌（1796—1843），一名星照，字星府，号文甫，窦守谦之子。监生。官浙江同知，历署德清县知县，嘉兴府乍浦厅、宁波府石浦厅、绍兴、温州等府同知，后升任直隶知府，历任广平、永平、正定、宣化、天津、河间等府知府。著有《延绿阁诗选》一卷。《安丰窦氏族谱》记载，窦荣昌生于嘉庆元年二月初三，卒于道光二十三年十月十五日。"府君卒于官邸，诗稿散佚，法书墨迹亦罕有存者，今遗诗一卷，得自选本，吉光片羽，仅见一斑。"

窦桂林（1797—1841），字馨圃，号一山，禀生。其父窦守智，候铨巡检，生子二，长子窦桂林；次子窦士林，候选巡检，字行臣，号二山。窦桂林曾受族祖窦国华的教诲和影响，读书甚多，诗才清逸，以教书为生，名播六安、寿县一带，各地争相延聘。窦以蒸撰有《一山先生传》，谓窦桂林"肇罗观察讳国华之族孙，幼随父守智依观察以教养，天资聪敏过人，而性尤笃学不倦，观察家既富有藏书，先生因得尽读之，号称博洽诗才尤高绝，早岁负才名……先著有《撷蘅轩诗文集》，咸丰乱后散佚，荫蒸尝抄得遗诗百余篇"。《一山先生传》记载，固始一知名狂士，与窦桂林"一见如平生欢，订文字交，尝与饮酒赋诗"，"自谓才力不逮，遂更字亚山，盖以先生别号一山，其倾倒如此"。著有《撷蘅轩诗钞》二卷。窦氏族谱记载，其"品学兼优，诗尤擅"。窦国华《挹青堂诗选》附其献诗一首："人伦端冕总堪师，况把清华笔一枝。千载谁传忠孝事，一生只有性情诗。蓬山瑶岛留真境，凉月清风忆旧时。独立岘山碑几尺，长应读罢泪凄其。”此诗署名“侄孙桂林”。窦桂林生于嘉庆二年七月十一日，卒于道光二十一年七月十九日。

汝楫，窦国华《挹青堂诗选》附其献诗一首：“江海风从两袖吹，儿童竹马听吟时。一心元气千秋业，十载清官万古诗。歌哭长深黔首感，钓游谁合白头期。老成凋谢无矜式，不独家庭饮泣悲。”此诗署名“侄孙汝楫”。

朱益清，窦国华《挹青堂诗选》附其献诗一首：“不摹骚艳不搜奇，夐绝清标独自持。综括一生真事业，浑涵三百古风诗。文澜已助西江上，惠泽还留南海湄。为问光芒谁续得，千秋长共日星垂。”此诗署名“外孙朱益清”。

第四代：窦如郊　窦如祁等

窦如郊（1820—1857），窦荣昌长子，又名窦怿郊，字伯痒，号序卿，别号邵辅。监生，议叙国子监典簿，咸丰辛亥制科孝廉方正，著有《奈何编》。生于嘉庆二十五年九月二十三日，卒于咸丰七年。族谱记载，“咸丰七年，贼陷霍邱，公督带团练于闰五月十八日遇难”。

窦如祁（1822—1876），又名窦怿祁，字仲京，号杏樵，窦荣昌次子。幼通春秋、左氏学。道光末入庠试，文才出众。由附贡生候选同知。同治初，任湖北施南府同知。著有《畹南书室诗稿》五卷，《沔阳疏筑工程纪略》一卷。生于道光二年正月初六，卒于光绪二年十二月十八日。窦以勋撰有《诰授朝议大夫先考运守府君行状》，对窦如祁的记叙颇为详尽。李鸿章同治八年六月二十六日的奏折里，有“试用同知窦怿祁请加运同衔”。

窦如郇（1834—1877），窦荣昌三子，号友白，字荫棠，官名秉仁。监生，官江苏布政司理问，生于道光十四年，卒于光绪三年。存有《梅花馆遗诗》。民国南京窦公牧著《老屋闲谈》，曾云："荣昌子秉仁，即与余家通谱者。"

窦如邺，号芋侯。监生，候选通判，诰授奉直大夫，生于道光二十一年，卒于光绪十七年。窦如祁留有《蛙鼓和四弟芋侯韵》《春燕和四弟芋侯韵》，可见窦如邺也工于诗，但其诗作已经无存。

窦如邴，别号芸樵，官名秉钧，字季和，窦荣昌五子。江苏候补通判、荐升同知、补用知府，加三品衔，诰授通议大夫。生于道光二十三年，卒于光绪三十四年。

窦如鉴，窦桂林长子，字保三，号镜溪，岁贡生，候铨训道。生于嘉庆二十四年，卒于光绪八年。窦如祁存有《和镜溪兄留髭韵》（二首）和《新柳和家镜溪兄韵》，但窦如鉴原韵已经散佚。窦如鉴参与了同治八年《霍邱县志》的采编。

第五代：窦以勋　窦以杰　窦以焘　窦以蒸　窦以燕　窦以显　窦以煦等

窦以勋（1841—1921），小字元毅，一名蕴琛，又名意勋，号子任，窦如祁长子。生于道光二十一年正月二十四日，卒于民国十年九月初四。监生，补授甘肃灵台县典史等，加五品衔。《业桂诗钞》存其近体诗二十二首。晚清著名学者罗正钧撰有《子任先生七十寿序》，记叙了窦以勋的生平事迹。六安州附生马锡鸾撰有《窦公子任先生传》。

窦以杰（1842—1919），小字继元，字超万，号子巽。贡生，五品衔，历任黟县、和州、舒城训导，旌德、舒城、歙县、贵池教谕。窦如祁次子。生于道光二十二年，卒于民国八年。《丛桂诗钞》存其近体诗二十三首。晚清学者、诗人傅增清与方燕年曾撰书《子巽广文七十寿序》，傅系光绪壬辰（1892）进士，曾任翰林院编修、贵州学政、山东候补道。方燕年曾任山东提学使、山东省候补道任监督事，即山东大学第二任校长（1901 年—1902年）。

窦以焘（1855—?），小字河元，字公覆，号子载，又号绍樵。监生，湖北候补府经历，五品衔。窦如祁五子。生于咸丰五年三月初七。《业桂诗钞》存其近体诗一十首。

窦以蒸（1863—1923），小字荫元，册名荫蒸，字公佐，号子厚，又号籽后，一字韬庵，窦如祁第六子。禀生，宣统元年制科孝廉方正，历任繁昌县儒学训导、山东单县知县加同知衔。著《颍滨居士集》。生于同治二年九月初六。民国十一年（1922）印行的《窦氏族谱》，为窦以蒸主修，《重修族谱序》也为其撰写，落款为"十六世裔孙以蒸沐手敬序，时年六十"。窦贞光在《窦氏四隐集后序》中谓"癸亥之秋六伯亦捐馆"，癸亥指 1923年，六伯指窦以蒸，捐馆是死亡的婉辞，"捐"指放弃，"馆"指官邸，字面上来说，就是放弃了自己的官邸，一般是指官员的去世。

窦以燕（1875—1914），字子翼。生于光绪元年，卒于民国三年，窦如祁第九子。光绪间任湖北试用府经历，改山东，由河工擢补用知县。例授文林郎。文林郎不是职官，而是散官，清朝时为正七品文官所授的散官名。散官用来定级别，就好比现在说行政几级一样。跟现在比的话，因为明清时知县均为正七品，所以窦以燕大概可以算得上正处级干部。宣统三年谢病归。著有《爱日轩诗草》。

窦以显（1872—1917），字子立，号存诚山房主人。窦如祁第八子。贡生，官吏部司务。卒年四十六。著《存诚山房集》十一卷，内诗集四卷，文集七卷。生于同治十一年正月十月，卒于民国六年。

窦以煦（1866—?），小字乾元，字洪仁，号子溥。窦如祁第七子。监生，蓝翎五品衔，湖北候补布政司。著《潜庐集》，但

《窦氏四隐集》未能收入，已经散佚。《业桂诗钞》存其今体诗十七首。

窦以云（1876—?），监生，字寄仙，号缙卿，生于光绪二年。窦桂林侄孙、窦士林之孙。窦士林三子窦如彬，号小山，邑庠生，明清时期叫州县学为"邑庠"，就读的学生叫"邑庠生"。窦以云系窦如彬之子。窦以云家族与笔者家族几代为邻，窦以云大约在1950年后去世，笔者父亲小时候曾见过。窦以云参与了民国《窦氏族谱》的采写。窦以云妹夫为江苏警察署署长、江西警察厅督察长管笛。管笛的弟弟则为诗人管笠。管氏兄弟的母亲窦氏则为窦以云的姑姑。管笠的诗集《雪庐诗草》"附录窦缙卿中表《杨花》七律四首"：

> 伤春心事正堪嗟，堤上垂杨又作花。
> 愁绝东风都是梦，可怜倩女本无家。
> 人间聚散原难定，个里缠绵讵有加。
> 莫怪飘飘斜日晚，要将心绪送天涯。
>
> 温柔搏就是侬生，来去阶前倍有情。
> 送暖驱寒三月暮，撩云拨雨一身轻。
> 鸿泥雪印诚嗤我，羊角风狂太恼卿。
> 惹得离愁无处着，此心空自惜流莺。
>
> 曳雪牵云拥玉阊，萧郎此际正销魂。
> 肯抛幻影清流水，犹绕斜阳老树村。
> 风暖亭皋余白战，月明灞上又黄昏。
> 最怜零落沾泥候，苏小楼头有泪痕。
>
> 有怀难遣暮春时，花落花开岂自知。

低拂似怜人同瘦，狂飞应笑客心痴。

辞枝娇尚留青眼，点额贤疑是白眉。

从此多情何日了，江南江北总相思。

　　管笠作有《雨晴逢端阳同缙卿丹甫念初散步》。管笠多次在诗中写到窦以云："独吹清气化文章，风雅由来最擅场。赢得赠诗三百首，不辞萧瘦到归装。"（《送塾师窦缙卿暑假归里》）"满地绿云下夕阳，夏初景色最清苍。遥山一曲青如幄，多少深藏古树庄。""野鹤闲云共起居，芒鞋踏送夕阳徐。笑侬那有烹鲜想，叉手溪边看打鱼。"（《孟夏同塾师董琢堂窦缙卿自外归》）与窦以云同为塾师的董琢堂，是现当代著名作家李霁野的第一个塾师。1914 年，霍邱县叶集明强小学成立，董琢堂做国文教师，其学生韦素园、张目寒、台静农、韦丛芜和李霁野都成了现代文学史上的著名人物。董琢堂造就了现代文学史上的"未名四杰"。在李霁野的散文里，提及最多的一位老师就是董琢（卓）堂："我八岁时，父亲送我到一家私塾读书，塾师董卓堂是位秀才。……读些启蒙课本之后，塾师就给我讲《孟子》，句句翻译成白话，讲得令人听着津津有味，讲后朗读，那声调我觉得很好听，以后读诗尤其如此。此调仿佛现在已成绝响，我觉得很可惜。""我的塾师董卓堂也到了小学做国文教师，继续讲《孟子》，精彩一如往日，我至今念念不忘。"与董琢堂一样，窦以云也是桃李满天下。1930 年前后，窦以云曾赴山东莘县麻寨启蒙小学教书，著名画家郝石林是其学生，郝石林曾深情地回忆道："教美术课的老师叫窦缙卿，他不但教我们铅笔画，还教我们钢笔画。我的作业常被选出参加展览。经过一段时间练习，我把在农村看到的情景，用铅笔画了一幅《枯枝和蜂巢图》，被窦老师挂在了姜校长的办公室里。1934 年初夏，我高小很快就要毕业了……"（《九十自述　郝石林从艺七十五周年回忆录》，岭南美术出版社 2010 年版）郝石林 2011 年病逝，享年 95 岁，可能是窦以云最后去世的弟子之一。

第六代：窦贞光等

窦贞光（1904—1996），窦以显长子，字伯龙，生于光绪三十年三月二十日。续辑《窦氏四隐集》七种十卷附一卷，民国十七年（1928）刻本。民国期间曾任职于安徽省政府财政厅，1949 年后定居芜湖，1983 年迁居安庆。

窦贞甫（1864—?），窦以杰长子，又名窦葆光，官名毓寅，号贞甫（夫）。监生，五品衔，湖北候补布政司照磨、民国二等军医正、安徽督军公署军医官。生于同治三年四月十六日。《丛桂诗钞》存其今体诗二十三首。

窦重光（1867—?），窦以杰次子，号宣甫（夫）。附贡生，历署南陵凤阳县学教谕。生于同治六年三月二十九日。《丛桂诗钞》存其古今体诗十九首。

窦昭光（1891—1917），窦以煦次子。其去世时，窦以蒸作哀诗《中元节悼侄昭光即慰溥弟》："飘萧数行泪，愁到竹林来。"窦以蒸小注云："侄习欧楷，有诗稿一卷。"其诗稿已经无存。

第七代：窦延年等

窦延年（1891—?），窦祖诒。窦葆光三子，官名延年，字谷孙，号谷声。录《百庆集》，民国十三年（1924）铅印本。生于光绪十六年三月初二。

窦祖皖（1935—   ），窦贞光之子，过继给其胞叔窦固光名下，生于民国二十四年八月二十七日。曾任洛阳市常务副市长，现任洛阳书画协会顾问，曾举办过个人画展。

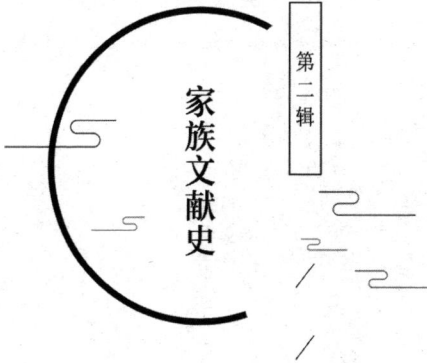

第二辑

家族文献史

第三章　窦国华及其家族诗集版本考略

　　研究窦国华及其家族的诗歌，最为重要的是材料问题。对于窦国华及其家族诗歌开展拓荒性研究，材料的发掘具有关键性的意义。高度重视体现家族集体记忆和文化遗存的族谱、地方文献以及相关史料的收集、考证、整理、集成、研究等一系列工作，如此才能将整个研究建立在扎实而科学的基础之上。经过多年寻找，2017 年笔者觅得窦国华家族存世的十几种诗集，分别是《挹青草堂诗钞》四卷，窦国华著，嘉庆十六年粤东省城刻本，台湾大学图书馆与吉林大学图书馆有藏；《挹青堂诗选》七卷，窦国华著，萧景云录，嘉庆二十五年留余堂刻本，国家图书馆、南京图书馆、复旦大学图书馆、山西大学图书馆有藏；《退学诗选》三卷，窦守谦、窦守愚、窦荣昌著，萧景云录，嘉庆二十五年留余堂刻本，南京图书馆、复旦大学图书馆、山西大学图书馆有藏；《述善堂诗存》七种十七卷，光绪十六年刻本，窦以燕辑，安徽省图书馆有藏，包括窦国华《挹青堂诗集》、窦守谦《红药园诗集》、窦守愚《槐阴屋诗集》、窦如郊《奈何编》、窦荣昌《延绿阁诗选》、窦桂林《撷蘅轩诗钞》、窦恽祁《留余堂诗集》《丛桂诗钞》（窦子任、窦子巽、窦绍樵、窦子厚、窦子溥、窦贞夫、窦宣夫合著）；《窦氏四隐集》七种十卷附一卷，窦以蒸辑、窦贞光续辑，民国十七年刻本，安徽省图书馆有藏，包括窦以蒸《颍滨居士集》、窦以显《存诚山房诗集》和《存诚山房文集》、窦以燕《爱日轩诗草》；《百庆集》，民国十三年铅印本，窦延年辑，北京大学图书馆、常州图书馆有藏。窦国华家族存世的这些古籍十分珍贵，特别是台湾大学图书馆与吉林大学图书馆所存的《挹青草堂诗钞》虫蛀严重，对这些古籍的抢救和整理工作迫在眉睫。这些古籍未被发掘利用，一直处于尘封状态，是窦国华及其家族诗歌被长期埋没的主要原因。研究窦国华及其家族成员的诗歌作品，必须对这类文献进行系统的爬梳整理，了解其遗存状况。窦氏家族诗集损毁、散佚相当严重，但总体来说，遗存资源还是相当可观的。这些诗集历经兵燹、水火、虫蠹等劫难和侵蚀，得以保存至今，弥足珍贵。

1.《挹青草堂诗钞》

《挹青草堂诗钞》四卷（嘉庆十六年粤东省城刻本，由羊城著名刻字铺西湖街六书斋刊刻，写刻颇精）是窦国华存世最久的一部诗集，收入窦国华诗歌一千多首，是《挹青草堂诗选》和《挹青草堂诗集》的三、四倍。笔者从《清人别集总目》中得知该诗集藏于台湾大学图书馆，系全台孤本。通过各种途径联系台湾大学图书馆特藏组，但无法复制该书进行研究。特藏组提供了另外一条线索，吉林大学图书馆也存有此书，系大陆孤本。诗集附有左辅、宁贵、吴贻沅、陈观光、何元烺等人的序言。元孙窦以蒸在民国初年撰写的《谨将窦故宦事实造具清册缮呈鉴核》交代窦国华"著有《挹青草堂诗集》八卷（已刊）、《经义》一卷、《时艺》二卷、《安南星槎录》四卷，并藏于家"。无论是窦以蒸，还是《窦氏族谱》和《霍邱县志》均未提及《挹青草堂诗钞》，这是霍邱诗人存世最久的一部诗集。

2.《挹青堂诗选》

《挹青堂诗选》七卷（窦国华著，萧景云录，嘉庆二十五年留余堂刻本），是窦国华存世册数最多的一部诗集。《挹青堂诗选》共三册，七卷，印行于1820年，选录者萧景云在序中称："曩友人刻全稿千余首于广南。先生不惬意，复自改订为定本藏于家。予爱先生诗，从定本中录三百篇付剞劂，以传后世。……吾愿后世读先生诗者，窥其言行一贯，究其忠孝之性所由达而立诚无懈。则此三百篇诗，即阐道之文，淑世之资，非仅才人之浮藻也。而予录诗之意，亦庶几不相远矣！"《挹青堂诗选》附录了左辅、宁贵、吴贻沇、陈观光、何元烺、刘彬华、韩對的七篇《原序》，这七位清代文人的《原序》对窦国华的诗给予了高度评价，表明了窦国华诗歌在当时的影响力。同治《续修霍邱县志》曾录入萧景云的序。

《历史文化名城罗定》（花城出版社，1998年版）载《泷江漫兴》：

> 鼓棹泷江不暂停，风光如画认重经。
> 山衔斜照千林赤，秋澈长空一气青。
> 野圃烟中垂橘柚，钓竿丝上立蜻蜓。
> 难忘春雨悬帆处，隔岸莺声细细听。

将《泷江漫兴》选入《历史文化名城罗定》的是中山大学吕永光教授，谓"泷中如画风光，入霁堂诗更见韵致"。吕永光注《泷江漫兴》"见《挹青堂诗选》卷六"。吕永光教授是极少数读过窦国华《挹青堂诗选》的当代学者之一，其编写的窦国华简介，也较为准确。

潘超、丘良任、孙忠铨等主编的《中华竹枝词全编》（北京出版社2007年版），从窦国华《挹青堂诗选》选入《采茶竹枝词》三首，语言像民歌般自然流畅，明白如话：

其一

谷雨梅风长嫩芽，绕篱香透野人家。

齐头山寺晨钟断，云里声声唱采茶。

其二

旗枪几日吐新芽，忙煞林边种树家。

龙岭凤山清石口，人人争卖雨前茶。

其三

山前山后茁灵芽，欲并先春贡帝家。

金斗城边四月八，香风一路霍山茶。

中国的竹枝词是"非物质文化遗产"的一项重要内容。唐刘禹锡创造了这一诗体，明代，特别是清代及民国间这一诗体大为兴盛，全国各地出现了数不尽的竹枝词作品。1997年，北京古籍出版社出版了六卷《中华竹枝词》。但是，在全国各地的图书馆所藏的古籍中，还有大量竹枝词没有被发掘出来，而这些古籍不仅破坏损失严重，而且由于年代久远，蠹蚀严重。《中华竹枝词》的编者经过进一步搜集，重新编辑出版了《中华竹枝词全编》，篇幅是《中华竹枝词》的2.5倍。《中华竹枝词全编》所收集的作品，始于唐代，止于民国，共收集了4402位诗人所创作的6054篇、共69515首竹枝诗词。《中华竹枝词全编》收入窦国华《采茶竹枝词》应该选自《挹青堂诗选》，编者附窦国华简介，介绍其"著有《挹青堂诗选》"。

3.《挹青堂诗集》

《挹青堂诗集》系光绪十六年刻本，潜山李树德堂校梓，附录了萧景云、左辅、宁贵、吴贻沅、陈观光、何元烺、刘彬华、韩崶的八篇《原序》。《挹青堂诗集》附有窦国华元孙窦以蒸《重刻小引》："公好为诗，主唐人清浑秀婉，不须镂刻而风骨自高，温温蔼蔼洵为德人之言，旧刻两本，一全集，一诗选，乱后散佚矣。兹乃搜罗遗篇重加排定，较全集少十之七，较诗选多十之三，凡诗三百八十七首，都为八卷，旧附录者悉仍存之。""全集"是指《挹青草堂诗钞》，"诗选"是指《挹青堂诗选》。《重刻小引》落款时间为光绪十三年（1887）。《挹青堂诗集》还附有任之萃撰写的《诰授通奉大夫广东分巡肇罗道霁堂窦公事略》。

4.《退学诗选》

《退学诗选》三卷（窦守谦、窦守愚、窦荣昌著，萧景云录，嘉庆二十五年留余堂刻本）。萧景云在序中谓："予选窦观察先生挹青堂诗竣，复选其两公子瀛舫、春坡昆仲及其孙文甫退学诗，并付剞劂，非徒表一门之风雅，固以著一家相承之志也。观察志在忠孝，既以诗言志，而见于事父事君达政专对。而两公子及其孙趋庭退学兢兢于诗，亦志观察之志，不仅以虚言为风雅者顾。……观察公事暇，趋庭学诗承亲欢，而逢名山佳水良辰嘉会文人杰士毕集，两公子与之觞咏酬嬉，极一时游宴之乐，人传为盛事，诚风雅之宗哉。……然则两公子及其孙之风雅实能承观察之忠孝，而岂只如世所称词华彪炳为一家之盛欤。长公子诗以情韵胜，著有《红药园集》。次公子诗以气格胜，著有《槐阴屋集》。其孙诗以才力胜，著有《延绿阁集》。卷帙繁不备载，录数十首以见梗概。他日全集出，识者自能遍赏以探其志，而予《退学诗选》，其亦全集之发凡乎。"萧景云谓"趋庭学诗"，典出《论语·季氏》："（孔子）尝独立，鲤趋而过庭。曰：'学诗乎？'对曰：'未也。''不学诗，无以言。'鲤退而学诗。"鲤，孔子之子伯鱼。后以"趋庭"为承受父教的代称。《退学诗选》取名，来源于此。

5.《红药园诗集》

窦守谦《红药园诗集》共分三卷，卷一为古今体诗四十四首，卷二为古今体诗五十一首，卷三为古今体诗六十六首。窦守谦《红药园诗集》与窦守愚《槐阴屋诗集》合编。曾孙窦以蒸撰写《两中宪公遗诗合编序》："尝闻古之兄弟，掇巍科，登显宦，一时同榜同朝，人称为世事者，往往而有。迫家庭间，性情既翕，声气相应……两公遗稿散失，不知凡几，原就各选本录出，并家藏稿，订为合编，成先志也。《红药园集》三卷，凡诗一百六十一首。"

6.《槐阴屋诗集》

窦守愚《槐阴屋诗集》共分二卷，卷一古今体诗三十一首，卷二为今体诗四十八首，凡诗七十九首。

7.《延绿阁诗选》

窦荣昌所著《延绿阁诗选》仅有一卷，其孙以蒸、以煦重编，以显、以燕参订，曾孙葆光、重光校字。《延绿阁诗选》所收之作与《退学诗学》所收之作基本重复，系窦荣昌二十四岁之前的作品，其后期诗作散佚。卷首附有窦以蒸外祖父温宝田于光绪十一年（1885）所做的《延绿阁诗序》："外孙以蒸编校乃祖诗，皆弱冠随侍在粤诸作居多，已可见棱棱风概。后作当更可观也，何残佚殆尽，了不复存。惜哉！"窦以蒸为《延绿阁诗选》所撰写的《小引》表达了同样的意思："岁乙酉，余辑先世遗稿，出会新镌，顾大父之诗，所存无几。大父少有经世志，不屑以文章争名，文人学士间而为文，亦辄豪迈，直抒胸臆，后气杰语，诚有过人者。初萧先生选两中宪公诗，曰《退学诗选》，大父诗附之，时年方廿四也。越数年，赴官武林，又数年，改官燕京，所至恤民靖匪，政简惠深，而以刚直见抑，不竟其用，当世惜之，是时也。山水流连，风尘感慨，或因时以纪事，或触物而兴怀，或写吴越之烟景，或作燕赵之悲歌，更事既深，篇章滋富。后卒于官，全稿放失，今存者凡三十一首，尽属早年作，觅诸萧选旧本者也。读者亦可想见其风范。鸣呼！事功不能著于世，而文章抑复零落，可胜叹哉！"窦以蒸写于1887的这篇《小引》对窦荣昌诗作散佚充满了惋惜之情。《延绿阁诗选》还附有萧景云《退学诗选序》。

8.《撷蘅轩诗钞》

窦桂林著，侄孙窦以蒸录，侄曾孙葆光、重光编，共分两卷，卷一古体诗十八首，卷二今体诗七十二首。卷首附有窦以蒸的《小引》："家叔祖一山先生，食贫，力学，早岁食廪膳，屡踬矮屋，偃蹇不遇，坎壈潦倒，抑郁以终。其为诗，清空流丽，时发艳情，以撼其婉恋。吁！盖有托耳。书怀云：诗情多写美人愁。不亦自定其诗乎。同时祝先生宏毅固陵知名士也，一见如平生欢，订文字交，自谓才力不逮，遂更字亚山。其倾倒如此。著有《撷薇轩稿》，乱后散佚。兹抄九十篇，庶存崖略。后之览者，可以慨其志焉。"

9.《留余堂诗集》

窦如祁著，共分四卷，卷首附其岳父温宝田的《序》，谓窦如祁"全稿为同乡邹某假去，零落殆尽。余手抄一帙，角乱际诗多，披读之下，叹其咏物书怀之作，沈雄清健，寄托遥深"。窦以蒸的《序》则交代了编选《留余堂诗集》的来龙去脉："先君子性情诚朴，一人无争。凡事不欲上人，必留余步。家庭乡党间，翕然称有道仁人也。嗜问学，慎交游。少时不得志，惟藉吟咏以自娱。厥后遭际丧乱，阅历沧桑，心病时艰，抱蕴不获施之世。凡哀乐之故，流离之感，无不寓之于诗。故发抒忠爱，自道性情，大合乎敦厚之旨焉。蒸尝检得诗稿卅余首，遂藏之。丙子先恭人之郧阳，先君子搜篋中见之，曰：'汝髫龄，知爱吾诗耶。吾诗大半佚亡，不复记忆，可惜可惜。'遂录近作数首授蒸，冬季弃诸孤，蒸愈宝之。越壬午年，乃併长兄以勋、五兄以焘所藏稿及舅氏馨甫上痒所藏外祖手抄本，合得二百九首，分订四卷。特恐久而复失，因出刻之。"

10.《奈何编》

窦如郊著，由其侄窦以蒸、窦以煦重订，窦以显、窦以燕重刊。收入诗歌十七首，其中十四首是窦如郊写亡妻的悼诗，两首《题内兄宛立俊伟甫泛槎图》、一首《挽歌》。卷首附窦如郊《自序》，卷末附宛立俊的《谏亡妹文》和《跋》、窦以蒸的《重刻跋》。窦以蒸谓窦如郊"藻翰清超尔雅，不欲以学问才力胜人，自抒其胸臆而已。乱后放失，罕有存者，兹得《奈何编》一帙，乃悼亡作也。岁丙戌，从黄梅宛君册中，翻得泛槎图二什，昨家兄以勋为诵胡安人挽诗一首，亟书附其后。所存太少，似不足单行……然则片羽吉光弥用宝贵，即以是编刊行，亦可也"。

11.《梅花馆遗诗》

收入窦如郇古今体诗十五首。卷首附窦以蒸光绪十三年（1887）撰写的小序："家三叔尝官江南理问，中年时患目疾，假归后遂无意仕进。生平雅善书画，书宗颜鲁公，画师元人，妙有风致，亦几如唐，临晋帖。诗其偶然作也，虽未敢称作者而颇自可存，今下世十年矣。遗稿零落，将儿时缮写者十数首附存卷末，等之片羽云。"

12.《丛桂诗钞》

《丛桂诗钞》由固始温九龄编录，收入窦子任（以勋）近体诗二十二首、窦子巽（以杰）近体诗二十三首、窦绍樵（以泰）近体诗十首、窦子厚（以蒸）古今体诗八十首、窦子溥（以煦）今体诗十七首、窦子立（以显）古今体诗二十五首、窦贞夫（甫）二十三首、窦宣夫（甫）古今体诗十九首。卷首附赵景清的《序》、鲍乃森的《集选序》。鲍乃森系广东巡检，窦如祁的女婿。

13.《颍滨居士集》

窦以蒸著，共分十卷，卷一《痴园草上编》、卷二《痴园草下编》、卷三《东楼草上编》、卷四《东楼草下编》、卷五《繁昌草》、卷六《还山草》、卷七《北地草》、卷八《清音草甲编》、卷九《清音草乙编》、卷十《话旧草》，末附录杂著一卷。卷首依次附吕璜《四隐集序》、江瑞图《颖滨居士集序》、窦以蒸《颖滨居士集序目》。《颖滨居士集》共收入窦以蒸自光绪壬午年（1882）始至民国庚申年（1920）冬止共九百余首（篇）诗文。

14.《存诚山房诗集》和《存诚山房文集》

窦以显著《存诚山房诗集》，共分四卷，收入诗歌一百七十四首。卷首附吕璜《存诚山房文集序》（作于民国六年）、窦以蒸《序》和窦以显的小传。窦以显还著有《存诚山房文集》共有七卷，与《存诚山房诗集》，合称《存诚山房集》。

15.《爱日轩诗草》

窦以燕著，卷首依次附窦以蒸《窦氏四隐集序》、窦以燕的小传、窦以燕《爱日轩诗草小引》，卷末附窦贞光的《后序》。窦贞光系窦以显的长子，其在《后序》中交代了编印《窦氏四隐集》的有关情况，窦以煦的《潜庐集》原本与窦以蒸《颖滨居士集》、窦以显的《存诚山房集》、窦以燕的《爱日轩诗草》作为《四隐集》一起付梓，但遗憾的是"《四隐集》中仅印其三"。

16.《百庆集》

《百庆集》为民国十三年（1924）铅印本，窦延年辑，存于北京大学图书馆、常州图书馆。晚清举人窦炎题写书名，窦炎在晚清曾任内阁中书、记名道。

封面印有"民国第一甲子重阳日付印""板藏霍邱南乡窦家

中楼""安徽官纸局印"。《百庆集》系为窦贞甫六旬晋一大庆所编的诗集，收入古诗律诗160首，"荟萃桂川鄂湘苏晋直鲁豫以及本省安庐凤颖徽宁池太六广滁和泗十三属名贤佳著"，这些名贤佳著包括许世英、周学熙、姚永朴、李大防、李灼华、裴景福等人的献诗。光绪三十年（1904）进士、清末民初学者张学宽作序。张学宽曾被胡适推崇为我国推广白话文的"开山老祖"。诗集前面有裴景福（伯谦）献诗："六十一年甲一周，八千岁月为春秋。青囊济世同泰越，沧海横流有许由。树德燕山家植桂，齐眉鸿按屋添筹。古稀幸我身犹健，欲访西村话旧游。"窦延年在序中称窦贞甫"年三十以知县分鄂省，张香帅尤器重之"。湖广总督张之洞号香涛，称"帅"，故时人皆呼之为"张香帅"。窦贞甫1893年到任知县时，张之洞在湖广总督任上。

1924年出版的《百庆集》中，"略例"曾言将重印《述善堂诗存》，将辑入新作。此出版计划并未付诸实施。

窦氏家族存世的这些诗文集，为研究窦氏家族文学提供了第一手文献。基于这些文献的综合考察，有助于从家族层面探讨清代诗歌发展繁荣的家族因素以及诗人成长的家学渊源，为我们钩稽清代诗歌家族的类型和特征，提供了可资征信的文献载体。除了这些诗文集，特别值得一提的是，诗人窦以蒸主修于民国初年的《安丰窦氏族谱》保存了大量文献资料，是集中保存家族文化记忆的物质载体。对家族文学、家族文化研究而言，族谱无疑是一个庞大的资料库。族谱对颂思祖德、启励后人、寄托家族情思，加强家族向心力、寻觅家族文学的特征和传承、构建家族文学的发展脉络、重现家族成员的文学活动空间等，都具有重要意义。族谱可以帮助我们厘清家族文人及其文学创作的血脉传承路径。窦氏家族的诗文集和族谱文献，是古代文学家族观念、地方意识强化的表征，也是文学家族出现的一种必然结果。

窦氏家族在崇尚道德、重视科第、敬宗睦族、文献收藏、文学传承、博学勤学等方面的成就，在清代文化家族中具有典型意义。所谓"诗书传家久"，古代绵延久远的文学家族数量不在少数。窦氏以文学世家著称，家族中人几乎人人有集。窦氏家族文学，既包括家族作为一个整体呈现出来的文学实绩和特色，又包括具体家族成员丰富多彩的文学创作，它实际上是家族视域下的清代文学的别样展现。窦氏家族文学通过传承与变异不断丰富和建构自身。当然，窦氏家族诗人中，有的只有零星作品保存下来，有的则只能根据相关记载进行推测，有的则痕迹全无。尽管所能依据的材料有限，我们仍可假一窥万，领略一下窦氏家族的文学魅力。

第四章　窦国华集外诗歌考略

　　窦国华除存世的几种诗集，尚有部分作品以不同的方式流传于世。对窦国华的诗歌进行研究，一方面要以其诗集为重点，另一方面也要致力于辑佚拾遗的工作。

　　笔者以前只看到其零星诗作散见于世：民国吴宗慈编撰的《庐山志》（1933 年排印本，1980 年台北明文书局重印，江西人民出版社 1996 年出版校注本）收入窦国华诗歌两首《刘西涧墓一》《刘西涧墓二》）。《庐山历代诗词全集》（上海古籍出版社 2010 年版）和《庐山诗文金石广存》（江西人民出版社 1996 年版）收入窦国华诗歌两首（七律《刘西涧墓》和《又五言古一首》），附窦国华简介："嘉庆时官南康知府，曾重修庐岳祠。"这两首诗与《庐山志》上的两首诗相同。收入《庐山志》的七律，《挹青堂诗选》则未收入。兹录如下：

刘西涧墓

　　宋刘西涧先生，字凝之，讳涣，筠州人也。以名进士令颍上。余颍霍邱，与先生同治郡。尝阅邑志，先生流风善政，犹有存者。今冬出守西宁，始知先生解组后，怡情山水，因卒于是邦。余敬奉生刍以谒其墓，窃见碑碣苔封，松楸烟冷，不禁慨然曰："此吾邦之贤父母也，忍混为累累孤茔哉！"爰鸠工修治之，俾采樵者毋犯士之垄可也。是为记。感赋七律一章。

> 瓣香樽酒礼遗贤，蔓草残碑思黯然。
> 三世清如冰玉涧，先生高并北山巅。
> 颍川宦迹随流水，宋代儒风散晚烟。
> 试看斜阳牧竖返，错疑黄犊下林泉。

经过仔细比对，笔者发现无论是这首七律诗，还是那首五言古诗，都与同治《星子县志》所载窦国华诗歌内容基本一致。吴宗慈1930年到庐山，经过认真调查、亲身履勘、广泛咨访、查阅典籍档案资料，并邀请著名科学家胡先骕、李四光一起，历时四年，完成了《庐山志》稿并付印。《庐山志》所载窦国华诗歌应该选自同治《星子县志》。除了以上两首诗歌，《星子县志》还有一首写刘西涧的诗，则未选入《庐山志》。兹录如下：

余为公务之暇，访郡城东隅，西涧读书台在焉。乃知先生自颍上来，以直道黜，归隐庐山，沉浸史籍，乐道终身。令嗣讳恪、恕、孙和仲、义仲，克承家学，以经术显。余守是邦，询其遗迹，父老无能道者。乙丑秋，偕友人春池，得故址于荒烟蔓草中。友人出处与先生同揆，高先生之风，辄低徊者久之。顾谓余曰："君重气节文章，发潜德之幽光，君素志也。斯台无以表之，后将湮没弗彰矣！"爰赋属和。余因志数语，勒于石上。俾过斯台者，如闻先生咕哔之声云。是为记。

感赋七律一章

乡邦宦绩未成灰，为访先生几溯洄。

涧咽寒泉人早去，草荒秋雨客迟来。

明经自昔传三世，壮节于今剩一台。

尚有苦吟窗外月，清光依旧照城隈。

此诗的原注非常详细，应为窦国华所作的《西涧读书台记》。《庐山诗文金石广存》载："西涧读书台记（碑佚，文存），窦国华记。"《挹青堂诗选》也辑入了这首写刘涣之的七律，但无论是标题、原注，还是诗歌内容，与同治《星子县志》所载的诗歌都有较大出入：

题刘西涧先生墓碑并序

先生号西涧，北宋瑞州人也。以名进士出宰颍上，直道见黜，归隐庐山，筑读书台、壮节亭，沉浸史籍，乐道终身。其后嗣克承家学，以经术显。余守是邦，询其父老，无能道者。乙丑秋，偕同人搜得故址于荒烟蔓草中，低徊久之。客谓余曰，发潜德之幽光，君素志也，亦守土者责也。今无以表之，终将湮没弗彰矣。爰赋一律，并志数语勒于石俾，来者知所景仰云。

颍川循吏宋贤才，归隐遗踪孰溯洄。

涧咽寒泉人已去，草荒秋雨客迟来。

明经自昔传三世，壮节于今剩一台。

尚有苦吟窗外月，清光夜夜照城隈。

收入同治《星子县志》与《挹青堂诗选》《挹青堂诗集》的五言古体诗，在内容上也有所出入：

又五言古一首

古人不爱名，今人翻爱古。
潜德发幽光，经济垂治谱。
颍水不能容，鹿豕堪为伍。
结茅恋宝峰，恬退不出户。
经术世其家，源纯克肖父。
三司曾相招，新法辞怨府。
兄弟隐相偕，坐卧挥吟麈。
高才掞天庭，孙雏更绳武。
苏子咏节操，永作匡庐主。
猕岭忆归来，空余一抔土。
我辈访遗踪，瞻拜日正午。
晴云覆青苔，秋色老南浦。
飒飒对秋风，萧萧白杨树。
政和事已非，谁复留簪组？
何如此荒丘，樵牧毋敢侮。
萍藻荐馨香，先生神勿吐。

————载同治《星子县志》

再题刘西涧先生墓碑后

古人不爱名，今人翻爱古。
潜德发幽光，经济垂治谱。
颍水不能容，鹿石堪为伍。
结茅深山中，恬退不出户。

经术世其家，源纯克肖父。

三司曾相招，新法辞怨府。

兄弟隐相偕，坐卧挥吟麈。

高才掞天庭，孙雏更绳武。

苏子咏节操，永作匡庐主。

化鹤何时归，空余一抔土。

我来访遗踪，瞻拜日正午。

晴云覆青苔，秋老白杨树。

为念高爵人，谁复留簪组。

何如此荒丘，樵牧毋敢侮。

萍藻荐馨香，先生神勿吐。

——载《挹青堂诗选》与《挹青堂诗集》

　　《挹青堂诗选》为窦国华去世几年后刻录，应为定稿。在这首五言古体诗中，"鹿豕堪为伍"被改成了"鹿石堪为伍"，"结茅恋宝峰"被改成了"结茅深山中"，"缑岭忆归来"被改成了"化鹤何时归"，"我辈访遗踪"被改成了"我来访遗踪"，"晴云覆青苔，秋色老南浦。飒飒对秋风，萧萧白杨树"被压缩成"晴云覆青苔，秋老白杨树"，"政和事已非"被改成"为念高爵人"。可见窦国华作诗，很注重篇中炼句，句中炼字。

　　同治版《星子县志》还载有窦国华的另外几首诗：

由栖贤上庐岳祠

宝殿参差入翠微，望中先迹想依稀。

玉渊水响龙潭咽，（古龙潭百余丈）瀑布山高涧雪霏。

峻岭奔腾天上坐，祥云拥获雾中飞。

匡庐群仰神威力，好沛甘霖遂所祈（崇祀庐岳祈雨尊神）。

乙丑暮春偕同寅虔，祭先农坛率成一律

整衣待漏五更残，虔祭司晨夜欲阑。
南亩披星还带月，西宁土瘠赖人安。
三推教稼先皇泽，百拜焚香后稷坛。
惭我书生当重任，常怀民事念艰难。

迨值布谷催耕之候，农夫告余以春及，将有事于西畴。余忝理庶绩，抚字未能。爰偕同人劳我农夫，庶无负于古帝王教稼之意云尔

布谷三春到处鸣，西宁农事正深耕。
锄云须慰闾阎望，犁雨还劳妇子情。
敢借庐山供啸咏，要资湖水鉴澄清。
行行此去牵帷看，愿听康衢击壤声。

乙丑孟春，余历任西宁之次年也，因公经入湖山，步步引人入胜。每思崧生岳降不乏英贤，特举观风之典，为士子上进之阶。余愧领名都，无多学问。尝念十年寒窗之苦，皆余昔年阅历之境，所望群贤毕至，少长咸集，各抒怀抱。行见直上青云，表扬盛世，于诸生有厚望焉！因成俚句，略赋生平。广祈和章，聊洽素愿云尔

行年五十疾如梭，学未成名岁月过。
工部诗章裁伪体，昌黎文品起颓波。
青灯吟咏韦编绝，黄卷摩抄笔冻呵。

廿载以前回首事，风檐冰雪砚中磨。

远涉西江宦味清，相随琴剑足生平。
难言治化安黎庶，愧少诗书答圣明。
卧阁无为怀汲黯，催科不脧法阳城。
车中富教师千载，敢望三年效有成。

共戴熙熙化日天，英才星聚六堂前。
修江昔日称双玉，鹿洞今朝法二贤。
每爱身随清献鹤，常思手抚武城弦。
关情愧我无长策，一点冰心矢已坚。

《挹青堂诗选》收入窦国华《舟行羚羊峡》七律两首：

其一

羚羊峡路几曾停，鼓棹遥遥入渺冥。
两岸霜华含水白，孤滩渔火逗烟青。
风回远岭花开树，雨过秋潭夜洗星。
记得前游题寺壁，经年魂梦又重经。

其二

西风飒飒树萧萧，买棹高安一水遥。
童子牵牛临绿浦，老僧拄杖过红桥。
满天霜堕钟音冷，深夜鸡鸣客梦消。
枕上未忘佳句癖，闲吟原不是无聊。

对比《挹青堂诗选》，清宣统《高要县志》收入《舟行羚羊峡》第一首，且有两个字的出入："孤滩渔火逗烟青"中的

"逗"为"画","经年魂梦又重经"中的"魂"为"云"。

清宣统《高要县志》还收入《宝月台包公星岩书院也新建溯洄亭成赋此》,《挹青堂诗选》未辑入,因此显得弥足珍贵:

> 弯环池水向人清,缅溯伊人宛在情。
> 朗朗经声明月上,入门疑听课书声。

《肇庆历代诗词选萃》(岭南美术出版社,2007年版)收入《宝月台,包公星岩书院也,新建溯洄亭成,赋此》,注明"选自清宣统《高要县志》"。其实,此诗在道光年间便被收入《端溪诗述》。《端溪诗述》共编入窦国华诗歌15首,其中《题锄月轩种梅诗》四首,《挹青堂诗选》和《挹青堂诗集》也未收入。

杨国安编辑出版的《中国烟业史汇典》(光明日报出版社,2002年版),选编了明末至民国期间有关烟草业历史的典籍资料,以史料和史实展现了这一期间中国烟草发展的大体脉络,该书第七章《烟草谱》收入窦国华诗歌一首:

> 佳种原从异域传,巴菰雅品俗呼烟。
> 喷来缥缈云生坐,吸尽缤纷露滴仙。
> 解郁宣和乘雾下,忘饥破闷佐筵前。
> 若教红袖凭栏立,引得相思入艳编。

窦国华的诗歌还散见于《肇庆市志》等。这些零星散乱之作难以呈现窦国华诗歌的总体艺术风貌,今人鲜有研究者,从而影响到学界对窦国华及其家族诗歌进行深入研究、准确评价与历史定位。

第五章　窦国华诗集作序者考略

《挹青堂诗选》辑入选录者萧景云的序，还辑入左辅、宁贵、吴贻沄、陈观光、何元烺、刘彬华、韩尌的七篇《原序》，这是研究窦国华及其诗歌的重要文献。作序者均为清代知名诗人，作序时间横跨不同时期。

1. 萧景云

萧景云是《挹青堂诗选》和《退学诗选》的编录者，其序最为详尽。清光绪《寿州志·人物志》载有萧景云小传：

萧景云，字亦乔，号雪蕉，岁贡生。工诗善书，为亳州梁巘高弟子。尝著论古今利弊，洒洒万余言不休。有以词人目之者，辄掉头曰："士安能鹿鹿从曹、刘、沈、宋后丐余名哉？"喜遨游，涉富春，登会稽，历括苍、赤城，尽揽浙东西之胜。归而键户著述，家无宿储，泊如也。少受知于东武窦东皋光鼐，光鼐官浙江学政，时延入幕，有袖千金乞关节者，景云挥逐之。尤为长白阿林保所器重。道光元年，征举孝廉方正，安徽巡抚孙尔准考取送部引见，未及行而卒。著有《招鹤堂诗集》，已刊行；《文集》若干卷，待梓。

萧景云系清代著名书法家梁𪩘（1727—1785）的得意门生，萧景云不仅传承了梁的笔法，还与其情意深长。梁𪩘《承晋斋积闻录·砚论》记载："萧生亦桥赠吾青花端砚，惜其边少有缺损，因刻铭数行，不然拂摩如玉，吾不忍镌刻以损其真也。铭曰：'蕉叶心，开青花，星灿细，藻沦漪，微云河汉，禀德既温，发墨斯偃，珍过琼瑶，端溪之冠。'"萧景云还曾经做过窦光鼐的幕僚。"少受知于东武窦东皋光鼐"，是指窦光鼐，号东皋，山东诸城人，乾隆七年（1742）进士，历任庶吉士、编修、左中允、内阁学士、左副都御史、浙江学政、吏部侍郎、署光禄寺卿、宗人府府丞、礼部侍郎、左都御史、顺天府尹、光禄寺卿、福建乡试正考官等。系乾隆的老师，同乾隆时期宰相刘墉为姑家表兄弟。与纪文达（纪昀）、朱正文（朱珪）、翁方纲等名流在朝主持文运30年，极有造诣，对清代文化的发展影响颇深。乾隆五十一年（1786），窦光鼐任浙江学政，萧景云被"延入幕"，一度受到阿林保的器重。萧景云去世于道光五年（1825）。"道光元年征举孝廉方正，安徽巡抚孙尔准考取送部引见，未及行而卒。"孝廉是明清两代对举人的称呼。孝廉方正是清代特诏举行的制科之一，自雍正时起，新帝嗣位，诏直省府、州、县、卫各举孝廉方正，赐六品章服，备召用。乾隆以后，定荐举后送吏部考察，授以知县等官职。萧景云不仅工诗词、善书法、喜邀游，其历史、地理知识也一流，助凤台知县李兆洛完成《凤台县志》，成为当今安徽"十大名志"之一。寒士潦倒，家贫如洗，但在浙江为学政幕僚时，竟能坚拒千金之贿。

萧景云以书法名于世，今有草书条屏、行书屏、临羲之草书屏藏寿县博物馆。萧景云著有《招鹤堂诗集》，但光绪《寿州志》仅录其诗歌三首，其诗人身份容易被人忽略。因此，《挹青堂诗选》所录的几十首诗歌，显得弥足珍贵。去世前一年，萧景云选刻了《挹青堂诗选》与《退学诗选》，也为自己留下了几十首诗歌。萧景云是窦国华早期唱和的主要诗友，两人友谊深厚，写有大量酬唱诗。《抱青堂诗选》卷一主要收入了窦国华与萧景云的唱和之作：窦国华的《和萧雪蕉见题小园二十咏原韵》《和雪蕉重游小园八首原韵》和萧景云的《原韵》。《抱青堂诗选》卷二收入了《竹圃屋成雪蕉赠诗依韵和之》《和雪蕉韵》《友人迁居雪蕉赠诗属予和之》《和竹庐先生招同雪蕉夕饮》《水涨有怀雪蕉》《慰雪蕉即依原韵》《送雪蕉旋里即依留别原韵》《再送雪蕉归里》。窦国华交游颇广，与众多诗人唱和不断，但与萧景云唱和最为频繁，也最为持久，友见之爱，情见乎辞。萧景云在《同人重集抱青堂分赋》中写道：

> 登堂哭忆辟山年，三载前来已怆然。
> 又抱孤行云一片，同看万里月初圆。
> 长生丹在诗留命，后死人多道共肩。
> 出海骊珠亲付与，忍教光更堕深渊。

窦国华去世之后，萧景云与窦国华之子窦守谦、窦守愚，以及窦桂林继续往来。萧景云作《赴松滋访瀛舫、春坡两公子，道中先寄》：

> 过江病鹤掩秋林，旧伴何缘和古琴。
> 东道楼悬千日榻，南山云卷几年心。
> 知拼留客觞难尽，却恐思亲泪更深。
> 披读抱青诗稿遍，应看霜雪鬓毛侵。

萧景云还作有《赠瀛舫、春波两公子，即以留别》：

> 浮云净扫海流东，不信惊涛触太空。

元气搏于开辟后，春风来在雪霜中。

频年招鹤遥林白，两月看花老眼红。

惯别休嫌棋局冷，楸枰闲处是鸿濛。

窦守谦作《游巢云山步萧雪蕉夫子韵》：

屏开彩翠抱长河，磐石奇峰压绿波。

万壑烟腾雄虎气，一潭云护老龙窠。

天桥危柱穿空出，虹涧飞花趁鸟过。

怪底幽人恋山水，嚣尘不到古岩阿。

窦守愚作有《奉和雪蕉先生留别原韵》：

满座春风玉麈挥，清谈不倦快相依。

书来忧患催成别，泪湿衣衫怅竟归。

近水乱山遮客影，闲身高咏惹人讥。

遥知回望斜阳外，百里烟昏鹤伴稀。

窦桂林作《题萧雪蕉夫子诗集》：

天留半角古青山，不为苍生起谢安。

身作传人原是命，文能达道不须官。

烟云变灭鹤常静，桃李繁华松自寒。

六十年来耽寂咏，炼神诗是养生丹。

2. 左辅

嘉庆二年（1797 年，丁巳），著名诗人左辅出任霍邱知县，

1798 年春为窦国华诗集作序，可见其对窦国华诗歌的赏识。其序收入嘉庆辛未年（1811）《挹青草堂诗钞》与《挹青堂诗选》。窦国华作有《山中夜行用左明府原韵》《送左明府》等诗。

《清史稿》有左辅传。清同治《续修霍邱县志·秩官志》记载，"左辅，江苏阳湖县进士，二年任，有传"。"嘉庆元年，自南陵调霍。为政廉明勤干，务持大体。甫下车，捕巨盗白起陇等数人，尽法惩治，奸宄敛迹。而于劝农桑、敦教化，尤加意焉。邑学宫荒芜，捐廉倡修，恢宏旧址，焕然一新。他如风云雷雨，社稷坛，城门戍、戍楼以及孙公等祠，莫不次第修举。公余课士，训迪子弟，如严师。出文稿示诸生，梓而行之，远近奉为楷模。后大宪保荐，擢守颍郡，历升至湖南巡抚。"左辅任霍邱知县一年，勤政爱民，深受百姓爱戴，但因"催科不力"被朝廷罢官。嘉庆四年（1799）复为合肥知县。后历任怀宁知县、泗州知州、颍州知府、广东雷琼道、浙江按察使、湖南布政使。嘉庆二十五年，年近七旬的左辅擢湖南巡抚，成为封疆大吏。卒于道光十三年，年八十三。

左辅能诗善词，早年与洪亮吉、黄仲则、赵味辛等著名清代诗人唱和，才情横溢，寄托遥深。著有《念宛斋诗集》八卷（嘉庆二十四年刻本）。左辅的诗被誉为"有唐人正格"，句奇格正，兼有晋唐诸家之胜。《国朝正雅集》谓左辅的"杰作不可尽指，诗人之正则，必当以先生为首也"。左辅纂修的《合肥县志》收录赋、诗、诗余、碑记、杂文等各种文学作品逾十万字，几占全篇的三分之一。《合肥县志》载入左辅诗六首。左辅的词作成就尤为世人注目。他本人就是以著名词人、散文家张惠言为首的常州词派的主要成员。张惠言撰有《书左仲甫事》，写其主政霍邱时的轶事，塑造了一个廉洁奉公、勤政爱民的清官形象：

霍邱知县阳湖左君，治霍邱既一载，其冬有年。父老数十人，来自下乡，盛米于筐，有稻有粳，豚蹄鸭鸡，伛偻提携，造于县门。君呼之入，曰："父老良苦，曷为来哉？"顿首曰："边界之乡，尤扰益偷。自耶之至，吾民无事，得耕种吾田。吾田幸熟，有此新谷，皆耶之赐，以为耶尝。"君曰："天降吾民丰年，乐与父老食之；且彼家畜，胡以来？"则又顿首曰："往耶未来，吾民之猪鸡鹅鸭，率用供吏，余者盗又取之。今视吾圈栅，数吾所育，终岁不一失，是耶为吾民畜也。是耶物，非民物也。"君笑而受之，劳以酒食。皆欢舞而去，曰："本以奉耶，反为耶费焉。"士民相与谋曰："吾耶无所取于民，而禄不足以自给，其谓百姓何？请分乡为四，四又为三，各以月入米若薪。"众曰："善。"则请于君，君笑曰："百姓所以厚我，以我不妄取也。我资米若薪于百姓，后之人必尔乎索之，是我之妄取无穷期也。不可。"亳州之民，有诉于府者曰："亳旧寡盗，今而多，其来自霍邱。霍邱左耶不容盗，以祸亳，愿左耶兼治之。"嘉庆四年十二月，霍邱有吴生在京师，为余说如此。

余同年友仁和汤吉士金钊告余曰："往岁北来，道凤、颍间，往往询其民人谣俗。有刑狱不当、赋役无节者，民曰：'非霍邱左耶来，谁与辨之？'有风俗乖忤、水旱冤抑者，又曰：'非霍邱左耶来，吾属不安乐矣。'曰：'霍邱左耶能为河南省治狱。'吾不识左君何如人也。"余曰："吾友左君二十余年，其为人守规矩，质重不可徙，非有超绝不可及之才，特以其忠诚悱恻之心，推所学于古者而施之，治效遂如此。今之为治者，辄曰儒者迂阔，患才不任事。以吾观左君，迂阔人也，如其才，如其才！"

左君名辅，字仲甫，以进士分发安徽为知县。初为南陵，调霍邱。嘉庆三年，坐征南陵钱粮不如期，落职。入见，仍用知县。未补，又坐征霍邱钱粮不如期，落职。巡抚为请，天子知其名，特许补合肥县云。吴生，名书常，亦笃实君子人也。

3. 宁贵

宁贵为窦国华诗集作序时间为嘉庆己未年（1799）冬十月。宁贵，字鞠溪，汉军镶白旗人，曾于1786年任上海知县，并于同年去职，之后担任过娄县知县。著名文学家洪亮吉纂修的嘉庆十一年（1806）《泾县志》记载，宁贵于乾隆五十六年（1791）任泾县知县，乾隆五十八年（1793）复任。道光《阜阳县志》卷八《秩官志·知县》记载，宁贵"镶白旗汉军举人，二年十二月初一日任"。二年系嘉庆二年（1797年，丁巳），这与宁贵在给窦国华诗集序中所叙述的时间相吻合："丁巳冬调任富波路出松滋时。"嘉庆《无为州志》卷十三《职官志·知州》介绍宁贵"奉天镶白旗人，由举人嘉庆八年任"。也就是说，在1803年，宁贵又调任无为知州。

4. 吴贻沅

根据序言内容推算，吴贻沅为窦国华诗集作序时间为1799年。吴贻沅，字楚帆，乾隆己酉（1789）举人，凤阳教谕。明清时代县设县儒学，是一县之最高教育机关，内设教谕一人，另设训导数人。枞阳诗词学会编辑出版的《枞阳风雅》（安徽人民出版社，2006年版）收入其《送孟升复之梁溪》（四首）。《挹青堂诗选》收入窦国华《和楚帆四律录一》：

当日欣登大雅坛，殷勤望我庆弹冠。
长途宁畏经千折，别感真怜集百端。

独客轮蹄山外转，满天雨雪道中看。

官箴尚忆相规切，敢忘闾阎稼穑难。

1801 年春，吴贻沄与窦国华在京参加大挑，吴贻沄落选。窦国华赋诗相赠："四海交游别绪萦，那堪岐路送君行。金台此日分南北，燕市他年聚弟兄。山月江峰知己恨，春云秋树故人情。音书休厌频相寄，好慰关河隔远程。"（《赠别吴孝廉》）

5．陈观光

陈观光为窦国华诗集作序时间为嘉庆丙寅（1806）春。陈观光，号宾玉，字梅亭，江苏江浦县人。乾隆十八年（1753）举人，三十四年（1769）中式己丑科二甲第二十一名进士，选翰林院庶吉士，散馆改主事。官至礼部郎中。江西白鹿书院主讲。

6．何元烺

何元烺为窦国华诗集作序时间不详。何元烺（1761—1823），原名道冲，字良卿，又字伯用，号研农，山西灵石两渡村人。乾隆五十二年（1787 年，丁未）进士，钦点翰林院庶吉士，嘉庆十四年御史、广西太平知府署左江道。工诗，善书，著有《方雪斋诗》《砚农集》。道光三年（1823）卒。

7．刘彬华

刘彬华为窦国华诗集作序时间为嘉庆丁卯（1807）四月八日。刘彬华（1771—1829），字藻林，号朴石，广州府番禺县（今广州市番禺区）人。清乾隆五十一年（1786），考中举人。

嘉庆六年（1801），考取第二甲第六十八名进士，授翰林院庶吉士。散馆，任翰林院编修。性澹泊，不乐仕进，乞假归里。先后主讲肇庆府（今广东肇庆市）端溪书院、广州府（今广东广州市）越华书院，凡二十余年，颇负盛望。喜吟咏，常参与诗坛雅集。著有《玉壶山房诗文集》，主编两部清中叶广东诗歌总集的代表之作《岭南群雅》《岭南四家诗钞》，纂修嘉庆年间《阳春县志》、道光年间《阳山县志》，主持道光《广东通志》总纂。嘉庆十四年（1809）刘彬华主讲端溪书院。其间，他制订《学规》六条，分别为务敦品、正文本、崇风雅、闲出入、杜抄袭、严扃试。在此期间，窦国华与他过从甚密，结下深厚友谊，窦国华的《答和刘朴石太史见赠之作》就是这种友谊的见证：

其一

纱厨万卷列幽居，石室金庭总不如。
好古手常编玉简，未秋人已变鲈鱼。
神仙岂必蓬瀛住，草野何妨冠盖疏。
转怪卷帘迎俗吏，联吟深契笑谈余。

其二

久别家园自度淮，朅来清兴与君偕。
星峰云散低垂水，石洞藤高倒挂崖。
最爱登临能放眼，为筹出处更关怀。
只今文字名山在，雄气长将大力排。

窦国华与刘彬华惺惺相惜、情深义重。刘彬华赠给窦国华的原作中，有多处注解："承以全集见示""承惠酒""公询出山之期，愧无以对""自别公后久不作诗""公莅粤以来与粤士大夫交，惟余谊最深厚"。两人诗酒唱和，极尽交酬之欢。窦国华与刘彬华的浓厚情谊渗透在字里行间，可见窦国华在刘彬华心中的地位。兹将刘彬华原作附录如下：

其一

又枉高轩慰索居，秋风初起病相如。
论诗幸得窥全豹，换酒何须解佩鱼。
冰柱雪车吟兴减，小山丛桂宦情疏。
怀中赋草今犹在，惭愧殷勤问讯余。

其二

忆陪清宴酒如淮，宝月台前啸咏偕。
交到郑侨惟季札，狂容萧楚是乖崖。
匆匆穗石尊前话，渺渺羚江别后怀。
归驻轺辕恰登眺，五峰遥对七星排。

8. 韩崶

韩崶为窦国华诗集作序具体时间不详，但应在嘉庆十六年。韩崶（1758—1834），清朝大臣，字桂舲，江苏元和（今苏州市）人。乾隆四十二年拔贡。乾隆五十四年，出为河南彰德知府，迁广东高廉道。后历任刑部主事、湖南岳常澧道、湖南按察使、福建布政使、刑部侍郎、广东按察使、广东巡抚。嘉庆十四年、十六年，韩崶两次代理两广总督，查阅澳门情况，密陈海防形势。嘉庆十八年，韩崶入觐，授刑部尚书。卒于道光十四年，年七十七。《清史稿》有传。林则徐挽韩崶："西曹法律，南纪封圻，溯三朝中外勋猷，范富欧阳同著望；闽峤襜帷，吴趋杖履，忆卌载因缘香火，李张皇甫愧知名。""西曹法律"和"南纪封圻"分别指代刑部尚书和两广总督。"闽峤襜帷"和"吴趋杖履"分别追忆了韩崶在福建任按察使时，以及自己在苏州任江苏巡抚时，韩崶对自己的照顾。原联自注："公尝提刑吾闽，则徐为诸生时，即以国士相待。又则徐官吴门，值公里居，尤欣亲炙云。"此联的精妙之处在于两个结句。上结将韩崶比作北宋名臣韩琦，韩琦与范仲淹、富弼、欧阳修并称"韩、范、富欧"——赵宋四大名臣；下结将韩崶比作大唐宗师韩愈，其中李翱、张籍、皇甫湜都是韩愈的得意门生，以此形容林则徐和韩崶的关系。

　　韩崶工诗，问梅诗社成员，政事余暇未尝一日废书，故以"还读"名其斋。著有《还读斋诗稿》二十卷、续刻六卷遗稿补刻二卷。《还读斋诗稿》为乾隆五十四年至道光六年诗，共两千多首。其诗高朗和平，沉厚悱恻。其与窦国华"庚午共事乡闱场务"，庚午是指嘉庆十五年（1810）。《安丰窦氏族谱》记载窦国华，"庚午两科充广东文闱监试官"。窦国华与韩崶留下了唱和之作《庚午监试粤东乡闱，和韩中丞桂舲次厅额德定圃宗伯原韵》（三首存一）："爱士偏多惠政宽，风檐犹是念单寒。今朝丝结珊瑚网，他日功成苦胆丸。仙窟曾分香馥郁，棘闱又对月团栾。三年茬苒司廉外，依旧文光射斗看。"此诗首联加注："中丞恤雪案之苦，每放场日，候至漏尽烛炧，必使士子各尽所长。"

第六章　《青楼诗话》：　好诗几得有良缘

　　唐诗和宋诗是中国古代诗歌的两座高峰，而清代诗歌，则继相对衰落的元明诗之后重新振起，形成古代诗歌的第三座高峰。唐宋诗歌经过千年的研究和普及，其中优秀的作品大都浮出水面，而清诗受意识形态、教育和传播状况的影响，其经典化还远远没有完成，仅仅处在初步的探索过程。特别是最近一百年来，中国诗歌的重心已经转移到新诗上去，清诗的经典化变得更加困难。与唐宋诗歌相比，清代诗歌还有一个极其突出的特点，那就是它的数量多得不可计数，有诗歌存世的清代诗人估计有十万人以上。袁行云先生在《清人诗集叙录》的自序中曾估计清人诗集约七千种，连同诸总集、选集、唱和等辑集，计当三万家以上。中国人民大学和北京大学联合主持编纂、上海古籍出版社独家影印出版的《清代诗文集汇编》，收录清代诗文集四千余种，精装八百巨册，篇幅约计四亿字，堪称迄今规模最大的清代诗文著述合集，但仍然遗漏了大量清人诗集。相对于浩如烟海的清诗，任何一种清诗选本都只是沧海一粟，哪怕是《清代诗文集汇编》。我们能见到的一些清诗选本所选择的清诗作品，并不一定是最有价值的作品，并不一定是有最大阐释空间的文本，真正最好的精品有待于学术界全面深入地研究和开掘，也有待于读者的不断选择、发现和阐释。没有完成经典化的清诗，具有极大的可塑性和各种可能性。清代诗歌史的重写，将会是一种必然的过程。

清代安徽霍邱县洪家集窦氏家族一门风雅，以诗学著称，但其家族遗留的十几种诗集却一直遭到忽视，仅以孤本或稀有图书的方式存世，零星收藏于各大图书馆内，尘封在不被人知的角落。由于缺乏接触的正常途径，清代窦氏家族的十几位诗人一直未能与当代读者结缘，对他们的研究更处于一片空白。特别是生活于乾隆、嘉庆、道光年间的窦守谦（1777—1844），其诗歌无论是在思想上还是艺术造诣上，都从一个侧面上显示了清诗所能达到的高度。但就是这样一位优秀诗人，却长期湮没无闻，完全被遮蔽。窦守谦一名水德，字益广，号瀛舫，广东肇罗道窦国华长子，道光二年封中宪大夫，浙江同知。窦守谦著有《红药园诗集》三卷、《银河记传奇》二卷、《聚仙亭传奇》二卷。窦守谦的《步广陵女史杜采芙题壁韵》中的一些精彩诗句，被流传甚广的《青楼诗话》张冠李戴在无名无姓的青楼才女头上，被认为是"千古名句"。窦守谦的《步广陵女史杜采芙题壁韵》最早出现在《退学诗选》里，这本诗集由窦守谦、窦守愚、窦荣昌合著，萧景云录，嘉庆二十五年（1820）留余堂刻本。窦守谦的《步广陵女史杜采芙题壁韵》共有四首七律组成，其写法之巧妙，寓意之深刻，韵味之隽永，无不令人心折：

其一

分明数曲旧箜篌，诉出当时万种愁。
茅店夜寒悲失路，画楼春暖怕回头。
魂消渭北青天月，梦绕江南白鹭洲。
几度玉人偷下泪，背花无语自含羞。

其二

休悲飘泊历山川，鸟脱樊笼即是仙。

名士从来无好梦，美人几得有良缘。

柳多攀折多成恨，花不飘零不可怜。

境厄天教才更显，哀吟字和泪珠穿。

其三

穷途恨重压雕鞍，一样琵琶马上弹。

怀璧殷勤全璧少，爱花容易护花难。

情天有缺谁能补，孽海无源总不干。

从古伤心桃叶散，又看红堕满江滩。

其四

惊别香山发似翁，小蛮消息几时通。

前期愿保双心白，后会愁消两颊红。

有怨海棠偏带雨，无依杨柳怎禁风。

夜弦奏罢谁怜惜，梁月层层野雾濛。

广陵是扬州的古名。女史，是对知识妇女的美称。清代袁枚《随园诗话》卷二："蒋苕生太史序玉亭女史之诗曰：'离象文明，而备位乎中；女子之有文章，盖自天定之。'"清代赵翼作有《题女史骆佩香秋灯课女图》诗。窦守谦步广陵女史杜采芙的题壁诗，笔力遒劲，韵律沉雄，融哲理思考、人生悲情和艺术形象于一炉，层层转折，步步深入，将惜花之情表达得摇曳多姿。窦守谦仅凭此诗，便可以让很多清代"著名诗人"黯然失色，奠定他在清诗史上的地位。窦守谦的《步广陵女史杜采芙题壁韵》堪称清诗中不可多得的杰作，佳句迭出，诸如"鸟脱樊笼即是仙""爱花容易护花难""名士从来无好梦，美人几得有良缘""柳多攀折多成恨，花不飘零不可怜"等，完全可以成为千古传诵的名句。特别是"鸟脱樊笼即是仙"，理趣浑然，语意两工，独超众类。与窦守谦同时代的女诗人恽珠在《锦鸡》一诗中表达了同样的理趣："一朝脱却樊笼去，好向朝阳学凤飞。"但与窦守谦相比，恽珠的笔力平弱了很多。

窦守谦的《步广陵女史杜采芙题壁韵》除收入《退学诗选》外，还收入了《红药园诗集》（光绪十六年刻本），诗前附了一个非常重要的《啼红引》：

余读杜女史题壁诗，是杜鹃啼血红点斑斑也。洪明府深情护惜，笼纱题句，啼杜鹃之啼者也。余亦感而啼之，以引天下之啼者。古多伤心人，类如此矣，独我辈乎哉。

女史原序曰："家本吴中，嫁居关内，小星薄命，大妇不容，难堪狮吼之威，甘受鸾飘之苦。母罳难犯，南国无归；舅老可依，东华有路。飘零者无复西来之意，愁踏黄尘；计偕者犹思北上之期，情牵红豆。长安渐远，惨风清月白之宵；短梦难成，写地老天荒之恨。"

诗曰：

忆从十五学箜篌，生小闺中不识愁。
掠鬓香沾金约指，采花露浣玉搔头。
柳枝歌罢横塘路，桃叶迎来杜若洲。
艳语鄂君堆绣被，几回却扇几回羞。

钿车款款赴秦川，金屋欣陪阆苑仙。
天上方夸真眷属，人间偏遇恶姻缘。
弄箫多分君能见，委发休思我亦怜。

凤泊鸾飘伤薄命，重来杜牧眼长穿。

匆匆渭北理征鞍，回首蓝关泪暗弹。
黄甲干名夫壻远，苍庚疗妒古今难。
子规常泣情天老，精卫思填恨海干。
最是灞桥河畔柳，青青犹自拂沙滩。

积恨闲将问碧翁，银河一抹路难通。
诗笺空自书飞白，爪印从今寄软红。
孤雁有情怀旧垒，落花无主怨东风。
凄凉旅夜灯昏后，深院梨云细雨濛。

　　明府诗曰："新诗字字贯珠玑，写恨描愁铿尔希。一抹青山
羁客梦，两行红泪美人衣。怀才巾帼天犹忌，不妒蛾眉古亦
稀。幸遇多情贤令尹，碧纱笼护有余辉。"

　　窦守谦的《啼红引》完整地引用了杜采芙的原诗、原序和
洪明府的诗，为我们研究杜采芙的诗歌提供了最为可信的版本。
扬州才女杜采芙远嫁长安某位举人为妾，但为正妻（大妇）不
容。"计谐者"谓举人北上赴京，参加会试，求取名位（"干
名"），杜采芙只好到东华投奔舅舅。杜采芙的诗中出现了关中
的一些地名，"回首蓝关泪暗弹"句中的蓝关位于蓝田县东南，
地处陕西秦岭北麓，关中平原东南部。唐代韩愈《左迁至蓝关示
侄孙湘》诗："云横秦岭家何在？雪拥蓝关马不前。"杜采芙
"最是灞桥河畔柳"句中的灞桥位于长安城东，灞桥折柳在中国
古代诗歌中早已演绎成离别伤情的千古意象。杜采芙的诗抒发了
自己不得不离开长安的幽怨之思，悲切之情，妍丽工整，十分感
人。四首律诗感慨今昔，层次十分分明。窦守谦的步韵诗，依次
使用杜采芙原诗相同的韵字，步步跟随。步韵诗因为要步原韵韵

脚，所以写来心思为韵所束，于命意布局，最难照顾。但窦守谦的步韵诗看不出一点牵强，而显得自然顺畅，比杜采芙的原诗更胜一筹，细致工巧而不乏宏阔浑成。至于窦守谦在《啼红引》中提到的洪明府，可能是"深情护惜"杜采芙的护花使者，同样让窦守谦感动不已。窦守谦不仅和了杜采芙的诗，还和了洪明府的诗："传来秀句胜明玑，非止音高太古希。失所人悲同鹿梦，惜花心恐堕苔衣。鸣琴余韵风流甚，制锦如公手段稀。争看纱笼尘不黦，千秋旅壁亦增辉。"（《步洪江门明府韵》）

窦守谦的弟弟窦守愚（1778—1826）也作了《步广陵女史杜采芙题壁韵》，严格依照杜采芙诗歌的韵脚用韵：

其一

锦屏歌舞擅筌篌，一旦飘零怎放愁。
未必好花皆并蒂，断无去燕不回头。
谪仙有恨离三岛，晓梦无缘傍十洲。
试看途中题壁句，衷肠歌诉尚含羞。

其二

自言昔日别江川，宝马香车宛若仙。
虽是悲欢原有数，从来嫡媵总无缘。
妒花少女风偏冷，失侣征鸿影自怜。
知否都门今夜月，有人相对眼将穿。

其三

苦雨凄风逼玉鞍，琴声静好岂容弹。
才如白雪相知易，人是青娥不妒难。
凤去宁辞桐叶冷，霜雪终向草头干。
心情纵说萧条甚，肯逐飞花下野滩。

其四

失马何须问塞翁，银河有鹊亦难通。
誓将共老头堪白，事到伤心泪自红。
莫对容华怜薄命，还宜干当藉春风。
新词不遇河阳令，驿馆长教宿雾濛。

与窦守谦的和诗一样，窦守愚的和诗也使用了杜采芙的原韵原字，其先后次序也与杜采芙的诗相同，第一首为“篌”“愁”“头”“洲”“羞”；第二首为“川”“仙”“缘”“怜”“穿”；第三首为“鞍”“弹”“难”“干”“滩”；第四首为“翁”“通”“红”“风”“濛”。这种步韵诗是和诗中限制最严格的一种，就是依次用原韵、原字按原次序相和。步韵虽然难度较大，但正因为如此，也往往逼着诗人们非全力以赴、刻意求新不可，于是难中见巧，反出好诗。窦守愚的诗就韵构思，小弄新巧，也算得上是好诗，但与窦守谦的同题和诗相比，略输一筹，稍显呆滞。

从窦守谦、窦守愚两兄弟的和诗可知，杜采芙其人其诗赫然存在，有案可稽。而窦荣昌的诗进一步证明了这一点。窦荣昌（1796—1843）系窦守谦之子，《退学诗选》收入了其吟咏杜采芙的一首诗，诗题较长：《戊寅之夏，固陵曾花屿寄来洪江门明府所录兰州道上旅舍题壁之诗，乃广陵女史杜采芙，向为吴下青楼，远嫁长安，大妇不容，遂往东华寻舅，途中有感而作也。迹其照镜离鸾，空怅京华之路，惊风乳燕，难栖玳瑁之梁。淡螺黛之痕，画眉停笔，绣鸳鸯之手，别泪盈笺。是则补恨无方，断肠有种，冰怀玉貌，消骨吞声。至于行行丽藻，字字明心，才比柳卿，命如桃叶，宜其含愁写怨，如慕如诉，无句不奇，无语不香者矣。爰成一律，以志慨怜之意云》。窦荣昌以双句（俪句、偶句）为主，讲究对仗的工整和声律的铿锵，叙写了杜采芙的身世之悲。戊寅年系嘉庆二十三年（1818），这一年夏天窦氏诗人看到了杜采芙的题壁诗，题壁诗由怜香惜玉的"洪江门明府"所录。"洪江门明府"是何许人也？目前无法考证，但其可能是发现并录下杜采芙题壁诗的第一人，至少是杜诗的最早传播者。几位窦氏诗人都为之感动，窦荣昌诗云："红透冰绡泪满笺，哀蝉落叶曲同传。东风如梦春还妒，薄命为花月不怜。恨海愁城悲失路，凄云苦雨杂啼鹃。京华望断征尘远，旅馆萧条泪泫然。"

北京大学杜珣教授编选的《中国古近代八千才女及其代表作》（华龄出版社，2012 年版）收入了杜采芙的《灵宝题壁》：

> 离恨闲将问碧翁，银河一抹路难通。
> 诗囊空自书飞白，爪印从今寄软红。
> 孤雁有情怀故垒，落花无主怨东风。
> 凄凉旅店灯昏夜，深院梨云细雨濛。

灵宝位于豫秦晋三省交界处的河南省西部，南依秦岭，北濒黄河。《灵宝题壁》选自恽珠（1771—1833）编录的《闺秀正始集》。恽珠是清代著名女诗人，编录《闺秀正始集》二十卷，于1831 年出版，共选入历代女诗人 933 人的 1700 余首诗。后又编录《闺秀正始续集》十卷，于 1836 年出版，共选入历代女诗人593 人的 1200 余首诗。《闺秀正始集》仅收杜采芙《灵宝题壁》一首，并加注："诗见杨得润雨亭手钞。"这是杜采芙原诗的第四首，只是几个词语出现了细微差别："积恨"变成了"离恨"，"诗笺"变成了"诗囊"，"旧垒"变成了"故垒"，"灯昏后"变成了"灯昏夜"，但所有的韵字都没有变化，依次为"翁""通""红""风""濛"。诗中个别字词的变动，可能是抄写者杨得润所为。

《中国古近代八千才女及其代表作》还收入了"维扬女"的《题灵壁驿》：

匆匆渭北理征鞍，一样琵琶马上弹。

怀璧殷勤完璧少，爱花容易护花难。

娲皇漫补天仍缺，精卫空填海未干。

底是小星真薄命，蛾眉怕对镜中鸾。

此诗选自《青楼诗话》，与窦守谦、杜采芙的诗对照着读，可以发现首句"匆匆渭北理征鞍"是杜采芙原作第三首的首句，"一样琵琶马上弹。怀璧殷勤完璧少，爱花容易护花难"是窦守谦步韵诗第三首的二、三、四句。涉嫌"抄袭"的"维扬女"是何许人也？《中国古近代八千才女及其代表作》附有她的简介：

> 维扬女，曾堕青楼，侨居白下，后适士族。大妇不容，流离题壁。

按照杜珣教授的编选原则，《中国古近代八千才女及其代表作》的诗人小传，"为保存真实性，小传中的文字，尽量按照古籍中原有的叙述"。"维扬女"的这个小传和她的代表作明显来源于清末民初雷瑨所辑录的《青楼诗话》：

> 维扬某女，逸其姓氏，曾堕青楼，侨居白下。后适仕族，大妇不容，迁徙流离，辛苦万态。有题壁驿诗云："忆从十五学箜篌，生小闺中不识愁。掠鬓香沾金约指，采花露浣玉搔头。柳枝歌罢横塘路，桃叶迎来杜若洲。艳语郑君堆绣被，几回却扇几回羞。""匆匆渭北理征鞍，一样琵琶马上弹。怀璧殷勤完璧少，爱花容易护花难。娲皇漫补天仍缺，精卫空填海未干。底是小星真薄命，蛾眉怕对镜中鸾。"词义清艳，哀感动人，绝无粗厉猛起之病。

有古典诗词研究者丁孝森在网上评介"维扬某女"的这两首诗"不仅香奁，居然西昆。予诗歌，有酷似此作者。真少陵所谓萧条异代不同时，恨不能起佳人于地下，把臂入林。此女，古今第一才女，谢道韫、李清照，何足道哉。郑君，恐是鄂君之误，郑鄂形相似，易鲁鱼亥豕。抑或活用典故。……'爱花容易护花难'千古名句，真堪一恸。……如此才华，而声名淹没，为之太息久矣"。让丁孝森如此倾倒的"维扬某女"其实正是"广陵女史"杜采芙，维扬也正是扬州的别称，"维扬某女"的第一首诗"忆从十五学箜篌……"正是杜采芙诗歌的第一首，仅一字之差，"鄂君"被误成"郑君"。王英志等人的校点本，均未发现这个错字。唐代李商隐的诗歌多次出现"鄂君"："鄂君怅望舟中夜，绣被焚香独自眠。"（《碧城》）"锦帏初卷卫夫人，绣被犹堆越鄂君。"（《牡丹》）杜采芙的"艳语鄂君堆绣被"这句诗，显然是对典故的化用。而丁孝森所感叹的"千古名句"不是出自"古今第一才女"之手，而是出自窦守谦之手。从语气上看，"爱花容易护花难"充满了呵护关怀，明显是男性写给女性的。窦守谦、窦守愚、窦荣昌的《退学诗选》问世一百多年后，《青楼诗话》才出版。《青楼诗话》中的第二首"维扬女"的诗，可能是后人的戏作或拼凑之作，至少表明杜采芙与窦守谦的诗在流传中出现了错误。

《青楼诗话》何以出现张冠李戴的讹误？《青楼诗话》由雷瑨辑录，专辑历代妓女之关乎吟咏者，得一百二十余人，又有未详姓氏者若干人，杜采芙在这里变成了无名氏"维扬某女"，窦守谦的诗歌变成了"维扬某女"的诗。雷瑨（1871—1941）系上海松江县人，光绪十四年（1888）举人，曾任上海扫叶山房编辑，后任《申报》编辑多年，工诗词，善文章，著作等身。《青楼诗话》原版于民国五年（1916），扫叶山房付印发行。1962年台湾广文书局出版的《古今诗话丛编》，将其收入出版，

1982 年又重新出版。苏州大学王英志教授主编的《清代闺秀诗话丛刊》（凤凰出版社于 2010 年 4 月出版）收入十四种著作，其中包括雷瑨、雷瑊《闺秀诗话》，雷瑨《青楼诗话》。王英志先生在《丛刊》前言里肯定这几部诗话、词话的价值："虽皆为辑录之作，但成果之多，无人可及，其立志宣传妇女文学创作的用心与全力搜集女性创作资料的精神令人钦佩，而三书重要的参考价值也是不容忽视的。"收入《清代闺秀诗话丛刊》的《青楼诗话》由王英志教授亲自校点，他在前言中云："《青楼诗话》乃专记载古代青楼女子诗歌创作的一部书。中国古代妓女，特别是'正规'妓女一般都才貌双全，于诗书琴画多有造诣。只是由于某种原因而流落风尘。但地位低下并不能掩盖其才华，也无法遏制其以诗词吟咏情性。此书就集中展示了青楼女子的创作才华，反映了社会底层妇女的喜怒哀乐。全书收录一百三十七名妓女的诗事，涉及其生活遭际、诗词作品等，从一个特殊的角度反映了古代女性文学的面貌。其作者从唐代至清初，侧重清初，其中如唐薛涛、宋周韶，明马湘兰，清初李香君、董小宛、柳如是等自然是人们比较熟悉的名妓，但更多的是人们不太知晓的有才有貌的青楼女子，也许这才更值得我们去了解。"《青楼诗话》还收入了蔡镇楚教授主编的《中国诗话珍本丛书》（北京图书馆出版社，2004 年版）。诗话是中国古代评论诗歌、诗人、诗派，记录诗人议论、事迹的著作。《青楼诗话》保存了反映古代女性诗歌创作的历史资料，其文献与文学价值自不可低估，但其存在的问题也需要去伪存真，对"辑录之作"的使用要细心谨慎，不能以讹传讹。《青楼诗话》大多从诸家诗话、笔记、杂著等辑存，不做考辨，亦不按时序排列，存在一些疏漏在所难免。

梳理窦守谦、杜采芙的诗歌命运，可以用"人间偏遇恶姻缘"来形容，笔者禁不住发出"好诗几得有良缘""爱花容易护花难"的感叹，"余亦感而啼之，以引天下之啼者"。不过，类似窦守谦、杜采芙这样的诗人，在中国古代不胜枚举。唐代的张若虚仅存诗两首，其《春江花月夜》有"以孤篇压倒全唐"之誉，但从唐至元，他的这首诗几乎无人所重，不仅唐诗选本无载，而且在由唐至明的二十余种诗话中也无一字提及。将近一千年后，张若虚的这首杰作才喜获良缘——明嘉靖年间被李攀龙看中，收录到《古今诗删》里；万历年间被胡应麟的《诗薮》评介。及至清代，张若虚的这首杰作才真正成为经典，得到普遍承认。由此可见，一首好诗要真正成为经典，还要有优秀的读者去读，去知道它的好，并把它的好传下去。李攀龙、胡应麟这些优秀读者在《春江花月夜》的经典构成中起到了关键作用。从《春江花月夜》的接受过程来看，它成为唐诗中的经典，这不是由张若虚独家创作出来的，而是由他和李攀龙、胡应麟这些优秀的读者共同创造的。《春江花月夜》的经典意义是那些优秀读者的"创造物"。读者对诗歌的接受过程就是对诗歌的再创造过程，也是经典得以真正实现的过程。经过一代代读者的选择使用，《春江花月夜》文本的潜在属性才变为阐释者所理解的意义。与此相类似，窦守谦、杜采芙这样的清代诗人，如果没有读者的阅读、参与和认可，他们诗歌的经典化是不可能实现的。经典并不存在于真空中，经典是写出来的，也是读出来的。优秀的诗歌文本永远离不开优秀的读者。那些优秀的清代诗歌文本都具有未定性，都不是决定性的或自足性的存在，而是一个多层面的未完成的图式结构，它们的存在本身并不能产生独立的意义，而意义的实现则要靠读者通过阅读对之具体化，使作品的未定性得以确定，最终达致经典的建立。因此，清诗的经典化最重要的问题是要重新阅读、重新发现，通过阅读清诗中的大量作品之后才能发现新的经典作品，才能对过去的经典、过去的诗歌史做出修正。

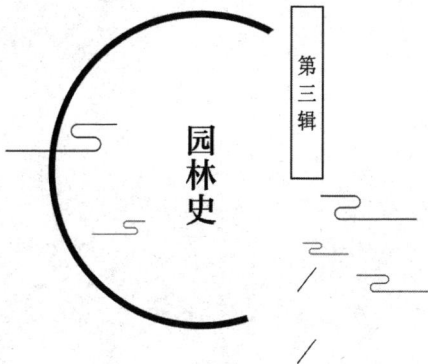

第三辑

园林史

第七章　窦氏小园与诗人雅集

　　窦氏小园是清代中叶霍邱最大的一所园林，也是当时霍邱园林中，设计最系统完整，景境层次最丰富，审美主题与艺术形式融合得最为自然紧密的一处园林。园景以车马稀少、旷若郊野的田园风貌为基调，造景以大面积水域为主体，山水应和，建筑稀疏，竹林密布，格调朴素淡雅。清代诗人窦国华的《和萧雪蕉见题小园二十咏原韵》《和雪蕉重游小园八首原韵》《竹圃屋成雪蕉赠诗依韵和之》《小园》《小园即兴》等几十首诗歌，以描绘自己修建的窦氏小园为对象，为我们考察清代园林与诗歌创作提供了一个极佳样本。萧景云（雪蕉）在《见题小园二十咏原韵》之《霞梁》中云："我昔游东越，天台度石梁。""东越"指浙江一带。乾隆五十一年（1786），窦光鼐任浙江学政，寿春诗人、书法家萧景云被"延入幕"。1798 年春，霍邱知县、清代著名诗人左辅在给窦国华诗集作序中，已经提及《佳园二十咏》。1797年冬，阜阳知县宁贵路过霍邱时，曾在左辅府中读过《佳园二十咏》。据此推测，窦国华与萧景云的窦氏小园题诗，应该创作于1787 年—1797 年间。两百多年前的窦氏小园，如今已荡然无存，地面上已寻找不到任何踪迹了，但在窦国华等诗人的创作中得以永生，成为永远生动的存在。窦氏园林的每一个景点几乎都是一首绝唱，浸润了园主窦国华的文人意趣，他通过园林这种形式来表达自己的情感和意义。这一点从窦国华与萧景云的诗题上就可以看出。园林中的布局和景点处处体现出园主的品性和他们的思想境界，是园主精神追求和审美意识得以尽情发挥的一个地域空间和物质载体。收入窦国华《挹青堂诗选》的《和萧雪蕉见题小园二十咏原韵》是一组大型组诗，由二十首五律构成，依次是《春台》《萝洞》《秀峰》《空磴》《荷沼》《霞梁》《山亭》《水榭》《松屏》《竹圃》《载月舫》《乐天斋》《挹青堂》《延绿阁》《风满楼》《鸥盟渚》《待憩亭》《一半亭》《石咽飞泉》《树藏曲洞》。加上萧景云原韵，共有四十首。《和雪蕉重游小园八首原韵》由八首五律构成，加上萧景云《重游小园杂诗》八首，共有十六首。窦国华的《竹圃屋成雪蕉赠诗依韵和之》为一首七律，萧景云原韵未附。窦国华《小园》含三首五律，《小园即兴》为一首七律。这些诗歌全方位、多角度地展示出窦氏园林风貌，诠释出诗人的精神世界。这类诗歌人园相得，情景两谐，诗人的高逸情志在山水明丽、云林丛蔚的风光中尽情释放。

在中国诗歌史上，诗人雅集代不绝踪，以诗会友、觞咏唱和，一直是中国文化人的一种精神生活方式。文会雅集这一传统形式在清代有了充分的发展，成为文化家族的一种诗性存在方式。而家族的私家园林，往往又是文人墨客交游、评诗抒怀的主要场所。窦氏佳园清雅宜人，名士荟萃，著称江淮。阜阳知县宁贵在窦国华《挹青堂诗选·序》中，为我们描述了窦氏小园雅集的盛大场面："君家筑小园，种竹莳花，吟风啸月，四方名宿争相结纳，联句于松屏萝径、霞梁水榭之间，殆无虚日。予读其《佳园二十咏》，清浑庄雅，嗣响三唐矣。"时任霍邱知县、清代著名诗人左辅在《挹青堂诗选·序》中，称"其诗，清和之音泠如振玉，妙无轻绮之习险怪之词，山水方滋，性情独得，《佳园二十咏》则胎原颜谢、颉颃李杜，岂特文资道力是真，诗杂仙心，至此令人叹观止矣"。桐城诗人吴赀沉也称："先生性情和雅，而佳园习静，又有以涵养其天倪，松风把卷，梧月拈毫，时时得翛然超于俗尘之表。"窦氏小园是让人心驰神往的文人园林，为诗人雅集提供了清幽宁静的活动场所，成为文人雅士托情养情之地，吸引了众多名流到此雅聚。正如窦国华在《和竹庐先生招同雪蕉夕饮》中所写的那样："投多井辖宴嘉宾，座隐青山远市尘。得句奇惊名下士，传经懒作宦游人。"

　　窦氏佳园是绅士阶层财富、家族兴盛的象征，是中国古典园林艺术成就的一个缩影。筑山凿池，诗酒唱和，取决于主办者的财富程度和经济投入。窦国华家业素丰，雄厚财力无疑是小园雅集的强大经济后盾。作为霍城富家，窦国华不但有实力办会，而且他慷慨好客，故能广招胜士文人，宴集逍遥。霍邱县洪家集窦氏家族在康熙年间，便成为淮河流域著名的文化望族。窦国华的祖父窦瑞系贡生，晚年得以闲暇，退隐在霍邱洪家集杨兴河（今二道河）畔，其家境殷实，曾捐建多座桥梁。窦国华父亲窦梦熊也是贡生，官至布政司理问。窦国华三十岁中举，但在五十岁外出做官之前，一直住在杨兴河畔的窦氏园林里。同治《续修霍邱县志》记载，杨兴水"东经桥头集，注浉"。浉河（今称汲河）为淮河的主要支流。窦氏园林依山傍水，饶有山林之趣。宅园因阜掇山，因洼疏地，亭、台、楼、阁众多，植以树木花草，风格素雅精巧，达到平中求趣、拙间取华的意境。笔者的小学语文老师、作家穆志强曾撰写《窦氏园林》一文："整个园林包括住宅占地一百余亩，分前、中、后三进，每进均有一道圩沟，圩圩石桥相连。圩外有许多附属建筑，如跑马场、听松阁、放鹤亭、乌鸦厅等。圩区内是园林的主体，各依地势，修筑亭台楼阁、曲廊水榭，垒假山，开溪流，广植树木、翠竹、花苹，使园内景物移步换形，幽雅别致，颇有几分《红楼梦》中'大观园'的风采，窦氏园林因此成为当时蓼南一大名园。"穆志强先生的描述，与当时窦氏园林的状态还是很接近的。窦氏小园富有变化，岗峦或开或合，或收或放，幽深曲折，步移景异，依次展开，山上有亭有台，山下有溪有峡，山中有洞有谷有磴有栈，山上有滴有瀑，有峰有石，平面布局曲折多变，立体空间参差有致。

1786 年，窦国华的父亲去世，窦国华成为小园的园主，诗人文士雅集一堂，赋诗谈玄，抚琴唱和，登山临水，丝竹清音，俨然桃源仙境。"钓有古今影，山无主客心。"（萧景云《重游小园杂诗八首》之八）寿春（今寿县）诗人萧景云是窦国华最重要的诗友，是窦氏园林的常客，窦氏园林成为诗歌唱和的现场，在萧景云的诗歌里有所描绘：

> 天意合成幽，溪云百丈流。
> 风声先报客，雨势欲登楼。
> 飒飒虚檐动，阴阴众壑秋。
> 夜来怀友梦，只在万山头。
> ——《风满楼》

> 翠浪环孤渚，中央峙小亭。
> 云生拳石碧，竹划一奁青。
> 水鸟迎山鸟，文星傍客星。
> 泥蟠原偶适，何事叹沉冥。
> ——《鸥盟渚》

> 白日涧边静，红尘山外高。
> 谁能停马足，来共接仙曹。
> 待客何须酒，烹茶足解劳。
> 茂陵真疾脱，无复感萧骚。
> ——《待憩亭》

膝下爱幽讨，高风聚一家。

诗文活水竹，兄弟款莺花。

剑在星还合，琴清月已斜。

客心淡无与，流梦任天涯。

——《重游小园杂诗》之三

"风声先报客""夜来怀友梦"，"水鸟迎山鸟，文星傍客星""待客何须酒，烹茶足解劳""诗文活水竹，兄弟款莺花"，这些诗歌都是诗人雅集觞咏酬唱之时至清至乐的真实书写。"墙留诗气白，鹤认梦痕青。"（萧景云《重游小园杂诗八首》之一）唱和赋诗是极富乐趣之事，而运思谋局、诗艺切磋却往往不易，但窦国华才思敏捷、技巧娴熟，用韵之工，分题之妙，游刃有余。在窦国华的和诗中，也屡屡描绘唱和的场景：

老抱山林癖，来游旧草亭。

笔花他日梦，柳眼隔年青。

聚散凭沙鹭，浮沉薄浪萍。

深情犹未已，水曲坐谈经。

——《和雪蕉重游小园八首原韵》之一

洞口穿云路，依山构短椽。

清闲蹊上屋，摇荡水中天。

得月招诗客，临流醉酒筵。

幽情犹未惬，又泛钓鱼船。

——《水榭》

乌云天际重，风卷欲奔流。

且绕临溪屋，齐来上竹楼。
声喧连榻雨，凉觉一身秋。
向晚晴光好，诗成月满头。
——《风满楼》

小亭依曲岸，地迥复天高。
待客远人境，枕流随我曹。
议风宁有价，醉月岂辞劳。
煮茗欢相对，何烦苦著骚。
——《待憩亭》

新月凌空照，亭前影半规。
全形藏峭壁，三面压清池。
古越争传胜，小园惭负奇。
勾留聊得句，敢拟六桥诗。
——《一半亭》

窦国华的和诗，诗情浓郁，文辞精妙，不落俗境。"深情犹未已，水曲坐谈经""得月招诗客，临流醉酒筵""向晚晴光好，诗成月满头""煮茗欢相对，何烦苦著骚""勾留聊得句，敢拟六桥诗"，这些诗句都是对诗人雅集的直接描绘。诗歌与自然之间，诗歌与园林、山水之间相互融通，造就了士人的精神家园。他们把园林作为寄托心灵的场所，与园中花草树木、飞鸟野兽、亭台楼阁完全相通、相融。人与园林完全融为一体，使窦氏园林在审美观念和情趣上处处都留下了诗歌的痕迹。

在窦氏小园，窦国华与萧景云联翩吟唱，写了不少直接以"雪蕉"命名的诗，比如：《竹圃屋成雪蕉赠诗依韵和之》《和雪蕉韵》《友人迁居雪蕉赠诗属予和之》《和竹庐先生招同雪蕉夕饮》《水涨有怀雪蕉》《慰雪蕉即依原韵》《送雪蕉旋里即依留别原韵》《再送雪蕉归里》。在这些诗歌里，有很多直接写到作诗的场景和体会："高兴皆因诗酒胜，放怀翻忘别离多。"（《和雪蕉韵》）"君稀旧梦孤身稳，我和新诗一字难。"（《友人迁居雪蕉赠诗属予和之》）

窦国华与萧景云在唱和之间结下了深情厚谊，并不嫌弃萧景云是个"半生潦倒遨游子"。"梦魂老傍深林稳，宾友欢缘素性真。"（《和竹庐先生招同雪蕉夕饮》）窦国华在《和竹庐先生招同雪蕉夕饮》中加注云："先生迁居霍邑，累卜地葬亲。"在《慰雪蕉即依原韵》中加注云："雪蕉接家信，内云，伊弟病殁，伊弟妇殉节遗子。"因弟弟病逝，弟媳殉节，萧景云回寿春奔丧，窦国华感同身受，作为慰人之诗，《慰雪蕉即依原韵》写得非常感人："十五行中仔细看，乡心牢落泣更残。贞操苦病归泉易，孤子零丁见面难。早怪诗人惊恶梦，且随花影话重阑。夜深还订平生约，离况翻愁六月寒。"萧景云离开窦氏小园后，窦国华怅然若失，悲愁不已，他在《水涨有怀雪蕉》中写道：

其一

料得阴沉日，离人度似年。

清诗将苦雨，白首望长天。

静坐惟需酒，开轩独听泉。

深山能媚客，生意满前川。

其二

山林鸥伴少，鹤亦恋同群。

别恨新诗积，枯肠浊酒醺。

连天翻白浪，住雨见红云。

逸兴谁同赏，弹琴到夜分。

其三

百里三峰隔，九湾一水围。

仙槎无可藉，山浪岂能归。

睍睆寻花径，呢喃待竹扉。

传来消息近，放饮对斜晖。

其四

自斟酒易醉，独步出花阴。

碧水三潭月，青天一夕心。

高吟应和寡，远道忆知音。

料爱山中趣，入山志更深。

　　萧景云是让窦国华深深追忆的真正知音。萧景云以书法名于世，今有草书条屏、行书屏、临羲之草书屏藏寿县博物馆。其《招鹤堂诗集》，世人以为已经散佚失传，光绪《寿州志》仅录其诗歌三首，其诗人身份容易被人忽略。其附于窦国华《挹青堂诗选》的几十首诗歌和窦国华写给他的赠诗，尚未引起学界注意。萧景云离开霍邱后，不仅窦国华写了多首赠别诗，窦国华次子窦守愚也写了《奉和雪蕉先生留别原韵》："满座春风玉麈挥，清谈不倦快相依。书来忧患催成别，泪湿衣衫怅竟归。近水乱山遮客影，闲身高咏惹人讥。遥知回望斜阳外，百里烟昏鹤伴稀。"无论是窦国华的诗，还是窦守愚的诗，都像一道投向远方的泪眼，悲伤无尽、安慰深深。

　　诗人的唱和极大地增加了窦氏园林的人文色彩，使其成为江淮之间的家族名园。窦氏园林赋予诗人窦国华、萧景云以灵感和情绪，赋予他们的诗歌作品以特有的内容和色彩，而诗歌作品又赋予园林以特殊的附加价值，使其进入到不断被欣赏、回忆、叙述的循环之中。在窦氏小园留下的唱和赠答作品，作为清代文化家族所贡献的一笔文学遗产，连同那些饶有意味和情趣的背景事迹，为那一时代文士的文化生存状态留下了永远的记忆，也烘托出中国古代诗歌的最后辉煌。

第八章　窦氏园林诗的山水意象

　　穆志强先生在《窦氏园林》中描述过窦氏园林的地理位置："该园林选址特别，面对一望无垠的良田平川，北依树木葱茏的卧龙岗，左有蜿蜒的二道河，右有连绵起伏的松山岭，人文景观和四周的自然景色融为一体。"霍邱洪家集在大别山外围，属丘陵地带，松山岭是唯一一座小山，20世纪80年代成为采石场，山体被破坏。窦国华的诗歌多次写到山景："为山原不易，拾级敢辞难。树小孤峰现，亭高六月寒。"（《山亭》）"洞口穿云路，依山构短椽。"（《水榭》）"一带山松隐，如屏空外高。"（《松屏》）"潇洒三间屋，崚嶒一小山。"（《挹青堂》）"山梁飞野鸟，竹涧饮仙鸡。"（《和雪蕉重游小园八首原韵》）萧景云的诗歌也多次写到山景："山顶一亭回，休愁独立难。"（《山亭》）"青山门外绕，门里又青山。"（《挹青堂》）20世纪80年代之前，窦氏园林存留的一座青山还是"乱石讶蟠螭"（窦国华《萝洞》）、"履薄依危石"（窦国华《空磴》）。依山傍水的杨兴河（今二道河）畔，成为构造园林的理想之地，为窦国华造园创造了无比优越的条件。缘石而生的有形之景，为意境生成构筑了具体的物质环境，提供了意趣生发、意境营造的审美对象和空间。

　　山是中国古典园林的骨架，是园景营造的重点。古典园林中最富表现力的形象就是山景。自然界奇峰叠嶂、崇山深壑，高逾万仞、绵延千里，自然不可能真的搬到园子中来。中国古代造园家就取法山水画"咫尺万里"的写意手段，堆土叠石，"撮土成峰势"，摹写山川，对空间进行自由的收缩。窦氏小园中造有"秀峰"，唤起人们对崇山峻岭的联想：

> 撮土成峰势，云根西复东。
> 探幽随曲折，耸秀插空濛。
> 洞小藏新月，天高落彩虹。
> 笑看烟雾影，亦在有无中。
> ——窦国华《秀峰》

> 阶下层峰秀，宁移自海东。
> 须知乍开辟，即此是鸿濛。
> 洞小全穿溜，亭高半卧虹。
> 主人幽兴满，山外亦山中。
> ——萧景云《秀峰》

中国园林中掇山手法主要为叠，叠即层叠向上，成竖向的发展。窦氏小园强调主观的幽兴表达，重视掇山、叠石、理水等创作技巧，突出山水之美，注重园林的文学趣味。

无论是中国古典文学，还是中国古代园林，石都是蕴含特殊意味的重要意象。无石不成园，石是中国古典园林中最基本的造园要素之一，因为具备了象外之象、景外之景的生发能力，从而也成为园林意境营造的最佳要素。石意象也是中国古典文学中最常见的意象之一。从先秦文学的"灵石崇拜"现象开始，到后来的志怪、传奇小说及诗、文、辞、赋等文学形式中，都有大量的石意象出现。女娲补天中的五彩石，《西游记》中孕育精灵的巨石，《红楼梦》中清埂峰上的弃石等众多的石头形象，它们所象征的精神内涵远远大于其形象本身。在窦国华的诗歌中，石，凝天地之灵气，聚日月之精华，孕万物之风采，具有独特的形态、性格、作用和审美价值。我们先看一下窦国华与萧景云的《霞梁》，写的是窦氏园林中粗大结实的石梁：

> 客步寻荒径，池通石作梁。
> 云根移水国，霞彩耀书堂。
> 舟楫材难具，经纶济有方。
> 临流须共渡，毋使叹苍茫。
> ——窦国华《霞梁》

> 我昔游东越，天台度石梁。
> 何时霞影断，风送落君堂。
> 彩气横三尺，伊人在一方。
> 新幽虽日接，旧梦转茫茫。
> ——萧景云《霞梁》

　　浙江天台山石梁飞瀑又称"石梁雪瀑"，两崖峭壁对峙，雄奇险峻，一石如苍龙耸脊横亘其间，此石即石梁，又称石桥。石梁全长六米，历代文人墨客，极力描绘。清代赵清源《天台石梁》："何处觅灵踪，天台第一峰。云深惟见寺，夜静忽闻钟。卓锡随飞鹤，谈玄起蛰龙。石桥如有约，跨月坐从容。"窦氏园林里的霞梁，让萧景云联想到天台石梁，写出了霞梁的雄奇，展示了窦氏佳园的恢宏气象。
　　石所具有的形式特征和象征意义使它成为中国古典园林中最富内涵意蕴的造园要素：静态中流贯着灵动，有限中寓含了无限，自然质素中糅合了人文情感。石参与到园林意境中来，垒成

文人士子们的精神"萝洞":

> 薜萝垂洞口,乍入路岖崎。
> 燕绕风随转,云栖月易知。
> 移柯惊宿鸟,乱石讶蟠螭。
> 自笑同蜗角,桃源莫漫疑。
> ——窦国华《萝洞》

> 傍岩穿石洞,窈窅复嵌崎。
> 径折春能入,云深鸟不知。
> 当门垂薜荔,绝顶踞虬螭。
> 过此登临回,翻生下界疑。
> ——萧景云《萝洞》

"萝洞"既是岩石构置的园林实体空间,又兼具艺术符号的灵动抽象,是富于意义的阐发空间。"萝洞"作为分景、隔景的手段和借景的对象,通过对石景巧妙的空间安排来组织空间,扩大空间,丰富游赏者的审美感受,营造出"虚实相生"的意境生成空间。石在此既是景观,又是空间布局的手段,一举两得。通过对石洞的巧妙设置,使得本来一览无遗的有限空间曲折迂回,趣味横生。"萝洞"增加了景色的层次,使景观意趣多样化,扩大了观赏者心理上的空间感受。

石纹、石洞、石阶、石峰等都显示自然的美色。石是一种载体和大地文化的象征,而在中国文化和文学中,石头是一个有着特殊内涵的意象。例如窦国华的《空磴》所写到的"危石":

> 架木成云磴,扳援首挹搔。
> 偶然经地迥,于此仰天高。

履薄依危石，凭空曳缊袍。

崎岖宜着意，立脚必须牢。

石是天地之骨，是阳的象征，水是阴的隐喻。中国园林中有石处大多配之以水。有水处，就水点石；叠石处，傍石理水。水畔池岸，往往驳以参差石块，堆石为岸，营造出水落石出、乱石崩滩的意境。窦国华《霞梁》中"池通石作梁"，则写出了中国园林中水与石的原型意义。窦国华与萧景云的《石咽飞泉》便营造了水石结合的意境：

连朝风雨急，瀑布似云奔。

泉涌花分影，涛飞雪有痕。

穿桥归月涧，夹石响龙门。

莫笑东流惯，朝宗性自存。

——窦国华《石咽飞泉》

雨余村树晚，涧合众流奔。

石激云生响，泉飞月断痕。

潺湲终到海，洄溯不离门。

应恋山中客，弹琴古调存。

——萧景云《石咽飞泉》

窦氏小园依山傍水造园，以水景擅长，叠石理水，水石相映，构成园林主景。"穿桥归月涧，夹石响龙门。""石激云生响，泉飞月断痕。"水石结合透露出的是自然之理，是中国文化中阴阳调和的生命宇宙观。石咽飞泉，水石相依，动静相生，参乎造化，迥出天机，相映成趣，相得益彰，中国的美学辩证法和宇宙观在窦国华与萧景云的诗中得到极好的展现。窦氏佳园通过对石头的巧妙利用和设置，体现出中国园林独特的山水自然情趣，也营造出了独具审美特色的园林意境。

窦氏佳园中的荷沼，是园中的一道水景，窦国华作《卧云亭观荷》："晓攀石磴傍溪边，阁影横斜翠影圆。叠岸奇峰云乍起，网花柔线柳长牵。香清阵阵因风远，叶弱田田贴水鲜。物外惟应君子爱，一樽沉醉夕阳天。"《卧云亭观荷》描写了荷柳相依的景致。荷沼的周围布置山石、亭榭、桥梁、花木，形成了云光天影、碧波游鱼、映目荷花、接天莲叶，不是天然而胜似天然的图画。水中的荷花，亭亭玉立，随风摇曳，不仅改变了水面的单调，而且与天光云影、亭阁的倒影交织。

窦氏小园水系的组织，注意了聚与分的处理方法。荷沼以聚为主，水面辽阔，宛若自然，使人有弥漫之感。"树藏曲涧"则用分的办法，使溪流萦回、似断似续，"数折影勾留"，与茂林、小桥、山石、水鸟互相掩映，构成曲幽的园景。

> 岸转浓阴合，淙淙水自流。
> 一湾光潋荡，数折影勾留。
> 树密人全隐，天清我独游。
> 息机谁是伴，相近水中鸥。
> ——窦国华《树藏曲涧》

> 葱翠疑无岸，阴深水暗流。
> 石交奔响折，山转去波留。
> 时有平桥接，谁为上巳游。
> 茂林凭醉望，觞泛总依鸥。
> ——萧景云《树藏曲涧》

"树藏曲涧"使得水面环回流通，空间层次重重，有景物深远不尽之意。与曲涧伴随的这一景点相比，鸥盟渚作为窦氏小园里的重要水景，则以清幽、明净的水面，既开阔了园林的空间感，又使得山色青青、幽静、秀美、开朗，游人伫立渚边，会感到耳目清新、心胸豁达。

> 渡桥连野阔，径转渚心亭。
> 低濯莲衣绿，高垂柳眼青。
> 鸥盟千尺水，雨过一潭星。
> 倘遇乘槎客，相将入渺冥。
> ——窦国华《鸥盟渚》

> 翠浪环孤渚，中央峙小亭。
> 云生拳石碧，竹划一奁青。
> 水鸟迎山鸟，文星傍客星。
> 泥蟠原偶适，何事叹沉冥。
> ——萧景云《鸥盟渚》

"渡桥连野阔，径转渚心亭。"鸥盟渚兼及高远、平远透视，给人以山高水长、溪山清逸的视觉感受。一小片水中陆地，称之为渚。窦氏佳园里的鸥盟渚位于杨兴水里，建有渚心亭。窦荣昌作《月下同友人集鸥盟渚话海南山水》：

> 共话远游迹，登临溯旧欢。
> 波摇江月碎，星亚海峰攒。
> 乡国如南国，鸥滩似砚滩。
> 夜深凉露下，衣透却忘寒。

一个夜晚，诗人窦荣昌同友人登上鸥盟渚后，想起了广东的山山水水，特别是砚滩。诗人在第三联自注："包孝肃掷砚滩。"包公掷砚而成的砚洲岛，是西江中的一块宝砚。它四面环江，像一块浮在江中的端砚，总面积六平方公里，因宋朝包公"掷砚成洲"的传说而得名，它是广东省最大的江心岛。"乡国如南国，鸥滩似砚滩。"可见鸥盟渚的景色之美。

窦氏小园还注重水榭的设置：

> 洞口穿云路，依山构短椽。
> 清闲蹊上屋，摇荡水中天。
> 得月招诗客，临流醉酒筵。
> 幽情犹未惬，又泛钓鱼船。
> ——窦国华《水榭》

> 出洞无多地，临流架数椽。
> 全收云里岫，半界水中天。
> 树长遥连野，鱼游近傍筵。
> 沧浪歌自足，何必上渔船。
> ——萧景云《水榭》

水榭的主要功能是用来点缀水景，供游人观赏水景。窦氏小园里的水榭依山临流，构思精巧，独具匠心，集园林与湖光山色之美共聚其中。

第九章　窦氏园林诗的植物意象

北宋山水画家郭熙在《林泉高致》中指出："山以水为血脉，以草木为毛发，以烟云为神韵。故山得水而活，得草木而华，得烟云而秀媚。""山借树而为衣，树借山而为骨。"植物配置对园林建筑的造景有着举足轻重的作用，在中国古代园林诗中，植物除了有实用价值，更重要的是具有内在价值，是诗人托物言志的载体，是含义丰富的意象。植物的名称内涵与寓意组成中国古典诗歌不可或缺的重要元素。历代诗人大都对处于周遭的植物具有感情，常常形之于诗、咏之以情。植物本身只是物象，只有在各种情境中被观照、被表现的植物才是意象。窦氏佳园中的花木千姿百态，其色彩、风韵不仅给人以美感，在诗人心目中还有它特定的象征意义，寄寓的都是园主人的人格精神。系统地分析窦氏园林诗中的植物意象，对研究清代诗人的思想、心态、人格、审美情趣，以及诗的形象、意境、风格等等，无疑是一个不可或缺的重要视角。花木的"姿""色""香""品"不但可以使园林更添风韵，还可作为构景的主题，借花木而间接地抒发某种情感和意趣。

1. 竹圃：潇洒千竿瘦

在中国古典园林中，常用竹来造景。《园冶》有"移竹当窗""竹坞寻幽"的造园手法。竹是中国古典诗词中最重要的意象之一，不同朝代都留下了脍炙人口的咏竹诗文，竹文化的生命之流绵延不断。杜甫《咏竹》："绿竹半含箨，新梢才出墙。色侵书帙晚，阴过酒罇凉。雨洗娟娟净，风吹细细香。但令无翦伐，会见拂云长。"刘禹锡《庭竹》："露涤铅粉节，风摇青玉枝。依依似君子，无地不相宜。"白居易《咏竹》："不用裁为鸣凤管，不须截作钓鱼竿。千花百草凋零后，留向纷纷雪里看。"王安石《咏竹》："人怜直节生来瘦，自许高材老更刚。曾与蒿藜同雨露，终随松柏到冰霜。"中国古代诗人将竹子刚柔相济的品德、节外无枝的操守做了人格化的比喻，竹、菊、梅、兰历来被文人雅士称作植物中的"四君子"，又有松、竹、梅为"岁寒三友"之说。魏晋以来，风流名士敬竹、崇竹、以竹自况成为风气。前有嵇康、阮籍、山涛、向秀、刘伶、王戎、阮咸七人常集于竹林，肆意酣畅，世称"竹林七贤"。后有李白、孔巢父、韩准、裴政、张叔明、陶沔等六人在徂徕山竹溪"纵酒酣歌，啸傲泉石，举杯邀月，诗思骀荡"，是谓"竹溪六逸"。苏东坡有诗云："宁可食无肉，不可居无竹。"在淮河流域，四季分明，花开花落，而竹四季常绿，可以使园子永葆青春。窦国华在他的园林里亲手种植竹子："幽居不可少君子，有竹方为君子居。记得绿湾亲手植，不知生意近何如。"窦氏园林中的竹圃约有十亩之多，在窦国华的诗中被赋予丰富的象征含义：

> 径僻通幽处，云藏竹一湾。
> 伊人依绿水，君子爱青山。

潇洒千竿瘦，清疏十亩闲。
红尘应不到，门设亦常关。

　　窦国华的这首《竹圃》，所描绘的不仅仅是一处自然景观，而是一个具有人文内涵的文化景观，一个属于文人雅士的精神乐圃，竹子成为一个具有审美内涵和隐喻指向的精神符号。竹子在园林中的应用，成片种植，成林成景，突出幽深、自然的意趣。这是物我双向建构的感应关系。尾联"红尘应不到，门设亦常关"，阐述了文化贵族超然脱俗的追求，是士族文化意识和精神世界的集中体现。而萧景云的原韵《竹圃》也同样体现了他们的精神之贯注："涧畔重开圃，千竿聚一湾。美人爱临水，幽客不离山。我辈本非俗，此君多是闲。相依清梦合，明月澹柴关。"

　　窦国华的诗歌是清代士族价值观念、审美情趣的精致文本。窦国华与萧景云的唱和，是魏晋竹林啸咏故事在清代的翻版：

飘飘溪上一沙鸥，雨过凉生竹涧秋。
难遂张衡怀报国，羞同王粲赋登楼。
松楸未卜游宁忍，儿女无依出亦愁。
自是浮沉皆数定，钓竿且去泛渔舟。
　　　——《竹圃屋成雪蕉赠诗依韵和之》

　　山水相依，直造竹所，啸咏自得，诗酒自适。此诗揭示了窦国华作为窦氏园林园主的隐逸情志。在中国传统隐逸文化中，家族园林具有重要意义。在清代，士人是科举的热衷者，但并非一帆风顺。"难遂张衡怀报国，羞同王粲赋登楼。"东汉时期的张衡曾作《四愁诗》，表达自己有心报国而怀才不遇、壮志难酬的忧郁愤意。三国时期的王粲曾一度怀才不遇、客居荆州十余年。元代郑德辉的《王粲登楼》，讲述了王粲因恃才骄矜而屡遭折挫、登楼遣闷时趁醉吟诗作赋的故事。窦国华在诗中用张衡和王粲类比自己，倒也恰如其分。从1780年以顺天乡试中式第六名考取举人，到1801年大挑一等，分发四川试用知县，窦国华整整等待了二十年。他后来赋诗，发出"年逾半百，方博一官"的感叹。中国古代文人大都奉行儒家"达则兼济天下"的入世哲学。儒家"修齐治平"的人生规划同样深入清代文人的文化血脉，纵使仕途"山重水复疑无路"，他们内心身处仍然渴望着"柳暗花明又一村"。窦国华的《竹圃屋成雪蕉赠诗依韵和之》等小园题诗，均写于走向仕途之前。"自是浮沉皆数定，钓竿且去泛渔舟"展现窦国华游赏园林的怡然自得，园林给诗人带来了心灵抚慰与审美享受，窦国华将园林建造为岸崖自高而又风流儒雅的精神乐圃。五十岁之前，窦国华用闲适风雅、高逸潇洒的生活来补偿仕途的缺憾，窦氏园林是承载这种生活的理想载体。在这种特定的创作环境中，情景相映，山水相助，窦国华与萧景云像"竹林七贤""竹溪六逸"一样歌咏相属。而竹成了窦国华诗中的核心意象之一，如"山梁飞野鸟，竹涧饮仙鸡"（《和雪蕉重游小园八首原韵》之六）；"竹影昔相访，梅花今又寻"（《和雪蕉重游小园八首原韵》之八）；"昨夜秋风起，愁听竹数竿"（《小园》）；"且绕临溪屋，齐来上竹楼"（《风满楼》）。萧景云诗中也频繁出现了竹的意象："丘壑心难厌，重寻竹外亭""诗文活水竹，兄弟款莺花"（《重游小园杂诗八首》）；"云生拳石碧，竹划一奁青"（《鸥盟渚》）这些诗表达作者纵情山水，怡然自得的超然之致。

古代诗人对竹的痴情，非今人所能理解。窦国华只是古代诗人爱竹的代表，以竹为友，对竹抒情，啸竹吟风，是清人的普遍癖好。

2. 松屏：老鹤识清操

松竹为代表的树木类意象蕴含着诗人对君子品格的追求。当然，窦氏小园中除了竹之外，窦国华还偏爱松、荷、梅。在中国古典诗歌中，松是意蕴最为丰富多样的意象之一。文人雅士将松与竹、梅并称为"岁寒三友"。林景熙《王云梅舍记》载："即其居累土为山，种梅百本，与乔松、修篁为岁寒友。"元杂剧《渔樵闲话》云："那松柏翠竹皆比岁寒君子，到深秋之后，百花皆谢，惟有松、竹、梅花，岁寒三友。"窦国华的诗体现出一个隐士的精神境界：

> 一带山松隐，如屏空外高。
> 含烟围户牖，著雨响波涛。
> 葱翠经时茂，冰霜抱节遭。
> 何须怜孔雀，老鹤识清操。
> ——窦国华《松屏》

> 种树成屏障，云阴百丈高。
> 隔尘难隔鹤，遮日不遮涛。
> 宁厌重围合，真疑六曲遭。
> 兰成若题句，应惜岁寒操。
> ——萧景云《松屏》

窦氏小园里的松山岭，在20世纪80年代变成了采石场，山体遭到破坏，非常可惜。松与鹤在文人墨客的笔下常结伴出现。古人好养鹤，鹤在古代人的生活中享有特殊的地位，这是因为它的形状和习性比较奇特，符合古代文人的审美意象。鹤与园林的关系尤为密切，古人爱鹤、尚鹤、养鹤成为风尚，鹤在窦氏小园中得到尤为突出的欣赏，成为重要一景。前些年，道光年间的霍邱洪家集画家窦璞的《松鹤图》曾出现在拍卖市场上。窦守谦曾作《鹤》："谁伴梅花月，幽踪独往返。红尘多似梦，莫上望春山。"鹤或颔首觅食，或振翅欲飞，或高蹈漫步，或亲密呢喃，为窦氏小园平添几分仙气与灵气。窦国华诗中的"老鹤识清操"，典出乐府琴曲《别鹤操》。晋崔豹《古今注》卷中："《别鹤操》，商陵牧子所作也。娶妻五年而无子，父兄将为之改娶。妻闻之，中夜起，倚户而悲啸。牧子闻之，怆然而悲，乃歌曰：'将乖比翼隔天端，山川悠远路漫漫，揽衣不寝食忘餐！'后人因为乐章焉。"后来人们以"别鹤""别鹤操"表示爱情之忠贞不渝。古代文人士大夫借鹤抒情，赋予鹤人性化的精神内涵和人性化的情感。在窦国华的诗歌《乐天斋》里，松鹤同时出现：

> 林泉皆乐境，长适性中天。
> 松老曾经岁，云深不计年。
> 一竿舟上钓，三丈日高眠。
> 梦觉烹清茗，还看鹤避烟。

萧景云的《乐天斋》"醉即鹤同眠"：

> 无心为寻乐，随意已忘天。
> 偶契林泉性，长如少壮年。
> 静将琴作伴，醉即鹤同眠。
> 劳苦何为者，人生草际烟。

3. 荷沼：净友谁堪伴

荷花是中国古典诗歌中的重要意象。千百年来，无数骚人墨客为之心神相系，浅唱高歌，从而留下了浩如烟海的咏荷诗。我国最早的诗歌集《诗经》中就有关于荷花的描述，"山有扶苏，隰与荷花""彼泽之陂，有蒲有荷"。窦氏佳园中的荷沼，是园中的一道风景：

> 净友谁堪伴，移来处士家。
> 风流依翠沼，节候共苍葭。
> 香湿青山雨，光摇绿水霞。
> 园观洵可爱，何必溯天涯。
> ——窦国华《荷沼》

> 君子情如结，风华自一家。
> 未尝出庭户，何用望蒹葭。
> 月上晴摇珮，花开醉卧霞。
> 莫教高唱歇，流水梦天涯。
> ——萧景云《荷沼》

荷花洁净不染，因此被称为净友。所谓处士，指有德才而隐居不愿做官的人。诗人在荷沼间流连忘返，荷沼香风醉人，"何必溯天涯"，这是诗人精神世界的剖白。窦国华与萧景云这种直接写荷沼的诗，在古代诗人作品中不胜枚举，如宋代诗人赵方的《荷沼》："露珠颗颗汤青荷，云锦重重铺碧波。外直中通心独苦，拟诸君子待如何。"唐代杜牧的《忆游朱坡四韵》："带雨经荷沼，盘烟下竹村。"南宋陆游的《睡起已亭午终日凉甚有赋》：

"松棚尽日常如暮，荷沼无风亦自香。"

在窦氏小园里，不仅有荷沼专门植荷，鸥盟渚、卧云亭等景点也植有荷花，窦国华在诗中有时也称荷为莲。"莲"是"荷"的别称，唐代以前的文献多以荷为名，佛教传入中国之后，莲的使用盛行起来。唐宋以后的诗词，莲、荷出现的次数几乎相等。窦国华任南康知府时，曾重浚爱莲池，培植树木，并作《爱莲池》："莲花千载不曾污，松柏参天节概殊。闻道樵夫皆爱惜，三年剪伐事全无。"窦国华在《鸥盟渚》中云："渡桥连野阔，径转渚心亭。低濯莲衣绿，高垂柳眼青。"岸边插柳，水中植荷，这是中国古典园林景观中常出现的种植程式。《卧云亭观荷》也描写了荷柳相依的景致：

> 晓攀石磴傍溪边，阁影横斜翠影圆。
> 叠岸奇峰云乍起，网花柔线柳长牵。
> 香清阵阵因风远，叶弱田田贴水鲜。
> 物外惟应君子爱，一樽沉醉夕阳天。

荷柳相围，溪水萦回，阁影横斜，窦氏小园的这种景致，有着江南园林以水景擅长、水石相映的特点。窦国华曾漫游江南，旅居苏州，作《吴宫采莲词》，描绘江南水景之美，艺术概括力强，意境奇妙：

> 歌台怅望水云乡，面面花开绕画廊。
> 柔橹数声帆影动，满湖风约一船香。

吴宫是指吴王夫差为西施所建的馆娃宫，在苏州西南灵岩山上。春秋时，越国美女西施，在进入吴宫前，曾在若耶溪采莲和浣纱，故人们咏采莲女，多以此为典。白居易《忆江南三首》

第三首就是写馆娃宫的："江南忆，其次忆吴宫；吴酒一杯春竹叶，吴娃双舞醉芙蓉。早晚复相逢！"窦国华留有《灵岩山》："风高万木丛，烟雾有无中。乱石冰泉咽，鸣钟鸟道通。帘垂香径晚，门锁曙楼空。乐地琴台在，红墙塔苑东。"在《吴宫采莲词》里，窦国华以美妙的诗笔，简洁地勾勒出采莲的旖旎风情。

窦国华也曾在位于颍州西湖湖岸的"芦花湄观荷"：

> 芦花湄里碧荷圆，一带遥连卵色天。
> 鸂鶒贪浮红涨戏，鸳鸯爱枕绿云眠。
> 空亭客散中宵月，敧盖风回隔岸烟。
> 当日书声无处听，何时更泛米家船。
> ——《芦花湄观荷》

4. 杨柳：地是幽深皆种柳

柳树是中国古典诗词中被吟诵最多的植物，是不断重复出现的意象，它源自民族记忆和原始经验的集体潜意识，具有约定性的语义联想。汉代以前的诗集，搜集最完备的《先秦汉魏晋南北朝诗》，出现最多的植物，依次为兰、荷、柳、松、竹。《全唐诗》收录48900多首诗，柳树是引述最多的植物，一共出现3463首，名列第一。《宋诗钞》选录11289首诗，引述柳树的诗歌1411首，名列第二，第一为竹。《元诗选》录诗10071首，引述柳树的有809首，名列第一。《明诗综》录诗10132首，引述柳树的748首，名列第一。《清诗汇》录诗27420首，引述柳树的有2146首，名列第三，前两名分别为松、竹。《全唐五代词》收录词作2637首，柳树独领风骚，出现341首，其余植物均出现在百首以下。《全宋词》录词20330首，柳树引述最多，出现3760首。在《全金元词》与《全明词》中，柳树仍一枝独秀，出现次数最多。在《全元散曲》《全明散曲》《全清散曲》中，仍以柳树出现频率最高，远多于其他植物。

柳意象是一种荣格所说的蕴含着集体无意识的原始意象，积淀着中国古代诗人特有的审美情趣。而每一诗歌意象的形成都不是一蹴而就的，必须是经过长期的历史文化积淀，众多创作者不断丰富而完成的。柳意象的形成亦是如此，它发轫于《诗经》，形成于六朝，盛行于唐宋。柳意象是窦国华家族诗歌出现频率极高而蕴含极丰富的植物意象，对我们解析柳树的原型意义提供了很好的样本，对研究柳意象的发展演变无疑有所裨益。窦国华在吟咏窦氏小园的诗歌《延绿阁》《鸥盟渚》《和雪蕉重游小园八首原韵》（其一）中均写到了柳树。柳树是极好的园林造景植物，植柳造景具有较高的观赏价值。如杭州西湖十景之一"柳浪闻莺"。窦国华长子窦守谦在《归里漫兴》里写了窦氏小园"地是幽深皆种柳"：

> 五年粤海乍归家，顿觉安闲与世遐。
> 地是幽深皆种柳，园无空隙不栽花。
> 晓听鸟语喧春树，夜看云归放月华。
> 最喜小楼新雨后，碧瓯初试紫茸茶。

窦国华之孙窦荣昌在《偶成》中写到了"轻烟柳一亭"：

> 境与闲相引，园林似画屏。
> 日光涵水碧，山色入春青。
> 浓露花三径，轻烟柳一亭。
> 小窗无个事，删注旧茶经。

窦氏小园满园种柳，在窦国华及其子孙的诗歌中，柳树是出现次数最多的植物。自《诗经》以来，历经汉、唐、宋、元、明、清各代，中国古典诗歌使用的名称非常繁杂，有"柳""垂柳""杨柳""杨""绿杨""垂杨""杨花"等。窦国华及其子孙的诗歌几乎写到了柳的所有名称，可见柳树向为窦氏诗人所爱。

在中国古典诗歌中，"柳"是柳树出现次数最多的名称。高大的柳树称为高柳、古柳或老柳；春季发芽的柳树名春柳、清柳或绿柳；而秋冬时树叶落黄的柳树，有秋柳、衰柳、残柳、败柳、弱柳、寒柳之称。细雨氤氲下的柳树称为烟柳，风中摇曳的柳树则谓之风柳。窦国华写窦氏小园的诗歌，直接谓之"柳"：

> 阁连芳草绿，柳向酒人青。
> ——窦国华《延绿阁》

> 低濯莲衣绿，高垂柳眼青。
> ——窦国华《鸥盟渚》

> 笔花他日梦，柳眼隔年青。
> ——窦国华《和雪蕉重游小园八首原韵》（其一）

> 叠岸奇峰云乍起，网花柔线柳长牵。
> ——《卧云亭观荷》

因为柳叶的形状跟人的眼睛形似，因此诗人将之比拟为"眼"。唐代元稹《生春》诗之九："何处生春早，春生柳眼中。"宋代周邦彦《蝶恋花·柳》："爱日轻明新雪后，柳眼星星，渐欲穿窗牖。"《皂罗袍·闺怨》套曲："柳眼新青浮动，渐千丝万缕，染画春工。"

需要特别注意的是，窦国华咏园诗中的绿杨也是指柳树。

> 光摇青草动，影密绿杨多。
> ——《和雪蕉重游小园八首原韵》（其二）

> 故园抛却一林莺，闲听何时野趣生。
> 宦海秋随寒雨渡，心丝春与落花萦。
> 新题诗句凭谁寄，旧识渔舟任自行。
> 梦里依稀恋游赏，绿杨深处碧溪声。
> ——《怀故园》

　　窦国华两首诗中的绿杨均是指柳树。比较著名的例子，如唐代诗人李白的《赠钱征君少阳》："白玉一杯酒，绿杨三月时。春风余几日，两鬓各成丝。秉烛唯须饮，投竿也未迟。如逢渭水猎，犹可帝王师。"唐代诗人白居易《钱塘湖春行》："最爱湖东行不足，绿杨阴里白沙堤。"北宋诗人宋祁的《玉楼春》："东城渐觉风光好，縠皱波纹迎客棹。绿杨烟外晓寒轻，红杏枝头春意闹。"其中"绿杨"都是指柳树。

　　垂杨指的是枝条下垂的杨树，指的当然是垂柳。如窦以显的《七兄子溥旋里》：

> 望断湘南雁，惊逢一介忙。
> 问君发何地，答我自安乡。
> 事欲从头问，言偏到口忘。
> 明朝待兄至，门外倚垂杨。

　　再如窦以燕的《乙未春日即事三首》（之一）：
> 垂杨袅袅绿盈堤，小倚斜阳径欲迷。

忽忆去年新病起，有人相对听莺啼。

古代诗文中的"杨"其实是柳树，那么诗词意象中的杨花当然也是指柳絮。叫不同名字，可能和出于押韵平仄有关。杨花之"杨"其实是柳树，所以杨花也不是真正的花。如窦守谦的《杨花》：

一

好与杨花话细微，东风狂荡莫依依。
纵然入水为萍梗，仍旧无根傍石矶。

二

柔软何能辨是非，砚池修得到相依。
者回托迹须安稳，莫逐东风又乱飞。

在我国古典诗词曲中，杨柳是最常见的意象之一，也是最优美动人、缠绵多情的一个意象。窦国华家族诗歌中的柳意象的形成都不是一蹴而就的，是经过长期的历史文化的积淀，众多创作者不断丰富而完成的。

5. 紫荆：却喜连枝归一本

紫荆是中国古代园林中不可或缺的观赏植物，窦氏小园也有栽种：

紫荆开灿烂，培养历年深。
不灭同根性，时存一本心。
看花怜骨肉，赋物奉规箴。

寄语连枝者，休教浪蝶寻。
　　　　——窦国华《和雪蕉重游小园八首原韵》（其五）

墙角紫荆烂，双根浸水深。
春欣同受气，老抱不分心。
种树成家法，看花得古箴。
何因合池草，远客梦空寻。
　　　　——萧景云《重游小园杂诗八首》之五

　　紫荆在三四月开花，先花后叶，花呈紫红色，极为艳丽，所谓"紫荆开灿烂""墙角紫荆烂"。晋代文人陆机有诗云："三荆欢同株，四鸟悲异林。"后来逐渐演化为兄弟分而复合的故事。南朝吴钧的《续齐谐记》有这么一个典故：传说南朝时，京兆尹田真与兄弟田庆、田广三人分家，当别的财产都已分置妥当时，最后才发现院子里还有一株枝叶扶疏、花团锦簇的紫荆花树不好处理。当晚，兄弟三人商量将这株紫荆花树截为三段，每人分一段。第二天清早，兄弟三人前去砍树时发现，这株紫荆花树枝叶已全部枯萎，花朵也全部凋落。田真见此状不禁对两个兄弟感叹道："人不如木也。"后来，兄弟三人又把家合起来，并和睦相处。那株紫荆花树好像颇通人性，也随之恢复了生机，且生长得花繁叶茂。在窦国华与萧景云的诗歌中，紫荆也是骨肉情深的象征。所谓"不灭同根性，时存一本心"。窦氏小园种植紫荆，是"种树成家法，看花得古箴"。窦国华长子窦守谦留有《时荆花大放，家君偶吟一首，命步原韵》：

紫荆花发傍亭隈，锦绣千攒次第开。
却喜连枝归一本，同根岂忍各分栽。

6. 梅花：春风旧识满天涯

梅与兰、竹、菊同列四君子，并以独俏寒枝、凌寒飘香的神韵和风骨而备受文人雅士的青睐。窦国华在《和雪蕉重游小园八首原韵》（其八）中云："竹影昔相访，梅花今又寻。"可见，窦氏小园也栽种梅花。在窦国华的诗歌中，梅花是出现频率最多的植物意象之一，诗人赋予梅花丰富的文化内涵和象征意义。

梅花意象，被窦国华用来写思乡怀人之情。南朝陆凯曾寄范晔诗一首、梅一枝，两人为好友因事分别，两地相隔。诗云："折花逢驿使，寄与陇头人。江南无所有，聊赠一枝春。"这将南国的梅花寄于北国的好友，是情意的纯洁坚贞。折梅送远，是折一枝梅花送给远方的朋友，以表达相思之情。这与折柳意思差不多。窦国华在《感赋》中如此书写"折梅"：

> 不复歌阳春，虚堂冷过客。
> 砌花尚留红，塚草已凝碧。
> 远道逐流波，赠言思药石。
> 折梅何年遗，目断扬州驿。

窦国华借咏梅来抒发自我的某种生活体验、人生感受或寄托自己的思想情志。他诗中梅花意象触角十分广阔，不但写出了梅花之姿态，也写出了梅花之风神，更写出了梅花之品格。

> 归去休言客路难，瓜洲夜泊听更残。
> 梅梢才上团圆月，却似家园雪后看。
> ——《夜泊瓜洲玩月》

二月春光暖，燕山雪未残。

冰坚愁日薄，风劲觉衣单。

绿酒难成醉，红炉不减寒。

江南梅已放，谁向故园看。

   ——《京邸即事》

萧萧班马动征声，小立河梁惜别情。

兰叶风中君细咏，梅花香里我孤行。

漫山烟雾迷鸿雁，近水楼台住弟兄。

他日岭南频梦远，难忘一醉傍东城

   ——《路经皋城张右垣饯我东郊诗以谢之》

纱窗上明月，静室不生尘。

梅竹为良友，琴书是故人。

床头孤客梦，天末苦吟身。

何日辞行役，归来整钓纶。

   ——《秋夜书怀》

春风旧识满天涯，重过荒庐日影斜。

客路不愁知己少，山中相送有梅花。

   ——《南安即事》

万里辞金阙，梅花岭上看。

茫茫烟水阔，何处是长安。

   ——《度岭》

家国三千里，梅花岭外春。

关前来往客，恐有故乡人。
　　　　——《梅关》

片片云随度岭忙，经时观化契行藏。
心融似点炉中雪，身健宁惊鬓上霜。
西粤南关程历远，阳生冬至线添长。
梅花何处冲寒放，疏影横斜水一方。
　　　　——《自述》

　　梅花是中国古代常见的审美意象。它以其曲折多姿的形态，经霜耐寒的特性受到古代文人反复咏唱，诗人窦国华借助这客观之象，融进自身的主观之意，赋予梅花各种美好的品格。他把自己清旷、高洁、淡远的情怀投入到梅花意象中的时候，梅花意象就被赋予了丰富的人格意趣和道德内涵，以清妙深幽的意志成为士大夫文人理想人格的象征。

7. 紫薇：花红一带微含香

　　紫薇树皮平滑，灰色或灰褐色；枝干多扭曲，小枝纤细，叶互生或有时对生，树姿优美，树干光滑洁净，花色艳丽；开花时色彩丰富，鲜艳美丽，正当夏秋少花季节，花期时间长，故有"百日红"的俗称，又有"盛夏绿遮眼，此花红满堂"的赞语。宋代诗人杨万里《凝露堂前紫薇花两株，每自五月盛开，九月乃衰》："似痴如醉丽还佳，露压风欺分外斜。谁道花无红百日，紫薇长放半年花。"唐代杜牧在《紫薇花》中，也以桃花、李花来反衬紫薇花的美和开花时间之长："晓迎秋露一枝新，不占园中最上春。桃李无言又何在，向风偏笑艳阳人。"明代薛蕙也写过："紫薇开最久，烂熳十旬期。夏日逾秋序，新花续故枝。"

在窦氏小园里，窦国华在自己居住的挹青堂以及山前山后都种植了紫薇，可见他对紫薇的偏爱：

> 秋烟晓入明霞光，花红一带微含香。
> 山前山后开将遍，回环抱兹花中堂。
> 青帘卷起青山色，满树花异天街傍。
> 当时黄昏坐阁下，静怜香绕紫薇郎。
> 人生出处何有定，漫将朝野分低昂。
> 但占小园秋色好，满斟竹叶恣徜徉。
> ——《挹青堂紫薇花歌》

第四联"当时黄昏坐阁下，静怜香绕紫薇郎"是对白居易《紫薇花》的化用："丝纶阁下文书静，钟鼓楼中刻漏长。独坐黄昏谁是伴，紫薇花对紫微郎。"诗人因寂寞无伴而端详紫薇花。在中国民间有一个关于紫薇花来历的传说，在远古时代，有一种凶恶的野兽名叫年，它伤害人畜无数，于是紫微星下凡，将它锁进深山，一年只准它出山一次。为了监管年，紫微星便化作紫薇花留在人间，给人间带来平安和美丽。传说如果家的周围开满了紫薇花，紫薇仙子将会带来一生一世的幸福。唐玄宗开元元年（713 年）破天荒地将自古以来掌管文秘机要，发布政令的要害官署中书省，更名为紫薇省。以花名做官署名在中国历史上是绝无仅有的，极为特殊。这与当年中书省官署多种紫薇，以及当朝皇上笃信紫薇压邪扶正有关。在紫薇省为官者也就自然冠上紫薇的雅号，如中书令谓之紫薇令，中书侍郎则称紫薇郎。唐代诗人白居易曾任中书舍人，写有三首咏紫薇诗。杜牧也做过中书舍人，也是紫薇郎，他以物咏情，借花自誉，人尊其为杜紫薇。唐有 12 首紫薇诗作流传至今。宋代诸多文人雅士、达官贵人，如苏轼、欧阳修、梅尧臣、陆游、蔡襄、刘克庄、王十朋、杨万里等钟情紫薇，撰有 17 首诗作。如王十朋诗："盛夏绿遮眼，此花红满堂。自惭终日对，不是紫薇郎。"元明清及现代咏紫薇诗作，不胜枚举。窦国华"山前山后开将遍，回环抱兹花中堂"，道出了窦氏小园遍栽紫薇花为景观的盛况。树姿优美、枝干屈曲、花色鲜艳的紫薇，是窦氏园林中夏秋季重要观花树种。紫薇既可单植，也可列植、丛植。

窦国华在《小园即兴》中也写到了紫薇花：

> 小坐闲敬八尺床，芸窗蕉护晚风凉。
> 紫薇花绽斜阳外，丹桂香分一枕傍。
> 舞镜山鸡人向熟，眠苔野鹤梦偏长。
> 僮来笑遣柴门启，放出云霞过野塘。

《小园即兴》写到了"紫薇花绽斜阳外"，也写到了"丹桂香分一枕傍"，将园林景观的形象美、色彩美、动态美、听觉美与观赏者的瑰丽想象融为一体，营造出出人意料的审美境界。佛家认为人有眼、耳、鼻、舌、身五根，感受窦国华园林诗歌的意境美不能单靠视觉这一途径来传递信息，而应该综合运用一切可以影响人的感官的因素来获得。这首诗由美妙的园景触发想象和情感，创作时通过对各种感觉（如触觉、听觉、视觉、嗅觉等）的描绘，运用园林要素所提供给诗人的种种想象，绘制出一幅完整生动的立体画面，等于是对园林美的再创造。

园林不单是一种视觉艺术，而且还涉及听觉、嗅觉等感官变化，此外春夏秋冬的时令变化，雨雪阴晴等气候变化都会改变园林空间的意境，并深深地影响到人的感受。窦氏小园里的植物，根据季节变化，每个季节都有不同植物营造的园景。牡丹、菊、水仙都是园林不可缺少的名花。

谁怜入手采余香，淡月光中小举觞。
一自白衣人去后，秋心付与一篱霜。
　　——《白菊》

生来水石最相亲，异种清芬自绝尘。
翠黛遥凌仙子步，黄冠不愧女真人。
非同兰叶藏幽谷，恰与梅花占早春。
袅袅婷婷身未稳，多情谁为写风神。
　　——《水仙花》

玉砌真宜带月看，繁华一一出云端。
神仙自是尘容少，富贵由来本色难。
红甲捻馀应有恨，绿蛾描处总成欢。
承恩优渥休矜宠，解识浓多转易残。
　　——《白牡丹》

　　窦国华的这些园林花卉诗，体现出浓郁的园林审美意识，表现了对园林山水的赏爱，展示了对园林中动静谐趣、人园合一、透脱禅心的审美境界的追求。窦国华还作有《花名望江南移种小园》《芦花》《金银花》《桃花带雨尘》《红绽雨肥梅》《桃花涨》《杏林春燕》《解雨花》《美人蕉》等咏园植物诗歌。在这些诗歌中，他追求园林意境与诗歌艺术意境的融合，追求园林景物与个体性灵的钟会，追求雅味与俗趣的交融，通过园林内外景物的机敏剪裁，来表现近乎天然的不加雕琢的感觉意识，显现出出色的艺术才能。

第十章　窦氏小园里的建筑意象

　　窦氏园林广建亭台楼阁，形成一个庞大的园林建筑体系，几乎囊括了中国园林建筑中所能见到的一切景致。全园建筑二十余处，建筑造型各异，有亭、楼、台、堂、阁、斋、磴、洞、榭、圃、舫、屏等，又有乡野风格的茅舍村屋。对于中国古典园林建筑的类型丰富和形态之美，人们常用"亭台楼阁"来形容。亭、台、楼、阁等，在窦氏小园里疏密错落有致，复杂的建筑、山水和植被等，被安排得井井有条，如同一卷山水画。以山水为主题营构的窦氏小园，园中的建筑兼具实用与审美双重功能。窦国华与其他窦氏诗人的诗歌中，园林建筑意象蔚为大观，令人叹为观止。他们在亭台楼阁间徜徉徘徊，在山水自然中流连忘返，或歌颂自然之美，或吟唱性情之真。园林中的亭台楼阁，都成为可居、可游、可赏的处所。窦氏园林，因有诗歌的渗透而更加耐人寻味。园林里的一砖一瓦、一草一木，无不浓缩和寄托了当时设计者、建造者和居住者的审美情趣、文化品位和精神追求。

1. 亭：树小孤峰现

　　古籍《释名》中曾记载："亭者，停也。所以停憩游行也。"

亭是供人休息、纳凉、避雨与观赏四周美景的地方。亭一般不设门窗，只有屋顶没有墙，具有四面迎风、八面玲珑的特点。其形态千态百姿，丰富多彩，其亭亭玉立的形象，可使山水增色。亭在园林中一定可以立足观景，它在选址时，其四周一定有颇具特色的美景，而且其所选择的观赏角度、观赏距离也是最佳的。亭或翼然临于泉水之上，或悄然附于楼阁之旁，或静静漂浮于水池之畔，或隐隐匿藏于花木之中，看似无式，实则有法。凡是园亭之所在，皆为园林最佳观景点。在其间，凡目之所及，尽可"坐观万景得天全"。亭对园林的视觉空间具有重要的扩张延展效应。有人称亭为园林的"诗眼"，有"揽景会心"之妙。窦氏园林中建有多座小亭，窦国华《和萧雪蕉见题小园二十咏原韵》写到了山亭、待憩亭、一半亭：

为山原不易，拾级敢辞难。
树小孤峰现，亭高六月寒。
云霞花外落，天水眼前看。
抚物聊资兴，毋劳拟谢安。
　　——《山亭》

小亭依曲岸，地迥复天高。
待客远人境，枕流随我曹。
议风宁有价，醉月岂辞劳。
煮茗欢相对，何烦苦著骚。
　　——《待憩亭》

新月凌空照，亭前影半规。
全形藏峭壁，三面压清池。
古越争传胜，小园惭负奇。

勾留聊得句，敢拟六桥诗。

　　　　——《一半亭》

　　除了这三首以亭为题的诗外，窦国华与萧景云还在《鸥盟渚》中写到了"渚心亭"："渡桥连野阔，径转渚心亭。"（窦国华《鸥盟渚》）"翠浪环孤渚，中央峙小亭。"（萧景云《鸥盟渚》）亭是窦国华与萧景云园林诗中的重要意象，成为其园林诗清幽脱俗意境形成的重要元素。所谓"云霞花外落，天水眼前看。"亭将园内视线所及的园外景色组织到园内来，成为园景的一部分，可使借来的景色同本园空间的气氛环境巧妙地结合起来，让园内园外相互呼应、汇成一片，扩大空间，丰富园景，增加变化。伫立在山亭上，天水便是它的借景。亭，虽由人做，宛自天开。萧景云的几首咏亭原韵也写出了"春花足底看"的"虹气"：

山顶一亭回，休愁独立难。
险时偏得稳，高处本多寒。
虹气胸前贯，春花足底看。
翻怜容膝者，平地说居安。

　　　　——《山亭》

白日洞边静，红尘山外高。
谁能停马足，来共接仙曹。
待客何须酒，烹茶足解劳。
茂陵真疾脱，无复感萧骚。

　　　　——《待憩亭》

径似螺微转，亭如半月规。
勾留山背草，想像树根池。

何必全身现，能开一面奇。

凭栏忽有会，六曲已成诗。

——《一半亭》

亭，是窦氏园林中形式最多、最为灵活的建筑。除山亭、待憩亭、一半亭、渚心亭之外，窦氏小园还有一处卧云亭，窦国华留下了《卧云亭观荷》：

晓攀石磴傍溪边，阁影横斜翠影圆。

叠岸奇峰云乍起，网花柔线柳长牵。

香清阵阵因风远，叶弱田田贴水鲜。

物外惟应君子爱，一樽沉醉夕阳天。

《挹青堂诗集》中有注：“卧云，小园亭名。”窦守愚曾作《卧云亭放鹤》：

亭结层云上，仙禽放此间。

飞鸣行得得，饮啄意闲闲。

煮茗冲烟去，弹琴带月还。

暂羁霄汉志，相伴卧东山。

2. 阁：清幽透曲棂

在中国古典园林中，往往借峰峦之势，构筑远眺近览的阁。苏州拙政园里有浮翠阁、留听阁；留园里有远翠阁；狮子林里有问梅阁、修竹阁；扬州个园里有住秋阁；杭州孤山西冷印社有四照阁；北京颐和园里有佛香阁；乾隆花园里有符望阁；等等。可谓不胜枚举。所谓阁，往往比较高耸，多为二层，甚至三层、五层。江西南昌的滕王阁，高大雄伟，甚为可观。东莞可园的邀山阁，是全园的最高观景点。北京颐和园的佛香阁，立于万寿山上，巍巍然一派皇家之气。窦氏小园里的延绿阁也有三层之高：

> 百尺登临回，清幽透曲棂。
> 阁连芳草绿，柳向酒人青。
> 一带斜阳路，半垂平野星。
> 天然真境好，图画几曾经。
> ——窦国华《延绿阁》

> 三层蹑梯级，四面敞轩棂。
> 平野延新绿，高空落远青。
> 微寒秋入夏，独夜客依星。
> 更欲攀榆桂，天河梦里经。
> ——萧景云《延绿阁》

　　《园冶》中说："阁者，四阿开四牖。汉有麒麟阁，唐有凌烟阁等，皆是式。"阁多为四坡顶的房子，四面均开窗。萧景云"四面敞轩棂"，窦国华"清幽透曲棂"，都写出了延绿阁"四阿开四牖"的建筑特点。"重屋为楼，四敞为阁"，这是楼与阁的重要区分点。楼与阁的相同点是二者均为"重屋"，也就是说楼与阁都是两层或以上建筑。但阁四面皆有窗，且也设有门，四周还都设有挑出的平座，供人环阁漫步，凭栏观景。

　　窦国华谓"百尺登临回"，萧景云谓"三层蹑梯级"，可见延绿阁是窦氏小园的最高建筑。阁是高耸的建筑物，人们登阁，可以极目四野，景观非凡。杭州西湖边吴山上有极目阁，浙江桐庐桐君山上也有极目阁，可见其功能。园林是现实的再现，所以园中之阁，其功能和造型也是如此。苏州拙政园中有留听阁，苏州留园里有远翠阁，登阁都可以远望。窦氏小园里的延绿阁，也同样如此。在延绿阁上远眺，其景观令人欣然，窦荣昌作《雨后登延绿阁远眺》：

> 帘卷风回气似秋，夕阳余韵入高楼。
> 虹斜桥影红将坠，黮湿山容翠欲流。
> 远浦鸥分舟上下，疏林云断树沉浮。
> 忽惊溪外鸣钟过，古寺门悬月一钩。

于延绿阁上四望，不仅可以俯瞰全园，而且还能收取远方的景致。尾联中的古寺是指东岳庙与万缘庵。在延绿阁远眺，可以看见"古寺门悬月一钩"。在景观方面，延绿阁是园景画面的主题或构图的中心。

3. 舫：秋空月似波

舫是仿照船的造型，在园林的水面上建造起来的一种船型建筑物。窦氏小园里的载月舫，是一座溪亭式的小屋，轻逸舒展，宛如漂浮于水上，荡漾于水中的一叶轻舟，置身其间，倒影玲珑，有着"花移疑荡桨"的舟行之感。

> 溪亭留皓月，如舫泛轻波。
> 长载冰轮满，贪看秋色多。
> 花移疑荡桨，网罥认垂萝。
> 已惬中流趣，无烦更涉河。
> ——窦国华《载月舫》

> 小屋低如舫，秋空月似波。

消将尘气少，载得夜光多。

荇影交松柏，帆风挂薜萝。

意行任栖泊，岂必泛天河。

　　　　——萧景云《载月舫》

　　舫在水中，与岸相连，使人更接近于水，身临其中，使人有荡漾于水中之感，是园林中供人休息、游赏、饮宴的场所。舫在中国园林艺术的意境创造中具有特殊的意义。舫在窦国华的诗歌中成了文人隐逸江湖的象征，诗人耽乐于山水之间。"已惬中流趣，无烦更涉河。""意行任栖泊，岂必泛天河。"

4. 堂：烟岚自绕环

　　堂，是正房，是园主人起居之所，往往成封闭院落布局，只是正面开设门窗。窦国华在外出做官之前，一直居住在挹青堂里，他的诗集也以挹青堂命名：《挹青草堂诗钞》和《挹青堂诗选》。

潇洒三间屋，峻嶒一小山。

挹青人醉熟，落翠月阴闲。

屏障添清润，烟岚自绕环。

卷帘迎麈客，勿俟叩柴关。

　　　　——窦国华《挹青堂》

青山门外绕，门里又青山。

幽意不能散，天光俱入闲。

堂虚月来往，树密路回环。

终岁无人到，悠悠自掩关。

　　　　——萧景云《挹青堂》

5. 斋：静将琴做伴

斋即斋戒之意，其环境一般比较幽深僻静，其风格大都朴素清雅，具有高雅绝俗之趣，斋在园林中大多做静修、读书、休息之用。

> 林泉皆乐境，长适性中天。
> 松老曾经岁，云深不计年。
> 一竿舟上钓，三丈日高眠。
> 梦觉烹清茗，还看鹤避烟。
> ——窦国华《乐天斋》

> 无心为寻乐，随意已忘天。
> 偶契林泉性，长如少壮年。
> 静将琴作伴，醉即鹤同眠。
> 劳苦何为者，人生草际烟。
> ——萧景云《乐天斋》

6. 楼：诗成月满头

楼，指两层或两层以上的高层建筑，由于体量、高度远超过周围一般建筑，因此是园林中最重要的主体和点景建筑，主要用于观景。楼在窦氏小园中属高层建筑，与其他园林建筑一样，除实用外还起着观景和景观两个方面的作用。

> 乌云天际重，风卷欲奔流。
> 且绕临溪屋，齐来上竹楼。

声喧连榻雨，凉觉一身秋。

向晚晴光好，诗成月满头。

——窦国华《风满楼》

天意合成幽，溪云百丈流。

风声先报客，雨势欲登楼。

飒飒虚檐动，阴阴众壑秋。

夜来怀友梦，只在万山头。

——萧景云《风满楼》

窦氏小园里的风满楼是竹楼，窦国华与萧景云的诗写了在楼中可以领略到种种别处无法领略的清韵雅趣。竹楼，是诗人高远情志的载体。诗人中举二十年，一直未能仕进，却有着"向晚晴光好，诗成月满头"的从容。

7. 台：浮岚上舞衣

台，也称眺台，是指高于地面、供人登高望远的露台式建筑。在园林建筑中多与楼廊亭榭相结合，供人眺望风景，台多建在高地或临水的池边。春台是窦氏佳园中的一处主体建筑：

台小笙簧满，晴空翠滴衣。

容光春必照，和曲客宁稀。

入坐神常静，偕登志不违。

熙熙同覆载，岂有世情非。

——窦国华《春台》

淑气生歌管，浮岚上舞衣。

台高春不散，调雅赏偏稀。

独乐心原耻，同登愿尚违。

曲终还把钓，敢笑子陵非。

——萧景云《春台》

窦国华"熙熙同覆载"中的"熙熙"意指春台前人来人往摩肩接踵的热闹场面。"熙熙"出自《老子》："众人熙熙，如享太牢，如登春台。"潘岳《秋兴赋》："登春台之熙熙兮，珥金貂之炯炯。"中国古典诗歌留下了很多描写春台的名篇，如唐代贾岛《送刘式洛中觐省》："晴峰三十六，侍立上春台。"唐代刘驾《春台》："台上树阴合，台前流水多。青春不出门，坐见野田花。谁能学公子，走马逐香车。六街尘满衣，鼓绝方还家。"

春台是窦氏小园登眺游玩、歌舞表演的胜处。窦国华诗中的"笙簧"，指的是一种乐器。萧景云诗中的"歌管"谓唱歌奏乐，同"歌吹"，即歌乐声。管，指管状乐器，多用竹子做成，也指该种乐器演奏出的音乐。南朝鲍照《送别王宣城》诗云："举爵自惆怅，歌管为谁清？"唐代李白《自代内赠》诗云："犹有旧歌管，凄清闻四邻。"宋代苏轼《春夜》诗云："歌管楼台声细细，秋千院落夜沉沉。"萧景云"调雅赏偏稀"中"调雅"，在唐代欧阳衮《听郢客歌阳春白雪》中出现过："调雅偏盈耳，声长杳入神。"萧景云第四联中的"子凌"系指严光，字子陵，浙江余姚人，曾与东汉光武帝刘秀同学。光武帝即位，严光坚辞不仕，偕妻子梅氏回富春山隐居，耕田钓鱼，终老林泉。

窦国华出任广东肇罗道后，长子窦守谦陪侍，其在《端州寄弟》（其二）中回忆了春台诗酒相聚的场景：

回首春台月舫前，弟兄诗酒聚欢然。

一从远作端江客，常步清宵白日眠。

8. 榭：摇荡水中天

榭，多指水榭，是临水而建，供人们休息、观景的建筑。一般在水边架设平台，平台的一部分建在岸上，一部分探入水中。平台的上部建有顶盖，而四周如亭子般敞开，临水的周围环以低平的栏杆或安置美人靠椅，供人依栏观景。水榭建筑还有一个特点，就是其一端往往与廊台相接，另一端常常与曲桥相通，这是鉴别水榭的一个重要标志。

> 洞口穿云路，依山构短椽。
> 清闲蹑上屋，摇荡水中天。
> 得月招诗客，临流醉酒筵。
> 幽情犹未惬，又泛钓鱼船。
> ——窦国华《水榭》

> 出洞无多地，临流架数椽。
> 全收云里岫，半界水中天。
> 树长遥连野，鱼游近傍筵。
> 沧浪歌自足，何必上渔船。
> ——萧景云《水榭》

诗人看景，往往带着自己的审美感情，一个园林的建筑物，看起来是物质的，其实更是精神的，它是精神的物质，也是物质的精神。窦氏园林离不开诗人的审美观照和精神融入，是临流醉酒的诗客，是幽情未惬的诗客，摇荡了水中天，引来了"鱼游近傍筵"，"沧浪歌自足，何必上渔船"。由此，园林的格局，不光因了情感，更由于人格、风骨的因素，成为士人精神的一种依托与延伸。

第十一章　数株红药不胜情：
红药园考略

　　中国古代的一些诗人除吟诗作赋外，还精通医学，所谓"自古诗人多善医"。杜甫因身体多病，常常自行采集或栽种药材，甚至自行处方治病，如《寄韦有夏郎中》："省郎忧病士，书信有柴胡。饮子频通汗，怀君想报珠。"白居易熟悉药用植物、通晓药材药理，他在多首诗中提到治病药方，如《斋居》："香火多相对，荤腥久不尝。黄耆数匙粥，赤箭一瓯汤。"柳宗元也是唐代的草药诗人，自己种药，有《种仙灵毗》等诗写到药用植物。陆游也是"识药能医"，其诗中记载的常用药用植物在十五种以上。苏轼精通医学，所撰《医药杂说》与沈括的《良方》合编为医书《苏沈良方》。窦守谦、窦守愚兄弟也善诗能医。霍邱洪集清代诗人窦守谦（1777—1844）著有《红药园诗集》三卷，诗集以红药园命名。窦守愚（1778—1826）不仅著有《槐阴屋诗集》二卷，还著有《回春集药方》二卷，并留有《自题红药园十二韵》。窦桂林（1797—1841）与窦守愚唱和，留有《和二叔春坡自题红药园十二咏》（存五）。窦氏诗人以红药作为园名，与他们精通医术有关。
　　"红药"即芍药，是我国栽种历史最悠久的花卉之一，具有重要的药用价值。芍药品种很多，宋代《芍药谱》记载31种；宋代《扬州芍药谱》，记有34种；明代《鲜芳谱》记载芍药39种；清代《花镜》，记载88种。清代乾隆时，扬州芍药品种达一百个以上，有"杨妃吐艳""铁线紫""观音面""冰容""金玉交辉""莲香白""胭脂点玉""紫金观"等。芍药根据颜色可分为白、黄、绿、粉、粉蓝、红、紫红、紫等多个品种，目前中国可辨识的品种有三百多个。在古诗词中出现的芍药多为红色，红色芍药色泽艳丽，因此有"红药"之称。根据花型可分为蔷薇型、皇冠型、千层台阁型、托桂型、金环型、菊花型、绣球型、楼子台阁型、单瓣型等。红药的根鲜脆多汁，含有红药甙和苯甲酸，医学用途因种而异。特别是在妇产科临床上，红药更是得到广泛应用，堪称女科之花。唐代诗人张九龄的《苏侍郎紫薇庭各赋一物得芍药》写出了红药的药用价值："仙禁生红药，微芳不自持。幸因清切地，还遇艳阳时。名见桐君篆，香闻郑国诗。孤根若可用，非直爱华滋。"这首诗的意思是，红药是上天眷恋的禁品，幸运的是她占有"清切地"，还有艳阳照耀，因而存活了下来。她被列入黄帝时的医师桐君的采药录，她的清香流传在《诗经·郑风》之中。红药的根可以入药治病，并不单单爱她的花香。宋代诗人施枢的《芍药》也赞扬了芍药的药用价值："采根亦可舒民病，始信无经载牡丹。"窦守愚的《回春集药方》已经散佚，但可以推测，红药是他经常使用的重要药材。

红药自古以来都是著名的观花植物，皇室、贵族庭院多有栽种。芍药称"花相"，是花中贵裔，花大艳丽，花色妖美，品种丰富，在园林中常成片种植，花开时十分壮观。中国古代园林或沿着小径、路旁做带形栽植，或在林地边缘栽培，并配以矮生、匍匐性花卉。有时单株或两三株栽植以欣赏其特殊品型花色。更有完全以红药构成专类花园称红药园或芍药园。如明代医圣李时珍曾建过红药园。晚清诗人樊增祥："红药园亭非曩日，绿杨城郭又残春。"清初诗人毛奇龄:"红药园深朝坠露,白苹渚浅夜添潮。"清代诗人曹鉴徵也著有诗集《红药园集》。扬州著名的二十四桥又名红药桥,因为附近盛产红芍药花。宋代词人姜夔《扬州慢·淮左名都》云:"二十四桥仍在,波心荡,冷月无声。念桥边红药,年年知为谁生。"姜夔的另外一首《侧犯·咏芍药》中云:"红桥二十四,总是行云处。"历代芍药的种植与观赏以扬州最为有名,自古就有"洛阳牡丹、广陵芍药"之说,苏东坡曾赞誉之"扬州芍药为天下冠"。扬州曾培植了"金带围""冠群芳""御衣黄"等一批名贵芍药品种,留下了"四相簪花"等诸多历史佳话。如今,位于仪征的扬州芍药园占地2530亩,现种植芍药1000亩,品种100多个,为全国单体面积最大、品种最全的芍药种植观赏基地,堪称"中华芍药第一园"。除扬州外,北京、常州、郑州、洛阳、菏泽、哈尔滨、长春、呼和浩特、亳州、六安等地,现在都建有规模较大的芍药园,吸引了众多游客观赏游玩。

历史上,吟咏红药的诗词不胜枚举。在《诗经·郑风·溱洧》中,有"维士与女,伊其相谑,赠之以芍药"的描写。芍药出现在男女约会的故事之中,并且是作为约会中互相赠送的礼物,芍药被赋予了象征意义。这首诗奠定了红药(芍药)意象的情感基调,《诗经》以后,红药在中国古典诗词中形成了一个极为丰富的意象体系。南朝诗人谢朓在《直中书省》中用动态描写展现了芍药的物态之美:"红药当阶翻,苍苔依砌上";唐代白居易吟诵谢朓"红药当阶翻"一句时,认为这一句未能把芍药的状态完全描绘出来,于是写下了《草词毕遇芍药初开,因咏小谢红药当阶翻诗以为一句未尽其状,偶成十六韵》:"罢草紫泥诏,起吟红药诗。词头封送后,花口拆开时。坐对钩帘久,行观步履迟……"白居易《伤宅》:"绕廊紫藤架,夹砌红药栏。"唐代诗人元稹在《红芍药》中赞美芍药的颜色:"芍药绽红绡，巴篱织青琐。繁丝蘟金蕊，高焰当炉火。翦刻彤云片，开张赤霞裹。"唐代诗人孟郊在《看花》中将芍药与女子相比："家家有芍药，不妨至温柔。温柔一同女，红笑笑不休。"唐代诗人柳宗元《戏题阶前芍药》："凡卉与时谢，妍华丽兹晨。欹红醉浓露，窈窕留余春。孤赏白日暮，暄风动摇频。夜窗蔼芳气，幽卧知相亲。愿致溱洧赠，悠悠南国人。"唐代诗人元稹在《忆杨十二》借用芍药意象来寄托别离之情："去时芍药才堪赠，看却残花已度春。只为情深偏怆别，等闲相见莫相亲。"以红药相赠，表达结情之约或惜别之情，故又称"将离草"。宋代诗人秦观在《春日》中将芍药看作是多情的象征："有情芍药含春泪，无力蔷薇卧晓枝。"宋代词人周邦彦在《瑞鹤仙》中借红药意象描写偶遇旧时相知的伤感之情："惊飙动幕，扶残醉，绕红药。"

窦守谦、窦守愚的私家园林以红药园命名，其园林当以红药为盛。古代安徽地区，均有芍药的广泛栽培。对窦国华十分敬重的桐城派著名清代诗人刘开在《偕陈丈晚香、任砚香至城东观芍药，复作长歌》中云："小黄城外芍药花，十里五里生朝霞。花前花后皆人家，家家种花如桑麻。红紫为田绿为圃，一痕草色低难遮。龙眠词客游江北，一见芍药如旧识。瓶水奉花过珍惜，日日读书坐花侧。彩毫拂艳花如生，枝枝不觉动颜色。今来看花涡水滨，花亦作态如相亲……"晋朝时称安徽亳州为小黄城，刘开的诗描绘了江淮地区芍药种植的盛景。古代江淮地区的芍药园为数不少，但现在留有诗文记载的，也只有窦守谦、窦守愚的红药园了。窦守谦、窦守愚对红药园景点的命名既文且雅，富有文气，与窦国华对窦氏小园的命名一脉相承。窦守谦、窦守愚也很注重用诗歌去给红药园园内景观题名。题园是园林创造中的重要环节，题园诗不仅能烘托出园景的主体，起着鉴赏指引，命名点题、抒情喻志的作用，甚至成为园内景色不可缺少的组成部分。

对红药园的书写，窦守愚的《自题红药园十二韵》是最完整的，十二个景点写了十二首诗，使诗境、园境与诗人心境完美契合：

清芬堂

堂开宏敞接晴霞，满耳禽声满院花。
金屋有门皆水抱，雕窗无孔不云遮。
玉炉烟起人初醒，桂子香生月半斜。
莫道尘凡佳丽盛，神仙大抵脱繁华。

紫来轩

层层紫雾绕东来，一派氤氲散不开。
望气人都当天上，问乡我亦忘尘埃。
祥光罩处云连屋，瑞色凝时锦作苔。
底事函关人不见，一回翘首一徘徊。

枕绿轩

一窗修竹翠连天，小阁浑如枕绿眠。
四野彩云堪作幛，满园芳草竟为毡。
花魂应喜寻前约，蝶梦曾经续旧缘。
不是因逃缰锁外，何能高卧在林泉。

馆春院

春风昨夜到华堂，桃叶桃根取次忙。
槛外红酣花径软，庭前绿铺草茵长。
几重花影香连榻，一曲莺歌酒数觞。
莫道烟霞数仙境，此间原可老东皇。

载香舟

无端结屋竟如舟，小泊园中作浪游。
几树浓香成满载，一池清露压群流。
庭前风起花为桨，山角云生燕似鸥。
试问此间船上客，可装晴翠到瀛洲？

听雨廊

墨泼浓云密散丝，几番声响故迟迟。
此间断绪都无定，以外升沉又可知。
满耳红酣花醉雨，半天晴韵客吟诗。
何妨更觅管城子，图绘倚廊听雨时。

半亩湖

清芬东畔画廊西，水上飞烟望眼迷。
几点香泥巢紫燕，一株丝柳啭黄鹂。
英雄事业名原重，隐逸文章价岂低。
已识年来鸳梦稳，新湖半亩胜玻璃。

课圃斋

半生学圃费营谋，课雨占晴未遍周。
锄莠固难须努力，灌园不易莫优游。
深耕自是田多稼，勤耔斯能获有秋。
沽酒每从登穑后，闲邀野老乐悠悠。

红药园

数株红药不胜情，小放园中趁晚晴。
几处帘栊春不卷，一栏花影月初生。
檀心微露怜香嫩，绮宴频开动醉程。

只恐姤花风易起，伴卿直欲到天明。

半榻山房

今春新构小山房，半榻琴书暗度香。
天外烟霞供啸傲，眼前花鸟尽文章。
多因爱月帘常卷，每到敲诗酒易凉。
小立画阑浑不觉，袭人芳气满衣裳。

小山瀑布

小山四面总玲珑，一道飞泉下碧空。
映月奔腾浑似练，倚风摇曳竟如虹。
怒花有象青天外，砆石无波翠霭中。
到耳喧阗争日夜，朝宗虽是太匆匆。

小湖山馆

眼底蓬蒿手自删，凿池堆石意闲闲。
涸鱼得所斯为水，倦鸟能栖即是山。
岭外花香春不老，庭前霜白月初还。
年来容膝何嫌小，身去青云一步间。

　　红药园是一座集山、水、建筑等为一体的有相当规模的园林，窦守愚在《自题红药园十二韵》中，逐一详细描写了这座园林中的十几处景观。他的《红药园》一诗写红药的花姿之美。芍药的香味淡雅，若有似无，给人清新怡人的感觉。芍药花朵硕大，由于是草本植物，花朵多盛开在根茎顶端，茎细花大，摇曳生姿，因而也被称作"没骨花"。其或艳丽或淡雅的色泽，以及若有似无的清香，仿佛弱女子般娇嫩细美："檀心微露怜香嫩，绮宴频开动醉程。"诗人把酒赏芍药，自得其乐。唐代诗人韩愈在《芍药歌》中写到了醉酒于翠茎红蕊之中的场景："丈人庭中开好花，更无凡木争春华。翠茎红蕊天力与，此恩不属黄钟家。……一尊春酒甘若饴，丈人此乐无人知。花前醉倒歌者谁，楚狂小子韩退之。"芍药在《红楼梦》中是一种重要的花，第六十二回史湘云醉眠芍药园，是《红楼梦》中最美丽的情景之一。红药自古就与"多情"结下了不解之缘："数株红药不胜情，小放园中趁晚晴。""只恐娇花风易起，伴卿直欲到天明。"在诗中，窦守谦是将"一栏花影"当作女子来吟诵和描摹的。从芍药的形态、色泽、风姿等方面用拟人手法，生动描绘了芍药意象的情感意蕴。

《自题红药园十二韵》虽然只有一首直接吟咏芍药风情，但其他诗歌在描写红药园里的其他景物时，也密集出现了花的意象。这些意象描写，没有点明是写红药，但都写出了红药的植物特性与它所包含的象征意义。"满耳禽声满院花""花魂应喜寻前约""槛外红酣花径软""几重花影香连榻""满耳红酣花醉雨"等句，不仅写出了红药的花色之艳、花姿之美、花香之浓，还写出红药所隐含的情感意蕴。"岭外花香春不老"写出了红药作为殿春花的个性特征。春天里芍药开花最迟，比牡丹开花晚一个月左右，宋人邵雍《芍药》："一声鹍鸠画楼东，魏紫姚黄扫地空。多谢花工怜寂寞，尚留芍药殿春风。"当"魏紫姚黄"这些名贵品种的牡丹凋零殆尽时，芍药却像百花群中"殿后"的主力军一样，及时地盛开，给春残寂寞时节增添了几许色彩。宋代诗人陈师道《谢赵生惠芍药》（其三）云："九十风光次第分，天怜独得殿残春。一枝剩欲簪双髻，未有人间第一人。"宋代曹勋《代花心动·芍药》："要看秀色，收拾韶华，自做殿春天气。"因此，芍药又名殿春花。红药作为一种象征物，在窦守愚与中国其他古代诗人笔下有着自然的相似性。

从《自题红药园十二韵》所描绘的十二个景点看，红药园规模之大、建筑之美、借景之巧，非当今的芍药园所能比拟的。与窦国华构建窦氏小园一样，其子窦守谦、窦守愚构筑的红药园也是以山水为背景，靠山采形，傍水取势，顺其自然就成了其一大特色。其实质就是师法自然。从窦守愚的题咏中，我们可以诗景互证，领略到山水映衬的园林景色，欣赏到山光与水色间的互融。我们随着诗人笔触的不断延展，看到的是一幅渐渐展开的园林美景图："金屋有门皆水抱"的清芬堂、"层层紫雾绕东来"的紫来轩、"一窗修竹翠连天"的枕绿轩、"槛外红酣花径软"的馆春院、"小泊园中作浪游"的载香舟、"满耳红酣花醉雨"的听雨廊、"水上飞烟望眼迷"的半亩湖、"闲邀野老乐悠悠"的课圃斋、"檀心微露怜香嫩"的红药园、"眼前花鸟尽文章"的半榻山房、"映月奔腾浑似练"的小山瀑布、"凿池堆石意闲闲"的小湖山馆。红药园有着构成明确的景区序列或景观序列。窦守愚的园林诗，描写园中真景，达到了诗境与园境的和谐相通。诗歌将园中景物与诗歌意境有机统一，动静相兼的天然景色与各异其貌、独具风姿的园内建筑，构成了窦守愚、窦守谦兄弟精心营造的私家园林。在这一园林中，山、水、植物、建筑、色彩、声音等构成要素相互支撑、相互关联、有机结合，共同形成了一个完整的园林空间意象，即园境。红药园里的各处园景有机融合在一起，其景点内部景物的布置及各景点之间的关系与过渡处理得恰到好处，其叠山理水、构筑建筑以及植物的选择与布置都已经达到很高水平。

　　红药园拥山水之胜，建立起完备精美的园林景观体系，是诗人游赏、宴集、唱和的主要场所，可谓园因诗造。"满耳红酣花醉雨，半天晴韵客吟诗。""多因爱月帘常卷，每到敲诗酒易凉。"可以说是诗与园林相生相长，共同发展。以诗造园，以园作诗，园与诗文合二为一。私家园林文化环境的基本面貌，在诗人的唱和中得到了充分展示。窦桂林为我们留下了《和二叔春坡

《自题红药园十二咏》（存五）：

紫来轩

门开万丈拥祥光，收拾云烟卧伯阳。
天上自来无俗客，人间此处是仙乡。
红酣晓日留春梦，色舞飞花作艳妆。
记得五千有道德，凭轩东望意茫茫。

半榻山房

非关大厦足幽居，半榻横陈乐有余。
暖入梅花香泛酒，凉回桐雨夜临书。
神仙逢阆空千累，今古乾坤傲一庐。
何必殷勤望徐孺，焚香扫地意如如。

听雨廊

回廊薄暮罢金瓯，细雨丁东响未休。
灯下轻寒轻暖夜，耳边一滴一声秋。
魂摇竹叶清如水，风入蕉窗润满楼。
来日湖山晴更好，无边烟景望中收。

半亩湖

波光潋滟射清樽，半亩湖留万派源。
几瓣落花春有迹，一规新月水无痕。
休疑翡翠惊风雨，好放鸳鸯稳梦魂。
未免笑他狂范蠡，清高空自负君恩。

红药园

一重楼阁一重云，艳影娇姿灿夕曛。

谁道美人皆薄命，是真仙子自超群。

春绿得地回千里，花为怜香放十分。

知道有才天不管，烟霞深处老东君。

    窦桂林在《红药园》一诗的开头一句，点明红药园的繁华景象，接着描绘了芍药的"艳影娇姿"，为芍药形象注入了几分仙气，进一步渲染了芍药不同凡花的精神气质："谁道美人皆薄命，是真仙子自超群。"第三联"春绿得地回千里，花为怜香放十分"展示的是暮春时节，红药盛开，清香怡人，花色可人。与窦守愚的诗歌一样，窦桂林在诗中，也是将红药当作美女来描绘的。红药作为中国古典诗歌的意象原型，有着固定的含义。但在第四联，窦桂林却写出了新意："知道有才天不管，烟霞深处老东君。"芍药展现出旺盛生命力、美好形态和浓郁芳香，但诗人驻足静静观望，最后却生出惆怅失落之感。诗的表面是咏花，更深一层是写自己的怀才不遇，是自我的揭示。"东君"源于屈原的《九歌·东君》，也就是太阳神。全诗连接承转，又极其自然，结处含不尽之意于言外。

    窦桂林诗题中的"二叔春坡"，即窦守愚。窦桂林的诗歌虽然只保存了五首和诗，但他的和作与窦守愚的原作在题材、主题、手法和风格等方面构成了一种相互照应的关系。原作决定和作，而由和作也可以窥见原作，和作在某种意义上可以看作是一种文学接受。从文学接受上看，窦桂林的和诗为我们理解窦守愚的《自题红药园十二韵》，提供了参证，显示了红药园在立意命题、园林布局、掇山理水、建筑营构、花木配置等方面都形成了自己的特色。"天上自来无俗客，人间此处是仙乡。"诗人在红药园创造出处处有情、面面生诗、含蓄曲折、余味无尽的人间仙境。

    窦守谦留下的诗歌，也有几首直接描写红药园景致的园林诗。他的《清芬堂落成》是一首景观实录诗：

> 构得清芬五架堂，四时吟卧足徜徉。
> 阶前红日温如袄，户外清溪曲绕庄。
> 金粟蕊开孤树矗，玉兰花放一团香。
> 兴来酌酒临风醉，管取如山岁月长。

古典园林的构建受到构园者主观审美意趣的影响。清芬堂是诗人窦守谦亲自规划建成的，诗人构建的幽居之地就是一种典型的园林主题生活。四时卧吟，任随自然，超脱常情，全诗着眼一个"兴"字。诗里洋溢着乘兴无拘、自由自在的隐逸生活情趣。作为园林中的建筑物，清芬堂具有使用与观赏的双重功能。根据诗歌的第三联分析，清芬堂的落成时间应该是农历七月前后，清可绝尘的桂花刚刚吐蕊，清香扑鼻的玉兰正在盛开。把酒赏花，令人神清气爽。"金粟蕊开孤树矗"中的"金粟"是桂花的别名，因其色黄如金，花小如粟，故称。农历八月是桂花的花期，所谓"八月桂花遍地开"表达的就是这个意思。"玉兰花放一团香"中的玉兰也是中国著名花木，不同种类的玉兰花期不同，白玉兰花期三至五月，朱砂玉兰花期四至五月，紫玉兰花期四至七月。窦守谦诗歌中的玉兰应是紫玉兰。紫玉兰花朵艳丽怡人，芳香淡雅，孤植或丛植都很美观，树形婀娜，枝繁花茂，是非常珍贵的庭园植物和著名的药用植物，集绿化、美化、香化于一体，观赏与药用兼备，在中国有两千多年的栽种历史，但不易移植和养护。窦守谦不仅偏爱紫玉兰，他对紫色也格外偏爱，红药园里的一处轩室就被命名为紫来轩：

> 室静嚣尘远，门迎紫气融。
> 花光明晓日，帘影漾春风。

秀草周遮绿，雕阑迤逦红。

无人闲处立，疑在画图中。

——《题紫来轩》

　　紫来轩是诗情与画意的物化，无处不入画，无景不入诗。紫来轩门迎紫气，花光帘影，绿草围拢着红色的雕栏，让人从复杂的"嚣尘"生涯和烦琐的事务中解脱出来，放在一个自然山水的环境里，寄情山水，形成一个"疑在画图中"的美好长卷。花木植物则是这幅长卷必不可少的要素，赋园林以视觉、嗅觉与听觉等诸多方面的美感。红药园园中有诗，园中有画，创造了一种趋向自然野致的意态和趣味。窦守谦兄弟构园，注意在重要的观赏点组织景点画面，形成对景的园林艺术效果。窦守谦还写过绿筠轩，但诗歌无存，只留下了窦桂林的《步瀛舫大叔绿筠轩漫兴原韵》：

　　　　晴晓林犹锁碧烟，水光山色望无边。

　　　　功名一任云常去，丝竹何妨老更怜。

　　　　孤鹤眠从千树杪，寒梅开在百花前。

　　　　笑他天外翻飞鸟，落日苍茫倦未还。

　　窦桂林诗题中的"瀛舫大叔"，即窦守谦。窦桂林在这首诗里写到了丝竹和寒梅，可见红药园的植栽配置比较重视色彩的延续和四季色彩的变化，合四时花卉俱在，保证一年四季都有花开。除了这首和诗外，窦桂林还作有《绿筠轩即景》：

　　　　琉璃四面敞珑玲，宛转回廊地逦屏。

　　　　当槛松多浓积翠，隔河山远淡流青。

　　　　碧梧树老秋邀月，红藕花开夜泊舲。

野外谁家吹短笛，纵无腔调也堪听。

此诗写的是夏日的园景，翠松、碧梧、红藕（红莲）意象，充满了丰富的植物色彩。色彩丰富的红药园有三处轩：枕绿轩、紫来轩和绿筠轩。轩是有窗的长廊或小屋，也是古典园林中起点景作用的小型建筑物。轩与亭不同的地方是：轩内设有简单的桌椅等摆设，供游人歇息，一般来说，园林中的轩多为诗人墨客聚会之所，要求环境安静，造型朴实，并多用传统书画、匾额、对联点缀，能给人以含蓄、典雅之情趣。轩也多作赏景之用。

窦守谦、窦守愚的造园实践，在山水、植物、建筑、色彩、声音等方面，体现了其力求顺乎自然之势的造园思想。从园林造景角度看，单一景观常借周围风景陪衬，如诗中的野外短笛，避免单调、突兀，更具审美效果，时空相映，动静相交，情景相生。

红药园对窦氏家族诗歌的创作，具有感发和生成作用，窦桂林常常在红药园里即景发兴，境与神会。因为诗意在胸，才可以造出高雅之园。宅园的拓展，正可见家学的生机：

朔风高卷仲舒帷，剑佩萧萧欲去时。
萝洞夜寒还纵酒，云巢春暖再吟诗。
燕辞高阁穿帘久，花恋长条离树迟。
怕对老梅清瘦影，雪明天外月如规。

忆从阿买学吟哦，坐领春风快如何。
绣出鸳鸯描样好，炼成丹汞度人多。
宾朋彻夜能坚坐，丝竹中年代啸歌。
说到性情真实处，万重海水已无波。
　　——窦桂林《留别留余堂兼呈大叔瀛舫》

红药园作为文人园林的多功能性为窦氏园林诗的创作提供了丰富的题材，也使得其表达的思想情趣极为丰富复杂。根据对窦守愚、窦守谦、窦桂林残存诗歌的分析，红药园至少有十四处景点：清芬堂、紫来轩、枕绿轩、馆春院、载香舟、听雨廊、半亩湖、课圃斋、红药园、半榻山房、小山瀑布、小湖山馆、绿筠轩、留余堂。这些景点空间变化丰富，层次分明，与窦国华在《小园二十咏》中所描述的二十处景点均未重复。窦国华去世后，窦氏小园的边界并不是一成不变的，他的后人一直在续修窦氏小园，或重新择地造园。窦氏家族的诗人群体能延续一百多年，其表征之一就是宅第园林的兴建，从乾隆年间到光绪年间，每隔一段时间就有兴建之举。

与窦国华建造的窦氏小园一样，红药园也属于文人私家园林，作为日常游息宴客、吟风咏月的生活境域，滋养培育着窦氏家族的风雅传统。在窦桂林与窦守愚、窦守谦的叔侄赠答唱和之中，文化园林的特质与内涵得到充分呈现。在《留别留余堂兼呈大叔瀛舫》里，窦桂林将自己与阿买联系在一起，用以表达他与窦守谦的叔侄关系。阿买是唐代诗人韩愈子侄的小名，韩愈曾在诗中提到："阿买不识字，颇知书八分。"（《醉赠张秘书》）后用以借称子侄。"忆从阿买学吟哦，坐领春风快如何。"窦桂林的诗歌颇能显示红药园作为诗歌交流空间的重要性。自然与人文融合的宅园，为一族之人敦族谊、课子弟读书、与外界文士交流提供了重要平台。这一平台的维持以及相关活动的延续，会在家族内形成或大或小的诗人群体。诗人群体的生发，正是家学的传承。

作为一代名园，红药园如今已踪迹皆无。晚清与民国初年，窦守谦的曾孙窦以蒸、窦以燕等人曾在窦家西楼、窦家东楼栽种芍药。他们也留下了关于芍药的诗篇：

爱花天气怨东风，更设朱幡护锦丛。

正在送春春太好，霞朝才放一枝红。

阿阁春深离别长，当阶芍药妒狂香。

朱兰彩袖愁无语，半醉灯前更晚妆。

　　　——窦以显《芍药》

更有瑶华谱一张，扬州金带亦寻常。

月明蝶梦情如洗，春老蛾眉色尽忘。

仙子自饶名贵韵，美人新试绮罗香。

欲知清瘦谁堪似，虢国夫人爱淡妆。

　　　——窦以蒸《白芍药》

海棠已绽画楼东，蕙帐吹开娑尾风。

知有美人娇未起，一枝芍药露猩红。

　　　——窦以蒸《题帐檐次第看花直到秋图》

仙容窈窕舞霓裳，廿四桥边见晓妆。

锦帐半遮新醉粉，翠帷初卷有狂香。

低迷带露还堪赠，婀娜迎风总自芳。

不是刘邠能宠惜，春来谁识擅名场。

　　　——窦以燕《芍药》

　　在窦以蒸、窦以显吟诵芍药的时候，红药园就已经消失。历史无情，窦以蒸、窦以显的吟诵地——窦家西楼、窦家东楼，今天只剩下遗址了，也被历史的长河所湮没。明代刘士龙在《乌有园记》中云："金谷繁华，平泉佳丽，以及洛阳诸名园，皆胜甲一时，迄于今，求颓垣断瓦之仿佛而不可得，归于乌有矣。所据以传者，纸上园耳。即令余有园如彼，千百世而后，亦归于乌有矣。"乌有园是刘士龙虚构的园林，他写这篇文章，是对古今建造一事的感怀。即使像红药园这样精心营造的园林，湮没于历史之中，也是它逃脱不了的宿命。然而窦守谦、窦守愚、窦桂林等窦氏诗人吟咏红药园的诗歌却逃过此劫，所谓"夫沧桑变迁，则有终归无；而文字以久其传，则无可为有……实创则张设有限，虚构则结构无穷"。规模再浩大的园林也是可以穷尽的，但因为咏园诗的存在，建造的精神乃得以不死。红药园是一个业已消失的世界，往昔的胜景早已不在，但我们通过窦氏诗人的诗歌，得以感受那些美好乐园的流风余韵。也正如清代诗人朱彝尊在《秀野草堂记》中所言："惟学人才士著作之地，往往长留天壤间，若文选之楼，尔雅之台是已。吴多名园，然芜没者何限！而沧浪之亭，乐圃之居，玉山之堂，耕渔之轩，至今名存不废。则以当日有敬业乐群之助，留题尚存也。"

第十二章　废兴原有定：
窦氏小园的百年沧桑

窦氏小园在窦国华故后，其后人仍居其中。在很长一段时间，窦氏小园成为重要的文学交流空间，形成了多层次的文人群，大致包括以血缘为基础的家族诗人群，以姻亲为纽带的诗人群，以及因性情投合而聚结的文人群。家族诗人群是园林交流空间的核心，以窦氏小园而显现的家族性诗人群体，除得山水之助外，亦得益于彼此间的交流切磋。从窦国华开始，窦氏族人园宴吟咏的风气即已形成。窦国华曾孙窦如祁的《风满楼夜饮漫兴》就记叙了家族性雅集场景："登楼纵酒快如何，帘卷晴轩醉放歌。天末月明花弄影，池心鱼跃水生波。当筵不用烧红烛，题句何须写绿萝。幽静莫嫌为地小，冷然爽籁此间多。"窦氏小园一直是窦族诗人与名士清客宴集吟咏的胜地，从而有效地保持了家族文学的继承性，成为家族文学传承的有效载体。在这一环境中他们群体互动，联翩吟唱，用诗酒风流尽显出文化优越感，激扬出源于家族文化和地缘文化的特别才情。窦氏家族的每一位诗人，几乎都在诗中对小园进行过描绘。窦桂林曾作古体诗《挹青堂题壁》："吾家小园一亩宽，林木葱茏起云烟。下有浩浩之白水，上有隐隐之青山。山苍翠，水回环，月榭风亭架其间。"窦如祁曾作《小园》："小园花气韵，一院午风清。不染尘嚣迹，时闻野鸟声。"园林情调在这些诗歌中显而易见。园林雅集以高风绝尘的文雅气质滋养着诗人的精神生活。

窦氏小园的构筑，耗费了窦氏家族不少心力与财力，但在灾难面前却极为脆弱，转瞬间便化为断壁残垣。窦氏小园毁于咸同之际的战乱，其命运颇为凄惨。这在窦氏家族诗人的笔下留下了印迹："满目凄凉景，苔深径欲封。圃疏栖凤竹，岭剩化龙松。亭榭巢群雀，池台咽乱蛰。废兴原有定，未免感离踪。"（窦如祁《仲秋旋里重到小园有感》）"江城独处思依依，今岁春归我未归。静院花残莺渐老，小园人去燕空飞。林亭寂寞苍苔遍，诗酒荒凉过客稀。惟有山窗新种竹，清阴想已拂书帏。"（窦以杰《春暮怀故园》）"十年重到故柴扉，院落依然景物非。只有春来梁上燕，喃喃似喜主人归。"（窦以杰《乱后还家见庭院荒凉，花木零落，回首当年，不胜今昔之感，慨然有作》）窦如祁、窦以杰目睹了自家园林的兴衰，惋惜之余写下的诗歌，给后人留下了想象的空间。这些诗歌是家国变迁的叹息，是时人对盛世跌落到乱世的普遍感慨。

咸丰年间，被毁坏的不仅是窦氏小园，窦国华家族多次重修的霍邱文庙也未能逃此劫难。同治八年《霍邱县志》记载："乾隆五十八年，邑绅窦国华率子守愚、守谦重修大成殿。""嘉庆十八年，邑绅窦国华率子守谦、守愚重修大成殿。""道光四年，邑绅窦守谦、窦守愚同子、侄荣昌又重修大成殿。"窦以蒸的《笃行篇》也曾记载："道光四年，邑中重修文庙，两中宪兄弟曰：'乾嘉间两次修理大成殿，俱由先观察独力任修，此次工程应赓踵前规焉。"霍邱文庙原名孔庙，又名学宫、圣宫，习惯称黉学。始建于元至顺二年（1331），明洪武五年（1372）增建学宫，明正德六年（1511）增建明伦堂，崇祯十三年（1640）建尊经阁。清嘉庆三年（1798）扩东西两庑十四间为十八间，嘉庆六年（1801）扩大成殿三间为五间。咸同之乱，霍邱文庙受到严重摧残，大成殿倾圮，两庑暨崇圣祠、明伦堂，均片瓦无存。同治八年，殷兆铺在《重修霍邱县学碑》中云："咸丰、同治以来，粤寇蹂躏遍海内，皖又为捻匪出没巢穴，扰尤甚。……然自通都大邑、穷乡僻壤，官廨民居，坛庙黉序，化为飞灰，鞠为茂草。皖省除阜阳、太和、泗、宿、灵璧五城外，靡孑遗已。"同治八年，裴正绅在《重修霍邱县学记》中云："吾霍咸丰七年春，粤匪陷城，杀戮不下六七万人，生民涂炭，十室九空，射圃尽堆枯骨，黉宫鞠为茂草，心焉悼之。"咸丰九年，"又遭苗逆之乱，霍城再破，学宫再毁，椽崩栋折，目击心伤"。同治八年，霍邱知县陆学敩与邑绅裴正绅等重建文庙，雕梁画栋、飞檐翘角，文晖四映，龙、虎、狮、象、鳌等粉彩浮雕皆为精美的工艺美术品。遗憾的是房饰浮雕在"文革"中统被砸毁。"文革"后省、县拨款数万修葺，"尚未完全复原"。

霍邱洪家集东岳庙与万缘庵修建于明代，但两座古寺也被太平军烧毁。1918年春，窦以蒸在《重修善乡里东岳庙碑记》中云：

善乡之南、洪集之西、大桥之北、窦楼之东，旧有东岳庙、万缘庵两寺，相距数十武，跨阜带河，松竹苍翠，夙称古刹焉。东岳庙相传为里人四川巴令徐熙君、山东荣城令张盛君所建，以故，东西两庑坿祀徐张二君，古碑罕在，纪录无征，徐张所修已不知是因是创。万缘庵亦徐氏建。两庙俱置有香火田数十石。按《霍邱县志》，张氏失载，徐氏有传，盖明宏治时人，迄今垂四百余年。有清以来，其庙数加修葺，碑石犹存，略可考见飞甍石栋，一时号称胜地。乃自咸丰兵燹以后，两庙俱毁废久矣，琳宫绀宇尽付劫灰，旧衲残僧了无孑遗。嗣经乡绅请以庙田所入，改建义学于万缘庵，未几，义学停办，捐为黉宫，岁修所仅存者。东岳庙之一片荒基而已。同光之际，屡议重修，迄未克就。久之，竟为徐氏子孙将山地盗卖，已无复有人过问，良可喟也。今有乡人因病发愿修复辄有灵效，适地主亦愿以山地仍还之庙，并嘱吾儿梓光提倡重建，而里人黄王二君亦协同监修，并约诸同人分投募化，共酿得钱七百数十余缗，遂构材运置，拣日开基作始，丁巳秋（1917）落成。戊午春首，并装塑神像，而黝垩之。谨诹吉于三月廿八日建醮开光。盖东岳正殿三楹，前殿山门三楹，西庑四楹，东庑因旧三楹，众擎易举，不日而成。虽崇闳钜丽，较诸曩昔规模，少形湫隘，而空山古寺荒废萧瑟气象已焕然一新矣……

1917年重修落成的东岳庙毁于"文革"，其命运与文庙如出一辙。霍邱文庙历六百余载，洪家集东岳庙与万缘庵历四百余载，都因历史的风雨而零落。

咸同之乱对文物和文化的破坏是史无前例的。曾国藩在《讨粤匪檄》里说："粤匪焚郴州之学官，毁宣圣之木主，十哲两庑，狼藉满地。"太平军火烧郴州学府后，先后在湖南永州毁掉纪念柳宗元的柳子庙，现在的柳子庙，是光绪三年（1877）重建的；在武汉毁掉归元寺、宝通寺，现在的两个寺，分别是同治三年、四年（1864、1865）重建的。"作为长江中游重镇的武汉，为什么清代以前的文物那么稀缺？一个很重要的因由是太平军的大手笔。长期作为安徽重镇的安庆，本应古迹甚富，怎么经太平军多年占领后，只剩下可用于军事的振风塔？那与塔一体的迎江寺，是太平军失败后重建的。江西那古城九江，怎么只剩下锁江楼塔，和受损坏了三级的大胜塔呢？固然此地曾经地震，而太平军的几年占领比地震更厉害。现在的能仁寺、天花宫都是太平军失败后的1870年所建。"太平军所占领或经过的十几省，文物古迹都受到重大破坏，以至根本不能重建修复而成为历史名词，比如南京举世闻名的大报恩寺塔、明故宫就永远消失了。

窦氏小园也永远消失了。消失的还有清代著名诗人袁枚留下的随园，被太平军夷为平地，片椽无存，这一金陵私家名园最终不存于世。苏州沧浪亭、狮子林、拙政园和留园等名园被严重破坏，我们今天所看到的"苏州四大名园"，在太平天国后经过了重修。沧浪亭最初在宋代跨水而设，曾经是宋代名将韩世忠的私家园林，康熙年间进行了修复，太平天国战争中却把它全部毁成一片瓦砾。现在的沧浪亭在水一侧为园，高槛临水、复廊借景，是一变再变的晚期风格。如今看到的扬州园林，如个园、何园等，都是晚清时期修建的私家园林。那么，那些在明清时期建造的精美园林都到哪去了？影园、康山草堂、街南书屋等很多明清时建造的名园，都被太平军损毁了，而这些都被记载在当时的文人笔记之中。太平天国战乱时期，在被破坏的中国园林中，最引人注目的莫过于圆明园了。窦国华曾作诗《圆明园》："园外公车许暂停，果然佳境画难形。昆明湖水开明镜，万寿山峰列寿屏。苑里烟痕迷御柳，阶前露气湿祥蒉。何时常遂瞻云志，饫领风光近帝庭。"圆明园被法国作家雨果誉为"理想与艺术的典范"，1860 年惨遭英法联军洗劫，最终变成一片废墟。如果不是太平天国内乱牵制了清军，圆明园或许能逃此劫难。据时任京官的鲍源深在其《补竹轩诗文稿》中所述："九月（农历）初，夷人焚五园三山，圆明园内外胜景，悉成煨烬矣。"也就是说，现在我们习称的"三山五园"——静宜园（即香山）、静明园（即玉泉山）、畅春园、圆明园和颐和园（即万寿山）都遭到焚毁——如今的颐和园，也是劫后重生，原貌难寻。在清军与太平军拼得两败俱伤、国力更为虚弱之际，英法等国发动了第二次鸦片战争。中国的内乱，给了西方列强更大的可乘之机。圆明园虽毁于英军之手，但实际上与太平军也脱不了干系。

光绪十二年（1886），在窦氏小园筑建一百年后，窦国华玄孙窦以蒸写下了《追和先宅旧咏》，将家国身世的变迁与园林兴废作一气浩叹：

无复赓歌起，登临泪溅衣。
青山残迹在，白发故人稀。
清业流芬远，名家与俗违。
平泉一回首，石树百年非。
　　（春台犹存）

杖策来空磴，凄然首一搔。
三生凭吊古，拾级且登高。
树老枝撑盖，草深光乱袍。
却愁阴雨滑，临眺脚宜牢。
　　（空磴犹存）

临溪饶野兴，竹笛漫横椽。
不碍鱼游水，依然月在天。
浓阴余老树，雅集散华筵。
无限登临感，清风泛酒船。
　　（水榭已废）

夜光收不得，平地少风波。
望到明时久，投宁暗里多。
天风吹野树，秋水冷垂萝。
争得张骞接，相期星汉河。
　　（载月舫已废）

何处寻陈迹，苍茫欲问天。
东山无远志，南郭剩穷年。
村僻归鸦识，林深倦鸟眠。
抱琴弹不得，日暮起荒烟。
　　（乐天斋已废）

幽寂虚堂在，青青四壁山。
云深三径暗，松古一窗闲。
桑海经尘劫，蓬蒿阻辙环。
我来情不浅，鸟语隔林关。
　　（挹青堂犹存）

源头泉不断，千丈落狂奔。
幽咽浑如泣，飞腾剩有痕。
十寻清见底，一品矗当门。
太息滔滔是，谁为砥柱存。
　　（石咽飞泉已荒）

千树排云起，双林夹水流。
清风深涧曲，明月小山留。
泉石吾家旧，烟霞结客游。
何年修故事，觞咏引闲鸥。
　　（树藏曲涧已荒）

　　窦国华《和萧雪蕉见题小园二十咏原韵》和萧景云原韵共写了二十个景点。窦以蒸原有二十首，但得以传世的只有八首，共写了八个景点。他的自注表明，经历一百年沧桑之后，窦氏小园里的春台、空磴、挹青堂犹存。水榭、载月舫、乐天斋、石咽飞泉、树藏曲涧等景点已经荒废，但窦以蒸试图通过诗歌书写呈现一个家族远去的审美记忆，捕捉家族文化遗留在大地上的痕迹。从窦以蒸《追和先宅旧咏》（廿首存八，丙戌）可以看出，追忆中的小园仍然如此清晰完整，至少"青山残迹在""明月小山留"。但到20世纪80年代，小山也因采石被炸平了。窦氏园林作为物质的园林已经消失，但作为精神的家园，在窦以蒸的诗里得以永存。民国十七年《霍邱县志》曾记述窦氏园林，"窦氏园林在县南九十里，窦国华置，有《园林二十咏》，其咏《春台》云……昔日畅咏地，兵燹后已在断烟荒草中，犹幸有篇什之传，不与亭池俱泯矣!"民国十七年《霍邱县志》附咏园诗歌二十首，但没能准确注明作者是窦国华。20世纪80年代，作家陶锦源主编《霍邱县文化志》，介绍了窦氏园林，附录了《秀峰》《荷沼》《松屏》《竹圃》《石咽飞泉》《载月舫》等诗歌，没有注明作者。这些诗歌显然来源于民国十七年《霍邱县志》。

窦以蒸对窦氏园林衰败的感喟情绪，还扩散到对洪家集地名的更替上：

洪家集即事咏古

洪家集旧为马家店，南有马家堰，西有马家岗，北有马家墩，广袤数十里皆马氏，想见当时人烟之密。迨后，洪氏兴而马氏替矣。大抵二家皆明代人，而洪氏较后。洪氏因大起是集而巫更今名。左近古寺，钟鼎碑石，洪氏题名，强半一时，亦云盛矣。乃更历兵燹皆凋落无后。当二家炽盛时，岂无一二闻人可传后世，何其寂然耶。集北数里相传，有霍王墓，不知姓氏，何论时代。然岁旱祷雨辄灵应，盖必抉得隧砖，似闻墓内有声，顷刻雷雨交作。吁!亦异矣!王公大人灵爽如此，犹湮没无闻也。他奚论哉!他奚论哉!

> 胜朝犹近古，人事迭衰隆。
> 剩有岗名马，虚传集姓洪。
> 村墟更浩劫，金石转顽空。
> 肖肖藩王墓，凭人祷玉龙。

诗人的身世苍茫之感与今古苍茫之感在诗中交汇。从消失的窦氏小园，到现在残存的东楼与西楼，窦氏园林的兴废具有文化标志意义。窦氏园林是政治权利、经济权利和文化权利结合或转化的产物，是地理形态被赋予了充分生态意义和价值观念的象征系统。园林是一方土地的记忆和延续，是记得住的乡愁，是地域的活化石。园林体现的山水格局、自然风貌，乃至空间，无论是地上的还是地下的，都蕴含了大量的历史信息。

李清照之父，著名学者、文学家李格非就曾目睹洛阳园林之盛，并于宋绍圣二年（1095）写成了《洛阳名园记》，记述名重于当时的园林19处：

唐贞观、开元之间，公卿贵戚开馆列第于东都者，号千有余邸。及其乱离，继以五季之酷，其池塘竹树，兵车蹂躏，废而为丘墟。高亭大榭，烟火焚燎，化而为灰烬，与唐共灭而俱亡，无余处矣。予故尝曰："园圃之废兴，洛阳盛衰之候也。"

且天下之治乱，候于洛阳之盛衰而知；洛阳之盛衰，候于园圃之废兴而得。则《名园记》之作，予岂徒然哉？

李格非以唐朝贞观、开元之间高官贵族兴建千余所公卿名园的史实，论述"园圃的兴废是洛阳盛衰的标志"，最后更进一步推论"园圃的兴废是天下治乱的标志"。李格非所记述的名园，都在北宋末年毁于战火。从洛阳的盛衰可以看出国家的治乱，洛阳园林的兴废可以看出洛阳的盛衰。一句话，洛阳园林是国家治乱兴衰的晴雨表，因此《洛阳名园记》不是白白写的，而是对朝廷的腐败提出了强烈的忠告，表现了作者对衰微国势的清醒认识和深刻忧虑。作者是借唐讽宋，用意十分清楚。"唐之末路是矣"不就是一种警示吗？旁观者清，当局者迷，宋朝统治者当然不会理会一个进士的批评和忠告，衰微的国势已难以逆转。过了不久，北宋覆灭，洛阳沦陷，繁丽多姿的众多洛阳名园顿然变成废墟。与此相类似，窦氏小园的兴废，也见证了大清王朝的盛衰。

最后，我想强调一点，窦氏园林虽然消失了，但描绘窦氏园林的诗歌对后代园林营造具有重要借鉴意义。窦氏园林所面对的杨兴水（今称二道河），最近正在修建水利游览区，窦氏小园有重建的必要。窦国华及其家族诗人的园林诗歌可以用作造园的模本。如果重建窦氏园林，园内景观设计可以直接取窦国华等诗人的诗歌，化诗歌意境为园林意境。以诗的意境造园者甚多，以陶渊明诗歌为题材的园林，就有多处如"归田园居"（苏州）、"五柳园"（苏州）、"武陵春色"（圆明园）、"耕隐草堂"（扬州）等。王勃有"落霞与孤鹜齐飞，秋水共长天一色"，武汉东湖借此诗句结合本地的特色，设置长天楼景点，游人到此，面对霞鹜水天，壮阔之情油然而生。唐代诗人常建游常熟的破山寺曾题诗"山光悦鸟性，潭影空人心"。后人借此诗句在兴福寺设"空心潭""空心亭"等景点。化诗为园的情况还有将诗人所咏之地化为园林。杜牧《寄扬州韩绰判官》有名句"二十四桥明月夜，玉人何处教吹箫"，后人就在扬州二十四桥西岸建构了听箫园。司马光在《独乐园七题》中说："'弄水轩'取唐牧《池州弄水亭》诗意而建；'浇花亭'寓意白居易韵事而造。"依据窦国华等窦氏家族诗人的诗歌去重建窦氏小园，二道河边的一草一木将会产生出深远的意境。在水木清华的美景中，让人随处都能看到古代诗歌踪迹。让窦氏园林的诗情画意，重新通过山石、草木、池沼、亭榭等物质形态的景观显现出来。窦国华家族那些脍炙人口的诗文佳句，可直引或化用作为园名、景名，其画龙点睛、陶情写性作用，有助于抒发人们的审美情趣和感受，引发游人联想。这些品题典雅、含蓄、深邃，将使二道河的景点获得灵魂，让二道河风景区有了诗歌的依托和承载。窦氏园林在霍邱园林史和霍邱历史文化史上占有重要地位，假如将之原址复原，必将为当代园林文化、霍邱文化添上一道亮丽的风景。

第十三章　清末民初窦氏家族园林考略

　　自乾隆年间的窦国华开始，窦氏诗人寄情山水，钟情于园，既见之于行动，也出之以诗文，园林之筑，直至晚清，皆一脉相承。咸丰年间，窦氏佳园、红药园虽然受到重创，但至光绪年间，窦氏诗人仍然能以园吟诗，以诗造园，赋诗品园。从光绪年间到民国初年，窦家东楼、窦家西楼、窦家中楼、窦西寨皆为读书吟赏挥毫之所。这些园林宅第先后相接，彼此关联，从而形成具有一定时间长度的场域。窦国华第二代仅有窦守谦、窦守愚两子，第三代仅有窦荣昌一孙。但到了第四代繁衍生息，人丁日多，窦荣昌共有五子：如郊、如祁、如郇、如邺、如郿。而如祁共有九子：与原配吕氏生有五子，依次为窦以勋、窦以杰、窦以熙、窦以烈、窦以焘；与温氏生有四子：窦以蒸、窦以煦、窦以显、窦以燕，兄弟排行依次为六、七、八、九，号称"窦氏四隐"。随着人丁的增加，分家是必然的选择："忆昔花时聚草堂，友于和乐宴流觞。田家兄弟风云散，底事当阶又吐芳。"窦以蒸在《话旧草杂诗》中云："松菊横槮径已荒，深深十亩水西庄。田家故事休重问，一树荆花裂数行。"此诗加注："丁丑九月诸昆析爨。"析爨意思是分立炉灶，指分家。1877 年窦如祁去世后，儿子分庭而立。窦以勋一支迁居窦西寨、窦以杰一支迁居中楼、"窦氏四隐"迁居西楼和东楼，基本在窦氏小园（窦老楼）的周边蔓延扩散。而每一座园林宅第的修建，都是自然山水与人文内涵的结晶，它们与窦氏诗人的诗歌一起，汇成家族的文脉。

1. 窦家中楼：一带园林似画悬

时至今日，窦氏佳园、红药园等窦氏园林已经无原貌可考，中楼也已经毁圮殆尽，已无人了解其真实地址，其园林构筑更是无法查询。太平天国战争期间，窦氏小园遭受重创，"满目凄凉景，苔深径欲封。圃疏栖凤竹，岭剩化龙松。亭榭巢群雀，池台咽乱蛙。废兴原有定，未免感离踪"（窦如祁《仲秋旋里重到小园有感》）。"江城独处思依依，今岁春归我未归。静院花残莺渐老，小园人去燕空飞。林亭寂寞苍苔遍，诗酒荒凉过客稀。惟有山窗新种竹，清阴想已拂书帏。"（窦以杰《春暮怀故园》）"十年重到故柴扉，院落依然景物非。只有春来梁上燕，喃喃似喜主人归。"（窦以杰《乱后还家见庭院荒凉花木零落，回首当年，不胜今昔之感，慨然有作》）窦以杰目睹了窦氏佳园、红药园等窦氏园林的衰败，而它们的诸种功能被后来新建的宅第所取代。窦家中楼就是在窦氏佳园附近兴建，窦以杰的《草堂初成》记录了这个过程：

> 自携斤斧辟蒿莱，营得三椽傍水隈。
> 容膝何嫌同蒂屋，栖身不必定楼台。
> 低檐牵萝和云补，小院移花趁雨栽。
> 门外更增千树柳，春深留待晓莺来。

窦以杰（1842—1919），号子巽，现存诗歌23首，主要写于

1891年以前，以书写湖北旅居生活为主，仅《草堂初成》与中楼建造有关。第五句"低檐牵萝和云补"，意思是拿藤萝补房屋的漏洞，出自杜甫《佳人》诗："侍婢卖珠回，牵萝补茅屋。"牵萝补屋本来形容生活贫困，挪东补西，后多比喻将就凑合。从窦以杰诗歌写作的内容分析，窦家中楼应该初建于咸同之乱战后，整个江淮大地百废待兴，窦氏家族也元气大伤，暂无财力建造富丽的宅第。

随着清朝出现了"同光中兴"，窦氏家族在同治、光绪两朝也迎来了"家族中兴"，在多处新建宅第，所谓"一门春满，四代风和"。同治年间，窦以杰历任黟县、和州、舒城训导，旌德、舒城、歙县、贵池教谕，"四方学者多从之游"。宣统二年（1912），晚清学者、诗人傅增涽与方燕年曾撰书《子巽广文七十寿序》，傅系光绪壬辰（1892）进士，曾任翰林院编修、贵州学政、山东候补道。方燕年曾任山东提学使、山东法政学堂监督（即山东大学第二任校长）。《子巽广文七十寿序》勾勒了窦以杰的生平事迹，也顺便提及了窦以杰的宅第园林生活和诸如雅集之类的活动："晚年退居后，优游林下，颐养天和，值良辰美景，赏心乐事，召昆弟友生登临山水，一觞一咏，以娱桑榆，不知老之将至。说者谓，兰亭雅集之盛，桃李芳园之乐，不是过也。"可惜的是，窦以杰这一时期的诗歌，已经全部散佚，后人无法重现当年窦家中楼交流唱酬的盛景。

民国十三年（1924）铅印本诗集《百庆集》，封面印有"板藏霍邱南乡窦家中楼"，但此时窦以杰已经去世。《百庆集》系为窦贞甫六旬晋一大庆所编的诗集，收入古诗律诗160首，"荟萃桂川鄂湘苏晋直鲁豫以及本省安庐凤颍徽宁池太六广滁和泗十三属名贤佳著"，这些名贤佳著包括许世英、周学熙、姚永朴、李大防、余谊密、李灼华、裴景福等人的献诗。这些诗歌艺术价值不大，但提供了窦氏诗人交游信息。

窦贞甫（1864—?），窦以杰长子，又名窦葆光。窦贞甫与安徽督军倪嗣冲、湖南巡抚胡鼎臣等人是结拜兄弟。窦延年在序中称窦贞甫"年三十以知县分鄂省，张香帅尤器重之"。湖广总督张之洞号香涛，称"帅"，故时人皆呼之为"张香帅"。窦贞甫1893年到任知县时，张之洞在湖广总督任上。郭寿翼在《百庆集》序言中，言窦贞甫"近年小住宜城，江山风月花鸟幽胜之处，每造必饮，每饮必醉，醉必有诗"。《百庆集》仅收窦贞甫一首诗："世衰几得太平年，避难桃源别有天。为爱湖山忘鸟倦，每寻池沼戏鱼吗。封侯独让班超贵，教子端资孟母贤。一事无成空老大，敢劳佳句祝三千。"此诗第一句加注云："鄙人光复后侨寓皖垣。"第二句加注云："鄙人游宦吴楚三十年余，今尚未归。"第五句加注云："鄙人谱兄弟如范小斋、倪丹忱、方盖臣诸公均致身通贤。"倪丹忱是指安徽督军倪嗣冲。第六句加注云："鄙人出山时，儿辈均在襁褓，及回皖垣见之，均稍稍成立，皆母教也。"《百庆集》"略例"透露将重印《述善堂诗存》，辑入新作，但此项出版计划并未付诸实施，窦贞甫在1891年之后的诗歌全部散佚。

郭寿翼的《百庆集》序言中曾云："余尝再至安丰，过窦家楼……"安丰系霍邱的旧称。《百庆集》前面有裴景福（伯谦）献诗："古稀幸我身犹健，欲访西村话旧游。"据此推测，窦家中楼位于洪家集西村境内，应在（窦氏佳园）窦家老楼附近。窦氏佳园遗址应在洪集西村境内。窦以蒸曾作《尝过西村见海棠一本植荒园中，花甚艳丽，渺无人知，家筠阁兄引余见之，感而成兴》：

> 自是东风第一妆，无人知觉为无香。
> 情深夜月红窗悄，人静春园白书长。
> 知誉早闻虽有幸，因缘待聘总无坊。

他年命刀颁封贵，记取通明上绿章。

此诗第七句加注云："一名命妇花。"海棠花有"花命妇""花尊贵""花戚里""花贵妃"等别名，惊为"天下奇绝"。如此名花，却种植在荒园里。窦以蒸此诗作于1891年之前，荒园系窦氏佳园。诗题中的"筠阁兄"是指窦以鳌，窦如邺之子，生于咸丰十年（1860），比窦以蒸年长三岁。据《安丰窦氏族谱》记载，窦以鳌之子窦莘光就安葬在西村后岗。

《丛桂诗钞》存窦贞甫今体诗二十三首，为1891年以前的作品。《晚眺即景》应是描写中楼一带园林景色的诗歌：

> 隐隐青山淡著烟，偶然闲步到南阡。
> 一行归鹭斜阳外，几树栖鸦古寺边。
> 绿满郊原芳草地，红连村舍杏花天。
> 对兹妙景须当醉，沽酒何辞费十千。

窦贞甫的曾祖父窦荣昌曾作《雨后登延绿阁远眺》："忽惊溪外鸣钟过，古寺门悬月一钩。"延绿阁为窦氏佳园的最高观景点，古寺指东岳庙与万缘庵。1918年春，窦以蒸在《重修善乡里东岳庙碑记》中云："善乡之南、洪集之西、大桥之北、窦楼之东，旧有东岳庙、万缘庵两寺，相距数十武，跨阜带河，松竹苍翠，夙称古刹焉。"

窦重光（1867—?），窦以杰次子，历署南陵凤阳县学教谕，《丛桂诗钞》存其古今体诗十九首。他的《晚晴即景》描写的也是中楼一带的园林景色：

> 浓荫绿尚锁残烟，一带园林似画悬。
> 小径泥香芳草地，矮墙烟荡柳花天。

池因宿雨波常腻，山趁斜阳景倍妍。

更有牧童能助兴，披蓑顶笠唱南阡。

2. 窦西寨：草窗读罢柳花开

窦西寨最早构筑于咸丰年间，是窦荣昌夫人张氏的避难地。
1853 年太平军攻陷安徽，霍邱地区"盗贼锋起"，富丽堂皇的窦
氏佳园成了最危险的宅第，窦如祁将六十岁的母亲"张太恭人"
安排到窦西寨"别居"。窦以勋在记叙父亲窦如祁的《诰授朝议
大夫先考运守府君行状》中云："发逆倡乱，皖省失守，奉母张
太恭人别居西砦。已而盗贼锋起，府君奉母率眷百余日，避难固
陵，转徙商城……""西砦"中的"砦"同"寨"，守卫用的营
垒。在窦西寨短暂避难后，迫于形势的恶化，窦如祁不得不奉母
率眷，避难到商城等地。

咸同之乱过后，窦以勋将窦西寨建造成规模庞大的庄园。窦
以勋（1841—1921），窦如祁长子，号子任。《丛桂诗钞》存其
近体诗二十二首。晚清著名学者、山东提学使罗正钧撰有《子任
先生七十寿序》，记叙了窦以勋的生平事迹。六安州附生马锡鸾
撰有《窦公子任先生传》。窦以勋的夫人管氏系甘肃岷州知州管
让的女儿，他们只生了一个儿子窦恩光。据《安丰窦氏族谱》
记载，窦恩光的妻子吴氏光绪二十六年卒，安葬在"西寨东南观
音堂前河湾平原"。吴氏为晚清进士吴学曾长女。

窦以蒸曾在窦西寨读过五年私塾。他在《话旧草杂诗》
中云：

江夏黄童正读书，夜灯风雨爱吾庐。

不堪重到惜阴屋，剩有斜阳一片芜。

此诗加注云："从师陈华浦先生读书五载，皆在惜阴书屋，丙子秋始别去。先生印'清晏'，邑痒生。"丙子年为1876年。1872年至1876年，窦以蒸在秀才陈华浦的惜阴书屋读书。窦以蒸还曾作《过西寨旧读书处，感怀陈华浦师》：

> 别来花竹没蒿蓬，曲径多年塞不通。
> 剩有阶前桃李树，依依长自忆春风。
>
> 草窗读罢柳花开，瓦雀双双入户来。
> 二十年前弦诵地，只余荒雾覆苍苔。

陈华浦也善诗，但诗作无存，窦以蒸的父亲窦如祁曾作《和陈华浦茂才还家韵》：

> 一丛茂树绿围村，珂里言旋喜入门。
> 阶畔花多新种出，壁间诗有旧题存。
> 焚香埽地欣忘倦，迟月当檐坐待昏。
> 娇女牵裾相告语，桐枝近日又生孙。

珂里，是对陈华浦故里的美称。桐枝是凤凰、禽鸟的栖息之所，在诗中指陈华浦的家。陈华浦是窦如祁聘请的私塾先生。

比窦以蒸小四岁的窦重光（窦以杰次子，号宣甫、宣夫）也在惜阴书屋读过书，作《惜阴书屋感怀》：

> 重到惜阴屋，徘徊怅夕晖。
> 野花埋曲径，岩草护寒扉。
> 韵事当年盛，书香此日微。
> 几层幽院里，惟剩鸟频飞。

惜阴书屋之所以设在窦西寨，与窦以勋在此自立门户有关。罗正钧《子任先生七十寿序》云："咸丰年间，避乱之陇右，出赘同里、岷州刺使管氏，遂留官甘肃，非其志也。既而授灵台少府，署镇蕃少府，旋摄县尹……其才猷练达非俗吏可比，时年未三旬，使不即赋归田。矫首而上腾，其治绩勋名当未可限量，乃一旦舍去，毅然决然以省亲假归，遂杜门不出，养亲课子弟外，惟日饮酒赋诗，以遂初服。盖自解组，至于今，垂四十年。"咸同年间，霍邱人管让在甘肃任岷州知州，窦以勋做了他的上门女婿，先后在灵台县、镇蕃县当官，官至代理知县。但窦以勋对从政不感兴趣，毅然辞官，返乡归田，以诗酒自娱。他回乡时间应在 1870 年前后，至罗正钧撰写《子任先生七十寿序》的宣统庚戌年（1910），刚好"垂四十年"。窦以勋归乡之后，在窦西寨建造了新的宅第，并聘请塾师陈华浦，开设了惜阴书屋。二十年后，惜阴书屋显然被废弃了，"二十年前弦诵地，只余荒雾覆苍苔"。但窦以勋家族在窦西寨一直相当兴盛，共繁衍生息了八十年左右。1878 年窦恩光在窦西寨诞生，其"老成谙练，足以撑持门户，雅堪继武，延师教子，不遗余力，又生子五，皆亭亭玉立，头角峥嵘"（马锡鸾《窦公子任先生传》）。而实际上，到了 1935 年，五十七岁的窦恩光又喜得第六子，宅第建筑也随之进入鼎盛时期。

惜阴书屋废弃了，是因为窦氏家族办了新的私塾。根据窦以燕 1897 在《爱日轩诗草小引》中的叙述，窦氏在窦家西楼办了私塾，先后聘请秀才赵燕甫、举人林俊三等担任塾师，窦以燕"自七龄入学，迄今十有七年"。窦以蒸、窦以煦、窦以燕都在西楼完成了私塾教育。1938 年（民国二十七年），窦以显之子窦贞光在窦家东楼创办了扶风小学，自任校长，聘请窦静文、方丙臣、刘复五、陈义、老祝先生五位教师，开设四个班，初小和高小各二个班，学生 80 余人，经费来源由窦氏公祠田产收入和地方捐献，学生上学免收学费，课本、作业本由学校发给。该校办了一年多，后因窦贞光到安徽省财政厅任职，学校也随之解体。从中可以看出，文士构筑宅园是耕读传家理想的一种表现，"拥山水之胜，课子弟读书"是其中重要内容。这一以家庭为单位的理想朴素而又伟大，对文化传承作用甚巨。

3. 窦以蒸的西楼书写：一泓明水抱吾庐

与面目全非的窦家中楼相比，窦家东楼与西楼部分地形原貌尚存，重构园林的基础最好。"窦氏四隐"留下了不少关于东楼与西楼的诗歌作品，赋予东楼与西楼重要的文化内涵和精神价值。现存民国十七年刻本《窦氏四隐集》，包括窦以蒸《颍滨居士集》、窦以显《存诚山房诗集》和《存诚山房文集》、窦以燕《爱日轩诗草》。窦以煦的《潜庐集》原计划一起付梓，但遗憾的是"《四隐集》中仅印其三"。"窦氏四隐"的诗文集，都以各自的室名命名。东楼、西楼置有颍滨居、潜庐、存诚山房、爱日轩。颍滨居联："老屋三间，闭户清风入座；古梅一树，开窗明月迎入。"由居主窦以蒸撰。潜庐联："落笔纵千言，最贵守身若玉；读书虽万卷，也须惜墨如金。"由庐主窦以煦撰。存诚山房联："一亩小园，也种奇花也种菜；三椽陋室，半藏农器半藏书。"由房主窦以显撰。爱日轩联："日翻花影云腾地；月带书声鹤唳天。"由轩主窦以燕撰。这些楹联，虽只有只言片语，却像是一幅幅景色与心灵的写意小品。

1877年农历九月，窦如祁"九子分家"，在距离窦氏小园（窦老楼）一里左右的地方，决定为继室温氏与四个尚未成年的儿子建造新居。1878年底新居落成，过完1879的农历新年后，温氏与"窦氏四隐"正式迁居新建的窦家西楼。窦以蒸在《话旧草杂诗》中云：

寸草春晖乐有余，青青慈竹拂新居。

枳篱茅舍临溪水，应胜河阳奉板舆。

　　此诗加注："己卯二月奉母迁西楼。"农历1879年2月，西楼的新居正式投入使用。这一年窦以蒸十七岁，迎娶了阜阳人、山西泽州府知府宁继忠的三女宁氏："行年十七赋催妆，不恨牛衣泪染裳。五十年间如反掌，白头相对是糟糠。"此诗加注云："己卯十月，宁宜人来归。"

　　"窦氏四隐"迁居西楼时，窦以蒸十七岁，窦以焌十六岁，窦以显仅六岁，窦以燕仅五岁。从1879年春到1895年春，兄弟四人一起在西楼生活。窦以蒸《颍滨居士集》卷一《痴园草上编》、卷二《痴园草下编》，收入了这一期间创作的诗歌。所谓"痴园"，是指窦家西楼这个自足的小天地。窦家西楼虽然为孤儿寡母所建，但仍是规模较大的私家庄园。1883年温氏去世，窦以蒸以长兄的身份把窦家西楼经营得井然有序，成为读书人精神文化生活的一部分。1887年，窦以蒸在《闲居杂咏（丁亥）》中写道："临溪结屋，黄茆数椽。人可习静，地不妨偏。悠悠春水，晴晓生烟。既雨四望，一笑欣然。""潜鱼出游，戏我新荷。有风自南，粼粼水波。清琴既理，仰盼庭柯。称心而言，其乐如何。"窦以蒸笔下的"悠悠春水"已经是园林化的自然，从中可以产生出闲居者独立自足的愉悦。窦以蒸的《夏日闲居》也写出了自得的生活态度，及其对自然采取境与神会的审美态度，描写西楼的夏日景象：

一泓明水抱吾庐，风景清华好读书。

还喜纳凉人晚坐，红蕖花静绿杨疏。

　　此诗描写了西楼的夏日景象，红蕖是指红荷花。如南朝梁简文帝《蒙华林园戒诗》："红蕖间青琐，紫露湿丹楹。"唐代李白《越中秋怀》："一为沧波客，十见红蕖秋。"宋代王安石《筹思亭》："数株碧柳苍苔地，一丈红蕖渌水池。"荷的地下茎称莲藕，自古即为重要菜蔬，因此诗词中偶有以"藕花"称荷的诗句，如窦以蒸的《夏日闻蛙鼓》："声声不啻春光好，野藕花开红满塘。"窦以蒸"红蕖花静绿杨疏"句中的"绿杨"是指柳树。水里种荷花，水边种杨柳，这是江淮宅第园林最常见的景观。在窦以蒸这一时期的诗歌中，柳树是最重要的植物意象，如《春柳》："几回陌路欲迷津，细雨轻烟三月新。立马未过红板渡，听鹧刚到白门春。春半江绿千条浪，一笛东风十里尘。折取柔枝凭送远，青青愁煞倚楼人。"《柳枝词》："渡临桃叶软丝丝，玉笛谁家唱柳枝。不识阿侬肠欲断，春风吹出惹人思。"《柳眉》："一溪烟雨柳平桥，埽扫眉痕二月朝。窗畔合邀名士画，楼头终妒美人描。照来新月颦应展，分得春山黛更娇。记取章台晴走马，扑入清气十分饶。"《问柳》："漠漠烟笼淡有姿，东风轻自舞龙池。"写于1892年的《春日闲居次韵》："柳垂溪角千丝软，杏出墙头半树香。"窦家西楼的外部自然世界与诗人内部的精神世界两两对照，使宅园里的一景一物都具有象征意义。

窦家西楼的园林植物，注重一年四季的色彩变化。如春夏的芍药："更有瑶华谱一张，扬州金带亦寻常。月明蝶梦情如洗，春老蛾眉色尽忘。仙子自饶名贵韵，美人新试绮罗香。欲知清瘦谁堪似，虢国夫人爱淡妆。"（窦以蒸《白芍药》）如写秋菊的《采菊》《问菊》《赏菊》等诗，"渭南老去闲情在，拾取寒英作枕囊"。窦以蒸写梅花的诗歌有几十首，这里兹录《梅花》里的三首：

> 一著春光夺杏花，冰条森竦吐新葩。
> 鸟啼茆屋云犹冻，鹤守空山月半斜。

出世共怜英磊落，载阳难得气清华。
闲乘小蹇寻香去，只访湖西处士家。

小筑园林雪早晴，严寒天气冻云横。
断桥有客寻缥蒂，古寺何人供绿英。
万瓦飞霜幽梦冷，半山斜月野村清。
阿谁舍得千金价，买取梅花入凤城。

树古枝横铁石森，西冈幽绝小园深。
怕寒偏好临风看，结习难除入夜吟。
江上风传三尺笛，楼中月满五弦琴。
孤山不遇林和靖，未必人皆识素心。

　　诗中运用娴熟的笔法，通过对梅花的细致描绘，体现了诗人
寄情世外的高洁情怀，体现了以梅花为载体的中国传统特有的审
美定式。梅花意象与中国文化的联系非常紧密。窦以蒸描写梅花
的重点不在于对其馨香、颜色的描绘，而是对其"冰条森竦吐新
葩"气格的表现。"闲乘小蹇寻香去，只访湖西处士家。""树古
枝横铁石森，西冈幽绝小园深。"在自家的园林中种梅，是中国
古代诗人普遍的意趣、情致。窦以蒸也不例外，他在西园种植了
很多梅花，梅花被诗人赋予了理想人格的清逸形象。
　　窦以蒸对牡丹也格外偏爱，作《荷包牡丹》《五色牡丹》。
《五色牡丹》共有五首诗，分别写黄、绿、墨、白、紫五种颜
色，写出了牡丹的形体之佳，色彩之美，芳香之浓，风韵之最。
兹录写墨色的：

名花新泼墨光寒，漫道书生画日难。
好把春风长守取，西园留与子孙看。

牡丹花，娇艳多姿，雍容大方，富丽堂皇，被誉为"国色天香""花中之王"，自古以来引起许多骚人墨客的讴歌、赞美。窦以蒸还有一首写墨牡丹的："芳园西畔石栏东，又见春生暗室风。铁面应多枢密使，黑头难得太平公。几团香雾凌空聚，一朵乌云捧日崇。休道安期挥醉墨，片时花发一丛丛。"

除了荷花、柳树、梅花、芍药、牡丹花，窦以蒸在西楼还吟诵了"二月东风暖更柔，琼花灼灼倚琼楼"的白桃花，"平野自留芳"的金银花，以及杏花、桂花、兰花、石榴、海棠等。可谓"题遍群芳墨带香"。窦家西楼体现人文文化的植物配置，表现了中国古代文人园林的特点。中国古代园林的环境氛围，在很大程度上依赖于植物的营造。西园（西楼）作为清末文人园林，植物配置自然遵循着古典园林植物配置的原理和方法，但由于独特的功能性质，不同的氛围体现，又决定了除此共性外还有鲜明的个性，这就是人文文化对园林植物配置的影响。如同"外师造化，中得心源"的中国山水画一样，西园的植物配置，注重神似，追求气质俱盛，而在植物景观的创造中，就是运用神似的诗理，结合植物的寓意来塑造园林景观。由此可见，西楼是园林化程度较高的文人庄园。

4. 窦以显的西楼书写：晚来诗好步斜川

1879 年窦以显入住西楼，才六岁。1898 年，窦以显作《戊戌夏四月，余将读书敬敷书院，留别家中兄弟，并高君仰山，辄效苏李赠别之作，人自一首》，分别赠诗给吴仰山、六哥窦以蒸、七哥窦以煦、九弟窦以燕。窦以显作《四月二十八日，至敬敷书院，护送者却回》："六日日行七十里，回家却好过端阳。"窦以显用诗歌写出了从霍邱洪家集到安庆敬敷书院的距离。安庆敬敷书院是清代安徽省最大、办学时间最长的一所官办书院，从清顺治九年（1652）创办，到光绪二十七年（1901）改办为安徽大学堂。光绪二十四年（1898）移建至菱湖南岸，即今旧址，坐落于安庆师范学院菱湖校区内，为国家重点保护文物。从1879年到1898年，窦以显一直在西楼生活。1904年农历二月，窦以显作《翼弟河上书来，以余及厚哥、溥哥四人各居四渎之一，嘱为一诗，以纪其事，甲辰二月初十日笔》："十年蟪屈联床易，一旦鸿飞聚首难。""独我淮南空寂寞，聊将编辑拟刘安。"此时，窦以蒸在繁昌县担任教谕，窦以煦担任湖北候补布政司经历，窦以燕在山东担任河工。同母兄弟四人，只剩下窦以显"家居寂寞，拟考欧洲"。窦以显后由"优廪贡生，官吏部司务"，"未几，吏部裁例得截取同知，而以显遽归矣。归来未几，鼎革遂不仕"。1904年之后，窦以显担任过吏部司务，辛亥革命前辞官归乡，不再外出做官。1917年，窦以显病逝。

窦以显的一生，主要是在西楼度过的。窦以显《存诚山房诗集》共收入诗歌170余首，诗中经常会出现对西楼庄园生活的描写。如《赠别温君》对时间、地点、事件、景物交代详细，但丝毫不觉繁杂，显示出诗人高超的写作技巧：

> 西园客去紫骝骄，赠别何庸折柳条。
> 自有晴丝千万缕，送君送到小红桥。
> 前程好自问前程，此日还家莫浪行。
> 请看新来梁上燕，一枝巢要一春营。

此诗加注云："温君，余之中表弟也，阻雨西楼十有余日，濒行索诗，聊以此赠。"窦以显将窦西楼的庄园称之为西园，寻找一种诗意的栖息。西园结构规模不大，但窦以显写自己的园林和园林生活，语健意闲，韵高气清，有盛唐余韵，自成一家。如《小园初夏》体现了文人园林生活情趣：

浓阴下匝一庭凉，节近清和书觉长。
两部蛙鸣渊似鼓，几声莺啭巧如簧。
阶前绿竹新抽笋，海上丹榴半吐芳。
为语主人无且苟，小园先要好平章。

    绿竹丹榴，蛙鸣莺啭，动静相生，赏景品题，吟咏古人诗词文章，陶然于阶前庭院而悠然自适。诗人写出了西园美妙的风景和幽居生活的自在。"小园先要好平章"，表明诗与园林共同成为士人文化生活的重要组成部分，揭示了园林的诗兴功能、审美娱乐功能。在美丽的园林中生活，与天地精神相往来，物我相融，天人合一，实现了人与自然世界的和谐共生。"买得玉壶同客醉，晚来诗好步斜川。"诗人在园林中游赏，怡情悦性，借物起兴，托物抒情，写下了大量自然可爱的清新诗篇。他的每一首诗，几乎都会给予我们安静闲适的感觉：

僻居三月断人过，雨后风前一醉歌。
孤艇渡头春涨满，层楼山外夕阳多。
游丝拂马轻横路，水草训羊半下阿。
曳杖未归归正好，绿杨村畔晒渔蓑。
    ——《春晚闲望》

小楼又到送春天，一缕晴光鸟道边。
三径落花新带雨，半堤杨柳细含烟。
山衔夕照红穿树，江散余霞绮映泉。
买得玉壶同客醉，晚来诗好步斜川。
    ——《暮春晚晴次韵》

早春芳院足清幽，异蕊开来玉砌头。

且属小奚撞不得，花房多少卧青牛。

和风昨夜入庭前，催得黄花一树悬。
认是金铃还不信，枝头有鸟唤春眠。
　　　——《金钟花次周云皋韵》

这些诗歌表现出闲适安逸的生活情趣与创作倾向。以"窦氏四隐"为核心的闲适诗人群体，耽玩园林、诗酒狂放、沉迷声色，而窦以显的诗歌对闲适主题的开掘，更为明显。与其他窦氏诗人相比，他的作品中已很少苍浑之气，而差不多完全转向了对园林闲适生活的品赏。园林与隐逸有着非常密切的关系。园林的闲适抒情是窦以显的文人追求，反映的也是一种生活态度。春莺的叫声似乎也在抒发作者的闲适心情："千门万户满笙簧，定是春莺出未央。"（《春莺》）诗人与花为友："诗人惜花花有巢，花为君怜开更娇。"（《题董君惜花春起早图》）面对地上的落花，也能"点缀诗情入锦囊"（《落花》）。西楼作为窦以显用以修身养性的处所，他的诗歌在风格上蒙上了淡泊宁静的闲适色彩，每一个句子仿佛都是在散步的状态中获得："散步长堤外，欣逢雨乍晴。青旗留客醉，绿野有人耕。乳燕双飞舞，新莺百啭鸣。风光行处好，佳句共吟成。"（《散步》）诗人即使写农忙的诗歌，也写得那么漫不经心：

怪底家人特地忙，清晨一雨水横塘。
山村左右清如许，四月家家插早秧。
　　　——《偶成》

从"雨后风前一醉歌""买得玉壶同客醉""青旗留客醉"等诗句还可以看出，酒文化作为古人闲适生活的重要表现形式，与宅园生活密不可分。园主窦以显恬淡寡欲，不以功名为念，每日只以观花、酌酒、吟诗、烹茶为乐："横斜雪里与溪傍，直到年来冠百芳。金屋春娇新中酒，画楼日暖更添香。""芒鞋行欲去，茗饮小句留。"（《夏日晚归》）"园林方置酒，歌罢月徘徊。"（《春雨初晴》）"山林逸兴满，与客且烹茶。"（《早起作》）"朱兰彩袖愁无语，半醉灯前更晚妆。"（《芍药》）古典园林的闲适在饮酒上得到很好的体现。园林之乐，得之心而寓之酒。窦以显在《葡萄便面》里，更是写出了酒饮文化与园林精神旨趣的共通之处，写出了作为一个生活旁观者的悠闲意味：

> 半架葡萄映小溪，有人却向扇中题。
> 秋来酿得三缸酒，勿怪山公醉似泥。

归筑园林，寄情山水。对着清清的溪流和倒映在溪水中的半架葡萄，令人感到雅兴悠悠。闲散的生活已经酿成可以让人"醉似泥"的"三缸酒"。"悠闲"是身心自由的状态，也是隐者超然宁静的审美态度。窦家西楼作为文人私家园林，已经成为休闲文化的重要载体，不乏对于人生的诗意消遣和精细品尝。

5. 窦以燕的西楼书写：栏干斜倚淡含烟

在同母四兄弟中，窦以燕（1875—1914）年龄最小，却最先去世。五岁时迁居西楼，四十岁在西楼病逝。除 1904 年—1911 年间在山东做官，窦以燕的一生也主要是在西楼度过的。居住在西楼的窦以燕，园林也如同诗文一样，成为他朝夕揣摩、心之所系的精神家园：

> 得此园盈亩，幽深足避秦。

有花皆笑日，无鸟不鸣春。

酒熟饶乡味，诗成见性真。

何须方外去，处处问前因。

  ——《自题小园》

  "窦氏四隐"在经营东楼（东园）、西楼（西园）的几十年中，种花、赏花之风盛极一时。"有花皆笑日，无鸟不鸣春。"窦以燕的诗集《爱日轩诗草》，对名花的吟诵占了相当多的篇幅。"有名园而无佳卉，犹金屋之鲜丽人。"（陈扶摇《花镜》）从窦以燕书写西园的诗歌中，可以看出西园的园主善于利用植物花色、叶色的变化，做到四时有景。在各种名花中，窦以燕对海棠格外偏爱。他在山东当官时，仍然牵挂着西园阶畔的海棠："乡园别后意何如，秋雨秋风谁共居。阶畔海棠自婀娜，门前杨柳应扶疏。"（《河工差次寄子立八兄》）。海棠花姿潇洒，花开似锦，自古以来是雅俗共赏的名花，素有"花中神仙""花贵妃""花尊贵"之称。窦以燕一直在西楼种植海棠：

小植园林已有年，栏干斜倚淡含烟。

娇容袅袅迷金粉，艳质纤纤醉管弦。

力弱未胜春夜雨，情多偏绽夕阳天。

自家原有倾城色，总觉无香亦可怜。

  ——《海棠》

  海棠艳美高雅，窦以燕为其"娇容"与"艳质"所倾倒。在春秋两季，窦家西楼都有海棠的"倾城色"。在中国古代园林中，秋海棠常配置于阴湿的墙角、沿阶处，增添自然景色。窦以燕在《秋海棠》中写道："秋来无力傍阶除，染遍胭脂意自如。细雨微烟新睡起，凉云斜月淡妆初。"

在中国古代园林中，海棠常与玉兰、牡丹、桂花相配植，形成"玉棠（堂）富贵"的意境。这四种植物，窦家西楼均有种植，窦以燕均有吟咏。如玉兰，"知是何年和雨栽，春来端向玉阶开。冰姿雪貌原超俗，玉宇琼楼不染埃。粉腻应邀名士宠，香浓翻惹美人猜。夜深相对浑无赖，好把霓裳句共裁"（《玉兰次祝丈子新韵》）；再如桂花，"桂树经年茂，芙蓉近水斜"（《秋望怀人》）；对于牡丹，"池馆栽成历有年，群花孰得与争妍"《牡丹次陈问轩韵二首》）。窦以燕现存多首咏牡丹之作，这里录《小园新植牡丹，花开口占二绝》：

> 浮云富贵野人家，四壁琳琅竹径斜。
> 阶下一枝红可笑，荒园也发牡丹花。

> 一村水竹接云霞，万绿丛深野趣奢。
> 我本无心求富贵，何嫌开瘦牡丹花。

除了吟咏海棠、玉兰、牡丹、桂花，窦以燕还写过很多名花。如蝴蝶花："园林竟日逗春菲，依草还宜衬落晖。香窃韩生看已误，梦通庄叟笑全非。新须带露娇容重，彩翅迎风舞力微。却喜东皇能护惜，故教满院不纷飞。"（《胡蝶花次韵》）如瑞香："意味生来本自清，前身合是紫兰英。风流莫说开犹晚，从此群花让盛名。"（《瑞香》）窦以燕还留有《芍药》《春梅》《姊妹花》《夹竹桃》等诗，还写过"江南杏放时"（《送别》）、"桃花无语暗飞红"（《桃花》）、"菊花满院酒盈觞"（《重九遇雨》）。窦家西楼观赏植物品种繁多，一年四季花团锦簇，绿荫葱翠。

1914 年，窦以燕病逝于西楼。窦以蒸在《悲季弟子翼》中写道："咫尺村居水一泓，揭来诗酒老天氓。嗟余不觉垂迟暮，有季差堪黩胜情。竹径相寻云半里，茆檐小集月三更。只今吹裂山阳笛，肠断平沙落雁声。"此诗第三联加注云："余兄弟分住东楼西楼，离距半里，而近每每往还，常到夜深方散。"1917年，窦以显又在西楼病逝。窦以蒸作《西楼》一诗："不到西楼久，重来倍惨神。看花满眼泪，不见种花人。"某种意义上，人在园在，人亡园废。

6. 窦以蒸的东楼书写：修竹青青十亩间

在窦氏园林宅第的遗址中，最有重构价值的是东楼。东楼前面的大龙堰尚存，窦以蒸已经隐去的庄园主面目依稀可见。窦以蒸诗文集《颍滨居士集》卷三为《东楼草上编》，卷四为《东楼草下编》。卷三的第一首诗为《乙未三月迁居东楼》：

> 西楼别去海千层，回首东来隔数塍。
> 四壁图书容小隐，连床风雨愿同登。
> 茂林深树疑盘谷，流水桃花讶武陵。
> 解识竹窗西向辟，两家辉映读书灯。

乙未年为1895年。1895年春，窦以蒸正式迁居东楼。东楼的建造始于1894年，那一年"窦氏四隐"分家。窦以蒸在《话旧草杂诗》中云："弟兄原不在同居，但得同心乐有余。花萼东西楼并峙，至今差不负虚誉。"此诗加注云："光绪甲午，家再析，余迁东楼，余弟子立、子翼仍住西楼，相距咫尺，今乡里有东西楼之称，谓余暨两弟也。"这个小注表明，西楼分给了窦以显（子立）、窦以燕（子翼），新建的东楼分给了窦以蒸、窦以煦。窦以蒸在《留别西楼兼示诸弟》中写道：

> 连朝多少别离情，枕上潸然梦里惊。

难得好花长并蒂，由来直竹是孤生。
灌园只有痴儿伴，析产将成哲弟名。
为语一行新客雁，紫霄各勉奋云程。

此别浑如隔两尘，再来我亦主中宾。
鸡窗灯火余残梦，燕座风花更惨神。
小驻暂同连夜雨，前修好励百年春。
欲知多少吞声泣，取视床头旧酒巾。

十八年来剧一场，中更多难几回肠。
蓬蒿满地重开径，风雨他年想对床。
荆树照圆连理月，雁行惊散五更霜。
明知离合寻常事，惟有书灯志未偿。

　　第三首诗的第一句，窦以蒸有一个比较重要的小注："丁丑
与诸兄析箸，迁西楼。甲午又与诸弟异爨。"丁丑即 1877 年，
"窦氏四隐"与诸兄分家，迁居西楼。甲午即 1894 年，窦以蒸又
与诸弟分灶做饭，"九弟子翼时犹读书"（第三首诗尾联原注）。
窦以显作《甲午三月二十八日析居》，诗题把分家的日期交代得
更加清楚。窦以蒸《戏作》大约作于此时：

　　　　新辟东山十亩园，鹿车愿共挽桃源。
　　　　长年顾对多欢喜，不似文通恨守元。

　　此诗原注："将迁东楼。"1894 年，"窦氏四隐"在分家之
后，窦以蒸开始了他的造园行动。窦以蒸不仅关心园林、享用园
林、品评园林，而且还直接参与造园事宜。他在《草堂落成》
中云：

修竹青青十亩间，园林负郭水回环。

卜邻远谢嚣尘去，相士休愁物色艰。

九世清芬传别业，一家著述有名山。

携筇偶倚柴门外，又见闲云送鸟还。

小筑经年晒道旁，中田容我膝深藏。

苍苔满地松扉静，红日三竿鹤梦长。

架上图书粗有庋，园中蔬果渐成行。

闲居一味耽疏懒，翻笑溪鸥镇日忙。

　　此诗原注："东楼为先八世祖之藩府君肇造墓田在焉，洎五世祖通奉府君。兄弟析居，迁去，既而仍归于我为别业，逮余九世矣。兹经重来补葺定居焉。"窦之藩系窦国华高祖，明万历清顺治时人，以"处士终"，葬于龙堰之南。处士，古时候称有德才而隐居不愿做官的读书人。据乾隆《霍邱县志》记载，窦之藩的父亲窦来贡曾任靖江县训导。训导主要功能为负责教育方面的事务。而据道光年间的《晋江县志》记载，万历三十九年（1611），窦来贡任晋江县主簿，所谓主簿是各级主官属下掌管文书的佐吏。窦之藩的两个叔叔窦来试、窦来极分别官至池州府青阳县知县、汝宁府新蔡县知县。窦之藩的曾祖父窦应麒曾任江西星子县知县、赣州府知府，诰授中宪大夫，为正四品。窦之藩系诗人、广东肇罗道窦国华高祖，窦国华系窦以蒸高祖，共"九世"。窦以蒸在窦之藩的墓田旁边，建造了东楼。所谓"九世清芬传别业，一家著述有名山"，东楼如今已经废弃，但窦以蒸所描绘的园林轮廓，至今仍然十分清晰："修竹青青十亩间，园林负郭水回环。"

　　1903年农历八月，窦以蒸到安徽繁昌县任儒学训导，离开东楼一年多时间。1905年春天，从繁昌归居东楼。1906年（丙午）秋天，北上。窦以蒸作《丙午九月行将北征留别小园》：

> 鹊江城上得归休，黄菊花开两度秋。
> 安石中年仍遁迹，仲宣千里乍登楼。
> 青山久笑闲云懒，沧海终嫌独茧柔。
> 为语林塘休恨别，客游应不忘沙鸥。

1912 年（壬子），窦以蒸辞去山东单县县长后，一直居住在东楼，直至 1923 年去世。窦以蒸在《陈子霖诗集序》中云：

> 鄙性素狷介，寡交游。壬子归里后，杜门伏处，摒弃尘俗，罕入城市，尝手书一编，时加丹墨。虽傲乎退偃于一室而亦不以为寂寞也。居旁有小园数亩，种竹时松，以娱晚暮……

东楼是窦以蒸归隐后的住所。民国初年，"窦氏四隐"纷纷弃仕而回乡隐居，追求澹泊自然的园林生活。这种园林生活，很为当时避祸遁世的士人所憧憬。"居旁有小园数亩，种竹时松"，勾画出一幅优美的村居图，给人以淳朴恬淡的美感。归林得意，老甫有余，寄寓生命，安顿身心。无论是东楼，还是西楼，都受到了归隐文化的影响。

辛亥革命后，窦以蒸、窦以煦、窦以燕、窦以显等共同面对着数千年未有之变局，新旧交替，中西撞击，政治上风云变幻，从立宪到共和，由维新而革命，对社会文化的影响相当深远。中国古典诗歌向来与现实社会联系紧密，值此世变和易代之际，既因为特殊时代所赋予的深厚文化内涵而继续保持其主流文学地位，但同时又开始受到来自新文化的冲击。而作为文明传承主体的士人，不但充分具备了传统的"诗史"意识，也自觉地表现出深度的文化关怀，故所谓"诗史"也是其"心史"，足以反映这个特殊历史时期的诗人心态。窦以蒸、窦以煦、窦以燕、窦以显的数千首诗歌，无论作为"诗史"还是作为"心史"，都是那个时代的重要见证。

7. 窦以煦的潜庐：谁与清流共拍肩

1895年，"窦氏四隐"分家，窦以煦与窦以蒸迁居东楼。窦以煦的潜庐，也在东楼。1928年，《窦氏四隐集》出版，但窦以煦的《潜庐集》却未能一起付梓。窦贞光在《后序》中云："《四隐集》中仅印其三，七伯千秋之业留待将来也。"窦以煦的诗集《潜庐集》，最终散佚，非常可惜。1890年印行的《丛桂诗钞》存其诗17首，多以湖北旅居生活为题材，其"潜庐"则无诗可考。窦以蒸有两首诗歌，写窦以煦"潜庐塘内"的重台莲花：

重台并蒂莲

见说前塘发瑞莲，楼台并峙袅晴烟。
明知直道成孤掌，谁与清流共拍肩。
红日乍分辉映影，碧云长感别离天。
莫愁独立污泥外，肯被西风左右牵。

重台莲花

别样花开一样红，层层台阁剧玲珑。
不知昨夜风和雨，湿透花房第几重。

窦以煦的潜庐环水置景，以水为胜，这里的莲花是一大景观。《重台并蒂莲》有注："子溥潜庐塘内种有重台莲花，极盛，今年忽发一枝并蒂者，邀余往观，感而有作。"子溥，即窦以煦。

通常一枝荷梗只开一朵莲花，并蒂而开两朵莲花是相当罕见而珍贵的。欣赏这种并蒂莲，成为山水林泉的雅逸情趣。莲，自屈原时就已经成为高洁品格的象征，"莲"不仅蕴含高洁的品格，还融入了很多新的情感，愁、恨、悲、无奈等情感都可以通过"莲"来表现，新荷、秋荷、衰荷、败荷等新的意象纷纷涌现。对植物的选择是言说自身的一种方式。莲花盛开的潜庐，是一个压缩了东方美学、充满中国人精神理念的生命体，让我们从园林和诗歌的关系中找到并认识清楚我们民族的文化符号和审美记忆。

窦以煊描绘东楼的诗歌仅存一首和作。1897年春天，一群诗人在东楼唱和，分韵作诗。所谓分韵，也称赋韵，指作诗时先规定若干字为韵，各人分拈韵字，依韵作诗。窦以显留有《新笋得新字，丁酉四月十七日在东楼作》："猗猗绿竹渭川滨，玉笋掀泥最可人。佳士自登黄甲早，名山遍换紫袍新。未曾泄露争生节，从此干云看出身。自是儿孙头角好，清班分作世家珍。"《颍滨居士集》卷三《东楼草上编》收入窦以蒸《新笋·分韵得新字》："十亩修篁绿水滨，穿篱紫笋解衣新。山留宾客香才远，家有儿孙业未贫。不待出林方见节，须知总角便超尘。何当截取长竿去，百尺深渊曳茧纶。"此诗后面，附录了窦以煊的一首和作：

> 小别琅玕一圃春，峥嵘头角几班伸。
> 谢安早许称佳士，卫玠都倾是玉人。
> 半亩林烟抽翠竦，连山梅雨洗尘新。
> 会看个个干霄上，野水沧茫起渭滨。

雨后春笋，节节干霄，象征着旺盛的生命力，显示出了诗人自我价值追求。竹笋的意象是诗人丰富各异的性情的外化。古人还把竹笋当作一种美味，窦以蒸作有《同人小集，食新笋鲜鲫·分韵得鲫字》。

8. 国学大师姚奠中与窦家西楼：金瓯重整待何时

著名古典文学专家、诗人、书画家姚奠中（1913—2013）曾在窦家西楼度过一段难忘岁月。1935 年，姚奠中师从章太炎研究国学，为章太炎晚年收录的七名研究生之一（唯一一届研究生），也是七人中年龄最小的。姚奠中的著述包括《中国文学史》《庄子通义》《中国古代文学家年表》《南北诗词草》《姚奠中论文选集》《姚奠中诗文辑存》《姚奠中讲习文集》等。姚奠中去世后，习近平、俞正声、刘云山等人以不同方式表达了哀悼之情。可见，作为国学大师的姚奠中具有相当的影响力。在《姚奠中讲习文集》第四册收入了《元旦》一诗：

> 凄凉永夜眠难继，佳节年年睡起迟。
> 爆竹声中闻笑语，繁华梦里见花枝。
> 苍茫天地干戈老，落拓江湖涕泪滋。
> 春色悄然来故国，金瓯重整待何时！

姚奠中为《元旦》一诗加注云："1943 年夏历元旦前一月，大别山失守，余逃难至霍邱窦家西楼，遇学生窦祖敏，留其家过年。"1940 年到 1942 年，姚奠中在安徽省立第一临时中学担任国文教员，窦祖敏是其学生。抗日战争期间，安徽省立第一临时中学设置于大别山腹地立煌县（今金寨县）流波镇。当时，立煌县是安徽战时省会，1943 年元旦前后被日军攻陷，安徽省国民政府从立煌迁到霍邱李家圩。姚奠中逃难到窦祖敏家中过年，师生之情一直让他念念不忘。

窦祖敏（1921—2015）是诗人窦以燕的孙女，毕业于国立药学专科学校（本科四年制，后来更名为南京药学院、中国药科大学），1950年到大连医学院工作，担任过大连药学会理事。窦祖敏父亲窦浚光系窦以燕长子，其妻子刘氏系"花翎同知衔监生"刘兆璋之女。刘兆璋的名字多次出现在《李鸿章全集》里。窦祖敏丈夫郭可义，大连医学院教授。其子郭晨，1956年出生，现为大连海事大学教授、博士生导师。

除了窦祖敏外，诗人窦以蒸的孙女窦静文当时也在安徽省立第一临时中学就读。窦静文后来也毕业于国立药学专科学校。窦贞光在东楼创办扶风小学时，窦静文曾担任过教员。

第十四章　窦氏诗人的多种园林诗

　　中国古典园林是依据地形、地貌、水体等自然因素，巧妙地布置建筑物、构筑物、动植物等，通过综合运用各类艺术语言（空间组合、比例、尺度、色彩、质感、体形）造成鲜明的生态形象，构成完整统一的风景组合体和生活境域。清代是我国古典园林建筑艺术的集大成时期。园林是清代最典型的文化符号，是一种"外师造化，内发心源"的艺术结构体，凝聚了中国知识分子和能工巧匠的勤劳和智慧，蕴含了儒释道等哲学、宗教思想及山水诗、中国画等传统艺术精髓。园林与诗、画同源。对园林和诗歌来说，构成各自艺术特征的基本符号在美感和文化内涵上是相似相通的，有很大的交集。园林成为诗歌的表现内容，与中国古典诗歌一样历史悠久，传统上我国园林学家均把《诗经》中歌颂文王灵台、灵沼的话，作为我国园林艺术最早的证据。古诗在中国园林艺术中占有很重要的地位，它与中国园林有着"盘根错节、难分难离"的关系。园林诗在清代更是盛极一时。安徽霍邱县洪家集清代诗人窦国华、窦守谦、窦守愚、窦荣昌、窦如祁、窦以蒸、窦以燕等窦氏家族诗人为我们留下了数百首园林诗，他们的园林吟咏从乾隆年间一直持续到民国时期，构成了对清代园林的基本解释系统，对我们理解清代园林和清代诗歌都具有重要价值。

　　按隶属关系，中国古典园林分为皇家园林、私家园林、寺观园林、衙署园林、祠堂园林、书院园林、会馆园林、茶楼酒肆附属园林和公共园林等。窦国华及其子孙的诗歌构建了丰富的园林意象体系，书写了不同类型的园林。

1. 私家园林诗

　　私家园林是中国古代园林最重要的类型，属于王公、贵族、地主、富商、士大夫等私人所有的园林。古籍里称之为园、园亭、园墅、池馆、山池、山庄、别墅、别业等。规模较小，一般只有几亩至十几亩，小者仅一亩半亩而已；大多以水面为中心，四周散布建筑，构成一个个景点或几个景点；以修身养性，闲适自娱为园林的主要功能；园主多是文人学士出身，能诗会画，清高风雅，淡素脱俗。清代，江淮一带的私家园林大多由文人、画家设计营造，因而其对自然的态度主要表现出士人的哲学思想和艺术情趣。窦国华构筑的窦氏佳园、窦守谦与窦守愚构筑的红药园、窦以蒸构筑的东楼等均属于文人私家园林，充分表现了清代园林建筑的独特风格和高超的造园艺术。除了吟咏自家私人园林外，窦氏诗人还留下了书写他人私家园林的诗歌。如窦守谦、窦守愚笔下的杨景曾湹西别墅：

题杨召林湹西别墅

窦守谦

引人入胜喜经过，五亩园开傍湹河。

香过画栏寻酒斝，风穿花径送渔歌。

数声林里啼黄鸟，几处墙头挂翠萝。

莫道武陵仙境好，此中幽隐较如何。

过杨召林别墅

窦守愚

其一

下马访名园，春光满隰原。
青山斜古道，绿树笼烟村。
野壑归云影，溪桥过雨痕。
行来少人迹，独立叩柴门。

其二

槛里千香合，门前一水环。
波平来棹稳，风定落花闲。
老鹳眼高树，低云接远山。
山倚亭洳吟，望人画图间。

　　湃西别墅是六安州名士杨景曾的私家园林。杨景曾，字荫棠，号召林，自号竹栗园丁。六安城西田家湾人。工诗，善书画，著有《栗谱》《书品》《律赋选青增注》《壹斋赋存》《笪江上画诠》《选定三太史合稿》《诗书画三品》。同治《六安州志》卷三十二记载，杨景曾"于湃河西构别墅，多植竹、栗，日招胜友徜徉啸咏于其中。当代名流闻而慕之。黄宫保钺绘为图，邹探花燮赋其胜，辇下诸公题咏殆遍焉。景曾以嘉庆壬申贡于廷，大府延之主讲紫阳书院凡八载。以风雅自任，士亦乐从之游。每有撰述，必代刊而远布之，如《文选集句》《小琅环记》，皆及门醵金以授梓者。晚辟稚园，更采辑经史传注，古今诗文赋杂著，延手民锓之十余年，无虚日。室藏晚香堂醇化阁右军六十帖板，苏书《醉翁亭记》名刻，尤世所罕见。日日临摹，恍得神髓。

偶遇古迹，必手书题识，今存者为淠河龙爪石及西岸石壁，字体苍劲，人犹于水涸时摩揣之。其城北之召林泉、流波之刘公泉手迹已湮然，其事尚脍炙人口云"。淠西别墅位于六安城西淠河对岸的田家湾，因此窦守谦诗云："五亩园开傍淠河。"淠河是淮河右岸的主要支流之一，在《诗经·小雅》里可以找到依据，古称沘水。同治《六安州志》卷三记载："田家湾，州西淠河对岸。多茂林修竹，佳果异卉。杨景曾淠西别墅在焉。"杨景曾在房前屋后广植青竹与栗树，啸咏诗文，研习书画，自得其乐于田园茅舍之间。清代著名学者黄钺亲绘《淠西别墅图》见赠，作有《题杨景曾淠河别墅图》："杨生真好事，小筑傍沘流。锦里园收芋，黄冈竹倚楼。读诗通五际，藏帖爱双钩。我是曾来客，林泉认昔游。"除黄钺外，吟诵过淠西别墅的清代著名学者、诗人还有姚鼐、洪亮吉、汪廷珍、陈用光、陈廷桂等人。姚鼐《淠西别墅图诗》："落叶荒林但聚鸦，偶随晴日到君家。竹篱茅舍临淠水，为瀹春风自焙茶。如舟小屋蔽松筠，研麝香中接古人。传揭右军书六十，更无人道庾郎贫。"汪廷珍诗："软红不到处，老屋枕清波。隔岸人家少，著花春树多。闲情聊焙茗，展卷且高歌。对此一惆怅，年来负薜萝。"洪亮吉诗："我昔送淠水，北流入芍陂。天水空明中，鱼鸟愁无依。君家卜宅何森爽，别业仍开此河上。昔时鱼鸟欣有归，竹笋抽萌荻芽长。流光一瞥三十年，昔垂绿发今华巅。桃花开时倘相过，合煮山茗阁中坐。"因为有众多"名流闻而慕之"，咏之，淠西别墅成为引人入胜的一代名园。相比于其他诗人的吟咏，窦守谦、窦守愚兄弟的诗，更充分地写出了淠西别墅的幽隐气质："莫道武陵仙境好，此中幽隐较如何。""行来少人迹，独立叩柴门。"从中可以看出，古代文人私家园林以幽静隐僻为美。私家园林最大的一个特点还是一个"私"字。虽然有些私家园林规模不大并且十分朴素，但以其幽隐的特点成为人们的心灵居所和精神家园。

2. 衙署园林诗

衙署园林是官员地位与权力的象征。窦国华担任道台后，在肇庆开池堆山、广植花木、营建亭台，其衙署园林集庄重、瑰丽、小巧、华美于一体。政府衙署的园林绿化情况，早在唐代已见于文献记载。地方政府的衙署内，一般都单独辟出一部分建筑物作为官员及其眷属的住所，相当于邸宅的性质。因此，衙署园林也具有宅园的功能，即使偏僻的地区，衙署内均少不了园林建置。窦国华的衙署里有紫晖阁、珊瑚斋等，而他在自己的衙署内亲自栽花，作有《署中栽花》：

> 戏栽绝艳向官衙，买得花田各种花。
> 粉蝶任教墙外去，香风吹遍万人家。

窦国华此诗写得景趣潇洒。他的衙署园林虽然是供当地主要官吏在其中游憩、享乐，但往往在农历传统的节日里也对乡亲们开放，在其中摆台设戏，或举办庙会，官民同乐，因而衙署园林常带有公共园林的特征。即便出差在外，窦国华也时刻不忘种花的雅趣，他在《至开阳有怀署中诸君子》中写道：

> 频年度岭客天涯，又别官斋手种花。
> 曲曲离肠泷水阔，重重回首粤云遮。
> 青山自去寻诗路，野店谁同觅酒家。
> 料得诸君怀我切，无眠到晓听啼鸦。

窦国华在担任南康府知府时，其衙署相当于一座特大型公共园林，是开放性的天然山水园林。他在《秀峰》中云：

官衙当日事从容，也似闲僧爱杖筇。
未到峰头先伫听，白云影里一声钟。

窦国华的曾孙窦如恽的《署中》：

杨柳垂丝杏作花，四围山色映窗纱。
鸟声啁哳人声静，又见庭前日影斜。

窦国华玄孙窦以蒸所作《次韵和曾参军藩署西园廿咏》也属于衙署园林诗：

西园
客游清济信前缘，旧梦重寻一惘然。
瞥见郄生风入幕，才知人境有神仙。

毓秀亭
联步先登毓秀亭，遥看城上数峰青。
鹃鸣四野风云起，谁为中原拱翰屏。

笠亭
城头月上大圈圆，宛似茆亭笠覆然。
见说浣花翁坐此，苦吟语妙到毫巅。

啜茗台
分明华丽好楼台，缭绕茶烟绝点埃。
何似山家风味隽，香浮玉露满琼杯。

扇面亭

结构穷神夺化工,亭台巧趁石玲珑。

不知此柄将谁假,一决雌雄两面风。

呆舟

孤舟搁浅倚青荷,懒听黄莺四壁歌。

安得呆人和呆事,坐观平地起风波。

清漪桥

曲曲栏杆短短桥,阿谁跨鹤满缠腰。

好风吹起清漪月,照到菱花水亦娇。

积翠亭

几人拾级上山亭,风动花枝月亦玲。

最是小楼春雨后,翠微黛欲滴窗棂。

招隐洞

怀抱明珠敢暗投,白驹翻为白云留。

何人解赋反招隐,鹤怨猿啼起滞幽。

玉乳泉

一掬清凉玉乳泉,沁人心膈一陶然。

滔滔从此东流去,弱水何能渡愿船。

宋海棠

一树苔封宋海棠,婆娑经过几红羊。

千年睡醒妖韶老,更有何人奏绿章。

八角亭

八方无事酒樽开，北海风流几溯洄。
客散空亭帘半卷，夕阳唯有燕飞回。

洋房

明窗洞户十间房，海外千寻构豫章。
室美落成人去也，至今花草久荒凉。

叠石山

残月当门见小山，累累怪石假烟峦。
回头世味浑如梦，何似无心云自闲。

涵虚榭

几层波叠复云堆，户外紫薇花自开。
有客夜吟愁不寐，坐看明月上阶来。

木香架

满架白云十里香，石盘曲径绕羊肠。
太真浴罢娇无赖，婀娜风前着羽裳。

月台

独坐深宵愁不眠，月明如水几回圆。
冲宵似有双虹气，我欲登台问茂先。

乡雪廊

千里登楼赋傺王，梁园诗酒未全荒。
似闻玉佩琤琤响，半夜寒声满画廊。

一品石

峻骨嶙峋抱不平，嶻然头角见峥嵘。

披衣未试补天手，一枕白云共露兄。

龙神祠

泽被苍生旧有祠，雷霆霖雨见敷施。

那知沧海桑田变，销尽飞腾远略思。

官府享用的衙署园林是官家自建自用的。中国传统社会讲求"学而优则仕"，官吏大多是文人，其审美情趣，文人心态在衙署园林构筑中均能得到较好的体现。西园就是山水掩映，清幽雅致，绮丽豪华的佳境。西园里的园景极尽精雕细刻，极尽曲径通幽之妙。

3. 公共园林诗

窦国华及其子窦守谦、窦守愚等窦氏家族诗人作有公共园林诗，书写公共园林的风光景致、其间的聚会宴集、交往游憩等活动，表达作者游赏的心情与感悟。这些诗见证着清代公共园林的发展变化，反映着清人的精神面貌、审美情趣和生活状况的发展变化。

出任肇罗道后，窦国华为了纪念包拯而建了公共园林——五峰园。北宋康定元年（1040），包拯知端州军州事，他倡议并带头捐俸在城北的宝月台创办星岩书院（今肇庆市第一中学）。嘉庆十二年（1807），窦国华在星岩书院的旧址上辟五峰园，祭祀包拯。清道光《高要县志》称"国朝嘉庆十年巡道窦国华辟五峰园祀孝肃"，时间记述有误，嘉庆十年（1805）窦国华尚在江西任南康府知府。清道光《肇庆府志》载胡森《新建宝月台后台楼长亭记》中云：

出端州北郭半里，有宝月台，枕山带湖，宋包孝肃星岩书院旧址也。后人即其地立祠祀公，有僧主之，遂为禅院。自是屡有倾圮，亦屡经完缮。嘉庆丁卯，前使者扶风窦公就前台葺室，曰"半舫"，辟园曰"五峰"，结亭曰"溯洄"……

"嘉庆丁卯"为嘉庆十二年（1807），胡森的时间记述比较准确。胡森，字香海，江西人，乾隆己酉进士，道光元年任端溪书院院长，凡十二年，终于院。胡森是清道光《肇庆府志》的主修者。《新建宝月台后台楼长亭记》撰写于"道光癸未（即道光三年，1823 年）岁十月二十日"。

清宣统《高要县志·古迹》载何元《修宝月台记》：

郡城北百余步，陂塘数十顷，中起高邱丈余，周环如台。宋州守包公建星岩书院其上，岁久几废。明万历间，郡守张公即其地建观音殿、太和阁。崇祯四年，郡守陆公修之。国朝邑令王公再修，又于观音殿西建包公祠像。后观察窦公又从包公祠旁建五峰园。累石凿池，构亭石中，开轩池上，颜曰"半舫"。

何元，字叔度，号玉屏，岁贡生，高要人，著有《江上万峰楼诗钞》四卷。何元与著名诗人冯敏昌（号鱼山，嘉庆四年任端溪书院院长，凡二年）过从甚密，作《随鱼山师登披云楼，寻宝月台旧址道，访何武举英观所藏水岩旧砚》《送鱼山师由端溪改主粤秀》《丁卯春刻鱼山师星岩诗于石室岩内，时寓岩口三元阁钩摹遗墨上石》等诗。作为本土诗人，何元是窦国华修宝月台的直接见证者，他的《修宝月台记》就是一个见证者的记述。何元还作有《窦观察国华重修宝月台内包孝肃祠又新建五峰园》：

使君高义揽群材，林水新开宝月台。
半舫池边如不系，五峰天外忽飞来。
心清朗映符前哲，政暇风流擅雅才。
更似徐州苏太守，黄楼重整俯江隈。

此诗第三句加注云："池畔构小轩曰半舫。"第四句加注云："观察家园有五石，此累石象之。"尾句加注云："观察捐俸修葺郡城楼雉。"从这些自注看，何元与窦国华也非常熟悉，对窦国华新建五峰园、修葺城楼雉颇加赞赏。

诗人吴诒沣撰有《五峰园记》：

肇郡之北多山，七星岩最著；星山书社废为佛寺，宝月台最著。曷为有五峰园也？台荒，郡人茸之。适观察窦公来，喜其将成，助之金，睨台之西隅为宋包孝肃公祠，由书社祀也，亦就祀，曰：此吾乡先达之名贤也。专力茸之。而以其隙地辇石为山，倚山作亭，修竹内交，清池外映，故曰园。土戴石，视之则峰，察之则五，曰五峰。既落成，郡人以比召公之茇，而予与诸弟子亦尝息游其间。王君竹野善画，遂有是图，并系以诗：

辇石得奇品，山真覆箦成。
惊为五老集，笑与七星迎。
秋水藕花白，夕阳榕树明。
莫教风引去，荒忽厕蓬瀛。

吴诒沣，字华川，安徽桐城人，乾隆壬戌进士，官云南曲靖府知府，嘉庆十五年任端溪书院院长，凡三年，终于院。吴诒沣的《五峰园记》写得细腻别致，意味绵长。因为"与诸弟子亦尝息游其间"，吴诒沣的诗歌《窦霁堂观察新葺五峰园于宝月台西隅，游人赋诗，缀以八景依韵和之》对五峰园进行了全方位的描绘：

星岩巉巊罢登临，来叩禅关落照深。
径取蓬莱当户牖，果宜骢马作园林。
城隅惯见神仙宅，天际还闻钟馨音。
剧喜风流振江北，砚沙依旧抱冰心。
（台址为包孝肃星山书院）

结构真看一棹横，沧浪犹似在山清。
任渠万斛推牛起，浅水芦花定不惊。
（半舫风清）

佛台南畔月常盈，一碧澄潭万景清。
不用摩尼相照耀，金盆潋滟总光明。
（圆池水镜）

略彴初通曲槛边，引来濠濮即欣然。
泾泥数斗渠为雨，况复歌声在野田。
（小桥观水）

竹树周遮水一湾，朝朝亭畔鹤飞还。
溯洄唯有清心在，共说星山似岘山。
（溯洄怀古）

闻道仙居乐绛霄，寻芳兼欲避尘嚣。
璇玑洞口来青意，识是东风草色遥。
（月台春望）

仿佛余杭绕郭荷，勾留白傅乐如何。
水南水北田田叶，莫唱分飞翡翠歌。

（碧沼观荷）

栎拳樗肿翠云垂，菱叶荷花杂渼陂。
若比蟠桃蟠度索，不嫌华实最年迟。

（古榕垂荫）

三壶风引七星前，为劚云根断复连。
寄语香鑪峰畔老，芙蓉句拟谪仙传。

（五峰缀景）

五峰园的园林景观构成十分丰富，包括"半舫风清"等八个主要景点，布局精巧，主次分明，虚实得宜，移步换景，疏朗宜人。吴诒沣的诗歌颇得园景之趣，而且意境幽深曲折。而诗人在游园时，自然而然地会想起造园者。吴诒沣在《庚午十月廿二日偕诸生小集五峰园作》中云：

蹀躞花骢入上都，星岩月榭冷菰蒲。
每思泛菊作重九，便拟寻春到舞雩。
俎豆只缘存正气，江山亦合助吾徒。
要将真迹留王宰，咫尺应成水石图。

首联写嘉庆十五年（1810）年农历十月二十二日，吴诒沣带着端溪书院的学生到五峰园游赏雅集，眼前浮现出窦国华正护贡北上的情景——已经年迈的窦国华小心翼翼地骑着五色马，千里迢迢地奔赴在从粤地到京都的漫漫征途上。"蹀躞花骢入上都"，自注云："窦观察护暹罗贡使北上。"想起天气已经寒冷，吴诒沣禁不住对窦国华更加挂念："星岩月榭冷菰蒲。"

第二联中的"便拟寻春到舞雩"，是对兰亭修禊的化用。东晋穆帝永和九年（353）的三月初三，当时任会稽内史、右军将军的王羲之邀请谢安、孙绰、孙统等四十一位文人雅士聚于会稽山阴（今浙江绍兴）兰亭修禊，曲水流觞，饮酒作诗。曰："永和九年，岁在癸丑，暮春之初，会于会稽山阴之兰亭，修禊事也。""欣此暮春，和气载柔，咏彼舞雩，异世同流。"修禊是古代传统民俗，季春时，官吏及百姓都到水边嬉游，是古已有之的消灾祈福仪式，后来演变成中国古代诗人雅聚的经典范式，其中以兰亭修禊最为著名。窦国华与吴诒沣等人也经常像兰亭修禊一样雅集。窦国华曾作《暮春偕华川暨诸同人游七星岩三仙观》："嶙峋遥隔几层烟，把臂同寻兴渺然。晓日孤悬千壑树，春风五度百蛮天。星辰化石明晴书，仙佛留人话夙缘。向晚欢深增逸韵，吹箫声落彩云边。"

第三联中的"俎豆"是指古代祭祀、宴飨时盛食物用的礼器，亦泛指各种礼器，后引申为祭祀和崇奉之意。"俎豆只缘存正气"，自注云："像祀包公。"端溪书院师生雅集宝月台祭祀包公，与兰亭修禊意味相同，宝月台与舞雩台有着同样的意义。

第四联是对杜甫诗歌的化用。杜甫客居成都时结识王宰，在《戏题王宰画山水图歌》一诗中，称赞他："十日画一水，五日画一石。能事不受相促迫，王宰始肯留真迹。""尤攻远势古莫比，咫尺应须论万里。""咫尺应成水石图"，自注云："座有王明经竹野，善画。"在《五峰园记》中，吴诒沣也云"王君竹野善画，遂有是图"。诗人希望王竹野描绘五峰园的真迹能够留传后世。

王竹野的绘画早已不存，宝月台也已经面目全非，但吟诵宝月台的诗歌最终却留了下来。在道光二十四年（1844）黄登瀛编录的《端溪诗述》中，有上十位诗人在作品中描绘了宝月台与五峰园。作为修园筑台时的地方主政者，窦国华及其两个儿子窦守谦、窦守愚的诗歌，也都留下了相关的吟咏。窦国华在《五峰园》中写道：

> 胜地初教辟小园，消闲聊可谢尘喧。
> 五峰花瓣红迎客，一片云光碧到门。
> 茶罢抒笺挥白昼，酒阑横笛倚黄昏。
> 池中亦有蒹葭影，添个渔翁便似村。

窦国华的诗《宝月台，包公星岩书院也，新建溯洄亭成，赋此》也可以与"茶罢抒笺挥白昼"相互印证：

> 弯环池水向人清，缅溯伊人宛在情。
> 朗朗经声明月上，入门疑听课书声。

溯洄亭是五峰园中饱含着丰富人文信息的代表性建筑。《诗经·秦风·蒹葭》："所谓伊人，在水一方。溯洄从之，道阻且长。溯游从之，宛在水中央。"包拯留在肇庆的遗迹一直引人缅怀。这首诗因新亭落成而作，而新亭的命名就蕴含着缅溯的深情，因而吟咏也就在缅怀包拯，仰慕他标举的"清"，身体力行的"情"，创办星岩书院并养成善教勤学的风气。入夜时分明亮的月亮升起，便传出一片读经的声音。

窦国华还留有《游宝月台》：

> 兴逢豪放便高歌，欢饮由来酒易魔。
> 红芰香飘栏槛上，绿波翠拥寺门多。
> 层楼却暑凉阴入，虚阁生风爽气过。

莫怪迟迟归去晚，贪看钓叟著烟簑。

　　窦国华长子窦守谦在《游五峰园林》的小序中云："大人履任端州，视事之暇，于包公祠前新建五峰园林，一时文人学士往来唱和不绝，于途题有八景，想见夫孝肃风高甘棠荫远，余身历其境，窃欣慕焉。因成俚什，以步诸君子后尘云尔。"《游五峰园林》共残留三首诗：

半舫风清
结屋如舟倚水横，坐来潇洒喜心清。
最怜常系芙蓉畔，不受风波浪里惊。

碧沼观荷
朱华到眼尽新荷，沼上风来快如何。
几阵袭人香气韵，不须更听采莲歌。

小桥观水
小立溪桥野岸边，一湾相对意修然。
看来惟有源头水，到处能浇万顷田。

　　窦国华次子窦守愚也作有《五峰园八咏》（存二），诗前小序云："余偕侄荣昌侍家君之任岭西，游五峰园谒孝肃祠，知包公为一代伟人也，大有功于生民，端人祀之，各赋以诗，因成拙篇，聊以补壁。"《五峰园八咏》（存二）：

五峰缀锦
月落五峰前，苍松荫涧泉。
红尘飞不到，人在彩云边。

半舫风清

岂畏长风波险，常怀河海清。

至今思破浪，相对水盈盈。

从窦国华开辟五峰园的过程来看，中国古代官员诗人在调理政事，等到政通人和之际，往往就开始开发自然，修建公共园林，供人游览休憩，与民同乐。修建五峰园，在窦国华的为官生涯中，留下了浓墨重彩的一笔，充分体现了公共园林存在的价值和意义，窦国华也成了《端溪诗述》中出现次数最多的官吏。"共能尘外赏，清宴不辞频。"五峰园在当时文人的诗酒唱和、雅集宴游中，被赋予了丰富绚丽的审美价值，儒家所提倡的"与民同乐"的思想得到了充分发挥。其实在中国第一座皇家园林——灵台中，"公共""共有""同乐"就成为造园者周文王最关注的主题。《诗经》云："经始灵台，经之营之。庶民攻之，不日成之。经始勿亟，庶民子来。王在灵囿，麀鹿攸伏。麀鹿濯濯，白鸟翯翯。王在灵沼，于牣鱼跃。"孟子对此解释道："文王以民力为台，为沼，而民欢乐之，谓其台曰：灵台。谓其沼曰：灵沼，乐其有麋鹿鱼鳖。古之人与民偕乐，故能乐也。"因为周文王把灵台看作是大家共有的园子，人们可以自由地进到园子里割草打猎、谈情说爱，"刍荛者往焉，雉兔者往焉，与民同之"，所以百姓们能像侍奉父亲一样帮着文王修灵台。可见，中国古代园林在其萌芽阶段，就在一定程度上具有公共性特征，而且这种公共性从一开始就与统治者的仁政、道德等范畴紧密联系在一起。

4. 祠堂园林诗

窦国华在担任南康知府期间，重修庐岳祠、刘西涧墓、爱莲池。同治《星子县志》记载，"巡抚秦承恩、知府窦国华捐廉重修"庐岳祠。《庐山志》录入窦国华诗歌时，介绍其"嘉庆时官南康知府，曾重修庐岳祠"。窦国华曾作《由栖贤上庐岳祠》一诗："宝殿参差入翠微，望中先迹想依稀。玉渊水响龙潭咽，瀑布山高涧雪霏。峻岭奔腾天上坐，祥云拥获雾中飞。匡庐群仰神威力，好沛甘霖遂所祈。"栖贤寺坐落在星子县庐山南麓栖贤大峡谷，左依石人峰，东临栖贤谷。寺侧原有庐岳祠、刘西涧祠。北宋高士刘凝之曾居庐山宝峰西涧，自称西涧居士。窦国华《题刘西涧先生墓碑并序》："先生号西涧，北宋瑞州人也。以名进士出宰颍上，直道见黜，归隐庐山，筑读书台、壮节亭，沉浸史籍，乐道终身。其后嗣克承家学，以经术显。余守是邦，询其父老，无能道者。乙丑秋，偕同人搜得故址于荒烟蔓草中，低徊久之。客谓余曰，发潜德之幽光，君素志也，亦守土者责也。今无以表之，终将湮没弗彰矣。爰赋一律，并志数语勒于石俾，来者知所景仰云。"乙丑为嘉庆十年（1805），这年秋天窦国华重修刘西涧墓。同治《星子县志》记载"西涧读书记（碑佚，文存），窦国华记"。《庐山志》记载"刘凝之读书台在爱莲池北"，"嘉庆十年窦国华得故址于荒烟蔓草间，勒古以志"。除了重修庐岳祠和刘西涧墓外，窦国华还"重浚爱莲池"，其《爱莲池》诗云：

> 莲花千载不曾污，松柏参天节概殊。
> 闻道樵夫皆爱惜，三年剪伐事全无。

窦国华为此诗加注："余三年前重浚爱莲池，培植树木至今，无毁伤者。"爱莲池位于庐山南麓星子县城周瑜点将台东侧，其东南紧连冰玉涧，正南距鄱阳湖 1000 米左右。宋熙宁四年（1071），周敦颐来星子任南康知军时写下了著名的《爱莲说》。

5. 皇家园林诗

圆明园括天下之美，藏古今之胜，是中国园林发展史上具有标志意义的皇家园林，在世界园林艺术史上也是独树一帜。圆明园始建于1709年（康熙四十八年），1744年雍正即位后，对圆明园进行了拓展。乾隆帝在位期间除对圆明园进行局部增建、改建之外，还新建了长春园，圆明三园的格局基本形成。在其多年陆续扩建中，终于成为中国有史以来最宏伟的皇家园林。乾嘉时期，窦国华目睹了鼎盛时期的圆明园，留下了《圆明园》一诗：

> 园外公车许暂停，果然佳境画难形。
> 昆明湖水开明镜，万寿山峰列寿屏。
> 苑里烟痕迷御柳，阶前露气湿祥霙。
> 何时常遂瞻云志，饫领风光近帝庭。

这首诗的第二联描写了圆明园的规模和范围。圆明园方圆连绵二十里，园中既有庄严宏伟的殿堂，也有玲珑精巧的楼阁亭台，有"平湖秋月""三潭印月"等无数个风景点。与圆明园毗邻的清漪园，北部万寿山山形呈一峰独耸之势，南面为昆明湖，形成开阔的山前观赏范围。咸丰十年（1860），清漪园被英法联军焚毁。光绪十四年（1888）重建，改称颐和园。而窦国华的诗歌表明，乾嘉时期的圆明园包含了昆明湖与万寿山，可见其范围极为广阔。圆明园作为皇家园林的集大成者，达到了中国古典园林史上登峰造极的境地。圆明园是乾隆朝皇家园林建筑的杰作，反映乾隆帝欲占尽天下之全景的造园理念，窦国华的这首诗歌也颇具史料价值。

6. 寺观园林诗

寺院的所在地往往成为风景区内最佳的景点和游览地，使得宗教建设与自然风景融为一体，对风景名胜区的开发起着先行者的作用，很自然地以园林化的审美思想来进行建筑。这也是"天下名山僧占多"的由来。如窦国华笔下的《万杉寺》：

> 穿云记得影模糊，松柏青葱一万株。
> 野寺红墙人到少，偶然鹤梦出林无。

万杉寺位于庐山南麓，东邻五老峰、观音桥，西接秀峰，北倚汉阳峰、庆云峰，南临鄱阳湖。寺院历史悠久，始建于南梁时期，距今 1500 年历史，自古以来，高僧辈出，宋时超公，破荒栽杉，后有名僧寿坚、绍慈相继驻锡；明朝高僧德昭，于万杉丛林大开讲席、弘宗演教，盛极一时。清代剖玉、可绍明、大楚、磊山师徒四代，光大禅林，宗风丕振。万杉寺鼎盛时期寺僧多达千人，与秀峰寺、归宗寺、栖贤寺、海会寺并称"庐山五大丛林"。窦国华吟诵过的原寺毁于太平天国之乱，今寺系清光绪年间重建。

中国古代的寺观园林由于它的开放性，在一定程度上还起着公共园林的作用。相比起皇家园林的"禁闭森严"和私人园林的"非请勿入"，寺庙是难得的公共空间。

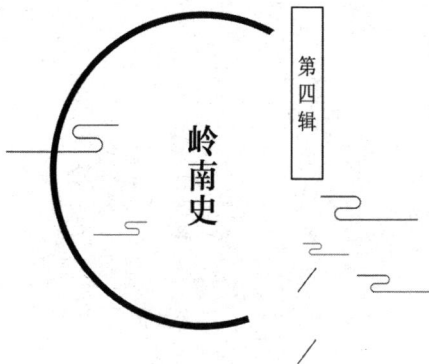

第四辑

岭南史

第十五章　百粤风光天一涯：
窦国华诗歌中的岭南地理

　　岭南是指五岭之南，五岭由越城岭、都庞岭、萌渚岭、骑田岭、大庾岭五座山组成，横亘于广东和江西、湖南之间。《晋书·地理志下》将秦代所立的南海、桂林、象郡称为岭南三郡，明确了岭南的区域范围，大体包括了今广东、海南、广西的大部分和越南北部。岭南不仅仅是一个地理概念，也是一个重要的历史文化概念，在中国古典诗歌中包含着一系列非常重要的诗学意象。秦、汉以来，大量的北方人越岭南来，与土著居民融合，共同创造了绚烂多彩的岭南文化。岭南诗歌作为岭南文化的重要一脉，在中原文化的熏陶中显露出丰富的面影，成为中国古典诗歌的一个组成部分。东汉名将伏波将军马援，南征交趾，在岭南留下了不少轶事和遗迹，他所写的《武溪深》系入岭南时作："滔滔武溪一何深！鸟飞不度，兽不敢临。嗟哉武溪多毒淫！"至马援以后，近两千年来，大批文人士子由中原核心文化区移入处于汉文化边缘的岭南地区，他们的诗歌广泛地描述了岭南各地的名胜古迹、山川形势、历史文化、人情风俗、虫鱼花鸟、禽兽草木、天时气候以及神话传说等。汉、晋、南北朝时期的葛洪、吴隐之、谢灵运、范云，唐、五代的杜审言、宋之问、刘长卿、韩愈、刘禹锡、李绅、李商隐，宋代的寇准、包拯、周敦颐、苏轼、苏辙、秦观、杨万里、朱熹、刘克庄、文天祥，元代的范梈、虞集、许有壬、王仕照，明代的汪广洋、戚继光、汤显祖、王洴、王夫之，清代的朱彝尊、王士祯、查慎行、袁枚、赵翼、翁方纲、刘开、姚莹、邓廷桢、林则徐、魏源等，都留下了歌咏岭南山川风物的诗篇。中国古代诗人将自己的历史意识、人文关怀、政治抱负、生命理想投射于自然的方位、地理的幅度之中，在他们的诗中岭南成为具有文化意义和艺术审美的诗性载体，说明了地理因素在中国古典诗歌形式以及语言使用上存有丰富的阐释空间。清代嘉庆年间，安徽入粤诗人窦国华留下了大量吟咏岭南风土的诗作，为我们解读中国古典诗歌的岭南书写提供了一个个案。他在《舟行所见》中咏道："百粤风光天一涯，常从四季见荣华。夜寒犹长青青草，日暖初乾浅浅沙。眉黛山横三月柳，芙蓉霜艳九秋花。相逢到处留人住，不独枫林卖酒家。"诗歌创作与地理景观的结合，使深蕴于岭南意象之中的生命形态、审美内涵和人文精神得到极大彰显，构建了窦国华所特有的岭南地域诗学。

1. 南雄：梅花岭上看

南岭山脉中五岭之一的大庾岭是赣江和北江分水岭，中国南方地区重要气候分界线，山岭绵延于赣粤两省边境，山势陡峻，"其山延袤二百里，螺转九磴而上，山势峻险，磅礴高耸"。梅岭位于大庾岭中段，在今江西大余县和广东南雄县交界处，是古来南北交通要地。清顾祖禹《读史方舆纪要》称梅岭"南扼交广，西拒湖湘，处江西上游，拊岭南之项背"。在古人心目中是腹地和南部边陲的分野，是文明和蛮荒的界限。唐代诗人宋之问被贬至泷州（州治在今广东罗定东），途经大庾岭时作《度大庾岭》："度岭方辞国，停轺一望家。魂随南翥鸟，泪尽北枝花。山雨初含霁，江云欲变霞。但令归有日，不敢恨长沙。"宋之问被发配岭南，当他到达大庾岭时，眼望那苍茫山色，迁谪失意的痛苦、怀土思乡的忧伤一起涌上心头。宋之问在《早发大庾岭》里写道："晨跻大庾险，驿鞍驰复息。雾露昼未开，浩途不可测……兄弟远沦居，妻子成异域。羽翮伤已毁，童幼怜未识。踌躇恋北顾，亭午晞霁色。春暖阴梅花，瘴回阳鸟翼。"苏轼被贬广东时作《过大庾岭》："一念失垢污，身心洞清净。浩然天地间，惟我独也正。今日岭上行，身世永相忘。仙人拊我顶，结发授长生。"

与作为贬臣的宋之问、苏轼不同，窦国华到岭南，是从江西南康府知府擢升广东肇罗道。但途经"华夷"分界的梅岭之巅，他与宋之问、苏轼一样百感交集：

> 拾级千仞巅，峰峦渺何极。
> 那见雁群飞，终朝人不息。
> ——《梅岭》

> 万里辞金阙，梅花岭上看。
> 茫茫烟水阔，何处是长安。
> ——《度岭》

《梅岭》写出了山势的陡峻，诗人感叹"峰峦渺何极"。"终朝人不息"，佐证了梅岭是古来南北交通要地，当年古驿道上"商贾如云，货物如雨，万足践履，冬无寒土"。但此去身陷边鄙，家阻万山，赋归无期，面对茫茫烟水，勾起窦国华的怀乡之情：

家国三千里，梅花岭外春。

关前来往客，恐有故乡人。

——《梅关》

梅关，古称秦关，又称横浦关，位于大庾岭海拔七八百米高处的巅峰。两峰夹峙，虎踞梅岭，如同一道城门将广东、江西隔开。梅关的隘口合岭路，为唐朝开元四年（716）丞相张九龄主持开建。三年功成后，两侧植梅。窦国华途经梅关时，是梅花开放的秋冬季节。最早描绘梅岭梅花的诗人是南朝陆凯，他路过梅岭时，曾折梅并作诗一首寄赠史学家范晔："折梅逢驿使，寄与陇头人。江南无所有，聊赠一枝春。"（《赠范晔》）苏轼贬官岭南，路过大庾岭，欣见岭上红梅怒放，触景生情，吟咏《庾岭红梅》："梅花开尽杂花开，过尽行人君不来。不趁青梅尝煮酒，要看红雨熟黄梅。"窦国华在《梅关》里，也把梅花当作报春与怀乡的信物，诗人以近似说话一样的语气，不加修饰地表现了一个前往他乡异地的人，对故乡的浓烈怀想，全诗质朴平淡而诗味浓郁。"关前来往客，恐有故乡人。"甚为传神，传达出诗人怀乡的深沉感情。他幻想在离家三千里的梅关来往客中，能看见来自故乡的人。

陪侍父亲南下做官的窦守愚，作有《买舟北上行至梅关，见岭梅大放，感赋一律》：

高挂轻帆泛远津，计程数百日兼旬。

山因惜别都当路，水亦多情惯送人。

细雨孤舟辞旧岁，东风万里度新春。

寻常不少称桃李，何似梅花淡愈真。

窦国华越梅岭后，在南雄与韶州（今韶关）小住期间，写下了五绝《南雄》。南雄位于大庾岭南麓，毗邻江西、湖南，自古是岭南通往中原的要道，枕楚跨粤，为南北之咽喉。南雄的县名也与梅关有关，南雄乃南粤雄关，而雄关指的就是梅关。现存的关楼建于宋嘉佑年间，为砖石结构，古朴雄伟。明万历年间南雄知府蒋杰在关楼上立匾题刻，北面门额署着"南粤雄关"四字。帆泊南雄驿站，孤独寂寞成了诗人窦国华的宿命。在这一世界里别人无法分享或承担他的孤客梦：

> 关外帆宵泊，风传枕畔秋。
> 水将孤客梦，流不过山头。
> ——《南雄》

　　继续南下途中，窦国华游览了观音岩。窦国华在《观音岩》一诗里，比较准确地自注了观音岩位置："韶州府英德县界，离城四十里。"观音岩位于英德城北横石塘镇的东南古贞山的悬崖上，是历代达官贵人、骚人墨客的游览胜地。王夫之、赵执信、袁枚、查慎行等都曾到此留下题诗。窦国华《观音岩》十分传神地描绘出观音岩的雄伟壮观，写出了贞山悬崖峭壁的高、险、陡：

> 峭壁摩空峻，谽谺辟洞天。
> 莲台千叶簇，宝盖五花悬。
> 自有祥云护，长看慧日圆。
> 何人攀绝顶，尘外悟元禅。

　　观音岩内有观音像，是粤北佛教圣地。窦国华深蕴禅理，《观音岩》呈现出一派如"羚羊挂角，无迹可求"的禅悦之境，读之让人身世两忘，宠辱皆寂。出仕岭南，窦国华却在诗中演绎着缘起生灭、本自空寂的"移法座"的妙法。其《前题》也是抒写游岩后的观感，以凝练简洁的笔触描写了一个景物独特、幽深寂静的境界，道尽了观音岩景致的最佳处：

> 琉璃高挂翠屏东，水绕山门石径通。
> 不落花开千岭上，微闻人语半天中。
> 旃檀香气帘前雾，多贝经声洞口风。
> 疑是补陀移法座，莲台犹带海潮红。

全诗笔调古朴，层次分明，兴象深微，意境浑融。首句自注云："岩壁如列屏，有琉璃五色石。""水绕山门石径通"写出了观音岩的地理特征，观音岩是一个天然的石灰岩溶洞，洞口下边即是北江，从水路方能进洞，洞中架阁三层，视野开阔。旃檀香气，多贝经声，诗人仿佛领悟到了佛门禅悦的奥妙，用观音岩的佛音把我们引入一个幽美绝世的去处。窦国华的诗，让人看到他随时随地发思佛道之幽情，心驰菩提宝刹之间，同时也让人窥见他出世与入世之间的矛盾心理。

2. 海陵岛：行尽阳城到海边

明代著名戏剧家汤显祖曾作《阳江望夫石》一诗："峰如眉黛翠如鬟，破镜迷离烟雾间。昨夜双鱼何处所，舾船多在海陵山。"海陵山即海陵岛，其西南有马尾山，山下有舾船澳。海陵岛位于南海之滨，广东省阳江市西南端，为广东第四大岛。海陵岛是古代海上丝绸之路的重要驿站。保存于海陵岛的震惊世界的"南海一号"古沉船是全球最瞩目的水下考古发现，船上有数万件美轮美奂的宋代精品瓷器和其他文物，被考古学界誉为"海上敦煌"。海陵岛还享有"南方北戴河"和"东方夏威夷"之美称，连续多年被《中国国家地理》评为"中国十大最美海岛"之一。两百多年前，窦国华任分巡肇罗道期间，曾到海陵岛巡视。当时肇罗道辖区有着漫长的海岸线，下辖肇庆府与罗定直隶州，下有"十六属"：肇庆府领德庆州和高要、四会、新兴、高明、广宁、开平、鹤山、封川、开建、阳江、阳春、恩平12县，罗定直隶州辖本州（今罗定市）和东安县（今云浮市云城区、云安县）、西宁县（今郁南县）。面对着浩瀚的南海，窦国华在《戙船澳观海》中吟道：

> 行尽阳城到海边，苍茫大澳接戙船。
> 鳌头没浪浑无地，马尾摇空别有天。
> 肯使鲸鲵腾积雾，凭看日月破昏烟。
> 妖氛净后长清宴，百宝光生万里连。

窦国华在首联自注云："戙船澳马尾山皆海中之山名。"旧戙船澳渔港位于今阳江市海陵岛闸坡镇西南，前为南海，后为山坡。海边山麓组成一弧形的港湾。自宋至清中叶几百年间，它成为过往渔船停船泊舟、避风添水补给之所，所以旧澳从前被称之为戙船澳。嘉庆三年（1798），这里遭遇了一场毁灭性的风灾，戙船澳被摧毁，变成一片废墟。位于阳江市海陵岛闸坡镇西南端的马尾岛，最高峰马尾山一百四十七米，山上植物茂盛。窦国华在戙船澳观海，观察细致，描写生动，饶有情趣。

马尾山上还有碉堡、战壕、古炮台等古代军事遗址。从明代起，海陵岛一直被作为沿海军事设防重地。海陵岛西南戙船澳，明代为御倭要地，水师巡哨皆期会于此。窦国华的七律《古戍》便是写这些军事遗址的，风格雄浑沉郁：

> 何时铜柱立炎荒，远道操戈古戍傍。

哀角乱吹孤垒月，深宵寒压一身霜。

溪中饮水惊流毒，马上看云忆故乡。

闻道前军今奏凯，休愁白骨卧沙场。

　　窦国华的《古戍》可能是写海陵岛上的古战场，也有可能是写双鱼古城。汤显祖的《阳江望夫石》从思妇的角度，含蓄地表达了对征役的怨望，诗中出现的"双鱼"指双鱼所，在阳江县西南，明初筑城，设兵戍守。明洪武年间，倭寇常在阳江登陆，在沿海一带烧杀抢掠，无恶不作，对当地百姓造成很大威胁。为抵御倭寇，明朝廷下令在东南沿海一带筑城加强海防。公元1394年，明朝廷派安陆侯吴杰、永定侯张金来到广东训练水师，是年在双鱼地设立守御千户所，派千总马如龙率兵镇守。全城有东、南、西、北四个城门楼，每个城门楼均设有大炮一门，吊桥一座。《古戍》一诗表现出窦国华敏锐的观察力和感受力，笔力矫健，既有大笔挥洒，又有细节勾勒，意境雄浑深远。古戍一派凄清、冷寂的景象引起了诗人的思索，前三联的抒写让人感到说不出的悲凉。但诗的结尾通过古今对比，叙写前军奏凯，写出了雄浑悲壮的气势，表现了诗人戍守边疆的壮志豪情，寓涵着抚今叹昔之感。

3. 新兴江口：谁识天堂镜

　　新兴，历史上被称之为"八州通衢"之地，古时是连通琼州、廉州、崖州、高州等地的主要通道。因地方偏远而荒凉，是历代贬谪官之地，因此新兴也是中原文化与岭南文化交汇较早、较多的地区之一。自唐始，有不少文人学士被贬新兴。自唐至宋共有23位朝廷高官被贬新兴，其中有五位位居宰相之职；同时新兴虽然地处偏僻，但优美的自然景观和人文环境吸引了历代众多雅士文人驻足咏叹或来寓新州或取道新兴到海南，计有卢行瑶、杜位、张柬之、宋之问、苏东坡、胡铨、胡寅、蔡确、邹浩、李纲、赵鼎、李光、胡铨、陈献章等。窦国华巡视新兴时，饱览其山水风光，在《新兴江口》一诗中写道：

> 新兴秋夜渡，篙力几曾停。
> 沙陷行多阻，天寒梦屡醒。
> 河头吞浪白，洞口入帆青。
> 谁识天堂镜，劳人未易经。

这是一首巧妙地名诗，窦国华巧妙地将地名嵌于诗中，充分展现了汉语的神奇与精妙，窦国华为此诗加注云："河头洞口天堂皆沿途墟市。"古代墟镇的设置，大多会选择在有河流的地方，形成一江两岸的动人风景。两百多年后，河头、洞口、天堂成为新兴县的三个镇名。窦国华的《新兴洞口》也诠释了新兴的山水形胜：

> 洞口寻溪入，探源恐不深。
> 波光涵月魄，帆影落江心。
> 雨霁千峰秀，松高万壑阴。
> 当风行处好，凉意透罗襟。

新兴江，珠江水系西江干流西江段支流。新兴江上游西河与东门河于县城北十里的洞口汇合，洞口圩是当时新州的水陆码头，船只集中点。古时这里风光天然秀丽，河道水深而宽阔，来往船只络绎不绝，江中时常有渔夫在打鱼，而两岸的山上不时传来樵夫的砍柴声和唱山歌的声音。新兴江的上中游地处高山、丘陵山区和林区，河道狭窄弯曲。古时候的人们行走新兴江，往往是先由广州溯西江至端州，由端州再溯新兴江至洞口码头登岸，进入新兴。从窦国华的诗歌描写看，他应该是从洞口码头，溯锦溪而上，到达河头后舍舟登岸，然后行陆路。旧时的洞口通往河头的新兴江两边，风景优美，新兴江边上有古驿道沿江而行。新兴江美丽的江景让历代文人骚客诗兴大发。中唐时代，诗圣杜甫之侄诗人杜位，被贬新州参军十年，其间踏遍新兴大地，作《新昌八景》。

4. 纳凉：粤人争唱木鱼歌

木鱼歌，简称木鱼，也叫摸鱼歌，起源于明末，流行于广东省珠江三角洲、西江和南路一带。早期木鱼歌都是随编随唱，后来才记录曲词，辗转传抄，到清代以后极为兴盛。清人屈大均《广东新语》及罗天尺《五山志林》中都记载过当时演唱的盛况。这可在明末清初的朱彝尊（1629—1709）和王士禛（1634—1711）的诗中找到互证。1657年朱彝尊曾到东官（东莞的旧称），并写下《东官书所见》："浦树重重暗，郊扉户户关。长年摇橹至，少妇采珠还。金齿屐一尺，素馨花两鬓。摸鱼歌未阕，凉月出林间。"而王士禛则是在1684年奉命到广州，他的《南海集·广州竹枝词六首》第一首中道："两岸画栏红照水，疍船争唱木鱼歌。"两人都是亲见亲闻，虽说法不一，但"木"与"摸"发音相近，可见所指乃是同一事物。窦国华在《纳凉》一诗中也写到了木鱼歌，展现一幅富于水乡生活图景，读来朗朗上口，颇有民歌气息：

风前小扇试轻罗，簟展虚亭月色多。
何处清音来水外，粤人争唱木鱼歌。

5. 羚羊峡：记得前游题寺壁

羚羊峡在肇庆市鼎湖区西南部，是西江流经千年古郡——肇庆的三峡之一。地处三峡的下游，山最高，水最深，峡最长，在三峡之中最壮观、雄伟。羚羊峡的景观，在隋代已被人们认可，唐宋以来，沈佺期、宋之问、张说、李邕、张九龄、李绅、许浑、余靖、周敦颐、郭祥正、米芾、陈与义、李纲、葛长庚、李昴英等达官名流登临游览，并写下许多脍炙人口的诗章。窦国华多次行经羚羊峡，多有诗歌咏之。《羚羊峡》云：

> 晓渡羚羊峡，波溅壁上烟。
> 双峰口未合，势欲白吞天。

窦国华在这首诗中描绘了羚羊峡的险峻。窦国华在另一首《晓渡羚羊峡秋兴》中，也描绘了羚羊峡"迎潮波浪欲吞舟"的气势：

> 逼人凉气一天秋，峡口烟开四望收。
> 出海云霞争托日，迎潮波浪欲吞舟。
> 霜寒铁甲何能御，风静银涛不暂休。
> 闻说征洋诸将老，枕戈终日卧貔貅。

羚羊峡由羚羊山和烂柯山雄踞西江两岸而成。烂柯山主峰烂柯顶海拔近千米，峰峦叠嶂，怪石嶙峋。羚羊山主峰龙门顶高六百多米，山高坡陡，紧迫江岸。羚羊峡峡谷绵亘，水流湍急，水卷漩涡。窦国华在《过羚羊峡》一诗中具体描写了山峻水急的景观：

端山何特异，灵秀不雕凿。

丝丝白发痕，逐逐绿云脚。

万峰上霄汉，千泉注邱壑。

顷刻转羚羊，风急波心恶。

浪涌打船头，气势更磅礴。

人穿峡中央，天束平能阔。

壁立矗千层，陡峻劈面削。

忽来暴雨声，点点向我落。

帆湿行愈迟，九折出关钥。

一叶始安稳，江面颇开廓。

俯仰天地间，险过何不乐。

诗人以"俯仰天地间"的浪漫手法，展开丰富的想象，艺术地再现了羚羊峡峥嵘、突兀、强悍、崎岖的面影和不可凌越的磅礴气势。诗人在《舟行羚羊峡》中云：

其一

羚羊峡路几曾停，鼓棹遥遥入渺冥。

两岸霜华含水白，孤滩渔火逗烟青。

风回远岭花开树，雨过秋潭夜洗星。

记得前游题寺壁，经年魂梦又重经。

其二

西风飒飒树萧萧，买棹高安一水遥。

童子牵牛临绿浦，老僧拄杖过红桥。

满天霜堕钟音冷，深夜鸡鸣客梦消。

枕上未忘佳句癖，闲吟原不是无聊。

作为历代文人骚客流连忘返之地，窦国华多次"羚羊峡路几曾停"。明万历十年（1582），羚羊峡才开始凿石路，称为"峡山旱路"。清嘉庆二年（1799），再加以修理，筑桥十九座，栈道更完整。峡山刹胜，曾为明、清肇庆八景之一，可惜古刹近代被毁。据说，羚羊峡口北岸有一洞，曾建有"羚峡古刹"，因地处羚羊峡口，故而得名峡山寺。古寺始建于萧梁时代（502—557），唐时已很著名，曾是肇庆"老僧拄杖过红桥"的佛教圣地。唐代著名诗人沈佺期、杨衡以及以因"山雨欲来风满楼"而扬名的许浑等，对峡山寺皆有题咏。"记得前游题寺壁，经年魂梦又重经。"窦国华与他以前的诗人一样，也在羚羊峡留下了自己的精彩诗句。

6. 清远飞来寺：洞中人语下方听

位于清远市飞霞风景名胜区的飞来寺，相传是从安徽飞来，故名飞来寺。飞来寺为岭南著名的三大古刹之一，是一个充满多种神奇传说的名寺。飞来寺始建于梁武帝普通元年（520），距今已有1400多年历史。窦国华在《登峡山入飞来寺远眺》中云：

> 烟树千重倚画屏，独携筇竹破冥冥。
> 龙门雪拥兼潮白，海市楼高出寺青。
> 天上仙峰云角起，洞中人语下方听。
> 翻惭胜地终抛去，空向尘寰说旧经。

峡山是指飞来峡，飞来寺也叫峡山寺。窦国华有《粤东峡山诗》："我来坡亭上，匹练飞泉倾。幽境渺人迹，空闻流水声。拨云见青山，一带修眉横。桥下风冷然，移我邱壑情。"窦国华还作有《峡山寺》："峡山江上庙崔巍，树掩云遮一径开。地近诸天都是幻，何年曾见寺飞来。"飞来寺位于飞来峡下游的一个湾回之处，倚山面水，两峰相夹，临江雄踞。峡江两岸各有三十六峰，峰峰有名，千姿百态，登高远眺，正所谓"天上仙峰云角起"。这里江面开阔、峡江对峙，历代兴建的寺观、亭、楼，都有意将其隐没在林木葱郁的千重烟树之间，构成一幅"海市楼高出寺青"的大自然美景。在风和日丽的日子里，这里风平浪静、水波不扬、山峦青翠欲滴、江湾碧绿清澈，一派诗情画意，令人陶醉。

《登峡山入飞来寺远眺》第三联有一小注："归来洞。"飞霞风景名胜区现有两洞，一曰：飞霞洞，位于飞来峡北岸黄牛坑山上。飞霞洞为儒、释、道三教合一的场所，始建于1911年，是全国为数不多、岭南地区最大的"三教合一"的宗教圣地，古洞内奉儒、释、道三教祖师及诸仙佛，周围古树参天，霞气缭绕。二曰：藏霞洞，与飞霞洞相邻，建于1863年，位于密林深处，幽谷之中，庙宇空屋便深藏于虚无缥缈的云雾之中，若隐若现，宛如仙境。藏霞洞里面供奉道教的神仙吕洞宾和柳、樟、榆三位神仙。从时间上看，飞霞洞和藏霞洞都不是窦国华诗中的"归来洞"，但归来洞有可能是它们的前身。

归来洞应指归猿洞。清代《清远县志》标出了"归猿洞"的名称及其方位："归猿洞在飞来寺后，唐有孙恪者，纳妾袁氏，后至寺，袁以一碧玉环献老僧，小顷，野猿数十扪萝而至，袁见之，乃题诗化猿去，僧方悟，乃向所畜者，环，其系颈物也。"明清之际，诗人墨客已有关于归猿洞的词、赋或诗文，明代朱士赞的《归猿洞诗》："逐队归山去，玉环遗此山。千伙传异事，吾意有无间。"清代张鲲《归猿洞诗》："寻幽不惮远，乃至归猿洞。细石路盘行，霜林日气烘。阴风出土口，飒飒添寒冻。下临万丈溪，圆窍如鼓瓮。淄珠结紫金，石壁巢金凤。顾此生遐想，乾坤何巧弄？"诗人来到这神秘的洞府，抒情遐想，赋诗寄怀。

而在专志飞来峡的《禺峡山志》有具体介绍的叙记："归猿洞在古寺后仙猿峰之陡绝处，中隔悬崖，通以梁，游者多惊怪，不敢渡，过此则洞壑幽深，树木岑郁，真仙境也。"

窦国华的诗歌有力地证明了归来（猿）洞的存在。"洞中人语下方听"一句中的"归来洞"，在嘉庆年间，已经是宗教圣地："翻惭胜地终抛去，空向尘寰说旧经。"窦国华在《清远峡飞来寺》中也写到了古寺与禅堂：

> 穿空拾级上丹梯，云与青山不肯低。
> 古寺深藏烟树里，斜阳半映画楼西。
> 风前落叶堆千石，雨后流泉涨一谿。
> 寂寞禅堂谁梦觉，东邻饭熟听啼鸡。

窦国华拾级而上，对飞来寺的景色十分欣赏，这里高山耸翠，霞蒸雾绕，古木参天，"云与青山不肯低"。首联栩栩如生地描绘了古寺屹于巅峰峭壁的雄姿。起伏连绵的青山环抱着古寺与禅堂，雨后溪涧环回，一声"东邻饭熟听啼鸡"相和，令人霎时间感到已融入天地万物之中。整首诗实际上极力渲染了"寂寞禅堂"的静寂场景。而"啼鸡"又说明了静寂不是一潭死水，习静不是进入死寂，而是有着活泼的妙用。窦国华在《清远寺》一诗中写到了佛经中的"优昙"：

> 拟向优昙现处看，钟声引我到烟峦。
> 马头云上三千丈，人面峰回一百盘。
> 穿树斜阳鸦影瘦，零秋晓露竹风寒。
> 红尘隔断诸天净，不怨凌兢道路难。

"清远寺"可能也是指清远峡飞来寺。此诗进一步说明了禅师习静的方法，只有悟达了佛性，才能在现处看到优昙，闻到佛法。"红尘隔断诸天净"，心寂才是隔于尘世的真正原因。

窦国华的儿子窦守谦，孙子窦荣昌，也在飞来寺参过禅，都留下了诗作，兹录窦守谦《游飞来寺》：

> 云外一声钟，遥堕山重重。
> 仰观碧天上，萦回微径通。
> 舍舟循沙岸，蹑崖穿深松。
> 峻嶒石阻客，宛转路将穷。
> 鸟静人语寂，空谷生寒风。
> 不见梵王刹，但见岚冥濛。
> 悚然身思退，忽与采樵逢。
> 问我何逡巡，为指最高峰。
> 前行自造极，休更询痴聋。
> 余进信非谬，云豁尘难蒙。
> 山花妖含艳，涧草秀成丛。
> 佛门大无碍，谈禅妙机锋。
> 飞来不飞去，原与未飞同。
> 一笑别僧返，鼓櫂任西东。
> 回看所履径，如线悬青空。

7. 三洲岩：寻幽惟有老东坡

三洲岩又名三洲崖，位于德庆县九市镇内，西距县城约30公里，东距肇庆约50公里，屹立于西江之滨，以其鬼斧神工般的奇丽景观闻名于世。窦国华曾多次到此巡视，留下多首诗歌。《三洲崖》云：

崖日破云阴，三洲已在望。

不见古仙人，临去还惆怅。

　　此诗是对三洲岩神话传说的咏叹。据传三洲岩是神仙胜境，又称仙翁岛。据州志记载：有仙翁，庞眉皓首，或樵或渔，不知其姓名。唐天佑三年（906）春，进士李谨微授番禺令，泊三洲岸，时夜半月高，作歌吟声，有一渔父乘舟而来，长揖共饮，劝其退隐言讫不见，等宋一统天下，始知其言之验也。传李谨微听了渔父的话后，遂隐不仕。那位庞眉皓首的"仙翁"，称得上是洞察天下大势的智谋之士了。宋人唐公佐有《三洲岩》诗专咏此事："洞里光阴经几春，洞前古木垂千寻。不知空谷当年事，谁识庞眉处士心。残月照人吞远徼，晚风吹梦入幽岑。我来须访神仙宅，好听云端环佩音。"宋代理学家周敦颐在三洲岩创办濂溪书院，教化万民，自得其乐。《明统一志》载：三洲，取蓬莱第三洲之名，为神仙所居。在号称人间仙境的三洲岩，窦国华感叹："不见古仙人，临去还惆怅。"

　　三洲岩是一座孤峰，四邻的山冈多属土山，唯独三洲岩由石灰岩构成，而且天造地设般形成巨大的溶洞，可容千人。窦国华的另一首《三洲崖》，描绘了三洲岩的危峰万象、岩洞幽深：

缱幽凿险是仙才，一上危峰万象开。

遗药灶边金鼎火，藏云窝里石垣苔。

旌旗夜闪龙蛇影，钟鼓晴闻霹雳雷。

我欲洞中观妙理，宦身何日脱尘埃。

　　此诗小注云："药灶、云窝、旌旗、龙蛇、钟鼓，皆洞中景物。"三洲岩高约五十米，岩洞内多石钟乳，滴泉甘洌，又名玉乳岩。由水成岩构成各种胜景，象物命石，最为幽胜；石钟地鼓，击之有声，丹灶砚池，如有烟色；金猫、白象、巨鳌、云柱、仙羊，形象酷似，栩栩如生；观音倒影，堪称绝景。明代李逢升《三洲岩记》云："其石之形者，有白象、金猫及鹤、鸾、狮、熊之类。"

嘉庆年间的三洲岩，巍峨峭拔，古树长藤，花开上界，山翠如城，更有奇禽异鸟。窦国华《再题三洲崖》描绘了三洲岩"松云无处不栖鸾"的胜景：

其一

路似蚕丛蜀道难，崎岖历后得奇观。
花开上界春长驻，星耀诸天夜减寒。
洞石有形皆是鹤，松云无处不栖鸾。
仙人欲下霞幡动，少女风来扫紫檀。

其二

悬崖千丈挂青萝，石磴攀缘鹿迹多。
洞里烟深藏日月，云边泉定少风波。
每逢过险心还泰，但解耽闲性自和。
千载何人同此趣，寻幽惟有老东坡。

三洲岩作为德庆名胜，历代文人墨客荟萃，"岭海士大夫好异者往往能言之"。北宋马寻于1043年，留下题名石刻。之后，历代文人题刻一百九十则石刻诗文，仅宋、明两代的题刻就有一百七十四则。据清光绪《德庆洲志》记载，宋代苏东坡、周敦颐、祖无择、李纲，明代陈白沙等名人贤士都曾游览三洲岩，留有题刻。李逢升《三洲岩记》云："峻壁词章，苔封剥落，则苏文忠、祖无择之诗记也。"窦国华《再题三洲崖》尾联加注云："东坡旧游之地，石壁诗刻犹存。"也就是说，在嘉庆年间，还能看到苏东坡的石壁诗刻。"文革"期间，濂溪书院、观音庙以及三洲岩周边的奇秀山峰被毁，而且毁坏了三洲岩神仙洞里的部分摩崖石刻，其中包括苏东坡、周敦颐等名士的手书，很多珍贵石刻诗词已荡然无存了。至今还保留有上至宋熙宁元年（1068）下至清道光二年（1822）的题刻九十一则。据调查有宋刻八则，明刻七十四则，清刻四则，辨不清年代的五则。在这九十一则题刻中，有诗、词、记、题名等多种形式，内容多为赞美三洲岩自然景色的诗词，也有记录历史事件的题记。如今的三洲岩，成了新的旅游景区，但寻幽不见老东坡了。

8. 阅江楼：潮压月光流

阅江楼在肇庆市端州区正东路东侧石头岗上，南临西江。始建于明宣德年间，历代有修缮，名称也屡次更变，初为崧台书院，继称东隅社学，明崇祯十四年（1641）始命名阅江楼，清初曾改名镇南楼，不久复称阅江楼至今。原为平房，清顺治十四年（1657）改建成两层楼房，高十五米，是典型的南方园林庭院式的二进院落四合院式布局的古建筑。占地面积两千平方米，南北两楼为歇山顶，东西两楼为卷棚顶，并通过四座耳楼衔接沟通，形成统一的整体。阅江楼是肇庆八景之一，名曰"江楼晚眺"。登楼凭窗眺望，西江之水自楼前滔滔东去，江中浮光点点远接天际，对岸青山连绵。窦国华父子多次登楼抒怀，写下想象雄奇的诗篇，为这座古楼平添了异彩。窦国华在《登阅江楼》中写道：

携客上江楼，江空楼欲浮。
山穿云气出，潮压月光流。
剑影含霜雪，星芒接斗牛。

高寒何所依，铁笛一声秋。

全诗寄景抒情，写登楼的观感，俯仰瞻眺，语壮境阔，寄慨遥深，体现了诗人沉郁顿挫的艺术风格。全诗给人以冷飕飕的感觉。登楼，尤其是晚凉天、明月夜，应该是非常惬意的事，但是，对离人来说，就不是这么回事了。因为登高就会望远，望远就会思乡思人，这大概也是古人一种思维模式了。

窦国华另外一首《螺墩》，写的是阅江楼旁边的一个景点：

云锦遥看隔杳冥，暖风徐引片帆停。
地盘螺黛争山碧，天倒星芒入水青。
留客好花飞满路，送人芳草过长亭。
春深醉别流莺曲，五载端江梦里听。

此诗第一句小注："墩上有花神庙。"第四句"天倒星芒入水青"，小注："墩上有魁星阁。"奎星阁又名奎光阁、文昌阁，在阅江楼旁边，是高要学宫的附属建筑，始建于北宋崇宁初（1102—1106），元末毁于战火，明洪武二年（1369）重建。清乾隆二十四年（1759）再次重建，嘉庆七年（1802）重修，增建斋舍并改称"文昌阁"。道光、咸丰、同治年间曾多次修缮。魁星阁是六角形砖木结构，共三层，约13米高，整座建筑就像一支巨大的毛笔，故有"文笔塔"之称，是肇庆历代学子顶礼膜拜之地，在广东省罕见，也是肇庆地区仅存的锥形古建筑。嘉庆年间，窦国华对魁星阁的描绘准确而又传神。"春深醉别流莺曲，五载端江梦里听。"诗的结尾，与《登阅江楼》一样抒发了诗人对故乡的思念。全诗写得语尽意绵，又洒脱自如。

窦守愚也曾多次登上阅江楼，他在《秋夕登阅江楼》中云：

落日荡江楼，江空水自流。

波胜千片雪，云卷一天秋。

有病难寻侣，无聊易感愁。

分明淮上月，夜夜照端州。

建安时期的王粲写了《登楼赋》以抒发思乡之情，后人诗词中写登楼怀乡怀人之作不胜枚举，以至于晚唐诗人罗隐干脆说"芳草有情皆碍马，好云无处不遮楼"（《魏城逢故人》）。吴文英说"有明月，怕登楼"，怕的也是登楼远望，更引起对离人的思念，更增加深深的离恨。登高一方面可以提升人的精神境界，但另一方面，登高又最容易引发人的忧愁。窦守愚与父亲窦国华游宦肇庆，远离家乡，一旦登临阅江楼，思乡之情涌上心头。全诗得力处，全在结尾二句："分明淮上月，夜夜照端州。"两百年后，让我对他的登楼怀乡产生了深沉的共鸣。这表明登楼已不再仅仅是窦守愚个体的行为，而具有了一种超越时空的诗情，具有一种广泛而深刻的文化精神。登楼怀乡积淀在我们民族的审美心理结构之中，成为中国诗人望乡怀归时展开审美联想的一个原型。

在窦守愚另外一首《登阅江楼》中，登楼意象更丰富，更深化了：

岸外青山柳外楼，楼前帘卷晓烟收。

花开静院容皆淡，鸟宿深林梦亦幽。

芳草踏残名士路，溪光摇破美人舟。

风华满眼供闲醉，一醉能消万斛愁。

不少文人雅士曾在阅江楼吟咏酬唱，例如明代区大枢的《崧台书院秋望》、瞿式耜的《阅江楼》、清代陈恭尹的《阅江楼晚眺》、赵翼的《寓端州阅江楼，喜蒋南邨州牧至》等等，描绘阅江楼的壮丽景色，正所谓"芳草踏残名士路，溪光摇破美人舟"。窦守愚的这首《登阅江楼》融山川古迹、个人情思为一体，诗的境界阔大雄浑，在吟诵阅江楼的诗歌中，堪称佳品。

在清代，披云楼也极负盛名。披云楼位于端州古城墙上，始建于北宋政和三年（1118），楼高三层，当时是作为瞭望台而建造的，它由披云楼和炮台两部分组成，因楼矗立在城墙西段最高处常有云雾缭绕，因此得名。如今的披云楼是1989年重建的，楼高19.3米，其外形是仿照江西的滕王阁、湖北黄鹤楼和山西飞云楼而设计。窦国华在《孟夏过访待月主人款留酣饮极林亭游览之盛赋此奉赠》一诗中写到了披云楼：

其一

飞阁参差入渺冥，卷帘风物喜初经。
栏边绿水开明镜，云里青山列翠屏。
夹岸风回高下树，数丛花簇短长亭。
主人留客临窗醉，疏雨蕉声好细听。

其二

延缘竹径傍回廊，胜地能兼野趣长。
阁阁蛙声传鼓点，辉辉萤火吐星芒。
烟穿松盖山腰碧，露湿荷盘水面香。
一枕微凉尘虑息，由来高卧即羲皇。

其三

沉醉中宵月已昏，使君犹对倒金樽。
风兼骤雨楼帘动，云送轰雷沼水奔。
戏下纶竿钓肥鲤，同寻溪涧采芳荪。

兴酣还订秋来约，莫厌乘闲夜叩门。

第三首诗的第二联，自注云："雨水由披云楼奔流入沼"。披云楼前瞰西江，后枕北岭，崇楼杰阁，形势插天，"飞阁参差入渺冥"。窦国华在此宴游会友，豪饮倾筋，浅斟低唱。

9. 七星岩：仙家不肯放诗豪

七星岩位于肇庆市区北约两公里处，景区由五湖、六岗、七岩、八洞组成，面积8.23平方公里，湖中有山，山中有洞，洞中有河，景在城中不见城，美如人间仙境。七星岩以喀斯特溶岩地貌的岩峰、湖泊景观为主要特色，七座排列如北斗七星的石灰岩岩峰巧布在面积达6.3平方公里的湖面上，20余公里长的湖堤把湖面分割成五大湖，风光旖旎，被誉为"人间仙境""岭南第一奇观"。对于在肇庆为官十年的窦国华来说，七星岩应该是他游览次数最多的地方。他在《暮春偕华川暨诸同人游七星岩三仙观》中写道：

> 嶙峋遥隔几层烟，把臂同寻兴渺然。
> 晓日孤悬千壑树，春风五度百蛮天。
> 星辰化石明晴书，仙佛留人话夙缘。
> 向晚欢深增逸韵，吹箫声落彩云边。

三仙观由两广总督兼广东巡抚刘继文于明万历十八年（1590）捐建，清乾隆三十七年（1772）重修。三仙观原名大觉寺，位于七星岩景区的玉屏岩南山腰崖壁上，因殿内供奉着吕洞宾、汉钟离、铁拐李三仙塑像而得名。此诗第三联加注云："观内亦供佛像。"玉屏岩虽为道家圣地，但也给佛家留下了一席之地：“仙佛留人话夙缘。”三仙观建筑坐北向南，前面视野开阔，周边树木郁郁葱葱，形成“峭壁森林”之绝景，极具仙气灵气，为少有的风水之地。

窦国华在《重游七星岩》中写道：

> 一番登顿一番劳，千仞岩岭白首搔。
> 搜异未妨违世远，孤行长虑托身高。
> 光浮北斗垂天柄，气接南溟浴日涛。
> 谁料云中同逸兴，仙家不肯放诗豪。

国家级文物保护单位七星岩摩崖石刻是中国保存最多最集中的摩崖石刻群，所以取名为七星岩。继唐代李邕之后，历代游览七星岩的文人雅士，都喜欢在七星岩的崖壁上写诗、题字、作画，以写景抒怀。在五百二十三则石刻题勒中，计有：唐朝的四则，宋朝的八十则，元朝的十三则，明朝的一百四十六则，清朝的一百一十七则，民国的十则，现代的一百零九则，年代不祥的四十四则。七星岩摩崖石刻集诗词歌赋、游记史实、对联题咏与崖刻画于一炉，其中最大量的是诗词歌赋，仅石室岩内外就有二百零六首之多，故又有“千年诗廊”之美誉，李绅、包拯、周敦颐、俞大猷、陈恭尹等五百余壁，唐、宋、元、明、清及当代的名人诗题为七星岩增辉添色。“谁料云中同逸兴，仙家不肯放诗豪”，就是对“千年诗廊”的生动写照。

10. 广州：惟应古佛不知愁

广州别名羊城、花城，从秦朝开始，一直是郡治、州治、府治的行政中心，是国家历史文化名城，是岭南文化的发源地和兴盛地之一。窦国华兼署广东粮道时，有多首诗歌咏之。他的《夜巡》一诗，细写当时繁华景象：

> 又报羊城岁有秋，丰年熙穰乐街头。
> 无边灯火家家市，不尽讴歌处处楼。
> 扑面纤尘随马去，满怀明月傍人游。
> 太平门外归来晚，鼓乐声喧夜未休。

此诗加注云："时权粮篆。"粮篆即粮道，督运全省漕粮的最高官员。窦国华以广东肇罗道的身份，兼任广东粮道，归总督或巡抚节制。他经常往返肇庆与广州两地。他曾作《自省城旋肇罗赋》：

其一

> 稳坐篮舆任熟眠，更携残梦海楼前。
> 病余宦意看流水，忙里闲情付暮年。
> 洞口斜阳芳草路，城头密语落花天。
> 归来欹枕薰香榻，前度窥帘月又圆。

其二

> 消受仙山五度春，罗浮那得有红尘。
> 自来安拙无机事，便是为官亦散人。
> 梨雨惯惊垂老梦，杨花偏上苦吟身。
> 故园亲友应相忆，冷落溪桥旧钓纶。

此诗首联小注云："镇海楼。"镇海楼，位于广州市越秀山（越秀公园）小蟠龙冈上，为广州市标志性建筑之一，巍峨壮观，被誉为"岭南第一胜览"。明朝洪武十三年（1380），永嘉侯朱亮祖扩建广州城时，把北城墙扩展到越秀山上，同时在山上修筑了一座五层楼以壮观瞻。镇海楼历史上曾五毁五建，现建筑为钢筋混凝土结构，是1928年重修时由木构架改建而成。2013年3月，镇海楼被列入第七批全国重点文物保护单位。数百年来，诗人政客每登其上，皆感慨万端，有关镇海楼的名人诗作也很丰富，如陈恭尹的《镇海楼》："清樽须醉曲栏前，高阁临秋一浩然。五岭北来峰在地，九州南尽水浮天。将开菊蕊黄如酒，欲到松风响似泉。白首重阳惟有笑，未堪怀古问山川。"窦国华当时担任广东粮道时，年岁已高，身体多病。"稳坐篮舆任熟眠，更携残梦海楼前。"忙里偷闲看了镇海楼，在回肇庆的路上，似乎还在回味不尽。

窦国华还写过一首《即事》：

> 羊城羁客梦，夜夜渡江滨。
> 残暑初辞簟，凉风远送人。
> 三江连渤澥，一棹拨星辰。
> 官舍归虽近，何因理钓纶。

从这首诗的描述看，窦国华巡视出行，多靠舟船。

广州素有花城的美称，近郊盛产各种花卉。窦国华作《花田行》：

> 素馨花开香满天，城西九里花为田。
> 采花人忆簪花美，如花人聚万花里。
> 万花影照春水滨，来游仙侣徒相亲。
> 嫦娥久坠江边月，白骨已作泉下尘。
> 碑上苔痕垂绿发，坟前菰叶碎罗巾。
> 妆成犹恋汉宫晓，月夜空归魂袅袅。
> 寂寞无语哭东风，幽情万种托花鸟。

我到花田久叹嗟，美人生死作名花。

胜地冷落雷塘路，但有蘼芜一片斜。

　　这首诗歌颂的是"南汉"时期流传下来的花田。其地在广州市的三角市一带，距省城十余里，地名曰素馨斜。据屈大均《广东新语》："花田，南汉内人斜也，刘铱美人字素馨者，葬其中，铱多植素馨以媚之，名素馨斜。"屈大均咏花田云："花田旧是内人斜，南汉风流此一家。千载香消珠海上，春魂犹作素馨花。"清代赵翼《花田》诗："十里芳林傍水涯，当年曾是玉钩斜。美人死后为香草，醉守来时正好花。"自注："即素馨斜，南汉葬宫人处，多素馨花，今为游宴地。"据载南汉后主刘铱尤喜爱素馨花，当时在广州三角市一带，均种素馨。有宫人喜簪素馨，死后葬于此，故名此地为"素馨斜"，又名"花田"。宋代方信孺《南海百咏》中，咏花田诗序云："花田，在城西十里三角市。平田弥望，皆种素馨花。一名'那悉茗'。《南征录》云：'刘氏（指南汉主）时，美人死，葬于此，至今花香异于他处。'诗云：'千年玉骨掩尘沙，空有余妍剩此花。何似原头美人草，樽前犹作舞腰斜。'"窦国华诗云："素馨花开香满天，城西九里花为田。"可见，从宋代到清代嘉庆年间，花田的位置变动不大。"我到花田久叹嗟，美人生死作名花"，是对历史典故的咏叹。

　　窦国华还作有《越秀庄古树纳凉》《花地漫兴》《珠江买棹》等吟咏广州的诗歌，相比之下，《木棉头大佛寺》写得最好：

木棉河下住轻舟，胜境凭谁引客游。

鹤立苔痕迎竹杖，松含霜气覆钟楼。

飘零满地山花晚，嘹唳高天塞雁秋。

人世易生荣悴感，惟应古佛不知愁。

大佛寺坐落于广州市北京路商业区中心地带——广百大厦正南。大佛寺始建于南汉（917—971），兴盛了数百年，至宋代曾一度荒废。元朝入主后，在原寺旧址重建殿宇，香火得以延续。明代再度大规模扩建，奠定了广州"五大丛林"之一的地位。清顺治六年（1649），清兵南讨广州，殿宇悉数化为灰烬。康熙二年（1663），动工重建大佛寺，其中的大雄宝殿，供养三尊大佛像，皆以青铜精铸，各高六米，重十吨，堪称岭南之冠，"大佛寺"之名，亦由此而得。"惟应古佛不知愁"中的"古佛"，指的是这三座大佛。然而这座千年古刹在"文革"期间再次难逃劫难，僧人被逐，庙宇被占，文物被毁，直至1986年才作为佛教活动场所正式开放。

11. 端江：泷水梦悬乡树畔

中国人安土重迁，乡土情结根深蒂固，乡愁成为中国诗人不断咏唱的永恒主题。从《诗经》开始，温馨缠绵而又忧伤难遣的乡愁诗，被不同的时代、不同的阶层、不同个性的人接连不断地吟唱了几千年，在中国诗歌史上体现出惊人的连续性和传承性。清代诗人窦国华的乡愁诗情感内涵丰富，契合了民族共同的情感心理而具有标本意义。窦国华写下了大量意蕴深厚的乡愁诗歌文本，这种诗歌具有古今互通性，特别是当今，离乡是人们普遍拥有的一种生活方式。窦国华的乡愁不仅仅是寻找家园的冲动、思念家乡的亲人，更有一种文化寻根、精神归依。作为诗歌的传统母题，乡愁来自诗人漂泊的生涯，来自对生我养我的故土的依恋。窦国华在端州为官十年，他写下的很多岭南诗，也是怀乡诗。他在《端江》中吟道：

远宦路漫漫，只身风露寒。

端江江上月，凭作故乡看。

西江流经肇庆的一段称端江，也称端溪。产砚石，制成者称端溪砚或端砚，为砚中上品，也以"端溪"称砚台。从汉代到清代，肇庆多次成为岭南政治、经济、文化中心，是中原文化与岭南文化，中国传统文明与西方文明交汇较早的地区之一。清代在省与府之间设道，如分巡肇罗道、分巡肇阳罗道、分巡广肇罗道等，道台多设在肇庆。游宦端江之滨，"紫阁朝晖射砚红"，常勾引出诗人对故乡的思恋。他的《即事抒怀》写得情至气郁、律细工深：

> 紫阁朝晖射砚红，兴酣谁与递诗筒。
> 炉香自袅云雷篆，帘押长回雨雪风。
> 淝水梦悬乡树畔，端山春到署楼东。
> 登高遮却江村路，愁说梅关消息通。

这是窦国华任广东肇罗道时写的一首七言律诗，颈联"淝水梦悬乡树畔"，表达了对故乡的无限怀思。淝水与端山遥相呼应。淝水，又称淝河，今称汲河，是淮河的一条支流，《水经注》中称泄水，发源于大别山北侧山区，有东、西两源。主源西汲河流经窦国华的家乡洪家集，在洪家集境内有头道河、二道河、油坊河汇入。窦国华诗题最长的一首诗也写到了"淝滨"：

> 白云何处望苍天，瞻拜遗容泪泫然。
> 迎养未当亲逮日，为官偏是子衰年。
> 淝滨春露愁魂梦，海国冰鱼荐几筵。
> 深愧慈乌恩莫报，几时反哺到黄泉。

全诗抒发了窦国华"年逾半百,方博一官"的感慨和官居异乡对故园、亲人的怀念,全诗情真语挚,沉郁顿挫。诗题为《丁卯冬,余眷属来端接奉。先严大照瞻拜之余凄然泪下。夫为子者居官万里,迎养双亲承欢膝下,乐何如之。若余之碌碌无能,年逾半百,方博一官,不能待奉于生前,而从徒荣封于身后,不能迎养于官署,而徒想像于几筵,悲不自胜,悔何及矣。谨洒泪和墨聊志哀思》。对于家庭和宗族特别重视的诗人,离开故土,对家乡亲人的思念便成为一种难以抑制的情感。《述怀》直抒游子之吟:

> 删尽凡葩散远烟,霜松手植上青天。
> 涛声琴韵谁同听,不到家园已六年。

诗人久居岭南,不能回归故土,只能寄情于怀想。诗人摹情写状,把乡愁咏叹得十分深沉和厚重,写出了久别家园的孤独体验。乡愁是一种空间体验,也是一种时间体验。《述怀》直接写明:"不到家园已六年。"《客写余小照于观音山前五层楼上因题七律一首》写到了"孤游六载":

> 叠嶂巍峨倚杳冥,登临眼界尽空灵。
> 砰訇浪涌千重白,苍翠烟消万点青。
> 高阁五层悬日月,孤游六载到沧溟。
> 闲身写入鹅溪绢,画里人归补画屏。

《舟行有赠》也吟道"六年谁共挂帆游":

> 六年谁共挂帆游,破晓重来认旧秋。
> 鸭背寒霜犹带日,渡头垂柳尚依楼。

怜余波浪频惊客，羡尔江湖不系舟。

从此封侯非所愿，名场并懒识荆州。

《九日登高书怀》则是写诗人官宦岭南第七个年头的重阳日：

其一

露气侵帏晓气浮，官斋孤坐迥生愁。

思亲薄养今难奉，报国雄图自熟筹。

白雁飘来重九日，黄花开过七年秋。

也知疏拙难逢世，且醉寒山最上头。

其二

宝月台高眼界宽，擎杯犹忆去年欢。

来时风雨频吹帽，醉后儿孙为整冠。

菊水香深源自远，枫林霜重气多寒。

只今又把茱萸看，双鬓萧萧独依栏。

第一首诗第三联自注云："余官端州七年矣。"为官异乡，双鬓萧萧，难以归家，重阳节更加平添了窦国华的思乡之情。"黄花开过七年秋"，秋日被赋予了更为复杂深刻的含义，传达出诗人去国怀乡的深沉感情。如《初秋》："雨过风清酷暑收，半天凉气忽惊秋。何人吹起思乡笛，一片斜阳独依楼。"诗人擅长将漂泊之叹、思乡之情、多病之怨、家国之感等多种情思纠缠置于秋天的背景中，抒发乡愁的景物有时令特点。

《书怀》则是对诗人岭南十年的咏叹：

十年踪迹寄边陲，碌碌何曾解济时。

老病缠余闲散好，君恩深处退休迟。

青山秋澹想倪画，红叶雨多吟杜诗。

传语草堂旧松竹，盟坚终不负幽期。

窦国华的诗歌蕴含着浓厚的乡土家园意识：

故园抛却一林莺，闲听何时野趣生。

宦海秋随寒雨渡，心丝春与落花萦。

新题诗句凭谁寄，旧识渔舟任自行。

梦里依稀恋游赏，绿杨深处碧溪声。

——《怀故园》

尾联是对"梦"意象的使用。梦，是一种特殊的精神状态和心理现象。当人们的心愿在现实生活中难以得到实现时，人们往往将希望寄托到梦境上，通过在梦境中描绘美好的图景来抚慰自己的心境，从而达到一种心灵上的安慰。在窦国华的诗中，诗人也常常写到梦，在梦中，诗人回到家乡，与亲人团聚，这种梦境的描写，正是突显了诗人对家乡的思念。诗中描写了宦海秋随的环境，致使思乡情怀无法排解，"新题诗句凭谁寄"。无奈之下，诗人只能把思乡之情深埋心底，将与亲人的重逢寄托在梦中。"梦里依稀恋游赏，绿杨深处碧溪声。"这种现实与梦境的强烈差别，也正突显了诗人的思乡情怀。

乡关遥隔碧云边，细数家园食物鲜。

竹笋烟蒸三月雨，菊花露酿九秋天。

官斋树密看归鸟，野水春深教种田。

番羡此邦诸父母，茅檐团聚不惊眠。

——《乡思》

诗人怀有一种朴素的乡土情感。乡野的景象总能唤起人们对它的忆念和回归之想。无论是春雨如烟，竹笋鲜嫩，还是菊花遍地的秋天，都自然而美好。而"野水春深教种田"，似乎完成了诗人对陶渊明式的田园生活图景的还原，透出一种悠远的诗意。诗人一边说"羡"此悠然，一边却是不能归去的怅然。心理上的矛盾，正是所拥有的生活与所向往的生活之间的距离。所以，事君爱国的窦国华是归不去的。窦国华对陶渊明式田园情调的体认，是停留在"乡思"层面的，不可能做到彻底实现一种生活选择上的替换。尽管诗人一直渴望着还乡："何日我闲人自忙，青山相伴好还乡。满天风月为吾有，收入诗囊作宦囊。"（《偶赋》）

人们产生思乡之情时也往往与所处的环境有着千丝万缕的联系，艰苦的环境更加能够激起人们漂泊在外的孤独感和思念亲人的思乡之感。还乡始终是诗人心中的期盼。"二月出神京，临淮识归路。吾庐望未遥，指点在烟树。双亲入黄泉，春秋悲霜露。途次命小孙，归家扫坟墓。天涯儿女情，百里不暇顾。思乡岂弗殷，王事为急务。"（《护贡行》）长途跋涉，年近六旬，艰苦的自然环境，衬托出的是窦国华的思乡之苦。长年在外做官，不得回归故里，本就让人伤感。路经家乡，有家不能回，与家人相见遥遥无期，思乡之情深切绵长。窦国华寥寥数笔就将思乡之感表现出来，在他的诗歌中，表现出来的是思乡情感与报国情怀的矛盾心态。诗人在建功立业与回归家乡之间徘徊，其诗表现出来这种思想上的矛盾与精神上的困苦。窦国华的岭南乡愁诗最大的语言特色就是明白晓畅，能够以高度的概括性和丰富的表现力实现言浅意深的艺术效果。

12. 泷江、三水、开阳与龙山：隔岸莺声细细听

岭南意象是观照诗人心理与情感的独特视角，岭南成为诗人

诗意人生构建、文化人格构建的重要方式。岭南地理意象彰显诗人诗性之生命品格，其时空思维模式恰是诗人的情感心理模式的投射。作为地理意义上的岭南是诗人极力观照的对象，再列举窦国华写泷江、三水、开阳、龙山的四首诗，请读者自己品鉴：

泷江漫兴

鼓棹泷江不暂停，风光如画认重经。
山衔斜照千林赤，秋澈长空一气青。
野圃烟中垂橘柚，钓竿丝上立蜻蜓。
难忘春雨悬帆处，隔岸莺声细细听。

三水返棹时届除夕漫赋

买得轻舟送，沿流自在行。
残年梅月伴，孤客峡云迎。
野火鸡声店，丛祠水驿程。
今宵寒意破，准待听春莺。

至开阳有怀署中诸君子

频年度岭客天涯，又别官斋手种花。
曲曲离肠泷水阔，重重回首粤云遮。
青山自去寻诗路，野店谁同觅酒家。
料得诸君怀我切，无眠到晓听啼鸦。

赠龙山上人

远公习禅寂，遗像倚珠林。
贝叶风霜老，龙山岁月深。
拈花含笑意，喻法听钟音。
只有空明镜，堪同不染心。

窦国华从特定的地理环境出发，以岭南地理景观为主要描摹抒写对象，写下了大量独具一格的岭南诗歌。考察窦国华的诗歌创作与岭南地域的关系，从岭南时空的体验中，可以看出诗人生命审美抒写的丰富形态。窦国华笔下的岭南地理、山川风物，读来令人赏心悦目。诗人如不熟知当地的地域文化，实难细细道出并写进诗里。而窦国华做到了，这是对岭南诗歌发展的重要推动。不仅是对岭南诗歌内容的开拓，而且形成了岭南诗歌的特色。其中所折射的感觉地理认识，对岭南文化地理的研究具有重要价值和历史意义。

第十六章　怀古题诗夕照间：
窦国华出使越南的诗歌书写

　　"诗史"始见于晚唐孟棨的《本事诗》，至宋代而成为中国诗学中的一个重要概念。《本事诗》评杜诗云："杜逢禄山之乱，流离陇蜀，毕陈于诗，推见至隐，殆无遗事，故当时号为诗史。""诗史"这个概念兼具了诗学和史学的某种特质与功用。清初著名诗人钱谦益不遗余力为诗史说张目，认为诗"足以续史"。陈寅恪在《柳如是别传》中称赏其晚年所作《投笔集》"实为明清之诗史，较杜陵犹胜一筹，乃三百年来之绝大著作也"。经过钱谦益、朱彝尊、黄宗羲、吴伟业、赵执信等人的提倡和坚持，"诗史"在清代成为一种较有系统的诗学思想，"诗史"的价值功能得以充分挖掘。正如黄伟先生所言："清诗并非仅仅由格律、声调的形式层面或者宗唐、宗宋的观念理路堆砌而成，而是融合了清代的时代精神、学术思想，以及士人心态等文化内核的有机统一体。时代的变局使得士人们关注的是历史意识和时代责任感，在诗歌创作中也较多地体现了关心时事，以诗存史的创作动机。在对清诗的检阅与考索中把握清诗背后的文学生态的演进，这也是诗史互证思路的延伸与拓展。在这种意义上，一部清诗史就是一部清史，就是一部清代士人心态的演化史，也可以看作是一部清代思想文化发展史。"（《关于清诗》，《文学评论》2006年第1期）霍邱窦氏诗人世家经历了乾隆盛世、鸦片战争之前的粤海动荡、咸同之际的太平天国战争，以及前所未有的文化变革，即晚清以来"数千年未有之巨劫奇变"和20世纪中期的大转折。从乾嘉时期的诗人窦国华开始，窦氏诗人就有一种强烈的"以诗存史""以诗补史"的创作意识，从他们的诗中可以看出时代的历史侧面，体现了诗歌的史学价值。

从嘉庆十一年（1806）到十九年（1814），窦国华任广东肇罗道，其任上九年是两广总督更替最为频繁的时期，依次为那彦、吴熊光、永保、百龄、松筠、蒋攸铦，其间广东巡抚韩崶还两次兼署两广总督。前面连着"康乾盛世"，紧接其后的则是"鸦片战争"。这段时间所发生的一些重大历史事件，几乎都反映在窦国华的诗歌中，赋予其诗歌以历史的附加价值。窦国华这一时期的不少诗歌，取材于当时实有的人物和事件，往往为诗人亲耳所闻，亲眼所见，亲身所遇，乃至亲历亲为，可以以诗证史，具有极为珍贵的文史价值。

《抱青堂诗选》卷五为"奉旨出关"，收录窦国华出使安南途中在浔州（今广西桂平）、横州（横县）、太平（今崇左）、宁明等地所作感怀、咏物、即景等各类诗歌。"奉旨出关"一卷不仅收入了窦国华的吟咏之作，还收入了恩平知县仲振履、新兴知县吴文照、广西进士丽江教授袁珏、西宁知县魏德琬等人的唱和之作，这些官员均为清代知名诗人。解析窦国华的这些使交诗作，必须与当时的史实结合起来，以诗史互证方法挖掘诗中所包含的深层意义和历史价值。对于中越交往史的研究，窦国华出使越南的诗歌，其历史价值与文化意义会更加鲜明地凸显出来。

萧景云在《抱青堂诗选·序》中谓窦国华"奉旨出使镇南大关，询南掌国投诉情事，得其真由。总督奏达天子，而天子施恩体义兼至"。恩平知县、诗人仲振履在《观察窦公奉旨出关敬呈古体一章》中云:"去年天子绥远夷,衔命巡行过粤西。寻关僚佐亲丰采,南掌君臣识羽仪。"魏德畹在写给窦国华的《前题》中云:"圣德深施南掌国,梯航终见越裳来。"窦国华自己有一首诗,诗题就叫《奉旨出关》:"使出雄关道,皇皇圣谕宣。恩施南掌国,事共北征年。为问参商故,须教骨肉全。诚通应感激,海外戴尧天。"南掌国为老挝古国,曾为清朝的附属国。这一称呼最早见于《明宣宗实录》,嘉靖时(1522—1566)始称"南掌"。1707年,老挝一分为二,北部为琅勃拉邦王国,南部为万象王国。1713年,占巴塞王国建立,老挝地区三国并存。老挝分裂期间,我国的清朝与万象王国、占巴塞王国没有官方往来,与老挝的关系只限于琅勃拉邦王国(即南掌国)。琅勃拉邦立国后,先后有八位国王共派出了二十余次使团入贡清朝政府。

乾隆六十年(1795),清政府首次册封召温猛为南掌国王。但此时召蛇荣篡位,召温猛流徙越南,越南国王后将敕印收缴。嘉庆十四年,清政府接到越南国王阮福映的表奏,获知越南愿意送还召温猛的敕印。十四年八月乙卯(1809)的上谕表明清政府之前对南掌国政局变化并不知情:"并令军机大臣等详查档案。南掌国自乾隆六十年至嘉庆十年,召温猛所进蒲叶表文,向不钤盖印信……召温猛于乾隆六十年锡封后,年稚无援,既经播迁在外十有余载,则嘉庆五年、十年两次遣使进贡,究属何人伪托?……着百龄知照越南国王,将召温猛等送至关外,即派明干大员出关面询召温猛于何年接奉敕印、何年出奔、何以未能归国、伊国中何人占据,令其逐一登答,俟奏到时,再降谕旨。"(《仁宗实录》卷217,嘉庆十四年八月乙卯)百龄委派明干大员窦国华出关,调查召温猛播迁事件。安徽霍邱县洪家集《安丰窦氏族谱》记载:"己巳奉旨出使越南查办南掌国王召温猛出奔越南投诉事件,特赐一品章服,事峻回任。"窦国华有诗《己巳秋,余有出关之役，舟次接见新宁田刺史，旧交也。话别之余倾慕贤声，赋此奉赠》，己巳，系嘉庆十四年（1809）。时间与嘉庆帝的八月上谕时间相衔接。嘉庆十五年，清廷在正月庚午（1810）上谕中宣布了南掌国政局的调查结果，召温猛于乾隆五十九年请封时，就已在播迁之际。后任国王召蛇荣的即位不合正当程序，但清廷并未因此支持召温猛重临王位，反而加以责备："谕军机大臣等、百龄奏派员出关、传谕南掌国酋长召温猛出奔迁徙情形一折。据称召温猛巽懦无能、不克凝承锡命、不即声罪、已足示矜恤亡酋、今流寓夷邦、只可听其去住等语。所见俱是。召温猛前于乾隆五十九年请封时，已在播迁之际。迨只受敕印后，又未能返其国都力图恢复，只在外潜匿，流徙越南国境。且于召蛇荣设谋索害时，仓猝逃遁，竟致遗弃敕印。似此懦弱不振，岂能复掌国事？"这样的调查结果，实际上就出自窦国华之手。窦国华诗歌《南掌国纪事》的"亡人"就是指年稚无援、逃亡到越南的召温猛。

其一

比武称戈战不休，萧墙衅起四方投。

可怜南掌城头月，夜照亡人出海愁。

其二

蛮越飘零避镝镞，髫年一旦失蕃茜。

从亡肥寨怀私见，谁与亡人共幄筹。

西宁知县魏德畹在写给窦国华的《前题》中，所叙述的与史实完全吻合："存问播迁昭圣治，百蛮绥靖报彤庭。"恩平知县仲振履在《观察窦公奉旨出关敬呈古体一章》中云："首推圣主怀柔德，再陈大吏旬宣绩。动以尊亲接以恩，百万夷酋皆感泣。却藉余闲适性情，流览壶关吊玺城。收来绝徼辀轩采，谱出中天雅颂声。吉光片羽易寸楮，兼金价重鸡林估。伏波武略震百蛮，观察文名亦千古。"袁行云先生在《清人诗集叙录》中也注意到了窦国华的《舟发南关》《关外偶述》等诗，"惜不能详其微"。但我们本着"诗史互证"的原则，完全可以把窦国华的诗歌看作富有史学性质的使行录，还原其奉旨出关的各种场景。正如《舟行所见》："百粤风光天一涯，常从四季见荣华。夜寒犹长青青草，日暖初乾浅浅沙。眉黛山横三月柳，芙蓉霜艳九秋花。相逢到处留人住，不独枫林卖酒家。"出使安南路上，窦国华游赏沿途的名胜古迹，生发出怀古、咏史、感时、慨今之情。

一是浔州，今广西桂平。清代浔州府府治在今广西桂平市区东南。在窦国华出使安南的几十年后，太平天国金田起义就发生在浔州府境内。浔州境内山川秀丽，风景名胜荟萃，是著名的佛教圣地。窦国华《浔关即事》："遥望行云似浪奔，关前已听众声喧。万家烟火都临水，一曲楼台各对门。尘气消来波上下，风情诉与日黄昏。夜深谁恋天涯客，宝鸭香浓梦亦温。"

二是横州，今广西横县。清代横州是广西省南宁府下属的一个散州（相当于县级市），知州品级为从五品。民国十年，横州始改为横县。窦国华在横州受到了杭海槎刺史的接待，作《赠别横州杭海槎刺史》："南宁欢聚又横城，民事关心计画精。同凛清勤为吏率，并无标榜到交情。探春海国资予杖，调鼎天家用汝羹。别后音书凭驿使，梅花香里慰平生。"

三是太平府，相当于今崇左市一带，包含了江州区、龙州县、天等县东、大新县东、隆安县西等地域，府治在今广西崇左市太平镇。窦国华在太平府逗留时间最长，留下吟咏最多。《赠太平郡守何君》："出守天南郡，心和万化融。空青悬皎日，虚白坐春风。带砺山河壮，旌旗边塞雄。万年成巩固，佳气郁葱葱。"今广西崇左市太平古镇，元世祖至元二十九年（1292）置太平路，明洪武二年（1369）改太平路为太平府。属太平思顺道。太平府位于左江中游，治所今太平镇，地跨左江南北岸。左江从西南入境，往北而南迁环城中，再绕向东北流去。丽水（左江的龙州至江州河段叫丽水）四折，环其三面，其形若壶，故名壶城。窦国华《壶关远眺》："壶里乾坤不等闲，谁教天险设云间。城形曲抱三回水，楼势雄争万叠山。瘴雾远随龙角去，云烟长护马头还。太平武备何曾懈，锁钥应须慎守关。"窦国华为此诗加注："太平北门壶关，一面倚山三面临水，楼额云山万叠，丽江雄封也。"诗人刘彬华在给窦国华的《题诗》中写道："口衔天语下壶关，迎面青苍万叠环。"刘彬华并标注："用卷中语。"

西江水系的郁江之伏波大滩位于广西横县县城下游约41公里，滩总长约7公里。这是条历史悠久，远近闻名的恶水险滩。疍家人谈虎色变，曾称："伏波大滩，鬼门关，十船过，九船翻。"窦国华在《伏波大滩》中写道："十里奔流急，滩声向客嗔。拨云穿石径，压月下河漘。恍惚疑风雨，深严似鬼神。奇形天设险，长警挂帆人。"伏波滩又称乌蛮滩、北起敬滩、伏波大滩等。该滩礁犬牙交错，水流湍急，航道弯曲狭窄，坡度陡峻。

在太平府，广西诗人袁珏陪窦国华游览了受江。袁珏为嘉庆五年（1800）举人，后考中进士，拟擢升翰林院典簿，坚决辞谢，专心著述。他善文，尤工于诗。道光年间出版的唐以来粤西诗集《三管英灵集》辑其诗55首。《三管英灵集》的编者、广西巡抚梁章钜（与袁珏同年参加会试）评他"笃学能文，诗又在文之上"。袁珏在《书观察窦公〈奉旨出关〉诗后》云："兴到游山载酒行，追陪何幸在边城。前身应是谢康乐，今世曾无阮步兵。秋色梧桐堪入画，南中橘柚倍关情。受江亭畔澄波水，从此潆洄分外清。"此诗加注："观察游受江桄榔二亭，珏得与陪。"《书观察窦公〈奉旨出关〉诗后》共有六首，其中一首写道："棹返珠江水满烟，阳春一曲对离筵。""棹返珠江"表明窦国华游览受江应在归途之中。窦国华作有《受江亭二律》：

其一

风景原须拥地灵，如斯幽胜几曾经。
半湾碧水环城郭，一百青山列障屏。
天压红蕉低野岸，人随绿草到闲亭。
他时长忆临溪趣，花外莺声柳外听。

其二

心远真教地自偏，坐看飞鹭破江烟。
千年琥珀红藏地，一亩琅玕翠接天。
叶叶征帆山向背，声声渔笛月留连。
投簪便欲持竿钓，或遇桃花洞里仙。

在《挹青堂诗选》里，袁珏的身份是"丽江教授"，指的是丽江书院教授。提起丽江书院，不能不提起诗人、画家查礼。他曾于乾隆二十一年擢太平知府，后官至湖南巡抚。窦国华在太平府期间作《和查中丞题静宜轩原韵》，表达对查礼的缅怀之情："草绿闲门掩，轩开远树微。盘松争地势，好鸟共天机。醉剧穿云去，吟成带月归。二三旧知己，伴坐钓鱼矶。"查礼在太平知府任上，立丽江书院。

在太平府停留期间，太平思顺道道台洪孟章款待了窦国华。《洪孟章观察留饮，赋此奉赠，兼以志别》："入关还浃故人情，欢醉凭舒远客惊。独树孤云重阁见，千山万水一秋行。长风吹送征帆影，去鸟啼兼落叶声。记得伏波滩口月，夜深偏向别筵明。"

四是宁明。宁明清属太平府，现为宁明县，仍属崇左市。宁明南及西南与越南交界，西接凭祥市。窦国华在途经宁明时，游览了水月禅院。"闲行游宝地，零落见祇林。佛座风尘满，灵湖岁月深。丹丘珠树老，碧殿石苔侵。幸有檐前鸟，时来弄好音。"（《游宁明水月禅院》）窦国华精通禅理，用禅理阐发人生，颇为玄远，有只可意会而不可言传之妙。在出使越南途中，窦国华还游览了云水禅院，作七绝一首："云水楼台傍水滨，檐铃唤客语频频。轻舟竟逐奔波去，却被山僧笑煞人。"（《云水禅院》）云水禅院位于何处，尚待考证。此诗也是诗意与禅意的融合，造成了令人涵咏不尽的艺术空间。

五是镇南关。始建于两千多年前的西汉，位于今广西壮族自治区凭祥市西南十五公里处，踞大青山、金鸡山（古称锦鸡陵）隘口，是中越两国边境线上最重要的隘口。早在两千多年前，汉朝就在此设关，原名雍鸡关，又名大南关、界首关。明洪武元年（1368）名鸡陵关。永乐五年（1409）更名镇夷关；宣德三年（1428）改名镇南关；1953 年更名为睦南关；1965 年改为友谊关。关城附近山峦重叠，谷深林茂，地势险要，为中国通往越南的交通要口之一，古有"南疆要塞"之称。关楼左侧是左弼山城墙，右侧是右辅山城墙，犹如巨蟒分联两山之麓，气势磅礴。窦国华在《镇南大关》中吟咏道："飞阁凌空万象低，雄关耸峙袤层梯。中华天地包涵大，属国君臣舞拜齐。雨济双峰悬日月，烟开五色现云霓。嵯峨门户由来险，昭德犹钦敬日跻。"此诗加注："两峰耸峙高与云齐，来抱一关天生险要。"窦国华写镇南关的几首诗歌，诗风苍劲雄浑，豪宕忠义之气贯注其中：

舟发南关

关路风徐引，更严夜寂寥。

山明带斜月，帆稳趁回潮。

龙窟气长静，使星光不摇。

王程敢告瘁，天意惜垂髫。

出关

其一

指南临水阔，海气上征袍。

沙石摧危柁，鱼龙骇宝刀。

朔风关外冷，秋月岭头高。

温语从天降，怀柔敢告劳。

其二

投诚怜弱岁，抚恤圣心劳。

诏下风霜减，天开日月高。

要当宣德远，非止守关牢。

一路余粮遍，曾无泽雁嗷。

六是安南、交州。越南古称交趾、安南。西宁知县魏德畹《前题》云："载咏皇华及素秋，亲持使节诣交州。"诗人、新兴知县吴文照《观察窦公奉旨出关敬呈七律一章》颔联云："重台先下夷王拜，万口争传天使名。"夷王系指越南国王阮福映。1803年，阮福映改安南为越南国，嘉庆帝封阮福映为"越南国王"。

古代越南从公元前3世纪开始属于中国秦朝领土。公元前204年，秦南海尉赵佗在秦末的混乱时期，自立为南越武王，越南北部成为南越国的一部分。公元前111年，汉武帝灭南越，并在越南北部地区设立交趾，交趾为汉武帝所置十三刺史部之一，后设交趾郡，东汉改交州。在之后的一千多年时间里，越南北部交趾地区虽然屡有反抗，但是大体上一直受到中国政权的直接管辖。唐代在交趾设安南都护府，中国内地与安南的交往更遍及政治、军事、宗教、文化等各方面。自汉至唐，"交趾""交州"

之词，屡见于韵语诗歌中，从标题就可以看出：汉杨雄《交州箴》、杜审言《旅寓安南》、沈佺期《度安海入龙编》、杨巨源《供奉定法师归安南》、杨衡《送王秀才往安南》、熊孺登《寄安南马中丞》、贾岛《送黄知新归安南》、《送安南惟鉴法师》、李洞《送云卿上人游安南》、杜荀鹤《赠友人罢举赴交趾辟命》、陈光《送人游交趾》等等。公元 10 世纪，五代十国时，越南叛乱，从中国分裂出去，中国北宋政府无力平叛，但越南一直作为中国的藩属国。1406 年，明成祖朱棣派张辅率军深入安南，改安南为交趾布政使司，自此安南正式成了明朝的一个行政区。但这种局面没能维持多久，安南遂由中国版图中再次分出，作为中国的藩属国。

西宁知县魏德畹在《前题》第四首云：

> 绝徼官称号谅山，涵濡圣化礼仪娴。
> 冠裳整肃迎天使，棨戟森严出玉关。
> 云绕玺城余故垒，雨侵铜柱有微斑。
> 伏波遗迹千秋著，怀古题诗夕照间。

魏德畹原注：玺城"在交州，汉建武中，马援平交趾所筑"。马援，东汉开国功臣之一。交趾女子征侧、征贰举兵造反，刘秀任命马援为伏波将军南击交趾。建武十八年（42），马援率军到达浪泊（今越南仙山），大破反军。建武十九年（43）正月，马援斩杀征侧、征贰，传首洛阳。恩平知县、诗人仲振履在《观察窦公奉旨出关敬呈古体一章》中也提到了"玺城"："却藉余闲适性情，流览壶关吊玺城。"玺城是指越南的三朝古都顺化，顺化曾为中国故地，为汉朝交州（交趾）日南郡辖下的卢容县。1802 年，阮福映建立阮朝，也以此为京城。窦国华在顺化凭吊马援，"伏波遗迹千秋著，怀古题诗夕照间"。

在窦国华出使安南的诗歌中，《出使安南舟行道中晚眺》（六首）艺术价值较高：

其一

挂帆行两月，风景见纷纷。
怪石生寒水，仙峰拥暮云。
横天丹鹤影，狎客碧鸥群。
牧笛吹牛背，依稀故里闻。

其二

停棹投江岸，开窗放眼宽。
远峰衔月冷，澄水浸星寒。
不虑征衣薄，宁愁好梦残。
醉余闲领略，夜色耐人看。

其三

清况真无际，欣从万里经。
沙回遥岸白，山抱落帆青。
树影迷高下，江声入渺冥。
严更传午夜，点点梦中听。

其四

萧骚来不已，醒坐听风声。
渔火江潭密，芦花夜月清。
千秋谁得息，一住亦含情。
岸上鸡争唱，开船又远行。

其五

回忆远游惯,往来霜雪侵。

江湖经岁老,诗酒与年深。

西粤南关道,千乡一夕心。

平生得琴趣,行处有知音。

其六

天外鱼龙窟,苍茫一叶舟。

霞飘烟际岛,灯闪戍边楼。

酌酒凭销夜,题诗不感秋。

前行殊自在,安远布王猷。

这组诗歌并非重视记录"安远布王猷"的外在事件,而是根植于诗人的个人生命体验,做到了情、景、事合成一片,意境风韵兼备。窦国华的诗歌具备诗歌记载时事的"诗史"内涵,但他更重视创造诗歌独立于历史之外的价值。窦国华此次奉旨出关,已经五十九岁,且路途劳苦,有时难免产生自我怜惜的伤感。《赠友》:"渭城今再唱,酒罢客将行。窗外闻鸡舞,关前落雁声。曾劳梁月梦,几慰暮云情。莫上河桥望,连宵白发生。"《关外偶述》:"一片心如水,三秋发似霜。官贫多酒兴,事减纵诗狂。淡薄由来惯,迂疏意已忘。前程王事重,未敢梦家乡。"《自述》:"片片云随度岭忙,经时观化契行藏。心融似点炉中雪,身健宁惊鬓上霜。西粤南关程历远,阳生冬至线添长。梅花何处冲寒放,疏影横斜水一方。"三首诗中出现了"白发生""发似霜""鬓上霜"。几首诗把个人的遭际和国家的命运结合起来写,每一句都蕴蓄着丰富的内涵,饱和着浓郁的诗情,值得读者反复吟味。

在清王朝与越南的外交往来中,不仅越南使臣创作了一大批北使诗文，清朝的使臣们也延续前代传统，留下了一批使节文集。但中国使臣创作的同类作品却湮没在浩如烟海的经典当中，至今未能得到全面的整理和足够的重视。窦国华作为出使安南的使臣，著有《安南星槎录》四卷，可惜已经散佚。让人欣慰的是，窦国华出使越南的诗歌作品大都保存了下来，这些诗歌一部分属于较富史学性的使行录，一部分属于较富文学性的作品。也就是说，窦国华的出使诗歌大体上是史学性与文学性并重的。窦国华出使途中所作的《舟行》《万人岩》也是清诗中的上乘之作：

> 凉风疏雨菊花天，隔岁秋光到眼前。
> 半亚蓼边排网罟，饱悬帆底坐神仙。
> 鱼翻白浪吞还吐，雁点青空断复连。
> 忽听舟人呼饭熟，大家近岸泊江船。
> ——《舟行》

> 万泒腾空下，弥漫没远津。
> 波声吞一叶，篙力拥千人。
> 石兽惊行客，山灵护使臣。
> 风平安稳渡，依棹戏垂纶。
> ——《万人岩》

在窦国华出使越南的诗歌中，可以看到当时中国和越南社会实况和风俗细节，特别是在他南北穿行千里途中，还可以了解活生生的生活景观。窦国华出使安南沿途所写诗作描写了作者出使安南一路的所见所感，给我们真实地再现了清代中国边疆和安南的风土人情和自然风光，在一些名胜处，窦国华还抒发自己的怀古之情，比较详细地记录了他的情感体验，也反映了其当时的处境，具有极高的艺术价值和研究意义。

第十七章　登岸还看陆路遥：
护送暹罗国贡入都

　　窦以莛在《谨将窦故宦事实造具清册缮呈鉴核》中谓窦国华"辛未秋护送暹罗国贡物入都，壬申春回任"。辛未为嘉庆十六年，壬申为嘉庆十七年，所述时间有误。窦国华曾作《余莅任肇罗，长子守谦随侍五年矣，护贡北上行沙津命归里，诗以训之》，窦国华嘉庆十一年任肇罗道，护贡时间应为嘉庆十五年。据《肇庆府志》载，窦国华任肇罗道期间，先后有两人护理。在清代，所谓护理是指主官不在位时，例如出差、进京了，由次级官员代理职责。嘉庆十四年八月，窦国华出使越南，张纯贤以肇庆府护理。李威"嘉庆十五年十月以候补府护理"。窦国华于嘉庆十五年秋奉旨护送暹罗国贡使入京，嘉庆十六年（辛未）春回任。窦国华长子窦守谦作《辛未家君自都中回粤，余兄弟迎于安徽之龙舒驿，命余归里，二弟偕小子侍赴道署，口占一律，以志父子兄弟想念之情尔》。根据中国第一历史档案馆馆藏清代官员履历档案记载，窦国华嘉庆十六年正月受到皇帝引见。暹罗是中国人对泰国的古称。暹罗是清代中国的朝贡国之一，与中国一直保持着密切的朝贡往来。嘉庆十五年（1810）暹罗新任国王依刹罗颂吞（拉玛二世）遣使入贡请封，自称郑佛。两广总督百龄委派窦国华护贡进京。萧景云在《挹青堂诗选·序》中谓窦国华"奉委护送暹罗国贡入都，详密宁靖"。在清代，贡使入京伴送官，文职应委道、府大员，武职应委参、副大员。《仁宗实录》于嘉庆十五年十月二十日载："据百龄等奏，暹罗国赍贡使臣抵粤一折。该国贡船在香山县属荷包外洋，突遇飓风击坏，沉失贡物。此实人力难施，并非使臣不能小心防护。其沉失贡物，不必另行备进，用昭体恤。所有郑佛恳请敕封之处，著该衙门照例查办。俟该使臣回国，即令领赍。钦此。"《清史稿》载："十四年，遣使祝嘏，加赏正副使筵宴重华宫。秋，郑华卒，世子郑佛继立。遣使入贡请封，遭风沉失贡物九种，帝谕不必补进。"《清史稿》所载时间有误，"十四年"应改为"十五年"。窦国华诗歌《护贡行》就是对这一事件的记录与反映，诗中之史大备：

> 去秋出澳门，夷船遭风怒。
>
> 端因献帝王，大海终奔赴。
>
> 停桌登陆程，长途相保护。
>
> 三水达韶关，端州不及渡。
>
> 年贡入天庭，赏赉宝无数。
>
> 御河履薄冰，苍茫铺云雾。
>
> 紫阁赐琼筵，翠华为小驻。
>
> 乐与万方同，百技呈奇趣。
>
> 盛世柔远人，嗣封邀恩遇。
>
> 二月出神京，临淮识归路。
>
> 吾庐望未遥，指点在烟树。
>
> 双亲入黄泉，春秋悲霜露。
>
> 途次命小孙，归家扫坟墓。
>
> 天涯儿女情，百里不暇顾。
>
> 思乡岂弗殷，王事为急务。

天语甚皇皇，因私岂敢误。

外夷性乖张，语言可憎恶。

好勇恃其强，横逆多触忤。

沿途相寻殴，伤者屡哭诉。

那堪生事人，藉端转相助。

威服令气和，严切不歔恕。

即此宣圣德，仰沾雨露注。

亲朋念久疏，远来共把晤。

谈笑未及终，匆匆岭西去。

《护贡行》可以看作历史实录，是诗人窦国华在护贡进京途中的真实写照和内心体验。窦国华的诗歌完全可以与相关文献进行诗史互证，以诗补史之阙。窦国华在诗的一开头，便交代了贡船在澳门附近突遇飓风沉失贡物。"去秋出澳门，夷船遭风怒。"这与《仁宗实录》所记载的史实完全吻合，诗史互为表里，诗歌与历史浑然一体。澳门，清代中叶以前，在中外经济文化交流上占有极其重要的位置。许多的交流活动，都是通过澳门这个中转站进行的。除了《护贡行》，窦国华还作有《护贡道中作》：

行程一月水迢迢，登岸还看陆路遥。

云护白花开碧树，人穿红叶上青霄。

越裳重译沧波静，庾岭千峰瘴雾消。

向阙不辞经历瘁，输诚自昔奉天朝。

护贡两年之后，窦国华在与同乡诗人左德基的和诗《和同乡左君德基见赠原韵》中追述了护贡行："忆自星槎日下还，谁纵乐府唱刀环。孤琴壁上弦常涩，好鸟枝头语亦蛮。旗鼓文坛雄有敌，波涛宦海大于山。何期雅合敦诗礼，不似军行露布颁。"在此诗中，窦国华加注："余护贡入京旋已两载。"左德其原诗为："骢马欣闻入觐还，五云凝处七星环。大儒抱负争千古，廉使声名动百蛮。官况旧知清似水，交情群仰重如山。春来正值莺迁候，伫卜恩纶及早颁。"

在护贡北上的途中，窦国华还作有《余莅肇罗，长子守谦随侍五年矣，护贡北上，行至沙津，命归里，诗以训之》：

> 修齐事业本为先，六艺还当数学全。
> 勤俭持家须早起，诗书课读贵迟眠。
> 推诚相与存心厚，强恕而行处世圆。
> 念念顾名能自省，乂辞原可免三愆。

此诗第四句加注云："时长孙星照将归家读书。"星照是指窦荣昌。

窦国华护贡到京后，作《紫光阁筵席》："凤阁慰劳敞筵宴，天朝恩宠有光辉。由来盛德能柔远，归去旋看赐锦绯。"

从北京返回广东的时间是农历三月。窦国华作《三月京旋，行至梅关，夜梦吾亲，权聚片时，即离膝下，悲不自已，用志哀思》：

> 频年游宦任西东，望断黄泉无路通。
> 形影已违生死际，容颜乍接梦魂中。
> 迢遥沣水悲霜露，分散梅关叫雁鸿。
> 最是未能安吉壤，伤心哭断泪珠红。

广东跟北京，往返八九千里路，在古代交通不便，也是数月的行程，与家人难通音讯，所以作客的愁思胜于往常。诗人多年宦游他乡，"客思"原是经常有的，但都比不上这次返粤时深重。到了梅关，诗人自然又会触目伤怀，直抒羁旅之情。

第十八章 窦国华、博尔赫斯与中国第一女海盗郑一嫂

阿根廷著名作家博尔赫斯曾写过短篇小说《女海盗郑寡妇》，原型是清代的女海盗郑一嫂。20世纪80年代，郑一嫂的形象被香港电影人搬上了银幕。而在十九世纪初期，郑一嫂已经出现在窦国华的诗歌里：

> 闻道新宁奏凯成，粤东江海喜澄清。
> 重围早破郭婆胆，胜算何愁娘子兵。
> 浪涌干戈风雨急，天摧枯朽鬼神惊。
> 愚氓处处经行乐，沙尾三山路总平。

这是窦国华的七律《闻粤东盗平喜赋》，他为第三句"郭婆胆"加注"郭婆带"，为第四句"娘子兵"加注"郑一妇"（郑一嫂），这可能是郑一嫂首次进入文学作品里。郑一嫂（1775—1844），原姓石，乳名香姑，系广东新会籍疍家女。其前夫姓郑，因排行而俗名郑一，新安（今深圳宝安）疍家人。郑一在一场台风中落海溺死，郑一嫂与张保仔结成姘头，久之张保仔成为海盗头领。嘉庆十四年十一月，张保仔在香港赤沥角大屿山被广东

水师和澳门葡萄牙海军联合围攻，张保仔求救于黑旗帮首领郭婆带，因郭与张素有矛盾，坐视不理，张保仔只好乘着风势突围而逃。事后，郭婆带怕张寻仇，遂向清政府投诚。不久，张保仔和郑一嫂受此影响，也向百龄投诚。窦国华的《闻粤东盗平喜赋》记录的就是这个历史事件。

作为管理广东漕粮储运等事的道员，窦国华直接受总督、巡抚统辖，在平定海盗中发挥了重要作用。清代中叶书法家、诗人萧景云在窦国华《挹青堂诗选·序》中曰："制军百公咨先生剿抚洋匪方略事宜，倚之如左右手"，"制军百公叹为岭西保障。"萧景云所言"制军百公"，是指百龄（1748—1816），乾隆进士，嘉庆十四年（1809）擢两广总督。制军，明、清时期总督的称呼。百龄前任两广总督为吴熊光，英国图占澳门事件被罢官。英国人对葡萄牙人租占下的澳门觊觎不断，从1623年至1840年间曾发生十余起英人图占澳门事件。其中以嘉庆十三年（1808）事件最为严重。英军强行登陆并占据炮台多座。执掌两广军政大权的吴熊光未采取相应的军事措施，只是派员晓谕英军撤退，被清廷罢官，遣戍伊犁。清廷命韩崶以广东巡抚署两广总督，奉旨筹办善后事宜。韩崶曾为窦国华诗集作序。嘉庆十四年（1809），清廷正式任命百龄为两广总督，百龄对窦国华十分赏识。百龄任两广总督期间，采用断绝粮食、杜绝接济、禁船出海、令其自毙的办法，表面上解决了扰乱广东沿海长达二十年的海盗问题。1790年至1810年活动于广东沿海的海盗群，高峰期时人数约有七万人，当中著名的海盗有郑一、张保仔、郭婆带等。而郑一、张保仔的夫人郑一嫂，成为中国第一女海盗。多年后，鸦片战争爆发，已经六十岁的郑一嫂支持清政府与英军作战，并帮助林则徐制定作战计划。

1809年秋，郑一嫂所指挥的海盗船队大败清政府与葡萄牙、英国一起组成的联合舰队。郑一嫂之所以成为博尔赫斯的小说原型，是因为她在国外更加出名。美国学者穆黛安在《华南海盗（1790—1810）》中译本序言中指出："在西方，一些著名海盗如基德船长和'黑胡子'的故事无不深深镌刻在每个充满幻想的学龄儿童的脑子里。与此形成反差的是，在中国，无论是小孩还是大人，似乎都对他们自己历史上曾经活跃过的海盗不甚了了。具有讽刺意味的是，郑一嫂在西方的名声远比在东方要响，尽管有关其事迹的叙述（主要是在20世纪20、30年代出现的）都不怎么精确。结果，西方的小说家和历史学家便经常创作一些与历史真实相去甚远的海盗形象，大肆渲染，以迎合读者的口味；反之，中国的文人学士对于海盗现象则完全无动于衷。"在国外，郑一嫂的海盗形象被传奇化了。关于她的传奇文学和历史作品在20世纪二30年代的西方曾集中出现，虽然其中郑一嫂和她麾下的海盗形象往往与历史真实相去甚远。而清代诗人窦国华笔下的郑一嫂，以及其他清代诗人笔下的海盗形象，还没有引起学界的注意。

事实上，相对于历来的诗歌传统，"以诗存史"是清代诗歌引人瞩目的一大特色。以诗歌叙说时政，反映现实，蔚为有清诗坛总的风气，重大事件、祥瑞灾祸乃至奇闻轶事，往往都在清诗中得到充分表现。海盗是清代岭南诗人关注的重点题材，被诗人不断地记述和书写，充实着清诗的库存。张琳琳写的《己巳纪事》，记述嘉庆十四年（1809）海盗攻掠村庄，老人惨遭屠杀，青年被俘虏。张维屏的《大洲火》写海盗攻占大洲岛的情景。而窦国华之子窦守谦的《闻海上初平，喜寄遇桥张二兄》写的也是郑一嫂降清事件：

> 海上澄清水不波，岭西初听快如何。
> 民欢闾里能安枕，我喜云山好放歌。
> 欲向罗浮看蝶去，便从鱼藻访君过。

于今到处惟酣饮，醉后何妨诗思魔。

郑一嫂虽然降清，但她率领的海盗集团曾给清军多次重创，给清廷统治抹上了一种不祥的色彩。在投降百龄的前两年，海盗红旗帮及其他各帮在郑一嫂、张保仔的指挥下，先后打死了浙江水师提督和虎门总兵，生擒广东水师提督，迫使两广总督频频换人。特别是嘉庆十四年（1809）六月，郑一嫂重创清军，官兵伤亡惨重。其时广东左翼镇总兵许廷桂（其父曾任浙江黄岩总兵，"卒于澎湖，返葬厦门，因寄籍焉"）统领精锐官兵、海船六十余艘追剿郑一嫂船队，遇风暴，泊船香山县桅夹川避风雨。郑一嫂闻讯，即令张保仔率领战船二百艘冒风雨进攻。许廷桂受伤被擒，肢解而死。窦守谦的《香山之战》便是对这次海战的记录：

> 誓扫洋氛志未成，厦门不道鹤飞鸣。
> 香山月落归无梦，粤海星流殒有声。
> 战士辞家宁畏死，将军报国肯求生。
> 遥知父子应含笑，共得垂青万载名。

郑一嫂之外的海盗集团也曾给清军造成重创。嘉庆十二年底，在广东黑水外洋，浙江水师提督李长庚火攻海盗蔡牵，蔡牵于船尾发炮，击杀李长庚。窦守谦在七律《黑水之战》中写道："黑水苍茫百战空，火攻遗恨未成功。忘身妖孽逃天网，报国将军丧飓风。"窦国华、窦守谦父子经历了乾隆盛世到嘉庆年间的粤海动荡，他们的诗歌有一种强烈的"以诗存史""以诗补史"的创作意识，从他们的诗中可以看出时代的历史侧面，体现了诗歌的史学价值。他们的诗歌表明，鸦片战争尚未发生，清王朝已经露出衰世的端倪。中国的近代史，实际上是从一个女海盗身上开始的。

第五辑

战争史

第十九章　太平天国时期的窦氏诗歌

　　"太平天国"运动对近代中中国造成了巨大影响，安徽霍邱县属于受其影响最为剧烈的江淮地区。霍邱县洪家集窦氏家族留下了不少关于太平天国的诗文，为我们研究太平天国战争，提供了一个新的研究视角。在镇压捻军与太平军的过程中，霍邱窦氏家族涌现了好几位显赫的淮军将领，如浙江处州镇总兵窦如田等。民国初年，霍邱《安丰窦氏族谱》收入了好几篇介绍这些将军战功的文章，如清代陆军部尚书、两江两广总督周馥的《清授建威将军记名提督浙江处州镇窦公家传》，清代翰林院编修李灼华的《清振威将军霍邱窦公传》，民国总理许世英的《清封振威将军荣禄大夫窦封翁家传》等，《窦如田生前战功事迹清册》还被列入《中华历史人物别传集》。这些文章都具有比较重要的文献价值。但比这些文章更有价值的，是霍邱窦氏家族诗人以咸同之乱（"太平天国"运动）为题材的诗歌作品，这些诗歌对战争及个人经历的描写，具有重要的社会史和日常生活史意义。书写咸同之乱，留下诗歌最多的窦氏诗人是窦如祁。窦如祁（1822—1876），又名窦怿祁，咸同之乱过后，任湖北施南府同知。著有《畹兰书室诗稿》五卷、《沔阳疏筑工程纪略》一卷，散佚。今存《留余堂集》，存诗两百余首，以反映咸同之乱居多。咸丰年间，窦如祁经历了流离颠沛，吃尽了兵燹之苦。作为战乱的亲历者，窦如祁从切身体验出发，用诗歌揭示了太平天国战争研究中被忽略的面影。重温这种具有"民间语文"性质的诗歌，可以抗衡、消解那种严肃、相对单一的宏大历史叙述。后人的太平天国运动研究，多数局限于政治史的领域，并且受制于近代中国国家建构、现代化叙事的影响，因此存在着很大的局限性，历史进程中的个人情感付出被宏大历史叙事遮蔽。战争亲历者的切身经历和感受被遗漏了。窦如祁对湮没在历史中的个体生命的描绘，对于战争的个体记忆和感受，某种程度上正是对正统历史的补充——补充其空白与疏漏，消解其"大同"的铁板一块、冷漠无情。真正的人性书写，就体现在窦如祁这样一种特殊的难民身份之上，他的诗歌是与在场的亲近，是与历史语境的血肉结合，是对主流历史叙述的一种有效中和。

1

众所周知，战争阴影，时局动荡，家国的危亡与苦难是19世纪中华民族的基本历史境遇，战争引发的种种悲剧，在心灵敏感的诗人身上更得到了强烈的呈现。咸丰三年，太平军破安庆，顺流而下，踞金陵（南京）。淮河南北，思乱者众，一日数惊，朝不保夕，霍邱南乡土匪乘机倡乱。清人罗惇曧在《太平天国战记》中云："咸丰初，霍邱之洪家集，有大盗陈玉聚众数万人。"霍邱知县徐毓宝率练往捕，遭陈玉伏击遇害。霍邱文人李麟感作有悼诗《过徐公墓》。从咸丰三年起，霍邱地区便陷入了长达十余年的内乱。咸丰七年二月，捻军与太平军联手攻陷霍邱县城。城陷时的真实死亡数字，可能已经无法考证。但历史的记忆不应由冷冰冰的数字来书写，而要由有体温的生命来诉说。作为见证者，裴正绅四百多行的长诗《忆昔》，书写了裴氏家族的悲惨遭遇。刘灿的《丁巳霍邑城陷纪事》，也再现了霍邱城陷时的情景与诸多细节，以直叙方式书写着不尽的哀感："惨雾卷黑烟，淫雨翻红水。烈士自断头，节妇甘洗髓。血流洞有声，尸积山成垒。……尸横无人埋，老弱沟壑委。"张瑞墀曾作五十首反映咸同之乱的诗歌，其中一首《奇男子》是写汪移孝的："不戴红巾生，甘吞白刃死。"这些诗歌凝固了诗人对战争的惨烈体验、记忆和感受。窦如祁的《吊霍邱》更是字字沉郁，记述了当时的惨状：

其三

> 荒荒瘦日照淮流，剩水环城和血稠。
> 白书无人行罔两，黄错有鬼哭城楼。
> 鸳鸰得水旻歼凤，兰蕙遭锄草蔓莸。
> 有客益增身世感，临风雪涕不胜愁。

《吊霍邱》共有三首，诗中充满了疼痛的、破碎的死亡意象。霍邱城陷时，古代汉族传说中的一种精怪罔两到处横行，人命贱如虫蚁。窦如祁的《塞下曲》也描写了战场上的凄凉景象："累累战场上，尽是英雄骨。枯朽瘗无人，夜夜哭明月。"尸骨即使枯朽了，也无人收葬，这是何等残酷的现实啊。山河破碎、生民涂炭的现实，时刻在撞击着诗人的心灵，使他无法宁静：

> 蒿目民生日就阽，谁分余惠及苍黔。
> 临风枉自成长啸，苦惹忧心一倍添。
> ——《即事》

华胥幻梦醒无聊，回首茫茫顺境遥。

故国阽危悲鼎沸，他乡落拓叹蓬飘。

身非木石心难死，事已尘埃恨不消。

安得乘时挥玉斧，一为廊庙缚天骄。

——《感怀》

窦如祁的诗歌揭露了战乱时期生民流离失所的惨痛情景，抒写沧桑之感、故国之思。一句"故国阽危悲鼎沸"，包含着多少忧国伤时之情！太平天国战争持续之长、规模之大、损失之惨、影响之远，在中国历史乃至世界历史上也绝无仅有。像霍邱这样人烟稠密的江淮地区，成为水深火热之区。太平军掀起的狂飙过去许多年后，依然是满目疮痍，残破萧条，一片凄凉。无论是对大清帝国，还是对每一个中国人，它都是致命的"深度撞击"。除了霍邱外，其周边的六安、庐州（合肥）、寿县、舒城均为战乱的核心区，为太平军、捻军和清军往复争夺的锋镝之地。1857年，窦如祁十六岁的次子窦以杰写下了《丁巳避乱商城雨夜感怀》："秋风飒飒雨潇潇，飘泊他乡怅寂寥。旅馆孤灯辉冷燄，高城彻夜响寒刁。陇西羁客愁应切，江左峰烟叹未消。几度鸡鸣思起舞，不知谁是霍嫖姚。"

2007年，陈可辛执导，李连杰、刘德华、金城武主演的电影《投名状》以清朝镇压太平天国运动为背景，舒城之战是影片中最宏大的战争场面，电影展现了庞青云、赵二虎、姜午阳三个结拜兄弟之间的恩仇纠葛。历史的风云变幻并不像电影那样清晰，咸同之乱中的江淮大地刀光剑影，烽火连天，太平军、捻军和清军在这里争战杀伐，反复拉锯，各方都不能完全控制局势。在这种错综复杂的环境中，历史人物的恩爱情仇远远超过电影《投名状》。咸同年间的霍邱文人王则侨作有《徐列女诗》，诗云："大王有名名薛小，自幼杀人如杀草。"薛小又名薛之元，

1853 年（咸丰三年）与李昭寿在固始一带组织捻军，1854 年与李昭寿叛降清军何桂珍部。次年，李昭寿与薛之元杀何桂珍投太平天国。1859 年，他们又投降清朝。1860 年，薛之元所部哗变，但迅速被清军击溃，薛走投无路之下，冒死躲藏在李昭寿家中，李昭寿杀尽薛之元全家，割下头颅表功。李昭寿后来又被清廷处死。1857 年，攻陷霍邱县城的正是太平军李昭寿、薛之元部和捻军龚得树、苏添福部。咸同之乱时的江淮地区"兵、匪、发、捻"交乘，窦如祁在诗歌《偶成》中对这种复杂情势进行了审视和追问："以邻国为壑，如斯计左哉。拥兵畴解难，纵贼自贻灾。兔脱终难制，鲸吞实可哀。噬脐将弗及，请语济时才。"

2

太平天国战争在江淮大地留下了深深的印记。窦如祁《吊霍邱》之类的诗歌，从整体上见证了咸同年间江淮大地的一次空前浩劫，他的悼亡诗则从个人生活史的角度深刻体现了丧亲时的内在绞痛。窦如祁的不少诗歌是用来悼念长兄窦如郊的。窦如郊（1820—1857）是在对抗太平军与捻军中战死的诗人。族谱记载，"咸丰七年，贼陷霍邱，公督带团练于闰五月十八日遇难"。窦如郊委带团练的具体情况，没有多少文字记载，窦如祁的诗歌《送兄往江南》写的是其南征的情景："一曲骊歌唱，南征快壮游。吴山迎去马，淝水送行舟。分手情难遣，临歧语不休。慈亲悬望切，归计早为谋。"

窦如祁的悼兄诗，体现了生者对死难者的刻骨铭心的怀念与追忆，以及死难者对生者挥之不去的深远影响。

对遇难的长兄，诗人在《哭兄》中"一片痴心冀再生"：

其一

卅八年华刹那时，浮沤泡影痛如斯。

人心叵测诚难度，天道惛瞀竟莫知。

一死永贻终古恨，九原常抱毕生悲。

吹篪从此成孤调，无复怡怡次第随。

其二

磊落英多出众材，可怜轻自委尘埃。

垂勋未遂凌云志，拨乱翻罹剸刈灾。

运际阽危天地窄，时逢否塞栋梁摧。

于今浂水东西畔，谁拯蜚鸿遍野哀？

其三

一片痴心冀再生，返魂空说有香名。

秋风寒起姜肱被，春雨枯枝田氏荆。

矢志几时雠雪恨，断肠终夜泣吞声。

纷纷世态无穷变，难向穹苍诉不平。

　　窦如祁的悼兄诗，其思深，其情挚，其调哀，其词婉，其句炼，给人以一唱三叹、愁肠百结之感。死亡宿命般地成为窦如祁诗歌最基本、最黑暗的主题，它所传达的精神及情感体验也具有特定时代的悲剧性质。"于今浂水东西畔，谁拯蜚鸿遍野哀？"一个设问句，把家国之痛与丧亲之悲都淋漓酣畅地表达出来了，将个人及家族命运与天下安危联系起来。窦如祁用"姜肱被""田氏荆"喻指兄弟手足情深。《后汉书》卷五十三谓姜肱与二弟仲海、季江，俱以孝行著闻。其友爱天至，常共卧起。后遂以"姜肱被"指姜肱兄弟同被而寝，亦谓亲如兄弟，咏兄弟友爱。"田氏荆"是指春秋时的田真、田庆、田广三兄弟，在朝廷做官，因议兄弟分家之事，家中紫荆树忽然枯萎，见后，顿觉惊讶，并认为是议论分家的缘故，即止，紫荆树又恢复茂荣。"秋风寒起姜肱被，春雨枯枝田氏荆。"这种温馨的兄弟之爱，更加反衬出"卅八年华刹那时"——生命存在的短促、虚无和冷酷。诗人通过回忆亡逝者生前的生活场景与自己的亲密关系来表达悼挽之情。诗人只能以诗歌来应对失亲之痛，应对亲人残酷的生命结局。亲人的死亡阴影使诗人"九原常抱毕生悲"，在他心中驱之不散，一再成为他诗歌的主题。窦如祁在《谒兄墓》中写道：

> 惨淡秋风白日曛，离离衰草遍荒坟。
> 伤心兰蕙翻遭刈，赍恨圭璋横见焚。
> 腹痛故人悲往事，夜寒冤魂哭阴云。
> 从今永绝池塘梦，寂寞泉台怨断群。

"惨淡秋风""离离衰草"点出了一种凄寂而清冷、衰颓而黯淡的上坟场景。诗人用"兰蕙""圭璋"（贵重的玉制礼器）赞美亡逝者的品行、才华及声望来表达自己的悼挽之情。窦如郊"有远志、负才略、性聪颖"，咸丰元年举孝廉方正。未曾想，几年之后便化为荒坟一座。离离衰草，身后凄凉之景，让诗人感叹："伤心兰蕙翻遭刈，赍恨圭璋横见焚。"诗人哭墓之哀，情真语挚，沉郁顿挫，人生的巨大悲痛更接近于本真状态地呈现于我们面前。

3

太平军与捻军攻陷霍邱县城后，在短短的几个月内，窦如祁不仅失去了自己的长兄，还失去了自己的原配夫人。窦如祁原配夫人吕氏，安徽旌德人，其父亲吕树梅曾担任过浙江绍兴府通判、护理浙江粮储道。咸丰七年六月十九日，吕氏在颠沛流离的逃难途中去世，年三十四岁。她去世时，长子窦以勋十六岁，次子窦以杰十五岁，三子窦以熙七岁，四子窦以烈四岁，五子窦以焘三岁。除了五个儿子外，吕氏还为窦如祁生了三个女儿。窦以烈与窦以焘均出生在避难期间。窦如祁的《酬家香崖贺余生子兼慰旅况之作》记录了"羁旅又添儿女累"："填膺愁绪几曾删，惟向堂前强破颜。羁旅又添儿女累，栖迟难觅让廉间。感君裁锦贻新咏，触我劳人忆旧山。惆怅不如梁上燕，双飞故垒引雏还。"从咸丰三年开始，窦如祁因战乱而四处漂泊，一家老小居无定所。诗人在《甲寅端午》中感叹万千："异地逢重午，羁人感万千。泪随蒲酒下，愁并彩丝牵。烽火何时靖，关山只梦旋。更怜小儿女，默坐一堂前。"此诗写咸丰甲寅年（1854）端午节，诗人一家漂泊异地，家乡烽火连绵不断，只能吊影自怜。窦如祁经常以梁上的双燕反衬他们夫妻与小儿女飘转无定的零落之苦："翩翩掠水红襟湿，池畔芹泥任意衔。羡尔将雏来故垒，双栖梁上话喃喃。"（《春燕》）与自己相濡以沫的贤淑伴侣去世后，诗人窦如祁更是悲痛欲绝，写下了七首《悼亡》：

其一

齐眉偕老竟如何，炊白迷离梦不讹。
无限神伤悲独处，达观难效鼓盆歌。

其二

间阎烽火日纷纷，方痛连翩雁断群。
不道更将鸳侣拆，伤心孤影对斜曛。

其三

记曾扶掖上肩舆，瘦弱形容体过虚。
此别可怜成永诀，旅魂何处觅乡闾？

其四

闻说雩娄境尚平，病躯冒暑力遄征。

那知中道身先殒，本为求生返蹙生。

其五

营奠营斋两不能，阮囊空匮近加增。

惟将一陌山钱纸，化向灵前识未曾。

其六

伶仃儿女泣灵前，呜咽声酸听惨然。

弹指光阴生死隔，教人肠断夕阳天。

其七

落叶哀蝉曲怕吟，清宵寂寞卧孤衾。

明知懊恼毫无益，难遣悽悽一寸心。

　　《悼亡》第一首诗抒发自己"炊臼"之痛，表现出窦如祁在化用典故上的深厚功力。他用典繁复，但经过锻炼熔铸，却显得浑成无迹，拗峭中不失深婉之致，情真意切，颇为感人。窦如祁以"炊臼"喻丧妻。唐段成式《酉阳杂俎·梦》："卜人徐道昇，言江淮有王生者，榜言解梦。贾客张瞻将归，梦炊于臼中。问王生，生言：'君归不见妻矣。臼中炊，固无釜也。'贾客至家，妻果卒已数月。"炊于臼中，谓无釜，谐音无妇。诗中的"鼓盆歌"出自《庄子·至乐》。庄子妻死，惠子前去吊丧，看到庄子正伸开两腿坐着敲击瓦盆唱歌，感到非常奇怪，就责备庄子做得不近人情。庄子说："人死是复归，人的生死变化如同四季运行一样。人家已静静安息于大自然中，而我还在啼哭，这岂不是不通情达理吗？所以才停止哭泣。"后以"鼓盆歌"表示对生死的达观态度。但窦如祁无法效法庄周，不能以达观的态度消愁："无限神伤悲独处，达观难效鼓盆歌。"

《悼亡》（其二）首句自注云："先兄于闰五月十八日督练淝滨遇难。"长兄窦如郊刚刚遇难一个月，妻子吕氏又病逝。"不道更将鸳侣拆，伤心孤影对斜曛。"长兄与爱妻的亡灵在围绕着他。他要使自己写下的每一行诗都对得起这些亡灵！

《悼亡》（其三）写诗人搀扶吕氏上轿子（即肩舆）的情景，吕氏已经婉弱多病，窦如祁早已心怀隐忧。妻子病逝于归乡的途中："旅魂何处觅乡间？"

《悼亡》（其四）中的"雩娄"在这里指霍邱县境。《太平寰宇记》："废雩娄县，在霍邱县西南八十里。按：《春秋》襄公二十六年，楚子秦入侵吴及雩娄。杜预注云：雩娄今属安丰郡，其后楚强，遂为楚邑。"《汉书·地理志》："庐江雩娄县，汉时为侯国，东晋废。"《路史》云："金明城西南百二十里有雩娄城，尧之娄子城也，在霍邱。"霍邱于咸丰七年二月被攻陷，六月被清军夺回。听说这个消息后，吕氏拖着病躯冒着酷暑，向家中急行（遄征）。不承想，却在中道身殒。

《悼亡》（其五）中的"营奠"，指设祭。设营斋，斋食以供僧道，请为死者超度灵魂。唐代诗人元稹《遣悲怀》诗之一："今日俸钱过十万，与君营奠复营斋。"元稹享受厚俸，用祭奠与延请僧道超度亡灵的办法来寄托对爱妻的情思，"复"字，写出这类悼念活动的频繁。而逃难途中的窦如祁却囊中空空，"营奠营斋两不能"，凄惶之态，凄苦之情，撼人心弦。元稹的《遣悲怀》是古今悼亡诗中的绝唱，窦如祁的《悼亡》与其相比也并不逊色。

《悼亡》（其六）写一群瘦小伶仃的儿女哭于妻子的灵前，"呜咽声酸听惨然"。写到《悼亡》（其七）时，诗情愈转愈悲，诗人也知道死者已矣，"明知懊恼毫无益，难遣悽悽一寸心"。

死亡是此在的最本己的可能性，诗人不得不在一种自我哀悼和清算中重新开始生活。

《悼亡》是诗人对死亡的体验以及承受，诗人的悲痛之情如同长风推浪，在诗中逐首推进。窦如祁还以"记梦"的形式抒发思念亡妻的一往情深。梦，是虚妄的映现，是人在无意识的条件下，旧有的表象的奇妙组合，是人内心活动的一种特殊形式。既然现实生活中无缘与妻子相见，诗人只能祈盼梦中重逢。正因如此，梦成了诗人悼念亡妻表达至性真情，展现凄婉悲怆之感的媒介。如《旅舍夜梦亡室》：

> 忽忽三年尘世违，今从梦里见容辉。
> 恍如晓起临鸾镜，犹是春慵卧绣纬。
> 玩月夜阑邀并坐，看花风冷劝添衣。
> 醒来孤馆半床月，旅样天涯伤未归。

因思成梦，由梦达情，蘸取当下的晦暗。诗人在梦中见到了心爱的妻子，恍惚间妻子并没有离开自己，"玩月夜阑邀并坐，看花风冷劝添衣"。诗人在梦中重温爱妻给予他的关怀体贴，忆起与爱妻共同生活的美好经历，她的一举一动、音容笑貌宛在眼前。可是，诗人醒来后只看到"孤馆半床月"，再也见不到爱妻的形影。梦醒后是无限的惆怅和孤寂，悲之甚深。在另外一首《秋夜梦见亡室》中，诗人也梦见妻子："分明握手话当前，犹是盈盈瘦可怜。风雨无端惊梦觉，寒衾孤枕抱愁眠。"梦中的情景，使诗人的神志恍恍惚惚，好像爱妻还活着，忽然想起她离开人世，心中不免有几分惊惧。这一段心理描写，十分细腻地表现了诗人思念亡妻的感情，真挚动人。用梦来反衬人生易逝、一去不返的悲哀，梦醒之后将悲伤的情感同凄凉的环境融为一处，情状交现，悲怆靡加。

4

"国家不幸诗家幸，赋到沧桑句便工。"清代诗人赵翼的这句诗，可以作为对窦如祁诗歌的一种注解。咸同之乱让窦如祁饱受战乱之苦，窦以勋在记叙父亲窦如祁的《诰授朝议大夫先考运守府君行状》中云："发逆倡乱，皖省失守，吕文节公南下抵霍，国簿公条上防剿事宜，文节嘉纳，委办团练。时王姚张太恭人尚在，府君谓国簿公曰：'我家世受国恩，自当愤身报国，然兵凶战危，莫保朝夕，岂可致老母罹难乎?'乃奉母张太恭人别居西砦。已而盗贼锋起，府君奉母率眷百余日，避难固陵，转徙商城，囊橐一空，衣食鲜继，不得已就食还乡。丁巳，国簿公剿贼殉难，府君复奉母播迁异地，日仅一餐，甚至餔榆皮，板野蔬，几无以聊生。""王姚张太恭人"是指窦荣昌之原配夫人，窦如郊、窦如祁之母，窦以勋之祖母张氏。张氏系乾隆丙午科武举、兵部江南提塘张天辅的次女，生于乾隆五十九年（1794），卒于同治十年（1871）。咸同年间，窦如祁奉母逃难到固始、商城等地的山区里，时间约十年之久。个人命运与国家劫难紧密地交织在一起。"山境栖迟近十旬，浪游泉壑寄闲身。遥知慈母愁无限，悬念征人思更频。绕膝形容萦梦寐，倚闾心事惜风尘。胡为留滞不归去，荏苒光阴秋月新。"（《山居感怀》）异地他乡，老母病妻，加上八个未成年的子女，窦如祁的逃难生活状况可想而知。颠沛流离的逃难生活，悲剧性的生活境遇，对窦如祁而言非常不幸，但却使他获得了一种特殊的感受力，留下了不少诗歌佳句。这些诗歌展示了乱世之下普通民众的悲欢离合和那些细微的生活细节，以及战时和战后人民的心理感受。这些诗歌展现了主流话语之外的充满个人色彩的、并往往与主流话语基调背离的记忆方式，个体生命的独特体验凸现了出来。他书写的动力不仅来源于对生活各个层面的细致把握，也来源于对诗歌捕捉细节的技艺的要求，更来源于对被压抑的历史潜能、被遗忘的承受历史的落难者的不断揭示。

战争期间，窦如祁举家远徙，历尽艰辛，为的是寻找一块栖身之地。他的诗歌集中抒发了身世飘零之感："危楼残照里，抚槛独徘徊。野戍孤烟上，长空一鹭来。客心迷井里，人事感尘埃。隔浦渔歌起，声声入耳哀。"（《固始城楼晚眺》）"中夜不安枕，秋虫盈耳哀。悲辛无限事，一一上心来。"（《秋夜偶成》）诗人触物皆悲，内心的悲情和茫茫长夜一样未有穷期。

表达流浪和思乡之情一直是窦如祁诗歌的重要主题。诗人在《旅舍感怀》中写道："双袖斑斑渍泪痕，穷途有恨共谁论。慈亲膳减资蔬养，稚子衾单藉草温。荒舍怕闻鹃哽咽，清宵愁对月黄昏。乡心一似溪头水，日日东流向故园。"这样的诗歌显示着诗人失落、飘零、孤独的心境，哪怕异乡"似铁寒"，遍地烽火的家乡也是无法归去的："瑟缩不成寐，孤衾似铁寒。怒号风势劲，狂霈雪声乾。客恨堆无际，心愁解最难。故乡归梦断，戎马遍江干。"（《冬夜》）他乡羁旅，诗人只能怅望故国云山："几处樵歌起暮烟，西风猎猎客心悬。离愁不共飞花尽，归梦常因啼狝还。故国云山劳怅望，他乡羁旅暂留连。蓬蒿满地兰苏翳，屈指辞家月又圆。"（《山居即事》）孤单的诗人凄惶中夜深难寐，举首遥望孤悬夜空的明月，勾引无限乡思："玉宇净无尘，当空月一轮。流光皎秋夜，清影感羁人。世乱家难返，年荒境益辛。何时靖豺虎，重作圣时民。"（《对月》）诗人以飘转不定的落叶做形象的比拟，渴望"归根"："漂泊踪难定，东西那自由。荒陂残照外，古渡乱流头。到地声俱寂，归根愿莫愁。但期春色早，沃若绿阴稠。"（《落叶》）

异乡羁旅，每逢节日，乡愁往往显露得更为强烈。《丁巳除夕》以浅近的语言描写除夕夜之情形："蓬踪漂泊怅年年，卧听邻家爆竹喧。记得去年当此夜，团圆相聚一堂前。"诗人用邻家喧闹的爆竹声来反衬自己漂泊的惆怅与孤独，勾起诗人对过去节日团聚的美好回忆。昔日的团圆相聚与今日的蓬踪漂泊构成了对比。而"清明"更是诗人的"愁绝处"："异乡羁旅遇清明，心绪无聊睡不成。最是山村愁绝处，凄风冷雨杜鹃声。"（《清明》）重阳节更易思乡："秋光碎客心，九日强登临。愁向东南望，乡关野雾深。"（《九日登高》）

窦如祁病中感怀之作更给人一种纡曲难伸、愁肠百结的感觉：

> 异乡漂泊亦堪怜，苦恨为灾二竖颠。
> 岂有侍儿扶夜里，重劳老母守床前。
> 参苓地僻艰良药，调摄家贫乏小鲜。
> 人事细思多错迕，寸心难慰益凄然。
> ——《病中感怀》

> 遥夜沉沉不易阑，匡床转侧苦侵害。
> 为营生计离家久，始识人情作客难。
> 四壁暗虫萦恨苦，一秋凉雨作声酸。
> 病容憔悴知何似，愁对青铜镜细看。
> ——《旅次病中即事》

以病作为诗歌的主题，说明窦如祁的写作更加注重描写日常生活和个体经验，增添了其诗歌的悲剧色彩。"岂有侍儿扶夜里，重劳老母守床前。"表明诗人病得不轻。《病中感怀》与《旅次病中即事》写得悲凉凄楚，读之令人怆然泪下。

窦如祁还在交游与送别中传递着流离之苦，倾诉和表露着自己的心绪，可以看作是人们在乱世中的一种互相劝慰。正所谓

"触景怀人传远思，感时兴咏寄深情"。(《酬姪以敬见寄元韵》)
他在《寄怀徐锡侯》中写道：

> 蓼城分袂后，重我忆徐陵。
> 琢句艳如锦，操躬清似冰。
> 烽烟摧短鬓，寒暑伴孤灯。
> 遥识当良夜，长吟月半棱。

　　蓼城系霍邱县的古称。诗人回望蓼城，怀念故人，想到兵戈
相隔，相见无期，那就只能孤灯相伴，百端交集了。"烽烟摧短
鬓，寒暑伴孤灯。"包含对很多经历的回忆，对人事无常的感慨。
除了《寄怀徐锡侯》外，窦如祁咸同年间所写的唱和之作、赠
别之作都充满了忧思羁愁："吾庐不忍问，荒凉生蓬蒿。"(《送
家静轩兄东归》)"异地多苦衷，赖尔慰晨夕。"(《送姪以敬还
家》)"故园判袂正春分，别后相思分外殷。"(《和家镜溪兄留髭
韵》) 这几首诗歌写得过于直白，艺术价值不高，相比之下，
《过友人山庄》是一首情景交融、形神俱肖、含蓄不尽、富有包
孕的好诗，个体生命体验向诗意的转化更为深入：

> 曲径弯环策杖跻，数椽精舍小桥西。
> 湿衣空翠晴岚气，入耳新簧野鸟啼。
> 旨酒每因留客酿，清词多属看花题。
> 羁人此夕忘漂泊，醉后归来月影低。

　　这是一首让人低徊不尽的诗，饱含着借酒浇愁的无限辛酸。
他只有在醉酒的时候，才能忘记自己是漂泊在外的羁人。诗人的
偶尔一醉，仍然显示了逃难者艰辛的日常生活，反映出他们生存
环境的严酷，隐现着时代乱离的面影。历史语境最终降落在窦如

祁诗歌的微观层面上。这样的诗歌恢复了我们对历史真切的想象力，更重要的是，让我们的目光从假、大、空的历史书写上，进入更为细密的历史脉络。

窦如祁本来是一位有政治抱负的诗人，可是生不逢时，流离坎坷，壮志未酬。诗人借典以抒怀，直接抒发自己沦落他乡、抱负不能施展的情怀："辜负光阴计几春，须眉依旧困儒巾。此生已是甘鸠拙，斯世奚由望蠖伸。侵晓霜浓桐叶冷，入秋日暖草花新。携琴欲访成连去，一操清商悟性真。"（《述怀》）首联直抒胸怀，感叹光阴蹉跎。第二联与尾联则用典言情。"蠖伸"指尺蠖之伸其体，比喻人生遇时，得以舒展抱负。唐代元稹《四皓庙》云："舍大以谋细，虬盘而蠖伸。"尾联中的"成连"，系指春秋时一位有名的琴师，伯牙之师。窦如祁感叹自己怀才不遇，不甘心一直避难于山中。他在《闲步》中吟道："残阳挂柳梢，信步出秋郊。野渡人争唤，吾生怅系匏。"系匏，典故名，典出《论语·阳货》："吾岂匏瓜也哉？焉能系而不食？"匏瓜味苦，故系置不用。后用"系匏"比喻隐居未仕或弃置闲散。诗人在《感怀次韵》中也用了多个典故抒发自己的怀才不遇之感："井里萧条半劫灰，误他归燕觅巢来。苞粮瘝叹空萦念，葛藟悲吟只费才。夭矫孤岩松自秀，荒芜三径棘谁栽。九阍深闲巫咸邈，高厚梦梦竟芘回。"颔联中的"葛藟"本指野葡萄，《诗经》有《国风·王风·葛藟》，内容描写周室衰微，人民流离失所、求助不得的痛苦，后以"葛藟"借指流亡他乡者的怨诗。尾联中的"巫咸"，指上古名医、商代的宰相。窦如祁这里用典，借人形己，借古人以抒怀，写出了一位江淮士人身经变乱时的切实生活感受，透发出一种生不逢时、壮志未酬的惆怅之情，具有浓厚的悲剧色彩和深刻的社会批判含义。重温窦如祁的这些诗歌，能使我们获得一种更丰富、更广延的历史感和历史意识。

5

窦如祁诗歌的精神价值，与战后主流诗歌所体现出来的正统价值不同。太平天国战后，对亡者的调查、表彰和纪念活动持续了很长时间。清朝统治者通过立碑、刊木、刻石、修建祠堂等形式表彰"忠义"死难之士和贞洁死难妇女，重新强调了正统价值观，也重申了忠于朝廷及其准则的义务。以清同治八年《霍邱县志》为例，其《人物志·忠义》里，所列举的"忠义"死难之士，从夏朝至明朝仅十四人，"国朝"部分却有上千人之多，而咸丰之前仅有两人。同治八年《霍邱县志》的《艺文志·诗赋》所收入的作品，清朝之前约占十分之二，"国朝"部分约占十分之八，而反映咸同之乱的诗歌占"国朝诗歌"一半以上，入选诗歌作者最多的是张瑞墀，收入其《拟中兴乐府五十首》（选录三十二首）。这些诗歌大致可以分为四种类型：一是控诉捻军、太平军的，如刘灿的《丁巳霍邑城陷纪事》；二是歌颂"忠义"死难之士的，如李麟感的《过徐公墓》，张瑞墀的《一门忠》《金公祠（金观察光筋）》《奇男子》，王则侨的《徐列女诗》；三是歌颂镇压起义功臣的，如张瑞墀的《双柱石》是为曾国藩与李鸿章树碑立传的；四是"忠义"死难之士的遗作，如汪移孝的《绝命诗》；五是歌唱太平盛世的，如张瑞墀的《庆太平》《中兴颂》等。历朝历代胜利的一方都会出现这些类似的诗歌类型。这几种诗歌类型，除极少数作品具有历史史料价值外，大多数诗歌都成了清廷的宣传工具。由此看来，同治《霍邱县志》的《艺文志·诗赋》的编选有官方的严格标准。窦如祁的族兄窦如鉴也是一位诗人，是同治《霍邱县志》的采编者之一，窦如祁与他在咸同动乱之际留下了多首唱和之作，但窦如鉴没有选用窦氏家族诗人的一首诗歌，是一件耐人寻味的事情。窦如祁的诗歌价值，或许就体现在这里，一个更为丰盈的历史个体被深深地遮蔽了。

窦如祁的诗歌，构建了他在咸同之乱中的个人史，是一种真正听从内心的召唤而深入经验与生活细节的写作，写出了大历史不能企及的那种个人性的生活质地。我们重新阅读窦如祁的诗歌，传统宏大政治史主题退隐了，凸显的是个人、生命、疾病、死亡、睡眠、饮食、情感、感觉、身体、家园等一系列与个体生存紧密关联的主题，人性从历史的碎片中呈现出来。窦如祁的诗歌中也偶尔出现过"更清淮甸慰皇心"这样表达"忠义"的句子，但出现的频率极低，他的诗歌更多以诗人个人的、家庭的悲欢离合、琐事细节来呈现历史，留下了个体生命可触可感的生存体验。诗歌真正成为一个人生活的一种表达方式和一种精神存在的方式，就像杜甫所说的"诗是吾家事"。在历史的大动荡中，个人的命运起伏、心灵遭际、情感煎熬无人问津，这些历史的情感成本、历史的"软"成本，成了永远无法统计的呆账。每次历史事件过后，人们习惯于统计伤亡人数、经济损失这些"硬"成本，体量巨大的民间疾苦失去了具体性，最终只能湮没无闻，成了历史祭坛上无名的牺牲。窦如祁的大部分诗歌是个人化生存方式和言说所留下的痕迹，他的诗歌保存了太平天国战争中那些个体的具体性生存记忆，成为后人勘探历史的一份私人记录和未经删改的心灵档案。

第六辑

金陵史

第二十章 江山幽处客重经：
金陵意象的百年咏叹

　　古称金陵的南京是中国六大古都之一，盛称"六朝胜地、十代都会"。金陵有自然山水之胜，也有诗意充盈，文脉流长。中国古代诗人以今南京为中心，以周边地区为经纬，所创作的诗歌作品，构建了一个庞大的金陵意象体系。东晋诗人谢朓的《入朝曲》："江南佳丽地，金陵帝王州。逶迤带绿水，迢递起朱楼。"反映六朝时期金陵帝都的富丽繁华。六朝时期的文学传统为南京留下了"古典的金粉，魅惑的色泽，散淡而潇洒，风流而靡弱"的气息，使南京成为今日研究六朝文学的首选之地。唐代，南京作为一座荒废的前朝都城，仍旧吸引了众多的诗人墨客流连此地，感叹世间的变化。李白写金陵的诗有近百首之多，如《金陵城西月下吟》《金陵白杨十字巷》《出妓金陵子呈卢六四首》《题金陵王处士水亭》《月夜金陵怀古》《金陵新亭》《劳劳亭歌》《登金陵冶城西北谢安墩》《金陵三首》《登金陵凤凰台》《金陵凤凰台置酒》《留别金陵诸公》等等。安史之乱后，李白还建议迁都金陵，写下了《为宋中丞请都金陵表》。刘禹锡的《金陵五题》以大自然的永恒和人事的沧桑之变相比衬，抒发怀古叹今之感慨，堪称唐诗中的艺术珍品，如第二首诗《乌衣巷》："朱雀桥边野草花，乌衣巷口夕阳斜。旧时王谢堂前燕，飞入寻常百姓家。"杜牧留下的《泊秦淮》也是唐诗中的名篇。宋代诗人王安石、苏轼、李纲、欧阳修、李清照、辛弃疾、张孝祥、陆游、杨万里、范成大、文天祥等，都到过金陵，且都留下了诗篇。王安石写钟山的诗歌就有一百多首。以金陵为咏写主题的中国古典诗歌体系完备、作品数量浩繁，石头城、秦淮、白下、台城、新亭、雨花台、凤凰台、乌衣巷等意象符号复现率极高，直接以金陵或金陵别名如上元、秣陵等为题的诗词也数不胜数。

　　由历史文化名城到古代诗歌意象，"金陵"从早先的地域概念转化为具有浓郁政治文化色彩的象征符号，也经常出现在钱谦益、吴伟业、王士祯、袁枚等清代诗人的笔下。但由于清诗不受重视，清诗中关于金陵意象的书写，也自然不被注意。从乾隆到光绪年间，霍邱洪家集窦氏诗人与金陵有着非常密切的关系，对以金陵为中心的江南河山进行了长达一百多年的描绘与咏叹，留下了不少有价值的诗篇。金陵作为一个包含自然环境因素和历史人文因素的多层次概念，熏陶、濡染了这些窦氏诗人，其中的窦国华、窦守谦、窦桂林留下的一些作品，堪称清诗中的精品，可以说是清代的微型史诗。这些诗歌从一个侧面记录了大清王朝兴衰荣辱的沧桑变迁，具有丰富的历史文化内涵和特别的象征符号意义。正如美国学者宇文所安所说："一旦诗歌中的金陵获得了意象上的补充，一旦它变得充实，它就成为一种静态平衡，一种对后代来说确定的实际上无法逃避的遗产。后来的作家注定要通过已被接受的金陵的意象来谈论金陵。——不是因为他们是没有独创性的奴性的模仿者，而是因为无论何时他们看到金陵，甚至想到金陵，那些旧的文本的完美诗句就会拥挤到他们的脑袋里。"

1. 窦国华：数峰依旧向人青

窦国华（1752—1815），乾隆庚子举于乡，大挑四川知县，擢江西南康府知府、广东肇罗道。"稽其半生游迹，过秣陵，览北固，登虎邱，泛太湖，至维扬，访二十四桥，渡大河，入燕京，上黄金台，睹宫阙壮丽，万里行踪，其胸中之所有。"窦国华游历过南京、扬州、苏州、常州等江南地区，描写这些地域意象的诗歌以怀古诗居多，体现出世事沧桑之感，格调沉劲而苍凉。以历史事件、历史人物、历史陈迹为题材，借登高望远、咏叹史实、怀念古迹来达到感慨兴衰、寄托哀思、托古讽今等目的。这类诗由于多写古人往事，且多用典故，手法委婉。如《莫愁湖》是在对六朝历史故事的探询中寻获灵感的：

> 绝代佳人号莫愁，中山遗像隔层楼。
> 世人知爱倾城色，那识英雄在上头。

莫愁湖位于南京市建邺区，为六朝胜迹，有"江南第一名湖""金陵第一名胜""金陵四十八景之首"等美誉。莫愁湖在六朝时称横塘，在宋、元时即有盛名，明朝定都南京后更是盛极一时。清乾隆年间，在园内建郁金堂，筑湖心亭，杂植花柳，复又盛隆。窦国华的《莫愁湖》就写于乾隆年间。莫愁湖的湖名源于一个美丽的传说。莫愁是河南洛阳人，幼年丧母，与父亲相依为命。她文静，聪明好学，采桑、养蚕、纺织、刺绣样样拿得起来。邻居家的小孩念书，她听着记着，不但识得些字，连诗文也能吟咏几句，莫愁还和父亲学了一手采药治病的本领。十五岁那年，父亲在采药途中不幸坠崖身亡，莫愁因家境贫寒，只得卖身葬父。当时卢员外在洛阳做生意，见莫愁纯朴美丽，很同情她，便帮助莫愁料理了爹爹后事，带她来到梁朝京城建康，从此，莫愁嫁进卢家，成了员外的儿媳。虽然生活富裕，可莫愁时常想念家乡，怀念父亲，只有帮助穷人治病时才感觉快慰露出笑容。穷人们时常说：我们有了病啊痛啊的，见了莫愁，就什么忧愁也没啦！长此以往，莫愁女的名字就传开了。卢员外曾在梁朝为官。一日，梁武帝闻报水西门外卢家庄园牡丹花开，便着便服来员外家赏花，只见牡丹花交错如锦，夺目如霞，梁武帝惊得如痴如醉，遂问员外：此花何人所栽？卢员外跪答：此乃儿媳莫愁所栽。梁武帝不禁怦然心动，当即传令莫愁见驾。梁武帝见到莫愁如花容貌，不由神魂颠倒。回宫后，寝食难安，终于想出毒计，害死了卢公子，传旨选莫愁进宫为妃。莫愁得知，悲愤交加，决心宁为玉碎，不为瓦全，投石城湖而死。四周乡邻得知，纷纷来到湖边痛苦拜祭，怎么也不肯相信这么好的女子会投湖自尽。为了纪念她，将石城湖改名为莫愁湖。窦国华的诗就是在这个历史传说的基础上抒发个人情怀的，只有理解了典故内容和它所包含的意义，才能理解诗人抒情的角度。窦国华的《姑苏怀古》也是化用历史典故，凭吊历史古迹，回顾古人的遭遇。

窦国华的《万松山》一诗，对于我们复原栖霞山的一处历史景点具有重要价值：

> 千行绿满翠微巅，画阁参差塔影圆。
> 攀树拨云迷鸟道，见山楼上挂飞泉。

窦国华不吝笔墨细细描绘的，是万松山房，曾是乾隆御封的栖霞山十景之一。栖霞山位于南京东北郊，又名摄山，被誉为"金陵第一明秀山"，南朝时山中建有"栖霞精舍"，素有"六朝胜迹"之称，在清代被列为"金陵四十八景"之一，有"一座栖霞山，半部金陵史"的美誉。历史上曾有五王十四帝登临栖霞山，历史古迹遗址 80 多处。千年古刹、佛学"三论宗"祖庭、佛教"四大丛林"之一的古栖霞寺就坐落在栖霞山西麓。乾隆皇帝特别偏爱南京栖霞山，六下江南有五次住在栖霞山行宫。乾隆皇帝六次南巡，时间分别是 1751 年、1757 年、1762 年、1765 年、1780 年、1784 年，除了第一次外，后五次他都来过栖霞山，并在栖霞山行宫前后驻跸四十五天，描写栖霞山各名胜的诗有 120 首，匾联 44 副。乾隆行宫位于栖霞山东峰之左，栖霞寺东北，后来毁于太平天国战火。乾隆第三次到栖霞山，曾写过一首名为"万松台"的诗，"委宛步深径，曲栏缚野竹"。乾隆第五次游栖霞山后，还为栖霞山万松山房、紫峰阁等十大景观命名。清代文人陈毅撰写的《摄山志》中，也收录了宫廷画师画的栖霞山全景图，其中有一张《万松山房图》。窦国华《万松山》第三句"画阁参差塔影圆"，描绘了在万松山房看到紫峰阁、栖霞寺隐约浮现的美景。

乾隆御封的十大景观，现存彩虹明镜、德云亭、叠浪岩、天开岩。德云亭，位于栖霞山西峰之麓，其址即古德云庵，明代《摄山志》载："德云庵临桃花涧，奇石玲珑，万窍穿溜。雨后涧水悬瀑而下，屈曲环流于庵外。"叠浪岩，在德云亭上数十米处。民国陈邦贤《栖霞新志》载："叠浪岩在西峰之侧，桃花涧中。涧水自岩上泻下，叠浪层层，岩山受水的侵蚀，也露出许多的浪迹来。"形成叠浪岩"伏石万叠，状如波澜"的原因，主要是以碳酸钙成分为主的石灰岩被溶解侵蚀，久而久之，滴水穿石，其层面出现溶沟、凹穴，沟穴的接界处，突起成脊，形成石芽。当石芽与溶沟交错在一起时，便显现出凹凸不平、状若波浪的"水面"。乾隆年间，著名诗人、翰林院编修蒋士铨，曾与袁枚同游栖霞，探幽觅奇，徘徊叠浪岩前，"讶水尽浪在，叹自然神功"，遂题《叠浪岩》诗。德云亭与叠浪岩之间，原有"见山楼"与"九株松"两处景点。据《摄山志》载："叠浪岩，岩下为见山楼，前后疏窗洞达，通以回廊，翼以杰阁。凭栏而望，九松郁然。"如今两景点均已不见。窦国华的诗句"见山楼上挂飞泉"，描写的正是见山楼这处早已消失的历史景点。这句诗如异峰突起，笔力雄放。

　　窦国华乾隆年间所吟咏的金陵万松山以及镇江的焦山、苏州的灵岩山，都是乾隆喜爱的江南名山。"下江南"，似乎是中国古代帝王一个不成文的出巡例俗，乾隆帝更是创造了古代帝王南巡的纪录，他六下江南，八上焦山，五次小憩焦山。焦山岿然耸峙于扬子江心，与对岸象山夹江对峙，向以山水天成，古朴优雅闻名于世。窦国华在《焦山夜潮》中写出了"砥柱中流"之感：

　　　　日落潮何急，长江万里横。
　　　　星沉连海涌，龙睡抱珠惊。
　　　　飞雪腾云起，奔雷震地鸣。
　　　　萧骚终夜里，独坐听风声。

　　焦山碧波环抱，林木翁郁，绿草如茵，满山苍翠，宛然碧玉浮江，是万里长江中唯一四面环水的游览岛屿。东汉末年，名士焦光曾隐居于此。宋徽宗追赐"焦山"之名，一直沿用至今。焦山行宫于乾隆二十六年（1761年）建成，是乾隆帝南巡时，下榻最多的地方。乾隆第一次南巡时作《游焦山歌》，第三次来焦山时作《游焦山作歌叠旧作韵》，第五次南巡时作《自金山放舟至焦山五叠苏轼韵》和《游焦山作歌三叠旧韵》。乾隆第五次下江南的那一年（1780），窦国华考中顺天乡试中式第六名举人。焦山的一处处景点也都留下了他的足迹。他在《题焦山自然庵壁》中写道：

　　　　江山幽处客重经，谁共衔杯话杳冥。

风送寒潮微雨过，数峰依旧向人青。

镇江是长江和京杭大运河的交汇地，素有"天下第一江山"的美誉。窦国华游览焦山时，正值深秋季节，但诗人仍然感受到"数峰依旧向人青"。第二句中的"衔杯"是指口含酒杯，多指饮酒。如李白《广陵赠别》："系马垂杨下，衔杯大道间。""江山幽处"，"谁共衔杯话杳冥"，表现了诗人的高远之志，运笔劲健，富于阳刚之美。自然庵建于北宋时期，明代弘治年间，移建于山下文殊阁西边。清代乾隆年间重建。雍正十三年（1735），郑板桥为准备进士考试到镇江焦山别峰庵读书，一次漫游到自然庵，泼墨画竹，题下《题焦山自然庵墨竹》一诗："静室焦山十五家，家家有竹有篱笆。画来出纸飞腾上，欲向天边扫暮霞。"窦国华的《题焦山自然庵壁》，写作具体年代不祥，但应在自然庵重建之后。

焦山的海门庵也创建于宋，明重建，后废。清乾隆二十六年，移建于焦山东南江边，名海神庙，又改海若庵，当时名士王文治书额，沈德潜、郑板桥书联。窦国华在《海门庵》中写道：

编竹为楼远市嚣，山空绿树上烟霄。
何人临海耽高卧，卧听秋风送早潮。

除了题咏焦山外，窦国华还写了苏州的灵岩山：

风高万木丛，烟雾有无中。
乱石冰泉咽，鸣钟鸟道通。
帘垂香径晚，门锁曙楼空。
乐地琴台在，红墙塔苑东。
——《灵岩山》

灵岩山位于苏州西南，因为灵岩塔前有一块"灵芝石"十分有名，因此得名"灵岩山"。山上多奇石。巨岩嵯峨，怪石嶙峋，所谓"乱石冰泉咽，鸣钟鸟道通"。灵岩山本是春秋时代吴王夫差馆娃宫的旧址，也是越国献西施的地方。现今尚存吴王遗迹和古迹有：吴王井、梳妆台、玩花池、玩月池、响廊、琴台、西施洞、智积井、长寿亭、方亭等。灵岩山的最高处位于灵岩寺之西的琴台，相传西施操琴于此。清圣祖康熙和清高宗乾隆二帝南巡时，在山顶筑有行宫，清咸丰十年焚于兵火。窦国华吟咏灵岩山时，当时正是所谓"乾隆盛世"，"乐地琴台在，红墙塔苑东"。过了这个"盛世"，清王朝就急剧走下坡路了。

窦国华在《廿四桥》中，巧妙地把史、景、情完美地糅合在一起，使得三者相映相衬，相长相生，营造出一种含蕴深沉的苍凉意境，给人以沉郁顿挫之感：

> 波上桥经翠辇临，落花如梦怅难寻。
> 玉人寂寞垂杨老，金殿荒凉蔓草深。
> 萤火已连渔火暗，箫声长杂雨声沉。
> 可怜千载迷楼月，照到雷塘夜又阴。

这首诗格调凄凉，写的是对时间的伤感，也是更深沉的空间伤感，显示了窦国华山水诗的另一种风貌。尾句中的雷塘在江苏扬州城北，隋唐时为风景胜地。隋炀帝死于江都，李渊建唐以后，以帝王之礼将隋炀帝葬于此。唐朝罗隐《炀帝陵》："君王忍把平陈业，只博雷塘数亩田。"窦国华在写作《廿四桥》时，也许已经感到可见的现实之外，似乎酝酿着某种危机正在暗暗向"乾隆盛世"袭来，人们尚未觉察。诗人不是未卜先知，而是居安思危，这正是我们文化传统中可贵的"忧患意识"。"可怜千载迷楼月，照到雷塘夜又阴。"诗人将隋炀帝奢华荒淫误国的历史故事融化于对廿四桥的描绘中，古今相映，情景交融，含意深婉，用典简净，自然奇逸。而窦国华的《南游舟行》甚至是对乾隆六次南游的深度解构：

> 客路傍花汀，哀鸿不忍听。
> 月来千水白，雨过一天青。
> 云片低山树，渔灯聚夜星。
> 飘零归未得，何事快扬舲。

窦国华咏叹金陵以及周边地区山川风物的诗歌，把自然的时间流逝和历史人事的变迁整合成了一个完整的意象体系。他在描写各地名山胜水的景物时，颇善于发现其独具的特征，勾勒出各地山水独具的审美价值，互不雷同。

2. 窦守谦、窦守愚：六代繁华历已交

在漫长的沧桑岁月中，南京曾经有过很多名称，其中最响亮的名字莫过于"金陵"了。时至今日，金陵仍是南京最雅致的别称。窦国华长子窦守谦存有《金陵杂咏绝句》，共有五首诗，第五首为《六朝梅》：

> 六代繁华历已交，孤山未返梦难抛。
> 居心不肯违时令，卧著寒花作解嘲。

南京早在我国唐宋以前就称"六朝古都"。六朝（公元222—589），一般是指中国历史上三国至隋前的南方的六个朝代，即孙吴（或称东吴、三国吴）、东晋、南朝宋（或称刘宋）、南朝齐（或称萧齐）、南朝梁、南朝陈。六朝承汉启唐，创造了极

其辉煌灿烂的"六朝文明",六朝时期的南京城是世界上第一个人口超过百万的城市,和古罗马城并称为"世界古典文明两大中心"。而梅作为审美意象大量出现在诗词歌赋里,也始于六朝。萧纲的《梅花赋》将梅花早落比作女子青春短暂,韶华易逝,更多的六朝文人则在作品中表达了对梅在三春花卉中独特品性的挚爱。作为六朝古都,隋唐以来,由于政治中心的转移,金陵无复六朝的金粉繁华,也是韶华易逝。金陵的盛衰沧桑,成为许多后代诗人寄慨言志的话题。

窦守谦在诗歌中也感叹"六代繁华历已交",只能"卧著寒花作解嘲"。《六朝梅》有一小注:"梅在隐贤庵内。"隐贤庵,又名隐仙庵,位于南京城西。据《江南梵刹志·江宁府》:"隐仙庵,在府城西北虎踞关侧,相传宋陶弘景隐居于此,故名。明初,冷谦诸真人多游此,王思任有碑记。"陶弘景(公元456—536)是南朝齐、梁时期的道教思想家、医药家、炼丹家、文学家。隐仙庵精致优雅,古树名花非常有特色,尤以春天的牡丹、秋天的桂花和冬天的腊梅最为著名,引得许多文人墨客驻足流连。纪昀、袁枚、赵翼、蒋士铨、郑板桥、罗聘等名家都在这里留下过诗篇,如姚鼐(1731—1815)的《姚姬传全集》,就可以读到《三月九日,郑三云通守邀于隐仙庵看牡丹竟日,翼日雨,毛俟园复邀同往,赋呈两君》《隐仙庵双桂,相传元时植,秋时花开极盛,携客及幼子师古观之,因赋》《登清凉山,翠微亭下,重入隐仙庵看桂,偕浦柳愚山长、毛俟园、倪健堂两学博》《毛俟园倩朴山道人设素食于隐仙庵,见邀同袁简斋、浦柳愚、金麓邨、陶让舟、王崖、马雨耕、门人朱珏同游,其时桂花甫谢,率咏一首》《重游隐仙庵并诣古林律院,承诸君和仆去岁诗韵见示,因复,继和三云通守四十矣!前见其貌似年少,因以入诗,今知其误,故复以诗解之》,蒋士铨《隐仙庵听鹤雏道士弹琴,并读龚鉴成(友)题壁诸诗有感二首》,洪亮吉《八月初七日，秦司业承业招同座师刘少宰暨戴学使均元、张侍讲焘、茅学士元铭、李兵备廷敬、许太守兆椿集隐仙庵看桂，并听王朴山道士弹琴，丙夜乃返》。由此可见隐仙庵诗人雅集之盛，是文人墨客汇聚之地。但隐仙庵也难逃盛衰之变。据甘熙（1787—1853）《白下琐言》卷四："戊子（1828），梅忽凋萎，桂亦偕枯。是秋，朴山病死，门庭阒寂，风景无存。噫！朴山之死，树若为之先，或亦地气衰欤！"清代武官、诗人、画家汤贻汾（1778—1853）与隐仙庵道士王朴山过从甚密，王朴山羽化后，汤贻汾再至隐仙庵，写下了怀念诗篇，又为王朴山《清凉山房遗稿》题诗三首。1853 年，太平天国占领南京，汤贻汾投水自尽。隐仙庵可能也在其时被毁，今已无存。

窦守谦《金陵杂咏绝句》所包含的另外几首诗分别是：

夜闻邻人度曲

昨宵已是梦难成，恼煞秋风太薄情。

不识谁家欢弄笛，送来折柳一声声。

雨夜

一夜蕉声睡未能，年来空对读书灯。

新愁旧恨知多少，秋雨秋风满秣陵。

赠爱莲

色色红衣出水新，湖边冷落几多春。

一从西子还家后，今日重逢知己人。

秋燕

雕梁画阁日飞飞，宛转迎人傍绣帏。

怪尔无知情太薄，缘何春去不同归。

这几首诗或隐或显地选择了金陵为言说背景，写诗人在金陵的杂闻、杂见、杂感、杂想，选取"秋风""秋雨""秋燕"等意象，描绘了一幅金陵秋暝图。

相比《金陵杂咏绝句》，窦守谦的《广陵漫兴》少了几分伤感：

> 繁华到底属扬州，处处引人不倦游。
> 杨柳微风牵舞袖，桃花细浪逐行舟。
> 氤氲香气穿珠箔，远近笙歌出画楼。
> 羡煞隋堤堤上女，相逢一笑一回头。

扬州繁华的城市生活，显然给诗人留下了极为深刻的印象。诗人描写广陵的艳丽景象："氤氲香气穿珠箔，远近笙歌出画楼。"这种繁丽是具有感染力的，以至于"羡煞隋堤堤上女，相逢一笑一回头"。诗人用清丽婉转的语言所描绘的，似乎是自然美景与世俗生活交融的人间胜景。诗人着力刻画声色繁华的旖旎，繁华都市楼台耸立、流光溢彩的街市美景，"繁华到底属扬州，处处引人不倦游"诗句背后是诗人啧啧称赏的心态。乾嘉时期，扬州（广陵）是江南最大、最繁华的移民城市之一，桀骜不驯、才气纵横的名士和娇艳欲滴、富含人文的妓女络绎不绝，若隐若现，或泛舟湖上，或出没于笙歌画楼。

窦守谦的《登金山望江》写出了一种吞吐山河、包孕日月的壮美景象：

> 漫空浩浩蜀江流，万里奔腾下润州。
> 怒浪花飞千片雪，惊涛风卷一天秋。
> 苍茫落日南朝寺，隐约堆雪北固楼。
> 过客登临莫惆怅，狂澜砥柱总悠悠。

金山位于镇江西北部，原是扬子江中的一座岛屿，"万川东注，一岛中立"，有江心一朵"芙蓉"之美称。宋朝沈括的"楼台两岸水相连，江南江北镜里天"的诗句，就是对金山的写照。金山在江中时，可以俯视四面长江，滚滚东流的江水至此，被碧玉浮江的金山迎头劈开，分为两股，向东奔腾而去，气象万千。

窦国华次子窦守愚也作了一首《登金山望江》，同样写出了一种豪气：

> 金山崒嵂枕寒流，小立层峰得放眸。
> 缓急波涛开似电，往来名利客如鸥。
> 一声钟断南屏寺，万里光寒北海秋。
> 吴楚豪华何处是，大江淘尽古今愁。

窦守愚（1778—1826），字春坡，窦国华次子，名医。候选布政司理问。著有《槐阴屋诗集》二卷。窦守愚为第七句加注云："临江甘露寺即昭烈帝与孙权走马试剑处。"甘露寺坐落在长江之滨的北固山，可说是一座"三国山"。但它更是一座充满了英雄豪气的山。因为有孙刘联姻的故事，千百年来，无数文人墨客，登临北固，即景抒情，壮怀激烈，留下多少气吞山河的壮丽诗篇。

窦守愚作《登燕子矶》，咏叹了燕子矶的壮丽景色：

> 陡拔一峰峻，凌空势动摇。
> 白云生足下，红日起山腰。
> 天影空如梦，江流似小瓢。
> 故乡何处是，烟水一迢迢。

燕子矶位于南京郊外的直渎山上，因石峰突兀江上，三面临空，势如燕子展翅欲飞而得名。直渎山高四十余米，南连江岸，另三面均被江水围绕，地势十分险要。矶下惊涛拍石，汹涌澎湃，是重要的长江渡口和军事重地。被世人称为万里长江第一矶。"燕矶夕照"为清初金陵四十八景之一。清朝乾隆皇帝六下江南，三次登燕子矶，并亲笔御书"燕子矶"三个楷书大字，地方官府制成巨型御牌，造亭一座，屹立在燕子矶山巅。鸦片战争中，英国侵略者沿江一路烧杀，攻南京时首先在燕子矶登陆，入观音门，去迈皋桥，占天堡城，迫使清政府签订了丧权辱国的不平等条约。

3. 窦荣昌：江山犹带六朝痕

金陵，是六朝帝王之都，这里曾演出过一幕幕历史的悲喜剧，无论是万里长江，还是穿城流过的秦淮河，都是目睹这些历史变迁的见证者。窦荣昌在《别况》中咏叹：

> 风吹落叶迥生愁，晓别秦淮两岸楼。
> 玉笛声声留不住，远随流水送归舟。

窦荣昌（1796—1843），窦守谦之子。官浙江同知，历署德清县知县，嘉兴府乍浦厅、宁波府石浦厅，绍兴、温州等府同知，后升任直隶知府，历任广平、永平、正定、宣化、天津、河间等府知府。存《延绿阁诗选》一卷。在窦氏家族诗人的诗歌中，"白门"是频繁出现的一个重要意象。白门是南朝宋都城建康宣阳门的俗称，也是南京的别称。窦荣昌的《忆江南旧游作》：

> 梦逐香风堕白门，画船萧鼓月黄昏。

絮当飞处难寻绪，花到娇时易断魂。

云雨已成千载恨，江山犹带六朝痕。

应知别后相思泪，洒向平流作浪翻。

这首诗以十分简括、浓缩的笔墨，选择了一些带象喻性的金陵景物意象，巧妙地将它们衔接、映衬与对照，使之容纳了大跨度的时间与空间，从而抒发出吊古伤今、借古鉴今的丰富情思。

窦荣昌还作有《江上怀友》：

惆怅江南水一涯，暮云春树目重遮。

青山远逐归帆去，白露横侵夜月斜。

好古人传新著述，寻秋风动老蒹葭。

飞鸿不肯传心曲，自印霜痕宿岸沙。

4. 窦桂林：此乡风景最温柔

知识分子通过科举获取功名，是走上仕途的必经之路。霍邱窦氏家族的诗人与南京的江南贡院有着千丝万缕的联系。江南贡院，又称南京贡院、建康贡院，位于南京市秦淮区南京夫子庙学宫东侧，是中国古代规模最大的科举考场，中国南方地区开科取士之地。江南贡院始建于宋乾道四年（1168），经历代修缮扩建，明清时期达到鼎盛，其规模之大、占地之广居中国各省贡院之冠，创中国古代科举考场之最。江苏省和安徽省在清初都属于江南省，到康熙时期才划分为苏、皖两省，但政治、军事仍为一体，所以清代的乡试仍沿用明制，即江苏和安徽两省的学子都要到南京来参加考举人的那一级考试——"江南乡试"。窦国华、窦桂林、窦如郊、窦以显等几代诗人，都曾来这里赶考，却都屡试不第。窦国华后来参加奉天乡试，考中第六名。窦桂林八次到江南贡院参加乡试，没能在这里实现他的"仕途梦"。他的《赴秋闱留别》写的是第七次参加乡试：

> 西风七度马蹄忙，回首南朝客梦凉。
> 又抱一轮秋月朗，重看六代晓山苍。
> 云腾大海浓含雨，梅老空林饱受霜。
> 试问蟾宫操斧者，桂花端底为谁香？

江南乡试每三年举行一次，考试的时间，一般是在仲秋八月，九月发榜，所以称为秋闱。窦桂林参加了七次江南乡试后，显然有点不耐烦了："试问蟾宫操斧者，桂花端底为谁香？"第八次参加江南乡试时，窦桂林写下了《过江》：

> 大江秋净浪横天，落日苍茫客下船。
> 廿载风尘来八度，六朝花月别三年。
> 山昏钟阜沉烟雨，水冷秦淮咽管弦。
> 翻怪画帘垂柳下，有人曾识杜樊川。

窦桂林（1797—1841）只活到了四十四岁，但参加了八次江南乡试，耗时二十多年，其一生都在赶考。他在《老妓》一诗中将自己与老去的妓女进行类比，感叹岁月的蹉跎：

> 残春何处托丝萝，野雨闲云一梦过。
> 杨柳曲中新调少，琵琶囊里旧情多。
> 少年姊妹终如此，末路烟花可奈何。
> 豪侠功名寒士志，可怜同是易蹉跎。

窦桂林著有《撷蘅轩诗文集》，咸丰乱后散佚，仅遗诗百余篇。从这些遗诗看，窦桂林是相当杰出的一位诗人。他被困场屋，乃至终身坎壈，但并没有影响他写出一批杰出的诗篇。从中国古代诗人群体看，一位优秀的诗人与能不能科举高第，并没有必然的联系。既在科举上中了高第，同时在诗歌创作上也取得了相当成就的诗人，如王维、元稹是状元出身，岑参是进士第二名及第。但是，我们也应该注意到这样的现象：有一部分杰出的诗人并非进士出身，如孟浩然、李白、王之涣、韦应物、卢纶、李贺、温庭筠、罗隐等，名单相当华丽。在清代，江南贡院考生中考中状元的人就达五十八名，占整个状元总数的一半以上。但一些鼎鼎有名的文人，却在明清时期的江南考场上未能及第，《西游记》作者吴承恩从二十六岁考到四十二岁都没能实现"金榜题名"。吴敬梓在二十九岁那年到南京参加乡试，但名落孙山，于是有了后来那部伟大的文学著作《儒林外史》，书中"范进中举"的故事表达了他对科举制度的不屑和嘲讽。没能在南京考中举人的窦桂林，却为我们留下了几首描绘金陵的上佳诗作：

秦淮泛舟

谁家淮上架层楼，争卷珠帘挂玉钩。
一笛西风人劝酒，三竿红日女梳头。
胭脂腻尽长淮水，箫管吹残白下秋。
怪底六朝人易老，此乡风景最温柔。

金陵客舍

西风一夜白门霜，寥落天涯雁几行。
桂影婆娑名士梦，荷花摇曳美人妆。
诗为作意思偏涩，客在他乡醉亦忘。
知是谁家歌玉树，数声檀板隔红墙。

渡江

波静一江秋，扬帆指石头。

南朝今夜梦，何处问红楼。

　　窦桂林的这些诗歌具有绮艳的风格特征，突出了城市艳歌的浮华气息。六朝古都金陵的秦淮河两岸历来是达官贵人们享乐游宴的场所，"秦淮"也逐渐成为奢靡生活的代称。南京古时为"六朝烟月之区，金粉荟萃之所"，秦淮名妓的故事遍布秦淮两岸。江南是经济发达的财富之区，经济的发达带来社会风尚的变化，形成追求奢华的时尚。而且富贵之家多蓄倡优伎乐，倾向于追求耳目声色之好。这一社会风气在江南的秦淮一带尤为突出。秦淮烟水于南朝就是脂粉繁华之地，清代亦然。诗人窦桂林八次赴考金陵，眼见灯红酒绿，耳闻淫歌艳曲："胭脂腻尽长淮水，箫管吹残白下秋。""知是谁家歌玉树，数声檀板隔红墙。"从窦桂林的诗中可以看出，十九世纪上半叶的秦淮河畔，歌馆舞榭之盛。诗人不禁感叹："怪底六朝人易老，此乡风景最温柔。"这是对金陵风月繁华的歌咏和渲染。

　　秦淮河流贯南京城中，与江南贡院相隔而两两相望的，是青楼旧院。从地理位置上来说，贡院与妓院毗邻，文教区与花街的搭配堪称微妙。士子们远道而来，盘桓经年，或年少多金，或风流倜傥，难免有豪客一掷千金买笑；倘若再加上或苦读寂寞、落第心伤，或心有悲愤郁结而不得发，自然也希冀红袖添香之安慰，难免做起"南朝今夜梦"，处处"问红楼"。多次在江南贡院应试的窦桂林，也渴望在秦淮河畔过着佐以歌伎、豪侠任气的浪漫生活。"桂影婆娑名士梦，荷花摇曳美人妆。"八月十五日考试结束后，正逢中秋。考生在应试结束后，就松懈了紧张的心情，进出声色场所享受风流世界也是很自然的事。对诗人来说，对南京秦淮以及那些名妓的回忆，是与清王朝的繁荣结合在一起的，当时繁华的秦淮是清朝兴盛的象征。荡漾的秦淮河水沉淀了太多的家国兴亡之情，民族大义和他们对青楼生活的怀念就这样缠绕缩结在一起，共同衍化出明清之际江南文人们独有的文化心态。

5. 窦如祁、窦如郇、窦以杰：河山兴废感渔樵

全长一百一十公里的秦淮河是南京人的"母亲河"，它是南京这座六朝古都兴衰的缩影，而南京则是整个中华民族兴废的缩影。关于金陵的兴废，我们多关注那些描绘"六朝兴废"的唐诗宋词，对离我们更近的描绘"清代兴废"的清诗却关注不够。清代窦氏家族诗人对金陵意象的书写，无不与清代的社会变迁密切相关。1842 年 8 月 4 日，英国军舰驶抵南京下关江面，随后英军从燕子矶登陆，察看地形，扬言进攻南京城。在英军坚船利炮的威慑之下，清政府代表在泊于南京（时称江宁）下关江面的英军旗舰康华丽号（亦译皋华丽号）上与英国签署《中英南京条约》。1853 年洪秀全领导的太平军由下关仪凤门、水西门、汉西门和聚宝门入城，定都南京，改称"天京"。太平天国战争之后的金陵，昔日的繁华与今日的衰落无疑形成了鲜明的对比，诗人们也许无法面对这种历史的嘲弄。十九世纪中叶之后，窦氏家族诗人对金陵的咏叹，充满无限感伤。隋灭陈后，金陵被夷为平地，"六朝如梦鸟空啼""六朝旧事随流水"。大清王朝也同样经历了沧海桑田的历史变迁，"江山之胜"与"江山之变"之间的巨大落差，繁荣与衰败的反复更替，这一切都引起窦氏诗人的感触和深思。窦如祁的《金陵怀古》：

> 一夜金川战马骄，龙盘王气又重消。
>
> 纵横败址官墙迹，落寞荒陵野火烧。

弦管悲欢余士女，河山兴废感渔樵。

于今剩有梅花在，几历春秋已半凋。

窦如祁（1822—1876），窦荣昌次子。纵横败址，落寞荒陵，弦管悲欢，昔日金陵的繁华已化为乌有，全诗基调凄凉不堪，句句都融合着诗人的故国萧条之感，令人不胜伤感。乱世的无可收拾，人生命运的不可把握，都浓缩在对"金陵"的咏叹中。此时怀古即是伤今，历史就是现世，"金陵怀古"成为家国之悲、乱离之感的附着和寄托。

历史迈入晚清，天荒地老，金陵昔日擅六代豪华，在兵火余劫之后，呈现出寒水烟笼，萧瑟冷落的衰败景象。在一个秋色迷离的夜晚，担任江南理问的窦如郇，目击眼前衰景，白云苍狗的尘寰之感涌上心头，他写下吊古悲今的伤心之诗：

戍鼓乱鸡鸣，客愁似酒醒。

疏灯家信断，孤枕旅魂惊。

风劲虫声急，天高雁阵横。

何时重握手，把盏话离情。

——《秋夜金陵寄友》

钟山巉崒危摩空，盘踞阴森寒冥濛。

落日生烟郁不开，老树萧萧起霜风。

君不见前为战场十数载，何堪重问樵苏翁。

——《钟山歌》

窦如郇（1834—1877），窦荣昌三子，官江苏布政司理问。窦如郇的诗，在对离情别绪的抒写中，寄寓了沉痛的家国沦落之感，是一曲深沉的时代哀歌。面对金陵人世沧桑，触景生情，表达了诗人对盛衰兴亡的历史感慨和心灵感受。窦如郇存有《梅花馆遗诗》，以吟咏金陵及江南生活为主。金陵和江南地区在经历太平天国战争后，已是繁华过眼，风流消尽。如：

留别金陵诸友
金陵重到欲何为，筵席匆匆又伐离。
归去小园明月夜，不堪犹忆醉花时。

舟中偶成
久负出山游，今乘一叶舟。
长风三百里，吹送到苏州。

寄妹倩吴子绶明府
挥手日将晞，平隄絮正飞。
扬州明月好，留待二分归。

窦以杰（1842—1919），窦如祁次子，《丛桂诗钞》存其近体诗二十三首。其对金陵意象的咏叹，营造了一种冷峻凄清的情感氛围，格调沉痛愁郁：

出金陵
仆夫何事苦匆匆，逼我归程恨日穷。
鞍马苍黄天际外，声容髣髴夕阳中。
当前共说欢能久，到此方知色是空。
无限相思无限恨，不堪回首望江东。

浦口阻雨
片帆已去秣陵城，无限客怀付此行。

别后回思真草草，当前深悔为卿卿。

风思离我偏能顺，雨故愁人不肯晴。

四壁暗虫增寂寞，疏窗愁对一灯明。

白门留别（四首存二）

归来倚枕数残更，剔尽银钉睡未成。

如果怜才应念我，翻教无梦不思卿。

神如秋水情常淡，香到梅花骨亦清。

最是令人肠断处，独垂青眼向书生。

由来情种是情痴，相见深怜去后思。

惭我因缘花上露，怀卿心事藕中丝。

应从月下添新恨，长向灯前念故知。

更有万难消遣处，初更睡后梦醒时。

窦以杰在诗中发出的都是“到此方知色是空”之类风流不再、遗恨空留的喟叹，有李商隐“白门寥落意多违”的悲感。作为凝聚度很高的抒情诗，诗人不可能对所牵挂的情事做详细的交代，但是，他却暗示了对别离者处境的深深忧虑。

从乾隆年间的窦国华一直到光绪年间的窦氏诗人，他们在国运兴衰变迁的大背景下，面对金陵的山山水水而触景生情，内容各异，情感有别，吟咏主旨的演变轨迹清晰可见。金陵不再是一个单纯的地名，而是带着自身的特殊内涵、诗人的特殊情感，即它是以意象的形式而不是以概念的形式出现在诗人的笔下。金陵的地理形胜与历史遭遇，构成了客观物象，而诗人寄寓其中并使之诗化的主观情感与韵味则是他们要诉诸表达的特殊情感。面对无情的历史变迁，不同年代的窦氏诗人对金陵有着不同的观感，在情感意向等方面表现出巨大的差异。窦国华、窦守谦、窦守愚、窦荣昌的诗，多描绘江山之胜，思致高远，情味悠长。而窦桂林的金陵诗则堪称城市艳歌，写金陵之奢华，写金陵风月声色之乐。鸦片战争，特别是太平天国战争之后，窦氏诗人面对日渐衰败的国势，其悲愤和沉痛则通过金陵诗充分表现出来，写金陵也就是写江山之变，在情感基调上，诗人们完全坠入"金陵悲情"，低徊婉转，语带感伤。窦氏诗人通过自身的亲历与感悟，通过时空交错的艺术表现，完成了对金陵一百几十年历史变迁，由外而内，由虚而实的抒写过程。正如美国学者宇文所安所说："面对金陵就是回忆历史，但却是一种历史的过去和文学的过去于其中无法分开地交织在一起的历史。""较之对真正的金陵或是它那丰富的文学历史的关切，我们的兴趣更多地在于这座城市的一种情绪和一种诗的意象的构成，一种构成这座城市被看方式的地点、意象和言辞的表层之物。"历史大都是由层累积叠地发展而来。窦氏数代诗人将金陵一些特殊的地点、场景，生成一种特殊的"地理学文本"，有意符号化了关于金陵、关于清朝的历史记忆，使之成为一种朝代兴亡、文化变迁的表述。几代人对金陵的歌咏层层相续，是对金陵形象的覆盖和重构，完成了一次历史性的诗歌接龙。

6. 窦以蒸：十年面壁空吟哦

窦以蒸作为江南贡院的最后一批考生，他的诗歌记录了科举制度终结的全过程。窦以蒸（1863—1923），窦如祁第六子，宣统元年制科孝廉方正，历任繁昌县儒学训导、山东单县知县加同知衔。著《颍滨居士集》。1903 年，窦以蒸作《癸卯初秋八弟子立应举北闱，余仍赴试江南（北闱时借河南考场）》，为"一辆梁园又问途，秋风江上忽分趋"加注云："辛卯壬寅间，凡五科皆同车，今科分道矣。"从 1891 年（辛卯）到 1902 年（壬寅），窦以蒸与八弟窦以显已经参加了五次江南乡试。

1894 年（甲午），窦以蒸作《金陵秋试闻葆侄赴威海营中》：

> 石头城上独凭栏，客里秋风渐渐寒。
> 千里沧波君更远，三年明月我重看。
> 悲歌合忆秦淮水，壮志遥观大海澜。
> 只恐貔貅军万马，迷离同索解人难。

此诗第三联加注云："上科曾同秋试。"也就是说，窦贞甫也参加了 1891 年的江南乡试。窦贞甫（1864—?），窦以蒸二哥窦以杰长子，又名窦葆光，《丛桂诗钞》存其今体诗二十三首。叔侄几人一起参加江南乡试，可见窦氏家族对科举的重视。

1900 年，窦以蒸以《庚子七月余兄弟将应秋举友人赠诗，依韵和之，并约同行》《海疆开衅乡试改期中道折回概然有作》为题，作有四首七律。这一年的 8 月 14 日，八国联军占领了紫禁城，慈禧太后只好带着光绪皇帝狼狈地逃到古都西安。江南乡试取消，窦以蒸、窦以显（字子立）兄弟中途折回。1902 年，江南乡试恢复，窦以蒸作《1902 壬寅乡试道中口占》：

> 龙虎金银榜并开，秋风一辆走尘埃。
> 青衿那得千城寄，却喜人呼武秀才。

窦以蒸为此诗加注云："道路皆目余为武生，不知今年实停武科举也。"身材魁梧的窦以蒸被当作武秀才。这一年，各地耽误的光绪二十六年（1900）乡试，延期至光绪二十八年（1902）补行。窦以蒸、窦以显兄弟一起参加了在江南贡院举行的乡试。因为是补行庚子、辛丑因变乱而中断的乡试，应试者不下两万人。

1903 年，窦以蒸仍到江南贡院参加乡试，而窦以显却到河南开封参加顺天乡试。光绪二十八年（1902）、光绪二十九年（1903）举行的顺天乡试、河南乡试和光绪二十九年（1903）、光绪三十年（1904）举行的会试，都在河南贡院举行。不过，河南贡院也没有给窦以显带来好运气。窦以燕（1874—1914）作《阅顺天乡试题名录，知悉子立八兄下第，余力疾从事河工，因回避亦未克，邀保客舟念及，聊写幽忧，即以寄怀八兄》：

> 十年抱璞隐岩阿，善价难求奈若何。
> 献赋长安徒咎命，请缨异域剩沉疴。
> 秋风落叶征人泪，斜日荒林壮士歌。
> 帆马虚驰知遇少，可怜岁月共蹉跎。

窦以蒸、窦以显兄弟，参加六次乡试，均铩羽而归。根据诗题判断，窦以燕也应该参加过江南乡试。他在《寄舍侄》中云："幼时同射策，尝说甲科好。巾车与扁舟，数走淮上道。我本是非材，青云志空抱。"而此时的中国科举制度也到了寿终正寝的时候了。西学东渐之后，各门自然科学如物理、化学等向全世界传播，我们的知识分子茫然无知，还在整天子曰诗云"空吟哦"：

> 君不见声光化电新学多，十年面壁空吟哦。
> 绿字朱书三万本，迷离五色暗中罗。
> 文章有价福有命，牛兮马兮奈若何。
> 且上高楼饮美酒，临风大醉倾江河。
> ——窦以蒸《偶阅近科闱艺戏作》

窦以蒸的诗歌，写出了那代知识分子面对科举之变的复杂心态。在中国社会进入19世纪80年代后，随着西方列强对中国侵略的深化、中国民族危机的加深以及西学的传播，中国洋务派开始产生了对于科举制的废存之争。最初的做法是试图改良科举制度。1888年，清政府批准设算学科取士，首次将自然科学纳入考试内容；1898年又加设经济特科，试图荐举经时济变的人才。此后戊戌变法的领袖康有为建议废八股、行策论，以时务策命题。戊戌变法失败后，慈禧太后下令废除所有科举考试的改革条目，悉用旧制。经"庚子之乱"后，慈禧太后被迫于1901年9月宣布实行"新政"，重行科举改革，即科举考试改八股为策论，并恢复经济特科。1905年9月2日，袁世凯、张之洞奏请西太后立即停科举，以便推广新式学堂，清廷诏准从1906年开始，停止所有乡试、会试，各省岁科考试（考秀才）亦同时停止，将育人、取才合于学校一途；并责令学务大臣迅速颁发各种新学教科书，责令各府厅州县于乡城各处设蒙小学堂。至此，在中国历史上延续了1300多年的科举考试制度被最终废除，科举取士与学校教育二者间实现了彻底分离。

科举制度废除后，窦以蒸到山东法政学堂进修过。1907年，作《丁未二月廿四日吏部验到并考试（新章专考州县）》等诗。《丁未七月山东法政学堂肄业》："行年四十五，甫入学堂门。"至此，窦氏兄弟彻底告别了江南贡院。

自光绪三十一年（1905）废科举之后，南京贡院即处闲置无用境地，民国六年（1917）决定拆除，以开辟成市场。当时保留了明远楼、飞虹桥、明远楼东西少数号舍以及明、清碑刻22方作为古迹存在。20世纪40年代末期，多次参加江南乡试的诗人管笠，重访这些古迹，作《访贡院故基》："沧桑变后几推移，依旧秦淮水一涯。犹忆九天辛苦地，月明如水放闸时。"而在"文革"之中，江南贡院旧迹被全毁，直至20世纪80年代，才在明远楼内辟出科举制度陈列馆——江南贡院历史陈列馆，并按原比例复建了 40 间号舍，将原安放在贡院内的 22 方明清碑刻修复，集中陈列于明远楼东西两侧。但是，这已经不是中国历史上原汁原味的贡院，参观者也未必能从中领会到中国古代科举制文明的真谛。因此，南京贡院的被毁，无疑是中国古代文化精华的重要损失。

7. 管笠：昔年饱赏秣陵春

窦以燕、窦以显、窦以燕虽然多次到金陵参加乡试，但他们的诗歌很少写到金陵。与他们同时代的诗人管笠，倒为我们继续考察窦氏家族关于金陵的诗歌书写，提供了一个极佳标本。诗人管笠（1874—1953），霍邱县大顾店人，本名管厚恂，字迪九，号雪庐，附贡生。1902 年，管笠参加江南乡试，作《金陵乡试感怀》："月白灯红漏鼓移，沿街扰扰放闱时。"1906 年与兄管笛（1871—1951）留学日本弘文学院。归国后，管笛（管伯瀛）创办了上海巡警学堂，后历任江苏警察署署长、江西警察厅督察长。管笠历任安徽高等学堂教员、张敬尧与许世英的幕僚、国史馆编修等，今存《雪庐诗草》《雪庐四种》和《雪庐后集》。管笠家族与窦氏家族世代通婚。诗人窦桂林的侄女（候选巡检窦士林之女）嫁给了监生管维楷，生子管笛、管笠。管笠在《先考先妣事略》中云："先考子模府君讳维楷，清封朝议大夫；先妣氏窦，清封恭人。先考一生刚明正直，见重乡堂，治家教子，严而有法。先妣系出名门，幼娴母训……"

民国十五年（1926），京华印书局印行的《雪庐诗草》，收入了《金陵乡试感怀》《金陵偶成》等诗。1906 年，管笠作《东游过芜湖小驻》："骊歌一阕走天涯，芳草萋萋路易斜。海国风涛才子阵，江南春色女儿家。"同年作《天宁寺纳凉》，有"飒爽临风气亦豪"之句。

1907 年，管笠作《金陵晚眺》：

登高横览画图遥，犹觉东南霸气骄。
钟阜排青峰插汉，长江拖白浪吞潮。
莺花依旧喧三月，金粉何须吊六朝。
最是石头城畔柳，牵人情绪一条条。

东南王气，龙蟠虎踞，登高横览的管笠，免不了一时豪气冲天。但他更多描绘金陵的诗歌，抒发了一种悲壮的历史兴亡感：

古同泰寺

手创河山白发新，深知王业本艰辛。
舍身亦足惊贪鄙，召乱端由错用人。
斜日台城柳色黄，行人犹自说萧梁。
古今多少兴亡感，输与江楼春酒香。

萧梁（502—560），中国南北朝时期的南朝第三个朝代，由雍州刺史萧衍取代南齐称帝，定都建康（今南京）。因萧衍封地在古梁郡，故定国号为梁。因皇室姓萧，又称萧梁。同泰寺位于南京之东北，梁武帝萧衍于公元 527 年兴建。《笠翁对韵》记载有"梁帝讲经同泰寺，汉皇置酒未央宫"。梁武帝经常到寺里说法讲经，甚至三次披上和尚的袈裟，舍身于同泰寺中，为善男信女开讲《涅经》。南北朝著名诗人庾信有《奉和同泰寺浮图》一诗，与皇太子萧纲《望同泰寺浮图》相唱和，诗中所表白的是对佛教的倾心。南朝建康城由外到内分有郭城、都城和宫城三部分，其中宫城是皇帝和中央机构所在的核心区域，又称台城。同泰寺在台城北垣外，与台城隔路相对。梁亡陈兴，同泰寺遂成废墟。宋时再建，改称法宝寺。后成军旅营地，再度荒废。"古今多少兴亡感，输与江楼春酒香。"诗人管笠见古迹，思古人，抒写金陵所见，苍凉兴废之情溢于言表。他在《在宁游明孝陵》中写道：

> 一骑云飞到孝陵，青山突兀树层层。
> 英雄自古皆黄土，付与闲人感废兴。

明孝陵坐落于紫金山南麓独龙阜玩珠峰下，承唐宋帝陵"依山为陵"旧制，所谓"青山突兀树层层"。明孝陵始建于明洪武十四年（1381），至明永乐三年（1405）建成，先后调用军工十万，历时达二十五年。建成时围墙内享殿巍峨，楼阁壮丽，南朝七十所寺院有一半被围入禁苑之中。陵园内亭阁相接，享殿中烟雾缭绕，松涛林海，养长生鹿千头。鹿鸣其间，气势非凡。清咸丰年间，太平天国战火几乎让明孝陵地表建筑毁于一旦，康熙手书御碑倒地破碎。清同治年间，时任两江总督曾国藩奉诏祭陵，修复明孝陵。

兴废由人事，山川空地形。面对金陵王朝的遗迹，管笠在《由日本归国入扬子江》一诗中想起了"庾信哀词"：

> 江上清凉暑气分，扁舟飞卷浪花纷。
> 近郊万顷黏黄稻，远水长天挂白云。
> 渔火渐明瓜渡晚，狼山空峙海潮喷。
> 我来本是江南客，庾信哀词未忍闻。

庾信所写的《哀江南赋》，用来伤悼梁朝灭亡和哀叹个人身世，以其独特格局，陈述梁朝的成败兴亡，格律严整而略带疏放，文笔流畅而亲切感人，有"赋史"之称。管笠由日本归国，在扬子江上扁舟飞卷之时，尚无法预料今后几十年个人与金陵的命运，是对庾信哀词的一种重新书写。民国三十九年二月，管笠在《雪庐四种》自序中云："民国十七年巨匪李老末破吾家……至二十年又遭匪难，率眷赴南京，到赈务委员会，在许委员长世英领导下服务……至二十六年政府西迁……至三十五年于胜利后回南京，又经张缚泉先生聘在国史馆纂修室任编纂。至三十八年一月疏散，五月来台小住……"管笠于20世纪30年代、40年代，在金陵工作近十年，是南京沧桑巨变的见证者。管笠在国史馆供职期间，与许世英等名流相唱和，留下了大量诗篇。他在《和陈树人立夏散步元韵》中云："白下相逢有数遭。"陈树人系岭南画派的代表人物。1948年，陈树人去世，管笠作《吊陈树人》。1948年，管笠作《金静庵示余和夏颉宋支韵并索余和》，金毓黻（1887—1962），字静庵，著名史学家。

1946年回到南京后，管笠作《还京度丙戌中秋》：

> 山河重整趁高秋，虎踞龙蟠镇石头。
> 风景已回天地色，月华能荡古今愁。
> 儿孙绕膝供欢乐，耆旧关心问去留。
> 大好乡园归有日，巴山犹忆十年游。

特别是在担任国史馆编纂期间，作为含义丰富的语码，南京的地理名词不断在管笠的诗歌中出现。

管笠是一个性情中人，他几年的踪迹与南京的山水结下不解之缘，通过山水形体寄寓了诸多人生感悟。经历抗日战争的管笠，"且从劫里偷消遣"，很想回到诗人那种闲情逸致、幽幽山水间的生活：

游玄武湖

烟水扁舟入画图，垂杨低绕旧名湖。

游人欢乐真成海，勾引诗情到老夫。

白发青衫红锦囊，翩然来向水云乡。
且从劫里偷消遣，一任沧桑过渡忙。

　　玄武湖古名桑泊、后湖，是金陵四十八景之一，距今已有两千三百年的人文历史，最早可追溯至先秦时期，六朝时期辟为皇家园林，明朝时为黄册库，均系皇家禁地；直至清末举办南洋劝业会时，两江总督下令开辟丰润门（今玄武门），为玄武湖公园之滥觞。抗日战争胜利后，来此游览的人数明显增加，据史料记载，仅1948年1—5月，平均每日入园游客约2000人，其中人数最多的一天是4月4日星期天，当天游客量为89470人。"游人欢乐真成海，勾引诗情到老夫"，管笠的诗歌描绘了当时玄武湖的风景之盛。山水胜景对于饱受战争之苦的诗人来说，无疑是一种抚慰。管笠在《同衡峰白鹭洲品茗采儿随行》中写道：

一水湾环绕碧流，绿杨新苇满芳洲。
晓风萧飒来张茗，引得诗情半带秋。

丝丝微雨趁捞虾，闲里寻幽到水涯。
沿岸尽多新画稿，白茅疏柳几人家。

　　古人所说的白鹭洲位于现在南京城西两公里处的长江中，因当时洲上多聚白鹭而得名。李白曾有咏其名句"三山半落青天外，二水中分白鹭洲"。明代时曾是中山王徐达的东花园，园中景物毁于太平天国时期。1923年，一宜兴人在此经营茶庐，建有绿云斋、沽酒轩、藕香居、吟风阁、话雨亭等。当年在藕香居中有一副对联，上联是"此地为东园故址"，下联为"其名出太白遗诗"，比较清楚地解释了公园的历史。1929年，整修东园故址时，辟为公园，取名"白鹭洲公园"。管笠描绘白鹭洲的这些诗句渗透着诗人"闲里寻幽"的诗性智慧，都是与山水胜景相连的一脉心香。年近八旬的管笠，还与友人一起登上了清凉山，他在《丙戌重阳方颂如先生招饮并同游清凉山一周，诗以谢之》中吟道：

> 使君念我多羁愁，折东约作城西游。
> 既登华堂领佳宴，策杖同访扫叶楼。

清凉山古名石头山、石首山、石头城，踞于南京城西隅，相传诸葛亮曾称金陵形势为"虎踞龙蟠"，虎踞就指今清凉山，素有"七朝胜迹"之称。扫叶楼在清凉山西侧山坡上，是座三开间二层翘角木结构建筑，为龚贤旧居。龚贤（1618—1689），字半千，明末清初著名画家、诗人，明亡后在清凉山定居。他曾作自画像，手执扫帚作扫落叶状，因之称扫叶楼。扫叶楼始建于1664年，清咸丰年间，楼毁于兵火，光绪十五年（1889）奉敕重建，1901年与1914年两度重修。1946年，管笠游清凉山，还留有《颂老约重阳游扫叶楼用中秋韵答之》：

> 天迥风寒报晚秋，好登绝顶望江头。
> 论诗早佩唐三拜，写愤空怀汉四愁。
> 蜗角自甘幽意远，豹皮几见大名留。
> 黄花紫蟹佳时节，两叟婆婆且快游。

扫叶楼在文化大革命中遭破坏，1979年10月修复，并将楼后善庆寺与楼侧茶社以花墙围之，构成一组古建筑群。与扫叶楼相比，管笠诗中的不少景点已经消失，比如通济门：

通济门晚眺

通济门前望，迎河晾夕阳。
罾稠鱼获少，桥拱燕穿忙。
古郭排青嶂，洪波恋绿杨。
蝉声如有意，引起客愁长。

通济门城河远眺

绿杨微减色，秋气已相侵。
破屋求渔乐，荒城有燕寻。
桥空时度舫，水曲晚闻砧。
领得萧闲意，何须忧思深。

通济门，是南京明城墙十三座明代内城门之一，明初由原集庆路旧东门截城壕增建，扼守于内外秦淮分界，门向东北为皇城，向西南则是商业区，为南京咽喉所在，是中国规模最大的瓮城城门，世界城墙史上独一无二的杰作。1960 年 10 月，白下区人民委员会开始拆除通济门瓮城两道城门。1963 年底，通济门及瓮城地面建筑被彻底拆除。从此，屹立了近 600 年的通济门瓮城消失在人们的视野中。

与通济门同样命运的，还有光华门。管笠在《光华门早望》中写道：

> 野树萧疏带远天，早霞红引日高悬。
> 秋风旅客增凄感，多少楼台梦尚圆。

光华门，南京明城墙内城十三座内城门之一，明称正阳门，位于南京御道街最南端。光华门内外均为瓮城的复合型瓮城，对城内城外有双重防御作用，是中国城墙建造史上的独创。光华门是明皇宫的南北中轴线上最南端的大门，外国使臣来朝觐见必须经正阳门出入，正阳门也就是明朝"国门"。光华门为南京内城南段城墙三座城门中，最靠东的一座，西面距通济门约1450米，东北面距朝阳门（今中山门）约2590米。1931年（民国二十年），国民政府为纪念辛亥革命江浙联军由此进入光复南京城，易名光华门，喻光复中华之意。次年4月由国民政府监察院院长于右任题写"光华门"，匾额镶嵌于城门之上。1937年（民国二十六年）12月，南京保卫战在光华门展开，光华门被攻陷，守军节节抵抗，牺牲无数，最终失守，南京城破，城门被炮火炸塌。光华门是日军入侵南京时战斗最激烈、伤亡最大的一处战场。1958年，南京光华门在全国轰轰烈烈的拆城运动热潮中遭到拆除。如今光华门只剩下城门遗址和地名。

管笠于1948年作《大中桥观渔（戊子中秋）》：

> 雨丝斜布网张风，波面游鳞一扫空。
> 抑是生机还是劫，冷观感到倚桥翁。

管笠另有一首《大中桥东望复成桥左右旧日六朝烟水区》：

> 已无楼阁树层层，一曲青溪感废兴。
> 只有几家破茅屋，斜风疏雨下鱼罾。

大中桥，是南京古桥，位于南京市秦淮区龙蟠路西侧，通济门附近，已有千年历史，桥墩为历史原物。早在六朝时期，现在的大中桥一带是当时建康城的卫城"白下城"之东门，杨吴（后为南唐）筑城时，就青溪河挖掘护城壕，有桥跨壕而处东门之外。门前青溪横跨大桥，得名"白下桥"，这便是最初的大桥。复成桥在今天常府街东面。有传说复成桥原来叫浮成桥。据说明初这桥还没有建好的时候，朱元璋要从那走过，因此手下就用木板在上面搭了一个平的桥面，因此就叫作浮成桥。不过，《洪武京城图志》记载："既坏而复成之，因之名焉。"这表明复成桥原已有之，后来损坏又重新建成，因此叫复成桥。朱自清在《桨声灯影里的秦淮河》曾提到"大中桥外，本来还有一座复成桥，是船夫口中的我们的游踪尽处，或也是秦淮河繁华的尽处了"。

朱自清说复成桥是秦淮河繁华的尽处。不过复成桥在历史上的出镜率倒是很高。明清时期，复成桥附近有一个重要的粮仓——复成仓。南京临江绕河，自古漕运十分繁荣。《东南防守便利》记载：南京在三国时期，就已开始粮食漕运，以后历代相沿。明清时，复成仓与常平仓、俸给仓、虎贲仓并列为金陵城内四大仓廪。晚清"维新四公子"之一的陈三立曾在复成桥附近有散园精舍，与陈作霖的可园（安品街20号）、薛时雨的薛庐（今清凉山）、缪荃孙的艺风楼（今颜料坊）同为南京名园。民国人们提到明故宫时，也会说这是在"复成桥畔"，可见此处原有另一番繁华。

抒发了历史兴亡感的诗人管笠，多次经历了历史的兴亡。他在《吊清将军府》中云："兴亡多少梦，临眺一踟蹰。"《吊明故宫》云："蔓草荒垣王气销，行人相对说明朝。"1949年的南京，管笠再次经历了政权更替。管笠作有《己丑二月游玄武湖》，1949年年初，在风雨飘摇的南京，管笠还游过玄武湖。他在1949年的正月作《文德桥望钟山（三八年二月廿六日，己丑正月廿九）》："要转乾坤济众生。"《己丑五月为眷属牵引到台北闲居》："荒荒浩劫总难量，忽到天南水一方。"管笠旅台后作《卜居》，教育家谢似颜、戴静山作和作。戴静山在台湾大学教授诗词，他的和作云："宦海栖迟大隐身，昔年饱赏秣陵春。"

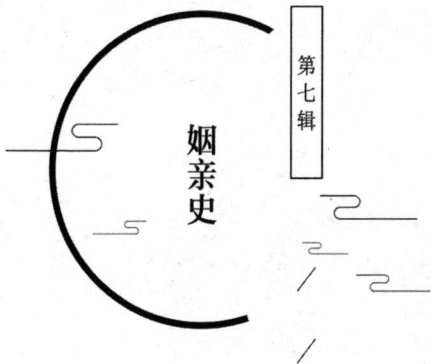

第七辑

姻亲史

第二十一章　窦氏诗歌世家联姻谱系

　　婚姻在古代宗法制度中非常重要，望族间的联姻是维系世家大族鼎盛不衰的重要因素。值得注意的是，窦氏家族的姻亲圈，也是其家族力量的一种扩充。霍邱当地望族裴景福、管笠、李灼华、李道南等家族，均为窦氏家族的姻亲。除了当地望族之外，窦氏家族还与河南、湖北、山东等地的文化望族通婚。考察窦氏诗歌世家的联姻谱系，一张更为广阔的地域文化网络图就会清晰出现。窦氏家族与其他文化家族之间的婚姻关系相当繁复，客观上加强了彼此之间的文化联系。婚姻关系是家族结构重要的组成部分，联姻家族的影响对文学家的成长起着重要作用。

1.　与裴景福家族

　　诗人窦以显的妻子是同治甲子科举人裴正绅的长女，裴正绅的另外一个女儿则嫁给了窦以显的堂兄弟窦以垲。霍邱裴氏，世业诗书，素称霍邱世族。裴正绅担任过上海知县，同治《霍邱县志》载有其撰写的《重修霍县学记》和长诗《忆昔》，长诗书写太平军攻陷霍邱所带来的灾难。胞兄裴正己著有《时敏斋诗草》四卷，散佚。胞兄裴正心著有《救急良方新编》。裴正心之子裴大中，字浩亭，曾任苏州、无锡、上海知县，北洋武备学堂监督、直隶通州知府等，与金匮知县倪咸生合作监修过一部《无锡金匮县志》。裴大中之子则是大名鼎鼎的裴景福（裴伯谦）。裴伯谦（1853—1926），1879 年举人，1886 年进士，历任广东陆丰、番禺、潮阳、南海县令，民国初年任安徽省政府公署秘书长、政务厅长等职。他是著名的文物鉴赏家和收藏家，著有《睫暗诗抄》十六卷、《河海昆仑录》四卷，《壮陶阁书画录》二十卷。裴景福与窦氏家族多有交集，窦以显的胞侄窦贞甫六十寿辰刻录《百庆集》，诗集前面有裴景福献诗：

> 六十一年甲一周，八千岁月为春秋。
> 青囊济世同泰越，沧海横流有许由。
> 树德燕山家植桂，齐眉鸿按屋添筹。
> 古稀幸我身犹健，欲访西村话旧游。

诗中的"西村"系指洪家集西村，窦贞甫家的窦家中楼位于西村境内。

2. 与裴竹溪家族

在窦守谦、窦守愚的诗歌中，裴竹溪是经常出现的一个人物。窦守谦称裴竹溪为二兄。据族谱记载，窦梦熊长女嫁给了监生裴奏言，裴竹溪可能是裴奏言之子。裴竹溪与窦守谦、窦守愚系表兄弟关系。

窦守谦作《题竹溪裴二兄幽居》：

> 结屋临溪水，清幽远市尘。
> 院花红上下，亭草绿轻匀。

风定茶烟细，林闲鸟语频。

倚窗春卧稳，不让辋川人。

辋川为唐代大诗人王维隐居之地。窦守谦将裴竹溪的幽居与其进行对比："不让辋川人。"窦守谦作《秋日访竹溪二兄不遇》：

闲行信步野人家，未隔蒹葭云未遮。

浅水绿横梅影落，短篱红挂夕阳斜。

数声犬吠无人语，一阵香幽是菊花。

不遇空归归路晚，多情明月照天涯。

窦守愚的《题裴二竹溪幽斋》也刻画裴竹溪作为隐士的形象：

径僻无车马，高人一草庐。

半窗新月净，几片落花疏。

豪藉樽中酒，香生架上书。

年来尘事绝，习静乐何如。

窦守谦的《送裴竹溪之楚南》，表明裴竹溪曾到湖南为官：

相送已临歧，依依不忍离。

掷杯成远别，拭泪定归期。

骚客天难问，湘灵事久遗。

到时应为我，一吊古湖湄。

湘灵是古代传说中的湘水之神；《天问》是屈原对于天地、

自然和人世的发问。《送裴竹溪之楚南》写出了窦守谦与裴竹溪依依惜别之情。

窦守谦在广东肇庆时，作《寄怀竹溪裴二兄端州》：

> 与君分袂别桥头，弹指于今四度秋。
> 千里云山迷粤海，一庭梁月思端州。
> 愁中酌酒易沈醉，梦里闲身疑浪游。
> 羡煞依依淮上水，犹能流到阅江楼。

裴竹溪也善吟咏，同代诗人孙嘉瑜作《春夜次裴竹溪韵》：

> 群动夜俱寂，悠然静者心。
> 溪光流竹影，人语在花阴。
> 醉枕云根卧，遥闻月下吟。
> 清才怜小谢，佳句感予深。

裴竹溪的原韵已经散佚，其生平事迹亦不可考。孙嘉瑜的诗歌倒是流传了下来。光绪《寿州志》卷二十三《人物志》记载："孙嘉瑜，字吟秋。世居淮阴。其先人侨寓正阳镇，因家焉。少弃举子业，以书记历游江淮间。性敏善，涉猎书史，博学工书，为金寿门、洪剑城所重。著有《景梅山房诗》一卷。"孙嘉瑜留有《寄怀黄仲则》等诗，黄仲则留有《十六夜有月，俄为云掩，因怀孙吟秋，再叠前韵》《夜饮孙吟秋斋头，邻家火发，归而成此，并讯吟秋》《话吟秋斋头次韵》《琵琶仙·留别孙吟秋程云槎》等诗词，清代著名诗人黄仲则游历寿州时，与孙嘉瑜过从甚密。

3．与李灼华家族

霍邱李灼华家族与窦氏家族也是姻亲。李灼华撰有《清振威将军霍邱窦公传》，落款为"清史官、翰林院编修、愚表弟李灼华"。《百庆集》录有李灼华贺寿诗，此诗标题显示窦贞甫系李灼华的"贤表阮"："本年四月十六日，为贞甫贤表阮六旬晋一寿辰，其哲嗣谷声以诗为祝，用当莱衣之舞，并征同人属和。不揣谫漏，谨步原韵勉成七律一章，录呈邮政。"李肖峰，名灼华，清光绪二十年（1894）进士。后授翰林院编修、国史馆纂修、二十四年会试同考等官，二十五年起，历任山东、福建、两广道监察御史、六科给事中、户部侍郎。清亡后，李肖峰返乡闲居。李灼华著作有《移孝轩疏稿》四卷、《林泉隽语》一卷。李灼华原配夫人刘氏也是出自名门望族，是泉州知府（康熙年间任）刘象震的后裔，刘象震潜心经史，代有著述。刘象震的胞侄刘郇著《四书折衷》。刘氏高祖刘箱，字青锁，力学不倦，远近宗之，著《绿漪堂稿》。刘氏曾祖父刘伊碫，也善于古文学词，著有《绿漪堂合稿》。刘氏父亲刘文诏著有《啸月馆伴梅诗草》。

李灼华生于同治二年十二月十七日（1864年1月25日），窦以煦生于同治五年四月三十日，窦以煦的侧室宣氏生于光绪十九年（1893），生了两个女儿，第二个女儿嫁给了李灼华，做了李灼华的最后一任夫人。李灼华与窦氏的儿子李祚莱目前健在，八十余岁。李灼华与窦氏的年龄悬殊，堪比杨振宁与翁帆。

李灼华的第八个儿子娶了裴伯谦的女儿，裴氏的孙子李经达系皖西学院退休教授。

4. 与刘燨家族

民国八年霍邱《安丰窦氏族谱》载，窦如郊次女"适举人、湖南醴陵县知县刘燨"。刘燨（1845—1916），字仲咸，霍邱城关人，1879 年中举，能诗文，善书画，书画自成一家。1880 年在程文炳营中供职，"襄赞戎事"。程文炳字从周，累官至九江镇总兵、湖北提督、福建陆路提督、长江水师提督。刘燨于光绪十五年（1889 年）大挑知县，"签分湖南，初补蓝山，历署汉寿、宜章、醴陵、慈利、嘉禾等县，并桂阳直隶州篆。辛丑，调补湘潭"。光绪二十七年（1901）刘燨任湘潭知县，1903 年"署永顺府古丈坪同知"。民国《霍邱县志》记载：

刘燨，字仲咸，号荟生，幼与兄灿同塾读，一目数行，年十三已熟五经。遭咸丰匪乱，随父往贵州世父任所，而世父已前归。播徙数千里，继依舅氏李忠愍孟群营。乱平，与兄灿同游庠，中光绪己卯举人。庚辰就咸靖营程从周聘，襄赞戎事。己丑始应礼部试，未售，大挑知县，签分湖南，初补蓝山，历署汉寿、宜章、醴陵、慈利、嘉禾等县，并桂阳直隶州篆。辛丑，调补湘潭，到任，即革蠹役，黜豪族，就陶桓公祠旁创建小学校，亲订规条，恢复邑南庆霞寺名迹。喜骑射，巡行四乡必乘马，年虽六十犹不耐按辔徐行。筹办捕盗防荒及救生局等，为之惟恐弗逮。癸卯，升署永顺府古丈坪同知。去任日，士绅赠诗百余人，商民送匾曰："慈惠之师。"自撰《潭州留别诗八首》，为世传诵。生平工绘事，生动处妙极天然，能自名家。在湘潭，有日本学士某见而欢赏，力求数帧，摄影，寄其国美术馆内。归里，曾捐资设兼善小学，费不给，则鬻书画补助……年七十二卒……

宣统三年（1911）9月19日，辛亥革命军入霍邱县城，知事袁励衡携印逃跑。革命军推刘燨为民政长，行使知县职权，数月后移交。民国《霍邱县志》记载，民国四年（1915），刘燨任霍邱县地方财政局局长，民国五年（1916）裴景升接任。1915年刘燨曾作《梅花双鸟图》。刘燨应该病逝于1916年，"年七十二卒"，那么其生年应为1845年。1957年，霍邱被太平军、捻军攻陷时，他刚好十三岁，"遭咸丰匪乱"。根据霍邱《安丰窦氏族谱》记载，刘燨岳母宛氏病逝于1847年农历五月，刘燨夫人窦氏"幼方索乳"，可能生于1846年。这与刘燨的年龄比较般配。

同治八年编写的《霍邱县志》，廪膳生刘灿、痒生刘燨参加了校对。廪膳生是由公家给以膳食的生员。刘灿是刘燨的长兄。刘燨的曾祖叫刘逴，祖父叫刘瀚，父亲叫刘椿。刘燨的伯父刘毅在贵州担任过知州。1857年，太平军与捻军攻破霍邱县城时，刘氏家族几乎合家殉难。《霍邱县志》卷十三《列女志》载：

封朝议大夫刘瀚之妻王氏，丁巳城陷，年逾八旬，骂贼，扼吭死。媳贵州候补知州刘毅之妻陈氏公服骂贼被害。媳候选布政司理问刘椿之妻张氏，姑死负尸掩埋，后投水死。媳赠征仕即刘枋之妻节妇陈氏，年二十八夫故，守节二十余年。贼至，投井死。媳同知衔河南候补知县刘棐之妻朱氏，并妾张氏、胞侄妇、候选通判刘星构之妻何氏，孙媳廪生刘灿之妻李氏、孙女瑞姐、曾孙女红姐、曾孙刘八十，城陷，骂贼捐躯，合家殉难，一门节烈，经前抚宪翁具奏，奉旨旌表入祠建坊。

捻军与太平军攻陷霍邱县城时，刘氏家族遇难的女性多达十人。同治《霍邱县志》卷十五《艺文志》载该志总纂陆鼎教撰写的《节烈张安人传略》，记录刘燨母亲遇难的整个过程。刘氏家族遇难的男性中，则有刘椿、刘星杓、刘相辅等。刘爔死里逃生，前往贵州，投奔伯父刘毅，而刘毅已经离开贵州，刘爔不得不千里折返，投奔舅舅李孟群。

官至安徽巡抚的河南固始县进士李孟群系刘爔的舅舅。

《陈宝箴集》载有一个奏折：

王馀庆、刘爔分别调署东安、慈利令片

（光绪二十三年）

再，湖南东安县知县吴鼎荣因病请假回省就医遗缺，查有桑植县知县王馀庆，才具稳练，办事安详，堪以调署。又，慈利县知县缺，查有蓝山县知县刘爔，才识明通，讲求吏治，堪以调署。据藩司何枢、署臬司黄遵宪会详前来，除批饬遵照外，谨会同湖广督臣张之洞附片具陈，伏乞圣鉴。谨奏。

朱批："吏部知道。"

此奏折显示，1897 湖南巡抚陈宝箴、湖南布政使何枢、代理湖南按察使黄遵宪，会同湖广督臣张之洞，将蓝山县知县刘爔调任监利县。

刘爔精绘事，其画作得到了日本人的钟爱。窦以显在《刘母七十寿序》中云："刘氏自姻伯荫庭先生，励子姓以学，始以儒起家，而伯氏灿之书，仲氏爔之画，最为乡人士所宝贵。余与刘氏兄弟游……""伯氏"系指"长兄"，"仲氏"系指"次子"。长兄刘灿的书法、次子刘爔的画，在当时颇有影响。刘爔告老返乡后，捐资办学，不足部分，则依靠卖画来补助。刘爔晚年辞官归里，退隐霍邱城关绿杨村（刘家小庄，今霍邱二中校址），窦以蒸作《寄题刘仲咸兄宛在亭·在绿杨村畔》：

伊人一别隔潇湘，流水光阴二十霜。

栗里归来陶靖节，画船争睹米襄阳。
饱更沧海桑田变，赢得菰蒲岁月长。
小立绿杨村外看，不忧渔浦隔沧浪。

有客言登宛在亭，菊花重九醉曾经。
闲居不觉嚣埃近，负郭还纡车辙停。
楼外夕阳孤塔迥，门前雨信数峰青。
遥知曲水流觞胜，又见城南聚德星。

窦以燕的这两首诗大约作于1913、1914年间，对堂姐夫刘燨极尽赞美之辞。陶靖节是指晋代大诗人陶渊明，他的故乡栗里是一个山环水绕、景色秀丽的乡村。米襄阳是指米芾，北宋书法家、画家、书画理论家，与蔡襄、苏轼、黄庭坚合称"宋四家"。宋徽宗诏为书画学博士。菰蒲借指湖泽，如苏轼《夜泛西湖》："菰蒲无边水茫茫，荷花夜开风露香。"将刘燨与陶渊明、米芾类比，可见其诗画在当时的影响力。

第二首第五句注："文峰塔不远。"第六句注："大山雨信为吾霍八景之一。"大山就是西大山，又名安阳山，供有大山奶奶庙，每逢山上起雾发云，预示大雨来临，因此有"雨信"之称。从诗歌的两个小注来看，交代了宛在亭的地理方位。

窦以杰作《题寄同砚妹倩刘燨仲咸书尾》：

寂寞芸窗书漏残，良知不见惹心酸。
人当别后驰思切，书到情深下笔难。
离绪千重伤舞燕，新愁一缕托回鸾。
君应记取吟秋社，晚菊篱边酌酒欢。

窦如郇作《送别刘子仲咸》：

山中方清闲，偶忆同心客。

策杖松岩下，长歌倚危石。

会当君南来，款款尉岑寂。

久别乍相见，相见一畅然。

欢持金樽酒，联吟从瘦肩。

连日秉烛游，笑言快若仙。

倏闻赋式微，相将尽数杯。

携琴君复去，赠折一枝梅。

临风长怅望，嗟余两鬓摧。

浮云与倦鸟，日暮相徘徊。

从"欢持金樽酒，联吟从瘦肩"所描写的情形看，刘燨不仅善画，还工于诗，喜咏吟。民国《霍邱县志》记载，他作有《退娱园诗》和《退余楼诗钞》六卷。刘燨为《退娱园诗》自序云：

余生不辰，幼遭丧乱，东西南北，转徙数千里。烽火余生，田园自守，学书学剑，一无所成，然犹性喜咏吟，兼好绘事，及壮投笔从戎，所遇多不合，而年近知非，始以一官从事三湘七泽间，作一风尘俗吏，凡所历之山川人物风土民情，辄记之。以诗信手拈来，不加雕琢，率真也。犹之春鸟秋虫自鸣得意一任乎，天籁云耳。今者，年将七十，老病衰颓，解组归田，遂我初志，清风两袖，幸余诗稿一囊，班定还生入玉门亦幸事也。尤可喜者，旧日之绿杨村松菊无恙，退归林下，诗画自娱，因额其园，曰退娱，不亦宜乎兹将四十年前零星诗稿，略为删订，缮呈同志诸君子，大加斧削。

湖南慈利县举人、诗人于云赞为《退余楼诗钞》作序：

霍邱刘侯，以名孝廉宰湘中，移官吾慈者，再车从所历，辄多吟咏，予获见其所著《退余楼诗钞》六卷，其中所以记载山川之土风，模绘闾阎之情状，表阐槁项黄馘之幽潜者居多，而感事怀人诸篇亦附焉。窃即其诗而读之，勿艰涩以为古，勿叫嚣以为豪，勿襞积以为新，勿饾钉以为富，大抵兴会飙举，独抒胸臆，如风水相遭，自然成文，泉石相激，随在结响。不屑于一字一句较量工拙。盖侯之职在民社，诗特为其余事，自不若郊岛下士镂肝刻髓，沉吟于荒江老屋之中而巫焉。欲以一编之传也，虽然昔晏元献及欧苏两文忠相继守颍，政事余暇，辄游咏西湖之上，颍之人感之，迄今犹传其篇什之所留。侯故籍颍，其政之被于吾湘，宛有晏欧苏之风，则他日诵侯之政，而并传侯之诗者，亦不啻颍之人之于晏欧苏三公也。盖可知矣噫！有可传之文章，必有不刊之事业。若一行作使，徒以骑吹相征逐，荣则荣矣，未几事过境迁，而舆论不能举其姓名，月旦无从搜其轶事，即偶有文字之存，亦适足供人之诟病已耳。不朽之业，果何有哉，然则读我侯之诗而为决，其足以传后者，不得第于是编，求之矣。

刘爔《退余楼诗钞》已经散佚。霍邱民间藏有刘爔的《菊石图》，并附题款："客从淮海来，赠我几瓶酒。乘醉写菊花，聊以报琼玖。"这是我们目前所能看到的刘爔诗歌，他的其他诗歌有待检索与挖掘。于云赞的诗集值得去考证，可能会有刘爔的些许线索。于云赞的诗文集包括：《慈利山水考》一卷，清宣统三年（1911）铅印本；《迎曦堂诗存》二卷，1913 年石印本；《迎曦堂文存》二卷，1921 年长沙文乐中堂石印本；《于云赞选拔贡卷》，清光绪十一年（1885）刻本。

寿州孙树侯（1866—1935），光绪秀才，1898 年与孙少侯（毓筠）等创办"强立学社"。他在《淮南耆旧小传》中曾介绍刘燨："霍邱刘燨字仲咸，生于道光之季年。光绪中叶，曾以举人作令湖湘。工设色花鸟，气韵彬雅，题字亦佳。晚岁专画兰石，沈酣而洒落，人尤重之。"孙树侯谓刘燨生于道光季年（1851），可能有误。刘燨善画花鸟，晚年专于兰石，清雅高洁。

夏承焘、唐圭璋、施蛰存、马兴荣主编的《词学》第四辑（华东师范大学出版社，1986年版）收入陈庆森的《百尺楼词集》，里面有一首词《金缕曲·题刘仲咸大令退余楼诗卷，时同事秘闱》：

校事将阑矣。正窗前碧梧疏月，逗人诗思。忽讶云篇新入手，读向湘帘棐几。有无限乐天风味。最忆秦淮箫韵脆，度珠喉一串歌声。[①]轻叠稿，黛眉翠。香尘影事分明记。尽消磨、簿书鞅掌，一行作史。幕府清秋愁唱好，花落讼庭如水。应不数、杜陵诗史。[②]此老胸中原不恶，好丹青、挥洒犹余事。[③]金缕曲，为君序。[④]

原注①：集中有秦淮竹枝词数首最佳。

原注②：君宰蓝山九年，其风土人情，多记以诗，故云。

原注③：君擅丹青。

原注④：君来索序，为题词一首归之。

陈庆森（1869—?），广东番禺（今属广州市）人，光绪进士，官湖南知县。曾受业于陈澧之门，著有《百尺楼词》一卷。1954年，施蛰存先生于上海书肆购得陈庆森手书未刊稿本《百尺楼词》。三十多年后，孤本刊发于《词学》第四辑。从陈庆森的词和注中可以看出，他与刘燨应该相识相知于湖南。

刘家历代对诗词歌赋书法绘画均有传承之人。刘燨有子侄后辈学画者甚多，较有成就者其次子刘堪，字次公，学"四王"（清代画家王时敏、王鉴、王原祁、王翚）山水，其山水画从立意、布局，到色彩等方面达到了很高的水平。刘堪善画传统水墨山水，得"四王"法，后又临仿蓝瑛，秀韵怡人。裴景福曾作《依刘次公韵并柬长公》：

> 沧桑过眼任推迁，王谢情亲已百年。
> 东坨立谈枫叶岸，南村醉倒菊花天。
> 吟诗摩诘招裴迪，对酒元晖话米颠。
> 最是机云好兄弟，杖藜日日到门前。

此诗加注云："去秋承枉过敝居。"裴景福的诗写了与刘堪吟诗论画的情景。裴景福还有另外一首诗《经樱桃园柬阶平次公两表弟》，前两联为：

> 出城三里水为田，中有樱桃颗颗圆。
> 绿树村边常送客，青丝网里不论钱。

此诗加注云："先公与楚亭、懿亭两叔父，曾结三老会。"此诗中的"先公"应指刘燨。

刘燨晚年的收山弟子是他的曾外孙陈伯荪，得其花鸟画真传，并擅长指画，指下泼水溶墨，枯枝梅花，翠竹葡萄，重重叠叠，层层递染，神润俱在，在当地有很高的声望。陈伯荪（1900—1989）从8岁起至15岁向刘燨学画。陈伯荪后人保存刘燨册页共13幅作品，表现主体均是各类花卉小鸟或其他小动物，其中梅花小鸟3幅，荷花小鸟1幅，水仙小鸟1幅，柳枝小鸟1幅，芦花螃蟹2幅，牡丹蝴蝶小猫2幅，荷花蜻蜓2幅，葡萄松鼠1幅。作品题款表现作者归隐田园的士大夫道家思想，如在《柳枝小鸟图》"好鸟枝头亦朋友，"《梅花小鸟图》"双宿双飞过一生，"《牡丹蝴蝶图》"却嫌脂粉污颜色，淡扫蛾眉朝玉尊，"

表现作者无欲无求的隐士思想。刘燨回到家乡后，刻了一方"前度刘郎今又来"的闲章，借刘禹锡"种桃道士归何处，前度刘郎今又来"诗句明志回归家乡，以及重新出山造福乡梓的愿望。

5. 与管笠家族

霍邱管氏家族也是当地的名门望族，诗人管笠在《四楼蒙难记》中言本族在道光咸丰同治时代，"任州县者数十人，宦迹遍于行省，内陞就职，外擢太守，亦联翩不绝"。诗人窦桂林的侄女（候选巡检窦士林的女儿）嫁给了监生管维楷，生子管笛（1871—1951）、管笠。兄弟俩先后留学日本，归国后，管笛（管伯瀛）创办了上海巡警学堂，后历任江苏警察署署长、江西警察厅督察长。管笛的夫人则为窦桂林的侄孙女（窦士林孙女），属于表兄妹结婚。管笛的女儿嫁给了窦桂林的曾孙、窦如鉴的孙子窦光谦。窦光谦生于光绪十八年，江苏高等警察学校毕业。管笠历任安徽高等学堂教员、国史馆编修等，著作颇丰，今存《雪庐诗草》九卷（京华印书局，民国十五年排印本）、《雪庐四种》和《雪庐后集》。管笠在《先妣考事略》中云："先考子模府君讳维楷，清封朝议大夫，先妣氏窦，清封恭人，先考一生刚明正直，见重乡堂，治家教子，严而有法。先妣系出名门，幼娴母训……"《顾颉刚日记》（第六卷 1947—1950）曾多次提到管笠。管笠的儿子管传采（1916—2011），字亚公，早年毕业于国立中央大学外交系，1943 年进入外交部工作。管笛的《雪庐四种》《后雪庐集》由管传采校字付印。管笛的外孙汪希教授，民国三十六年毕业于国立安徽大学外文系，秋末去台，先后在各大学任教，也有著述。管笠族叔、与窦国华同列同治《霍邱县志》名宦的管让，其女儿成了窦国华玄孙窦以勋的原配夫人。管让，曾任甘肃岷州知州，署平凉府盐茶同知，护理平凉府事。

管笠的诗，记录了他与窦氏家族的交往，如《雨晴逢端阳同缙卿丹甫念初散步》《秋日同窦应壩中表踏看山水》。《雪庐诗草》卷六《北征集》卷首诗是《二月初十东行至经才家小住（丁巳）》。丁巳年就是 1917 年。这一年，管笠前往北京，东行至妹夫窦经才家小住，实际上是向妹妹一家告别。此诗写道：

> 不做长安客，于今已五年。
> 又牵浮世梦，偏值早春天。
> 花柳慵舒眼，郊原暖化烟。
> 东风能利汝，勉着祖生鞭。

《雪庐诗草》卷四《礼庐集》收入《在窦经才家即事》：

> 好山迎面水环腰，中有良田赋乐郊。
> 柳坞招来群鸟闹，麦畦耕后一牛捎。
> 清渠绕屋开鱼国，古树当门稳鹊巢。
> 时局未平宜小隐，欲寻风月共衡茅。

此诗写于 1913 年。经才是指浙江处州镇总兵、台湾基隆总兵窦如田（1839—1891）的侄儿窦以熔（1884—?），字陶庵，号经才，是管笠的妹夫。

管笠《雪庐诗草》卷七《湘皋集》收入《和窦子瑾归田原韵》：

> 阳羡还余二顷田，东坡雅兴在林泉。
> 记从沧海横流日，谁忆神尧大雪年。
> 人不自卑能健国，天真容隐便为仙。
> 剧怜清绝湘江水，刘宠何曾受一钱。

此诗写于 1919 年，管笠与窦子瑾均在张敬尧手下谋事。这一年，管笠以《祝张勋臣督军四秩荣庆》为题写过四首诗。

管传采也工诗。2008 年，与梁羽生一起荣获"澳华文化界终身成就奖"的赵大钝，时年 91 岁，是著名的教育家，曾在越南和中国香港教书育人 50 年，并在中国古典诗词领域具有较高的造诣，出版过《听雨楼诗草》专著。赵大钝《听雨楼诗草》中有《管传采使节自卢旺达寄示岁暮月下偶成一律次韵奉酬》："年残景急客愁侵，万里清辉照寂吟。世变乘桴浮愈远，天寒倚竹溯初心。烟尘端喜殊方净，风露宁嫌此际深。欲起潜龙无著处，苍茫惟听海潮音。"由此可见，管传采也善吟。

6. 与李梦庚家族

窦荣昌第五子窦如邶，系江苏三品衔知府。窦如邶长子窦以铥的继室夫人李氏则是李道南之女。李道南为淮军将领，在镇压太平军和捻军中屡立战功，积劳成疾，在营病故，卒年为同治六年。清授武显将军，副将衔，候补参将。从李道南时代开始兴建的李氏庄园，号称全国四大地主庄园之一，2006 年被批准为全国重点文物保护单位。光绪十年二月，窦以铥在家中遇盗贼，被逼堕水而死。《窦节母李氏传》记载，李氏"青年而寡，乃茹苦守志孝事，其姑者三十有余年"，"建坊位于邑南洪集之衢，落成之日，仰观俯拜不期而集者约数万人"。民国初年族谱记载，其贞节坊建于洪家集东街。

李氏是李梦庚的堂姑。李梦庚的夫人裴氏系晚清著名诗人、收藏家裴景福的堂侄女。李梦庚的父亲是李鸿祺，其朱卷载："子启荫，幼读，聘候选州同、承袭云骑尉裴公讳克方孙女，河南候补府经历、承袭云骑尉讳景祜公女。"同治《霍邱县志》卷九《选举志·荫袭》载："裴克方，以父锡之，由六品衔监生办团剿贼，城破遇害，赐恤荫袭云骑尉。"同治《霍邱县志》卷十《人物志·忠义》载："裴锡之，监生，六品衔。率练守城，城破，阖门殉难。同治五年，署两江督爵宪李片奏：据安徽霍邱县候选主簿裴大中称，咸丰三年春，皖省不守，霍邑土匪薛小等勾引发逆作乱。大中之父正心、叔六品顶戴监生裴锡之等，倡义筹捐毁家纾难，带练剿贼，颇有斩擒。数载经营，未敢少驰，霍邑危而复安。六年九月，裴正心积劳病故。裴锡之复募勇，协守城垣。七年二月，贼大至，以地道陷城。裴氏一家二十三口亦投井以殉。禀由忠义局查明请奏前来。臣查霍邱裴氏，世业诗书，素称巨族，该监生裴正心集赀带练，保卫地方，赍志以殁。伊弟裴锡之，善继兄志，办团御贼，卒因贼众城陷，力战死绥。合门数十人，无一存者。大义凛然，洵足增辉下邑，相应另缮清单奏恳天恩敕部，分别从优议恤，并建专祠专坊，以示褒异。"

同治四年四月（1865 年 5 月），至同治五年十一月（1866 年12 月），李鸿章以江苏巡抚署理两江总督。同治五年三月十二日，李鸿章为裴正心、裴锡之奏请从优议恤，并建专祠专坊。《李鸿章全集·奏议（二）》所载《为裴正心等请恤片》，与同治《霍邱县志》所载内容基本雷同：

据安徽霍邱县候选主簿裴大中禀称，咸丰三年春，皖省不守，霍邑土匪薛小等，勾引发逆作乱。大中之父监生裴正心、叔六品顶戴监生裴锡之等，倡义筹捐，毁家纾难，带练剿贼，颇有斩擒。数载经营，未敢少驰，霍邑危而复安。六年九月，裴正心积劳病故。裴锡之复募练勇，协守城垣。七年二月，贼大至，以地道陷城，裴氏一家二十二名，及随剿之文生王文翰等三十七名，皆巷战死，妇女二十三口，亦投井以殉。禀由忠义局查明，请奏前来。臣查霍邱裴氏，世业诗书，素称巨族。该监生裴正心，集赀带练，保卫地方，赍志以殁。伊弟裴锡之，善继兄志，办团御贼，卒因贼众城陷，力战死绥，阖门数十人，无一存者，大义凛然，洵足增辉下邑。相应另缮清单，奏恳天恩，救部分别从优议恤，并建专祠专坊，以示褒异。除造册咨部外，谨附片陈请，伏乞圣鉴训示。谨奏。

同治五年三月二十一日，军机大臣奉旨：裴正心等均著分别从优旌恤，并建专祠专坊。该部知道。单并发。钦此。

裴景福的父亲裴大中，曾先后任过苏州、无锡、上海等地的知县，北洋武备学堂监督，直隶通州知州等，曾主修《无锡金匮县志》。裴景福的爷爷裴正心与裴景祜的爷爷裴锡之是兄弟。李梦庚的夫人裴氏即裴景祜的女儿。裴氏出自诗书世家。

7. 与宛震家族

窦如郊原配夫人宛氏，举人、官浙江余姚知县（道光十六年、1834 年任）宛震长女。窦如郊作《题内兄宛立俊伟甫泛槎图》。宛立俊（伟甫）系宛震之子。窦怿祁写有《题宛伟甫泛楂图》《再题宛伟甫泛楂图》《送宛伟甫归黄梅》。宛氏早逝，宛立俊撰写《诔亡妹文》。

8. 与王德修家族

窦荣昌次女嫁给了候选道库大使王德修，窦以杰原配夫人为王德修长女，系表兄妹结为夫妻。窦怿祁作有《和王来卿蜗庐居》。窦以勋作《登陶桓公读书楼和姑丈王来卿韵》，窦以煦作《题姑丈王来卿先生听鹏山馆诗后》，窦以蒸作《书姑丈王来卿先生诗集后》。窦以杰作《武昌城楼晚眺步外舅王来卿韵》："远山排地起，明月破空来。"

9. 与六安鲍起豹家族

窦如祁的五女儿嫁给了"广东巡检六安鲍乃森"。窦如祁五子窦以蒸作《哭鲍氏五姊》，小注云："婿为鲍爱山军门孙。"窦氏 1899 年去世，为鲍乃森生三子，根据窦以蒸《辛丑七月鲍甥俊卿哀辞》记叙，"姊产三男已经丧其二，今存长甥一人"。窦以蒸加注云："甥为鲍爱山军门曾孙。"所谓军门鲍爱山是指鲍起豹，字文蔚，号爱山，官至湖南提督，六安州（今六安市）人。清乾隆五十九年（1794）生。父亲鲍友信，以进士身份，任云南昭通镇守备。

窦如祁八子窦以燕作《武昌客邸送鲍幼香姊丈之官广东，广东伊先人旧治所也》：

> 送君送到汉江头，地角天涯各一州。
> 此去前途须保重，好将新政绍先猷。

窦以蒸作《送鲍幼香赴试六安》：

> 幼安名久重词场，艺战酣时胆气强。
> 今日持螯为伐别，一尊清酒桂花香。

鲍幼香系指鲍乃森。光绪十六年（1891）鲍乃森为窦氏家族诗歌合集《丛桂集》作序。窦以蒸作有《题鲍姊丈乃森见惠画扇·绘月夜读书图》。

窦以煦次子窦昭光娶鲍乃森之女。

窦如祁的大女儿嫁给了"云骑尉世职六安鲍乃绩"，窦以蒸作《寿鲍氏大姊七十五岁》：

人生难得离高年，谁为高年厂奢筵。
竹杖如添孙侍侧，莱衣未见子趋前。
李家曾有陈情表，张女犹传孝行篇。
寄语凤雏须养志，莫虚桃献岁三千。

窦如郇的二女儿嫁给了鲍乃廉。

10. 与吴延瑞家族

吴氏是河南固始县的名门望族。窦守愚的第六个女儿嫁给了吴延瑞的曾孙、赃封光禄大夫吴元锟。吴元锟的胞兄、湖北候补道吴元汉的长女则嫁给了窦荣昌五子窦如郇。窦守愚四女嫁道光癸卯科副榜固始吴保襄。吴保襄是进士吴其泰之子。

固始吴氏从吴延瑞开始走向鼎盛。吴延瑞为乾隆三十一年（1766）进士，历任陕西按察使、广东粮储道等职，著有《清芬书屋文稿》。吴延瑞生三子：吴邦治、吴炟、吴邦墉。吴邦治为乾隆四十六年（1781）进士，历任汾阳知县，解州、直隶州知州，后病退回乡，掌教临淮书院，有《卧云山房文稿》传世。其子吴其浚，嘉庆十三年（1808）进士。吴其浚生四子：吴元恺、吴元锟、吴元汉、吴元炳。吴元炳系咸丰十年进士，历任湖北巡抚、安徽巡抚、江苏巡抚、漕运总督等，多次署理两江总督，授光禄大夫。吴元锟因此被赃封光禄大夫。吴元锟的叔祖吴炟是乾隆五十二年（1787）进士，历任翰林院侍讲学士、礼部右侍郎，著有《中州文献考》《读史笔记》等。吴炟生二子：吴其彦、吴其濬。吴其彦是嘉庆四年的二甲六十三名进士（1799），官至兵部右侍郎，著有《藤花书屋遗稿》等。吴其濬五岁时，母亲许氏（翰林院庶吉士许家齐之女）便对他进行启蒙教育，十岁拜伯父吴邦治为师，就读于固始临淮书院。吴其彦是嘉庆四年（1799）进士，历任内阁学士、礼部侍郎、兵部侍郎等职。吴其濬是嘉庆二十二年（1817）状元，是清代267年间河南唯一状元，也是知名的植物学家，先后任翰林院修撰、礼部尚书、兵部侍郎等职，以后又出任湖北、江西学政、湖南、湖北、甘肃、浙江、广东、云南、贵州、福建、山西等省的巡抚或总督，还兼任过盐政等高级官员，宦迹半天下。吴其濬不同于清代一般官吏，他对植物学与矿产学有深厚的造诣，著有《植物名实图考》《植物名实图考长篇》《滇南矿厂图略》和《滇行纪程集》等书，这些书都有很高的学术价值。吴其濬同时还是一位诗人，著有诗集《念余阁诗钞》。

11. 与寿州孙家鼐家族

窦守愚的五女儿嫁给了"监生寿春孙家勋"，为咸丰九年（1859）状元孙家鼐族兄。

窦守愚的七女儿嫁给了"议叙县丞寿春孙家炽"。孙家炽系孙家鼐的堂兄。孙家炽的父亲孙延辑有《卉谱》《石谱》。

窦以煦的继室孙氏则为"寿州人运同衔候选州同家举之女"，孙家举也系孙家鼐堂兄。孙家举父亲孙玉田，著有《拳石山房诗集》。

12. 与阜阳宁氏家族

作为"颍州八大家"之一的宁氏家族，明清两代进士、秀才及府县官吏代不乏人。

窦以蒸原配夫人宁氏，阜阳人、山西泽州知府宁继忠三女。民国《阜阳县志》记载："宁继忠，字则孝，阜阳世族。性倜傥，好义。视士子赴南闱道远，艰于资斧者多裹足，遂将自置徐坡寨地两顷余捐出，……诸生多利赖焉。以守城功，历保知府，在山西泽州府任内，有政声。子孙亦多显达。"窦以蒸作多首《代内别母家》。

窦以熙继室宁氏，系阜阳人、宁国县训道宁司衡之三女。民国《阜阳县志》记载："宁司衡，字掌文，廪贡生。任宁国府教授仅二载，太平军起，遂解组归田。时正捻乱，为大府邀，出办团练，设计破敌，颇著伟绩，以是，大府多倚赖焉。既而捻匪围城，城内粮饷几绝，岌岌可危。司衡一面将自己存粮五十石捐作军饷，以为之倡；一面向大府设计，加意防御，并预备万一不测，必全家自杀。由是，仗义之人士愈众，守城之志愈坚，守至四十九日，而外援至，围解。以功保知县，加通判衔……"

13. 与阜阳连氏家族

窦守谦继配夫人连氏，为"同郡阜阳人举人国子监学正鼎彝公女"。连鼎彝，生卒年份无考，字牧九，号松谷，颍州人。他13岁求学于朱筒河学使，于乾隆年间（1759）中举，绝意仕途，专心教学。因其学识渊博，治学严谨，数年桃李如林，其学生大都学有所成。连鼎彝随之声名远扬。除教书外，他参与了地方志的编修工作，在这方面亦有较大贡献。其著作有《四甲集》《五甲集》《双清堂松谷诗抄》等。连鼎彝作有《重修白龙桥碑记》，此碑于2010年被发现。

14. 与安庆陈独秀家族

霍邱与陈独秀家族颇有姻缘，陈家三代人均娶霍邱人为妻。陈独秀先后娶了三个妻子，发妻高氏，乳名大众，为安徽霍邱人、清末安徽统领副将高登科之长女，育有三子一女。第二个夫人（陈氏族谱中称之为"侧室"）高君曼，乳名小众，系第一夫人高氏同父异母的妹妹。

陈独秀与高大众的第三子陈松年（1910—1990），曾任安庆市政协常委，安庆市文史馆馆员，安徽省文史馆馆员。陈氏族谱记载："遐松字松年，生于宣统二年庚戌七月二十九日丑时；娶窦以钰之五女，生于民国二年三月初三日子时，生子一长琦，生女二。"窦以钰的第五个女儿窦珩光嫁给了陈独秀的三子陈松年。

窦以珏（1865—?），字璞庵，号子瑾（敬），廪贡生，清末时任安徽咨议局议长。辛亥革命后，咨议局联合革命党人逼迫安徽巡抚朱家宝于11月8日宣布安徽独立，推举朱家宝为都督，王天培为副都督，窦以珏为民政长。窦以珏是当时安徽省的重要政治人物。而陈独秀在1911年辛亥革命后不久，任安徽省都督府秘书长、安徽高等学堂教务主任。

窦以珏的父亲窦如田是中国第一座铁路隧道的监修者。窦如田（1828—1891），字雨村，记名提督、总兵，淮军的一名悍将。霍邱县洪集窦老圩人。次兄窦科田（1825—1857），清军千总，军功保举蓝翎都司，遇难于河南固始，诒赠振威将军。窦如田则创筑圩堡，倡办乡团，与太平军、捻军多次作战。1862年，招至潘鼎新麾下，屡立战功，被李鸿章先后保以副将、总兵，赏给"强勇巴图鲁"名号。1870年回乡疗伤的窦如田，随刘铭传赴调陕西，委带武毅右军等营。1873年，在江苏巡抚张树声麾下，委带苏沪防营。在此期间，刘秉璋让其兼管缉私水师。1888年，台湾首任巡抚刘铭传檄调窦如田统领铭军。1889年，窦如田补授浙江处州镇总兵，刘铭传奏请暂缓赴任，仍留台湾办理海防事务。窦如田在台期间，成为刘铭传最得力的战将，不仅屡立战功，还监修了中国第一座铁路隧道——狮球岭隧道。在隧道通车的1891年，窦如田积劳成疾，病逝于营中。诰授建威将军（正一品），宣付国史馆立传，附祀各省淮军昭忠祠。

窦如田共有五子，依次是窦以藩、窦以筠、窦以珏、窦以庄、窦以兰。

窦以珏兄弟是陈独秀父亲陈衍中的学生，师生情谊笃深。陈衍中生于1848年（清道光二十八年），在考取秀才后，屡试不中，做过几年小官后，在苏州窦如田家中当塾师，教他的几个儿子读书。1881年染上瘟疫，旧历八月十五日客死其家，丧事由窦家办理。时陈独秀年仅3岁。陈独秀晚年写自传，误记为"出世几个月，我的父亲便死了"。陈衍中是很优秀的秀才，《陈氏宗谱》卷十五上有进士出身的汤寿潜为之作传：

> 陈衍中，字象五，江南怀宁人。祖若父皆有盛德，而母劳太恭人，尤有贤行。象五家世贫，习儒业十二世矣，而功名俱未显。
>
> 象五生有异姿，束发受书，岸然柴立亡何。咸丰之季，赭寇犯安庆，城中故族转徙他乡。象五父及长兄投笔从戎，象五及季弟随母避乱乡间。家徒四壁，无以为生。劳太恭人勤女红以度日食，而流离之际，犹不忍象五兄弟之废学也，择良师以授读。夜间解绾，太恭人纺织灯下，命象五兄弟从旁诵读，无间寒暑。尝戒之曰："吾家累叶以书为业，毋至若辈坠读书种子也。"象五体母意，发愤自励，以勖厥弟。
>
> ……
>
> 象五讲求实学，慷慨有大志，屡困场屋。不得已纳粟以府经历分发江苏，课吏辄优等，大使咸侧目矣。岁辛巳，苏城疫作，象五染疾，卒于怀宁会馆，时年三十有四。

这篇传记写得哀婉动人，篇末尚有赞词，是《陈氏宗谱》中最精彩的篇章。窦家与陈家是世交。陈窦两家联姻的媒介，追本穷源乃是陈松年的祖父陈衍中。

宣统元年，窦以珏担任安徽省咨议局议员、议长，便举家从苏州迁至安庆，因此两家交往密切。加之陈松年和窦珩光在安庆二中同学，两人相处如兄妹，陈松年为人诚实、聪慧，窦以珏遂将五女窦珩光许配给陈松年。1931年，陈松年开始在安庆黄家狮小学教书，不久与窦珩光结婚。窦珩光生于1913年，读过书，受过小学、中学教育，虽然出身大家闺秀，但并不娇生惯养。他们结婚时，陈家已经家道衰败，家境无法再与过去相比。陈独秀生前，一再夸她是个好儿媳，贤惠、通情达理。陈松年与窦珩光的儿子陈长琦1947年出生，合肥工业大学教授，现已退休，其妻子也为霍邱人。

以《清代朱卷集成》、霍邱安丰窦氏族谱、寿州孙氏族谱、霍邱管氏族谱、固始吴氏族谱等可靠的原始文献为基础，并利用各家族文人留下的诗文，使得窦氏家族清代文学世家姻亲谱系基本呈现，这将为包括江淮清代文学世家研究在内的清代文学研究、清代文化学术研究提供切实有用的参考。梳理相关文献资料，可以勾画出窦氏家族婚姻状况以及婚姻圈的变化，从多方面揭示文学姻亲的丰富文化内涵。但对窦氏家族与其他文学世家联姻情况的统计分析，建立窦氏家族的诗歌联姻谱系，是很繁杂的工作。以上仅仅考略了部分与窦氏家族联姻的家族，还有更多的联姻家族，因资料所限，无法考证。比如窦如祁的原配夫人吕氏，旌德人，系浙江绍兴府通判、护理浙江粮储道吕树梅五女，生子五：以勋、以杰、以熙、以烈、以焘。窦怿祁的继配为河南固始人，系太学生温宝田长女，生子四：以燕、以煦、以显、以燕。温宝田为窦怿祁的《留余堂诗集》作序。窦国华女一适内客中书固始曾资荐，进士吴学曾之女嫁窦以勋之子，等等。对窦氏家族与其他文化望族的联姻情况，尚待进一步梳理。

窦氏诗歌世家的形成，婚姻的类聚之功是重要的解释依据。文化世家之间的联姻实际上是一种在文化上的门当户对和优势组合，是一种文化衍生机制，有利于家学的融汇与生新。家族联姻，涉及不同家族之间的互相学习和影响。因为联姻，为双方家族成员拓展了交流的空间。在家族与地方的交互影响过程中，文学世家的姻亲脉络往复交织，文学世家的活动印迹不断累加，形成世家网络，从而形成底蕴丰厚的文学图景。从窦氏家族婚姻的背后，透视出来的不仅仅是姻缘本身的问题，还与该家族经营网络的形成与扩展有密切关系。通过对窦氏家族成员婚配情况的了解与分析，可以从一个独特的角度窥见传统社会的内部结构，以及在向近代社会变迁过程中出现的一些新特点。

窦氏家族的联姻谱系，还反映了一个地域的文化与文明程度。婚姻中的门当户对，是选择性的类聚，独木因此汇合成林，有树林才能形成或影响一地的气候。一个诗歌家族通过家族内部的文学活动以及与当地的文学交流，确立其身份、建立其影响，从而形成一个较为具体的场域；而联姻可以将数个类似的场域联系在一起，形成一种根基深广的文化生发机制，为文化传承提供了巨大保障。在联系繁复、覆盖广泛的联姻网络中，时间与空间都有了文化的浸润与血缘的交织，在此基础上，可见地域文化传统的生成与发展，家族文化构成了地域传统文化中最具活力的元素。

第二十二章 清末民初诗人管笠与
未名社成员的前史研究

　　清末民初诗人管笠（1874—1953），本名管厚恂，字迪九，号雪庐，附贡生，1906年留学日本弘文学院。弘文学院是日本最早专门接受中国公派留学生的学校，鲁迅、陈寅恪、陈天华、黄兴、杨度、胡汉民、张澜、许寿裳、李四光、林伯渠等都是该校的留学生。管笠归国后，历任安徽高等学堂教员、张敬尧与许世英的幕僚、国史馆编修等，今存《雪庐诗草》《雪庐四种》和《雪庐后集》。管笠喜吟咏，其古典诗歌不仅具有一定的现代思想，而且艺术上也可圈可点。《顾颉刚日记》（第六卷1947—1950）曾多次提到管笠。民国十五年（1926），京华印书局印行的《雪庐诗草》，有多首诗歌记述了管笠与台静农、张目寒、王冶秋、台介人、董琢堂等人的交往。1925年8月，韦素园、台静农、韦丛芜、李霁野与鲁迅、曹靖华等组成民国文学史上的著名文学团体"未名社"，这四人同为安徽霍邱县叶家集人，史称"未名四杰"。民国初年，管笠的家乡顾家畈（今属六安市叶集区姚李镇）、蒋光慈的家乡白塔畈（今属金寨县）和"未名四杰"的家乡叶家集（今属六安市叶集区）同属霍邱县南四区，顾家畈与叶家集相邻。1915年春，"未名四杰"与张目寒入学叶家集明强小学，同班就读，董琢堂系他们的塾师与小学国文老师，台介人则为他们的小学校长。因此，管笠的诗歌对于未名社成员的前史研究具有重要价值。一方面，在对"未名四杰"的研究中，其前史研究是最为薄弱的一环，有待挖掘与梳理。另一方面，与"未名四杰"早期交往密切的同乡前辈诗人管笠的诗歌，则完全没有引起学界的注意。当然，这与《雪庐诗草》的"失传"有很大关系，管笠在世的时候，也未能保存一本《雪庐诗草》，其子管传采"手边亦无存本"。

管笠的《雪庐四种》《雪庐后集》由管传采校字付印。2008年，与梁羽生一起荣获"澳华文化界终身成就奖"的赵大钝，其诗集《听雨楼诗草》中存有《管传采使节自卢旺达寄示岁暮月下偶成一律次韵奉酬》。1993年，清华大学美术学院（原中央工艺美术学院）教授、中央文史研究馆馆员尚爱松曾作《步管亚公学长〈怀大陆〉原韵》①。1993年，管传采将《雪庐四种》和《雪庐后集》合编出版，他在《刊后记》中云：

> 先君生于清同治末年甲戌，卒于民国四十二年癸巳，享年八十。生平著作甚丰，其间曾仅选印《诗草》一册。而绝大部份手稿，于民国二十六年随行李运至芜湖时，毁于日军之轰炸。前印《诗草》，手边亦无存本。三十八年夏，先君率家人来台，曾选印抗战以后著作，为《雪庐四种》。四十二年，先君辞世，采乃整理其近数年之稿，合印为《雪庐后集》一种。距今亦四十年矣。今年正值先君一百二十年冥诞，乃就《四种》与《后集》二书，删除重复，增补莲幕余藩等余稿，重行编排，划一版面，

---

① 见《尚爱松文集》第225页，山东美术出版社2011年版。该诗自注："管传采学长字亚公，诗人、学者、书法家、翻译家、社会活动家，长期寓居台湾。自1985年后每年均来大陆观光览胜，热爱祖国，题咏甚富。1995年后，因反对'台独'，毅然离开台湾，定居北京。"

合并印行为两帙，仍沿用《雪庐后集》之原名，以资纪念。

1950 年 2 月，管笠在《雪庐四种》的自序中，叙述了自己几次"文运大阨"，认为自己"仅此孤本"。管笠"民国十五年冬由平归里"，民国十七年（1928）惨遭土匪洗劫，"积尺之稿，摧毁无余"。民国二十六年（1937）管笠再次因行李丢失，数年所编文稿散佚。管笠民国三十八年（1949）五月去台。《雪庐四种》仅辑录管笠"渝宁两地零星稿件"。更晚出版的《雪庐后集》收入的诗歌，则多为他旅台后的晚年作品。

管传采所言的《诗草》，就是《雪庐诗草》。民国十七年《霍邱县志》记载"管笠《雪庐诗草》四卷，有印本"。《雪庐诗草》的自序，落款时间为"民国十五年（1926）丙寅春"，也就是说这本诗集收入了管笠 1925 年之前的作品。因此，当笔者在旧书市场几经辗转，淘得《雪庐诗草》，感到弥足珍贵。《雪庐诗草》共十卷，"谨删节生平所作，逐序编次，曰：《蓼村集》《扶桑集》《宜城集》《礼庐集》《闲居集》《北征集》《湘皋集》《归田集》《燕京集》，而以《瀛园诗草》附焉。"每卷的卷首诗都标明了年份，如卷一《蓼村集》第一首诗《忆碧桃花（壬辰）》，壬辰年为1892 年。

1. 管笠与台介人、董琢堂等人的交往

《雪庐诗草》卷四《礼庐集》收入了《孟夏同塾师董琢堂窦缙卿自外归》《同台介人谈天》《在窦经才家即事》《雨晴逢端阳同缙卿丹甫念初散步》《送塾师窦缙卿暑假归里》等诗。这些诗歌没有标明年份，但根据每卷诗歌的时间排序分析，应该写于1911 年到 1914 年期间。

《雪庐诗草》卷三《宜城集》的卷首诗是《到皖奉沈子培提

学委充高等学堂监学旋改充博物教员督各班学生温课（丁未）》，丁未年为 1907 年，宜城则是当时安徽省会安庆的别称。沈子培系晚清民初著名学者、诗人、书法家沈曾植（1850—1922），1906 年 4 月任安徽提学使。1907 年，管笠受沈子培之邀，任教安徽高等学堂。管笠在《忆皖校任教》一诗的小注中云："余奉提学使沈子培先生之命，入高校任博物教授，共计四年，得寻常保，保举县丞，加捐同知职衔，即在本省候补。"管笠在《题桐城疏孟涛晦轩芜稿》一诗的小注中云："清光绪三十年（丁未），余自日本归国，即任安徽高等学堂教员，共计四年，得与桐城姚永朴（仲实）、永慨（叔节）、马其昶（通伯）、方守彝（纶叔）常常晤谈，籍谋教益，不觉忽忽已近五十年矣。"1902 年，清代安徽省最大、办学时间最长的一所官办书院敬敷书院改为安徽大学堂，1904 年改为安徽高等学堂，是安徽第一所近代大学。1906—1907 年，著名启蒙思想家、教育家严复曾担任安徽高等学堂总办（后称监督）。1911 年辛亥革命爆发后，高等学堂停办。

　　《雪庐诗草》卷四《礼庐集》第一首诗为《家居守制买小兰数本（辛亥）》，还收入了《竹鸡吟（壬子）》《合肥道中（癸丑）》等标明年份的诗歌，壬子年为 1912 年，癸丑年为 1913。从时间上看，《礼庐集》收入的诗歌是写于辛亥革命爆发高等学堂停办之后的一段时间里。卷中的诗歌内容也表明了这一点。收入此卷的《感事》一诗云："一局翻新演共和。"打上了那个时代的鲜明烙印。管笠的诗歌《哀蒙古》也是在这样的历史背景下写出的。辛亥革命爆发后，各省纷纷宣布独立，中国由统一的大清国分裂成诸侯割据的局面。清宣统三年（1911）年底，"大蒙古帝国日光皇帝"哲布尊丹巴举行了所谓的登基仪式。从时间的直接因果来看，辛亥革命带有鲜明的种族特性，是导致蒙古国独立的首要原因。收入此卷的诗歌，表明高等学堂停办后，管笠回到了家乡霍邱县顾家畈，在家乡的活动还比较活跃。霍邱别名蓼城，顾家畈位于霍邱南部，从蓼南到蓼东，都留下了管笠的活动足迹。《蓼东道中》等诗描绘了"老屋壁干"的故园，记录了管笠的行踪。《夜过溜子口乘舟赴正阳》描写了汲河经霍邱城东湖后于溜子口注入淮河的情景。从收入卷四的《在窦经才家即事》《雨晴逢端阳同缙卿丹甫念初散步》《送塾师窦缙卿暑假归里》《秋日同窦应坝中表踏看山水》等诗歌来看，管笠与家乡亲戚的交往非常频繁。管笠的母亲窦氏，出自霍邱洪家集名门望族，窦缙卿、窦应坝都是管笠的表兄弟，窦经才则是管笠的妹夫。

《雪庐诗草》卷五《闲居集》的第一首诗为《春初书怀（乙卯）》，乙卯年为 1915 年。据此分析，收入卷四的《孟夏同塾师董琢堂窦缙卿自外归》《同台介人谈天》大约写于 1911 年至 1914 年期间。这个时间段，董琢堂刚好在担任现当代著名作家、翻译家李霁野（1904—1997）等人的塾师。《孟夏同塾师董琢堂窦缙卿自外归》中的"孟夏"，应该是 1912 年、1913 年、1914 年中的一个夏天。诗云：

> 满地绿云下夕阳，夏初景色最清苍。
> 遥山一曲青如幄，多少深藏古树庄。
>
> 野鹤闲云共起居，芒鞋踏送夕阳徐。
> 笑侬那有烹鲜想，叉手溪边看打鱼。

管笠同塾师董琢堂、窦缙卿从哪里归来，现在已经没有办法考证。董琢堂是李霁野的塾师，也极有可能是台静农等人的塾师，因为当时叶家集只有两家私塾。在李霁野的散文里，提及最多的一位老师就是董琢堂，但将其写成了"董卓堂"。李霁野在散文《我的童年》里写道："我八岁时，父亲送我到一家私塾读书，塾师董卓堂是位秀才。……读些启蒙课本之后，塾师就给我讲《孟子》，句句翻译成白话，讲得令人听着津津有味，讲后朗读，那声调我觉得很好听，以后读诗尤其如此。此调仿佛现在已成绝响，我觉得很可惜。我尤其感谢这位塾师的，是他让我自读《三国演义》，这养成了我爱读书的习惯，可惜我以后总未能系统学好一种专门学问，对启蒙的塾师很感歉疚。……还有值得感谢这位塾师的，就是他讲情理，不一味苛刻严厉，对我尤其如此。……我很敬爱我的塾师，父亲对他也很友好，偶然给他送点自家做的出售的糕点……"① 李霁野在散文《我怎样同时光老人打交道》中写道："在私塾里，我就读过《金缕曲》：'劝君莫惜金缕衣，劝君惜取少年时。有花堪折直须折，莫待无花空折枝。'塾师董卓堂和父亲总教导我要惜少年时，不要爱金缕衣，也就是世俗的物质享受。好花自然也不指这些，而是世间真善美的一切。"② 由此可见，塾师董琢堂对李霁野的成长，产生了非常重要的影响。

1915 年 2 月，霍邱县叶家集明强小学正式成立，董琢堂的身份由塾师变为国文教师，其学生韦素园、张目寒、台静农、韦丛芜和李霁野都成了现代文学史上的著名人物。李霁野在《我的童年》中写道："在辛亥革命前，叶家集只有两家私塾，学生不过十来个人。……大概在 1914 年，明强小学才成立，读私塾的人才转入了第一班，其中有韦素园、张目寒、台静农、韦丛芜和我。……我的塾师董卓堂也到了小学做国文教师，继续讲《孟子》，精彩一如往日，我至今念念不忘。他可能因为患病，有点跛，很引人同情。我很记得在私塾时，一天下午突然飞过蝗虫，

---

① 《李霁野文集》第 2 卷，百花文艺出版社，2004 年版，第 436～437 页。
② 《李霁野文集》第 2 卷，百花文艺出版社，2004 年版，第 398 页。

天空都被遮暗了。塾师放下正讲的书，站起来说，我要回去看看，你们自习不要散，便匆匆走了……"① 李霁野的回忆有点误差，在这篇文章里对明强小学的开办时间表述得不是太清晰，明强小学于1914年还处于筹备成立阶段，正式开学是在1915年初。李霁野在《未名社几个安徽成员》中的时间表述则较为准确："未名社几个安徽成员在我的故乡安徽霍邱叶集，原来只有一二家私塾，直到1915年，才办了明强小学。韦素园、张目寒、台静农、韦丛芜和我，都是第一班的学生。"② 李霁野在这篇文章里，将明强小学的开办时间明确为"1915年"。

就现存的文献来看，关于明强小学的开办时间，民国十七年（1928）《霍邱县志》是最早做出记载，也是最准确的，只是一直没有纳入研究者的视野。该志附有民国十六年（1927）教育局关于全县小学情况的调查表，是年，民强小学改为"叶家集区立高级小学校"，"开办年月备注"一栏里，填写的日期是"四年二月"。另外，民国十七年（1928）《霍邱县志》还对明强小学做了专门介绍："民强小学校在叶家集，民国四年邑人江镜人、台介人、叶兰谷、台寿民、管更愚等创立。"该志还记载，民国十五年（1926），明强小学的主要创立者江镜人开始担任霍邱县教育局局长，另一位创立者管璜（管更愚）则任县教育局督学，全县小学情况调查表就是由他们负责组织调查册报的。在明强小学开办的同时，在叶家集众兴寺（今叶集区南大街）开办了区立第一初级小学校，时间也是"四年二月"。据1992年出版的《霍邱县志》记载，明强小学于民国十八年（1929）停办。

1915年以前，董琢堂一直在私塾里当塾师，直到1915年初春才担任明强学校国文老师。李霁野等人的入学时间也应该统一

---

① 《李霁野文集》第2卷，百花文艺出版社，2004年版，第447～448页。
② 《李霁野文集》第2卷，百花文艺出版社，2004年版，256页。

为"四年二月"（1915年初春）。在对"未名四杰"的有关著述中，明强小学的开办时间一直模糊不清，比较混乱，大致出现了以下几种表述：

一是1914年春，如《台静农全集·台静农年谱简编》记载台静农"一九一四年（民国三年）　十三岁　春，入本镇上明强小学甲班肄业"。[①] 韦顺在《远志宏才厄短年——韦素园传略》中，谓"以孟述思、台介人、董琢堂、韦凤章、陈伯咸、朱蕴如、管坦安为代表，在叶集办一所小学，校址选在火神庙。……一九一四年初春，韦素园、韦丛芜、台静农、李霁野、安少轩、安仲谋、李仲勋、张目寒、陈世铎、陈东木等都进了学堂"。[②]

二是1914年秋，如《韦丛芜选集》所附的《韦丛芜生平》记载，"1914年秋，叶家集办起了明强小学，他转入明强小学高级班读书"。[③] 吴腾凰1982年撰写的《韦素园年表》记载，"1914年（民国三年）　13岁　秋，转入叶家集明强小学高级班读书，同班生中有台静农、李霁野、韦丛芜等"。[④]

三是1914年，如《李霁野文集》所附的《生平简表》指李霁野"1914年　入叶集明强小学读书。同班同学有韦素园、台静农、韦丛芜、张目寒等"。[⑤]《安徽省志·人物志》记载"韦素园自幼聪明，8岁入私塾，11岁与四弟韦丛芜进霍邱县立小学读书，民国三年（1914年）转入叶家集明强小学高级班读书，同班有台静农、李霁野等"。[⑥]

四是1915年，如李霁野《未名社几个安徽成员》所叙述的

---

① 《台静农全集·台静农年谱简编》，黄乔生主编，海燕出版社，2015年版，第1页。
② 《韦素园选集》，安徽文艺出版社，1985年版，第10～11页。
③ 《韦丛芜选集》，安徽文艺出版社，1985年版，第583页。
④ 《韦素园年表》，安徽省滁县地区文联吴腾凰编，1982年版，第27页。
⑤ 《李霁野文集》第9卷，百花文艺出版社，2004年版，第681页。
⑥ 《安徽省志·人物志》，安徽省地方志编纂委员会编，1999年版，第781页。

时间，"直到 1915 年，才办了明强小学"。韦顺的《韦素园生平》（见《安徽文史资料 第 36 辑 往事漫录》政治协商会议安徽省委员会文史资料委员会编），出现了与他在《远志宏才厄短年》中不同的时间表述："当时中国各地风起云涌兴办学堂。叶集也出现了革新派，以孟述思、台介人、董琢堂、韦凤章、陈伯咸、朱蕴如、管坦安为代表，在叶集创办明强小学。1915 年，韦素园、韦丛芜、台静农、李霁野、张自寒等都进了这所学校……"

考证明强小学的创立及创立时间，还有一个不得不提的人物孟振先。孟振先（1861—1916），清光绪二十年（1894 年）中副举人，清宣统元年（1909 年）举孝廉方正。据民国《霍邱县志》记载，民国二年（1913 年），孟振先任霍邱县地方财政局局长。之后，他辞官回乡，创办蚕桑学校。他亲赴湖州购买桑苗数万株，借叶家集火神庙为校舍，附近 30 亩农田为园地，招生 70人，教习蚕桑养殖技术。民国十七年《霍邱县志》记载："孟振先，宣统元年举孝廉方正，朝考一等分发江苏知县。""孟振先，字述思，甫胜衣就傅，即深自淬厉，于书无所不读，弱冠食饩于庠，键户古寺中，习举业三年，足未尝履城市，应乡试房荐者八，甲午中式副举人，教授养亲，以定省故，率不远出乡曲，而从游者日益众，酒酣耳热，举古今可喜可愕事，时出一语，满座绝倒。宣统元年，举孝廉方正，朝考以知县用，旋告归。赴湖州购桑苗千万株，延精饲蚕者归，假里中三圣宫作为教舍。逾二年而蚕桑学校成立，振先首创功焉。年五十六卒。李灼华为之传。"晚清进士李灼华为孟振先作传。孟振先在叶集开办蚕桑学校，李霁野的回忆文章中多有提及，他在《自传》中写道："辛亥革命之后，私塾要改变了。最初有人创办蚕桑学校，似乎也种了些桑树，但是入学的人寥寥，失败了。接着创办了明强小学，我就从私塾转去学习，塾师也去作国文教师，为我们讲《孟子》，他把书逐句翻成白话，有声有色，引人入胜……现在他的声音容貌还历历如在眼前。"① 李霁野在《我的童年》中回忆道："革命后创办了小学，起始是蚕桑学校性质，我记得仿佛还种了些桑树，学生寥寥无几，创办人是个孟姓的地主。"② 蚕桑学校开办一段时间后，于1914年停办，转办明强小学，经过一段时间筹备后，于1915年2月招生入学，正式创办。1916年，在明强小学创办的第二年，孟振先便去世了。③ 对此，李霁野一直印象深刻。"关于明强小学，在我的记忆中还留下印象的有两件婚丧大事。创办蚕桑学校的那位孟姓地主在明强小学创建后不久去世了。他家里大摆丧宴，约明强的学生去。去前我们就听说准备的是鱼翅席，十分名贵。我们那时都很小，一听这样局面都有点怯场，但不得不随着带队的老师前去。"④ 明强小学的创办时间、董琢堂担任国文老师的时间、李霁野与台静农等人的入学时间，应该采纳民国《霍邱县志》的时间记载："四年二月。"（农历1915年2月）。

在1915年之前，董琢堂一直是李霁野的塾师。李霁野在他的文章以及书信中，数十次提及董琢堂。韦顺在《远志宏才厄短年——韦素园传略》中，提及最多的一位老师也是董琢堂："教师中董琢堂是秀才，被誉为经纶满腹，教学有方的楷模。他教国文和历史，因见素园学而不厌，课堂所授他已'吃不饱'，于是便常常给他单独讲授。"⑤ 与董琢堂相比，管笠诗歌《孟夏同塾师董琢堂窦缙卿自外归》中的窦缙卿是管笠的表弟，也是著名的

---

① 《李霁野文集补遗（上）》，上海鲁迅纪念馆编，2014版，第2页。
② 《李霁野文集》第2卷，百花文艺出版社，2004年版，第447页。
③ 《清代硃卷集成（360）》（顾廷龙编，台湾成文出版社出版）记载，孟振先出生日期为"咸丰辛酉年十二月二十二日"，农历为一八六一年。孟振先"年五十六卒"，其去世时间为1916年，也就是明强小学正式创立的第二年。这与李霁野的回忆比较吻合。
④ 《李霁野文集》第2卷，百花文艺出版社，2004年版，第452页。
⑤ 《韦素园选集》，安徽文艺出版社，1985年版，第10～11页。

塾师。窦以云（1876—?），监生，字寄仙，号缙卿，是霍邱著名塾师、诗人窦桂林侄孙。窦以云家族与笔者家族几代为邻，他大约在1950年前后去世，笔者父亲小时候曾见过。窦以云参与了民国《窦氏族谱》的采写。窦以云妹夫管笛也留学过日本，归国后担任过江苏警察署署长、江西警察厅督察长。管笛的弟弟则为诗人管笠。管氏兄弟的母亲窦氏则为窦以云的姑姑。管笠的诗集《雪庐诗草》"附录窦缙卿中表杨花七律四首"。

管笠多次在诗中写到窦以云，在《送塾师窦缙卿暑假归里》一诗中表达了对他的敬重之情："独吹清气化文章，风雅由来最擅场。赢得赠诗三百首，不辞萧瘦到归装。"管笠还作有《雨晴逢端阳同缙卿丹甫念初散步》，可见与窦以云关系较为密切。"丹甫、念初"是管笠的两个叔伯兄弟管厚忧和管厚性。管厚忧（1875—1934），监生，字丹甫；管厚性（1882—1936），字念初，监生。窦缙卿有没有做过李霁野、台静农、张目寒等人的塾师，没有资料可考，但可能性极大，因为叶家集当时只有两间私塾。

《孟夏同塾师董琢堂窦缙卿自外归》写的是初夏景象，管笠的《同台介人谈天》则写的是冬日情景：

> 冻雨驱寒入暮冬，江城高卧尚从容。
> 迎风共逐官门柳，傲雪孤盘岭上松。
> 白到故人偷著眼，青回宝剑暗藏锋。
> 浮云富贵真堪笑，何似空山作老农。

台介人不仅是叶家集明强小学的主要创立者之一，还是首任校长，他的儿子台一谷也在该校一班学习，和台静农、李霁野等人是同窗。明强小学时有高、中级各两个班，学生一百五十人，教师十二人。李霁野在《我的童年》中回忆过台介人："小学的第一任校长台介人，是台一谷的父亲，为人耿直，严肃，学生都很怕他。他终日抽水烟袋不离手，一上来学生颇为惊异，小的甚至围观，他往往两眼一瞪，他们就连忙跑开了。有一件令人钦佩的事，就是他不准体罚学生，也不准责骂，所以一般学风很好，学生很有礼貌。在十年动乱中，我常常想到这情形而叹息。但心平气和的说教却常有，往往也是有的放矢，效果比较好。这是校长很值得我们感念的地方。他笑容较少，略有傲态，同教师学生的关系不甚亲密，但也友好。"① 李霁野对台介人的印象，与管笠的诗倒可以互相印证："傲雪孤盘岭上松。"李霁野在他的文章里多次提及台介人与台一谷，但其文献资料仍然很少。

台介人本名台传蕃（与台静农同一辈分，台静农本名台传严），字熙春，号介人，光绪九年腊月二十九日（1884 年 1 月 26 日）出生，曾经留学日本。民国十七年《霍邱县志》所附的民国十六年教育局关于全县小学情况的调查表，校长姓名一栏里填着"台熙春、韦佩弦"。从年龄上看，韦佩弦应该是民国十六年调查时的时任校长。韦佩弦（1903—1966），韦素园、韦丛芜的堂兄弟，是一位画家，也工于诗。韦佩弦于 20 世纪 20 年代初毕业于上海美专，与张大千等著名画家过从甚密。1929 年，韦佩弦到北京未名社帮助工作。未名社在北京的工作结束以后，韦佩弦回到家乡霍邱。不久，韦丛芜被国民党安徽省政府委任为霍邱县代理县长，韦佩弦担任了几个月叶集区区长，之后回上海执教作画。1966 年，任教于霍邱县中的韦佩弦，自沉于霍邱城南的护城河里。李霁野在《流落安庆一年琐记》中回忆自己 1922 年与韦佩弦在安庆游玩的情景："韦素园的堂兄韦佩弦这时也在安庆，他能诗会画，有时我们同去菱湖畅游，有时去登江边的高

---

① 《李霁野文集》第 2 卷，百花文艺出版社，2004 年版，第 447～448 页。

塔，纵赏长江和两岸的景物。"① 韦佩弦担任明强小学校长的时间，可能是 1927 年前后，明强小学的名称已经改为"区立明强高级小学校"。同时，他还担任区立第一初级小学校校长，校址在叶家集众兴寺。而对于"台熙春"，资料相当匮乏，民国十七年《霍邱县志》仅记载："台熙春，日本弘文学院专科毕业。"该志同时记载："管笠，附贡，试用县丞，日本弘文学院师范博物专科毕业。"弘文学院 1902 年 1 月正式成立，1909 年 7 月关闭。台介人应该在此时间段留学该校，可能是管笠的同学。《雪庐诗草》卷二《扶桑集》，收入了管笠留学日本期间创作的诗歌。遗憾的是唱和之作仅存一首《步同学尤履诚小酌原韵》，尤履诚（尤吉三）是同盟会会员，1912 年担任山东峄县县立高等小学堂第一任校长。

管笠同台介人在何地谈天？"江城高卧尚从容"中的"江城"可能是指安庆。从清末到民国时代，安庆一直是安徽的省府所在地，集中了全省的高等教育。明强小学的另一位创立者江镜人（1876—1954），号子桥，1909 年以最优等生毕业于设于安庆的安徽师范学堂，"作为师范科贡生，以训导用"。民国八年（1919），江镜人由学监担任了安徽省立第三师范第二任校长。李何林在《忆往昔峥嵘岁月》中写道："那时霍邱没有中学，我高小毕业后，于一九二〇年来阜阳，考取省立第三师范学校。……省立三师第一任校长是余幼泉，后换江子桥。"江子桥在李霁野的回忆中变成了"江子樵"，李霁野在致李耕野的信中说："我是 1919 年秋进三师，二年多（1921 年冬）即离开，当时的校长是江子樵。"② 民国十五年（1926），江镜人任霍邱县教育局局长。1904 年，窦以蒸作《甲辰十月闻侄孙取入庠生，寄贺仲

---

① 《李霁野文集》第 2 卷，百花文艺出版社，2004 年版，第 447 页，第 452 页，第 447－448 页，第 465－466 页，第 467 页，第 448－449 页。

② 《李霁野文集》第 9 卷，百花文艺出版社，2004 年版，第 238 页。

兄、葆侄，即示侄孙兼柬其业师江子桥文学》一诗。西汉时期，学校的负责人不是叫校长或教官，而是称"文学"。窦以蒸称江子桥为"文学"，可见江当时是学校的负责人，是窦以蒸侄孙的老师。古代学校称"庠"，故学生称"庠生"，为明清科举制度中府、州、县学生员的别称。庠生也就是秀才之意。窦以蒸诗题中的"葆侄"即窦葆光，号贞甫。民国十三年（1924）铅印本《百庆集》，录江镜人诗歌一首《贞甫先生六旬大庆》："龄周甲箓又经年，依旧称觞四月天。客里晨昏都至乐，老来色笑定宜嚅。灵椿善教堪传子，彩笔无才愧颂贤。末座曾居宾馆列，相期献寿集三千。"《百庆集》系霍邱诗人窦贞甫六旬晋一大庆所编的诗集，收入古诗律诗160首，"荟萃桂川鄂湘苏晋直鲁豫以及本省安庐凤颍徽宁池太六广滁和泗十三属名贤佳著"，这些名贤包括许世英、周学熙、姚永朴、李大防、裴景福，也包括韦素园的女友高晓岚和管笠，高晓岚、管笠与窦贞甫均为亲戚关系。《百庆集》还收了欧阳孔锐、林廷瑛、冯锦文、王士吉等人的诗，他们是江镜人安徽师范学堂的同班同学。窦贞甫之子窦延年、窦益年也都毕业于安徽师范学堂。江镜人在安庆求学时，管笠正在安徽高等学堂教书。

而在明强小学教过"未名四杰"的历史老师韦凤章则为韦素园、韦丛芜的大哥，也曾在安庆求学与工作。韦凤章还有一个名字叫韦启俊，这个名字已经被人遗忘了。民国《霍邱县志》记载，韦启俊毕业于"安徽优级师范学堂"。宣统元年（1909）《政治官报》曾刊载安徽师范学堂初级简易科毕业生名单，"最优等七十四名，优等四十六名"，其中一人叫"韦炳坤"，疑为韦凤章。如果此人就是韦凤章，就是与江镜人同时毕业。李霁野在他的散文里也多次提到韦凤章，如在《我的童年》里写道："教我们历史的老师是韦凤章，素园的大哥。他在外乡大城市做过教育工作，经验较多，知识面较广，对学校发挥了多方面的作用。提倡相信科学，破除迷信，他出力最多。这使我想起一件有趣的事。张目寒是相当活泼调皮的，有一晚，他偷偷上了楼，我们听到教室里桌椅乱响，不知道是怎么，但又不敢上去看个究竟，便在楼下喊话。沉静一时，桌椅又响起来，还有脚步声，呻吟声，我们更害怕了。这时韦老师端起煤油灯上楼，我们几人跟在后面。"李霁野在《从童颜到鹤发》里写过此事："在小学教历史的是素园的大哥韦凤章。他曾在外边受过高等师范学校教育，经常向我们宣传无神论。仿佛同他作对，学校的教室里经常闹鬼，弄得人心惶惶。一天晚上，他点上一个灯笼，组织静农、素园和我，还有几位同学，要到教室去查看究竟。我们随着他走上楼梯时，教室里桌椅声越响越厉害。"张敬尧主政湖南时，韦凤章在长沙任湖南省第一区（兼第四区）省视学，兼任省通俗书报编辑所所长，韦素园也到了长沙，进了法政专门学校预科读书。张敬尧离湘后，韦凤章又到安庆任职，后在江苏常州去官为僧，1924年夏病逝。韦丛芜写下了悼诗《忆凤章大哥》："欲了尘缘为寺僧，白云缥缈忆知音。萧萧落叶心扉叩，阵阵清风送游魂。"韦凤章在长沙期间，管笠也在张敬尧手下为官，写下的诗歌编入了《雪庐诗草》第七辑《湘皋集》，其中有四首七律《祝张勋臣督军四秩荣庆》。张敬尧（1881—1933），字勋臣，安徽省霍邱县人，北洋皖系军阀骨干。管笠与韦凤章作为张敬尧的霍邱同乡，同在长沙供职近三年，应该有所往来。

比起明强小学的其他创立者，台林逸（台寿民）（1887—1951）的文献资料则较为丰富。族谱记载，台林逸本名台大枝，册名寿名，号林逸，虽然其年龄比台静农大十五岁，但从辈分上看，属台静农的孙辈。其继任校长时间，在李霁野不同的回忆文章中出现了矛盾。李霁野在《未名社始末记》中写道："林逸在一九一五年辞去官职之后，就在家乡叶集作小学校长，因为无法维持人口逐渐增多的家庭生活，才于一九二五年又到山西去再就官职。"① 郭汾阳的《台寿铭与"未名社"》显然沿用了这种说法:"1915年,台寿铭辞职返乡,在叶集当小学校长。1925年,台再赴山西就职……"② 但李霁野在《流落安庆一年琐记》中交代的时间略有不同:"当时家乡小学校长是台林逸先生,他辞去在山西担任的相当高的官职,从1918年起就回乡任这个职务。他在选聘小学教师时,细心征求我们的意见,态度谦虚诚恳,我对他有很好的印象。"③ 1918年台静农等人从明强小学毕业,台林逸刚好在那一年任校长。台林逸与台静农是同族本家,保定陆军速成学堂第一期毕业生,辛亥革命时曾参加山西河东起义,与山西辛亥元老李歧山(李健吾之父)、温寿泉等指挥攻取河津、运城等地。民国十七年《霍邱县志》记载:"台寿民,保定军官学堂毕业,陆军少将,山西督军署参谋长。"1946年,授中将军衔。对于未名社的成立,台林逸也是非常关键的人物,下文将有论述。1944年,台林逸作《五修族谱序》,序中多次提及台静农,台静农、台佛岑(台静农父亲)、台介人与台林逸等人为主要修谱者,台静农还草拟了族谱纲目。台静农曾作《答林逸来书问以战后计者》:"风波如此欲安归,穷鸟投林敢择栖。久矣磨砻英气尽,只将白眼看鲸鲵。"此"林逸"系台林逸的可能性较大。此诗收入《台静农全集·白沙草 龙坡草》时,编者对"林逸"加了一个小注:"王观泉见告:'林逸为楼适夷之别名,亦叫林逸夫。'存此待考。"④ 现代作家楼适夷(1905—2001)曾用笔名林逸夫,但一般不会称呼名字的前两个字,且目前无法查到

---

① 《文史资料选编(第三辑)》,中国人民政治协商会议北京市委员会文史资料委员会编,1979版。

② 载《鲁迅研究月刊》1990年第2期。

③ 《李霁野文集》第2卷,百花文艺出版社,2004年版,第447页,第452页,第447－448页,第465－466页,第467页,第448－449页。

④ 《台静农全集·白沙草 龙坡草》,黄乔生主编,海燕出版社,2015年版,第24页。

两位作家有生活交集的资料。抗日战争期间，台林逸在重庆担任山西省驻渝办事处的主任，而台静农举家迁四川，任职国立编译馆和白沙女子师范学院。对此，台林逸在《五修族谱序》中也有所交代。1945 年秋冬，台静农作《答林逸来书问以战后计者》，从诗歌的内容看，比较符合双方的身份特征和相互关系。

台林逸担任明强小学的校长，在民国《霍邱县志》里找不到记录。他与台介人（台熙春）是同族本家，是台介人的孙子辈。管笠的诗歌虽然记述了他与董琢堂、台介人等人交往，但以诗证史还是存在很大的局限性。明强小学荟萃的本地知识精英，可能与管笠都有所交往，但都很难考证了。除了那些霍邱的本土知识精英外，李霁野在回忆台静农的散文《从童颜到鹤发》中提到的何棣伍（1875—1954），原名何品藜，河南固始人，是光绪癸卯（光绪二十九年，1903）进士。李霁野在《从童颜到鹤发》中写道："故乡安徽叶集创办了明强小学，韦素园、台静农、张目寒、韦丛芜和我，从私塾转到第一班学习。教我们语文课的教师，一位是中过进士的何棣伍，他兼教地理，眼很近视，但能用手指出我们提到的任何地名，没有一次错过。另一位是中过秀才的董卓堂，他善讲孟子，并让我课外读《三国演义》，引起我读古典小说的兴趣。我们对于小学是很满意的，对学习很感兴趣。"[①] 李霁野在《我的童年》一文中还将他与塾师董琢堂进行了比较："教我们国文和地理课的是何棣伍老师，他是进士，旧学的底子确实不错，讲的虽然不如塾师灵活，却很深透。"[②]与江镜人一样，何棣伍不仅担任过民强小学的老师，后来也担任过安徽省第三师范学校文史教员，1932 年为《河南通志》编纂兼国学专修馆教员，1953 年聘为河南省文史研究馆馆员。在江

---

① 原载台北《中国时报·人间》1990 年 11 月 10 日、11 日。
② 《李霁野文集》第 2 卷，百花文艺出版社，2004 年版，第 448～449 页。

镜人与何棣伍任教安徽第三师范学校期间，韦素园、韦丛芜、李霁野、李何林等人先后考入该校就读。明强小学的创立者之一叶兰谷也是清末秀才，曾担任河南固始县志成高等学堂首任校长。志成高等学堂位于固始县陈淋李氏宗祠，与叶家集毗邻，培育出了革命作家蒋光慈。与台林逸关系密切的明强小学老师陈伯咸（1888—1951），名庭玺，字丙南，为晚清秀才，民国《霍邱县志》记载："陈丙南，安徽高等警察学堂毕业。"1929 年赴晋任山西军署执法官，1932 年任叶集区区长。历任河南省政府二科科长、安徽省舒城二区区长、安徽省霍邱县参议长。在为《李氏宗谱》所撰写的《赠兰亭姻叔重脩谱牒序》《仁庵先生家传》两篇文章中，显示出其扎实的古文学功底。

值得一提的是，在明强小学的创立者与教员中，还有好几位管笠的同门亲戚。管氏是顾家畈、叶家集一带的名门望族，据传是春秋时期著名政治家、军事家管仲的后裔。20 世纪 30 年代印行的《霍邱管氏支谱》，卷首附有管笠的《谱系源流》和其胞兄管笛的《序》。管笠还请合肥晚清进士童挹芳为《霍邱管氏族谱》作序。《霍邱管氏族谱》主修者管传训与另外两位作序者都曾做过明强小学教员。

明强小学的创立者之一管传训（1895—?），册名管璜，别字更愚。民国《霍邱管氏支谱》记载，其为"阜阳师范讲习科毕业，历任开顺叶集高初小学校长兼教员，阜阳中村镇高小教员，安徽三中实验小学教员，霍邱县督学兼教育局董事"。"阜阳师范讲习科"是指阜阳安徽省立第三师范学堂一年制讲习科，民国三年（1914）创建。民国《霍邱县志》记载，管璜毕业于"安徽省立第三师范学堂"，"十五年"（1926）任县教育局督学。叶集高级小学校是指明强小学，管传训何时任明强小学校长，没有时间记载。作为明强小学的创立者之一，他是刚刚毕业便当了教员。管笠的爷爷与管传训的曾祖父系同胞兄弟，管传训在《霍邱管氏支谱·序》中，称"乘雪庐叔中央就职之便""完善装印"。

管厚寰（1894—?），字镜清，曾任明强小学教员。民国《霍邱县志》记载，安徽省立第一中学毕业。管厚寰的祖父与管笠的祖父系同胞兄弟，系管笠的族弟。民国《霍邱管氏支谱》载有管厚寰"民国二十年夏历闰五月中旬"写的《序》，称"传训有心继成祖志，不辞辛勤，逐户补记其生卒，事已告竣，经族人公校付梓"。

明强小学的创立者之一管厚勤（1895—?）也是管笠的族弟，册名管岚，字坦安，民国《霍邱管氏支谱》记载，他系"两江优级师范农博科毕业，历任安徽专门法政学校监学，本县南四区高级小学校教员、南二区高级小学校校长、第二区教育委员"。民国《霍邱县志》记载，管岚"两江优秀级师范学堂毕业"。两江师范学堂诞生于 1906 年，是在南京地区办学的一所师范学堂，是中国近代最早设立的师范学校之一。学堂由清末两江总督张之洞创建，初名三江师范学堂，1906 年 5 月易名两江师范学堂，专办优级师范。1911 年辛亥革命爆发后停办。1914 年续办，于原址设立南京高等师范学校，后经过国立东南大学、国立第四中山大学、国立江苏大学、国立中央大学、国立南京大学等历史时期。据此分析，管厚勤应在辛亥革命前毕业于两江优级师范。民国《霍邱管氏支谱》也载有管厚勤的序言。

民国《霍邱管氏支谱》还记载，管笠的族兄管厚懋（1870—1923），字筱谷，监生，曾任"本区公立明善高级小学校长"，"明善"疑为"明强"，其子管传藩就是"区立明强高级小学毕业生"。

可以说，明强小学的师资力量是当代中国任何一座小学都无法相比的，几乎所有创立者与教员都是地方第一流的知识分子。"未名四杰"与张目寒等人在明强小学接受了最好的小学教育，他们在这所小学所获得的滋养，足以在精神上支撑他们的一生。"未名四杰"需要研究，他们所接受的小学教育也需要深入研究，明强小学对于我们体认过去那个时代的教育和反思当下教育，可能都是一个极佳的标本。以晚清进士、举人、秀才和受过高等教育的知识精英构成的明强小学师资队伍，是中国传统文化与现代文化的复合体，使"未名四杰"自幼既接受了新式教育，也受到了良好的古典文学熏陶。叶嘉莹先生在《台静农先生诗稿》序言中云："我们从台先生的生平来看，他于1902年出生于安徽霍邱县之叶家集镇，幼年时曾在家乡读过书塾及小学，并没有学习和写作旧体诗的记述。"① 虽然没有记录，但"未名四杰"肯定在私塾及小学就进行过旧体诗的写作训练。除了英年早逝的韦素园外，在台静农、李霁野、韦丛芜的文学创作与研究中，旧体诗词构成了不能忽略的重要部分。作为新文学作家，他们都热衷于写旧体诗。他们自觉地在传统与现代之间担当精神的摆渡人。这与他们的小学教育，不能说没有关系，良好的小学教育为他们后来的文学创作筑牢了根基。

2. 管笠与张目寒、台静农、王冶秋等人的交往

1917年，管笠曾游北京，留下了《游北京中央公园在水榭品茗》等诗。1918年至1920年，管笠在湖南任张敬尧幕僚。在未名社成立的1925年，管笠到北京任许世英的幕僚。《雪庐后集》收入了管笠《忆平会弄筝》一诗，诗后附注云："民十四年闲游北平，适许静仁先生主持全国善后会议，由陈二厂将军介绍，委余顾问。与汪仙舫最相契，时相唱和。汪名汝辑，桐城人，曾任广西多年知县，曾一任阳朔令。阳朔山水甲于桂林，可

① 原载《中国文化》1996年第1期。

谓幸福。会不久结束，许组阁，余遂归里。然余之识许自此始。"
1925 年召开的善后会议是中国近代政治史上一次令人瞩目的会
议，各派政治及军事势力暂时止息干戈，就直奉战争的善后及国
家的恢复重建问题，尝试以和平会议的方式，谋求政治解决。许
世英（字静仁）被任命为善后会议筹备处秘书长，主持会议。
许世英于 1928 年任国民政府赈济委员会委员长，达 8 年之久，
主持全国救灾事务。管笠在振委会供职十六年，"与之终始"，
帮许世英、朱子桥两任委员长"撰各体应酬文字，积有巨册"。
1925 年许世英曾任北京政府国务总理，旋兼财政总长。管笠作
有《和许静仁总长安太夫人原韵》，收入《雪庐诗草》卷九《燕
京集》。《燕京集》的卷首诗为《三月廿三整装北上廿五在六安
道中（乙丑）》，乙丑年即 1925 年。《雪庐诗草》序言写于 1926
年初春。《燕京集》所收入的诗歌主要作于 1925 年，这一年未名
社成立，其成员与管笠来往频繁，仅从管笠的几首诗里便可看
出。管笠记录自己与张目寒、台静农、王冶秋等人交往的诗歌均
收在《燕京集》中，他与张目寒的关系似乎最为密切。《同张目
寒、李晞箸在中央公园桥块山麓撮影》留下了这种见证：

> 寻秋细味园中景，一笑相偎拍照齐。
> 记取天涯鸿爪意，拳崖疏影画桥西。

张目寒（1902—1980），又名贻良、慕韩，先后担任国民政
府中央执行委员等要职，赴台后曾任台湾主管部门秘书长，为于
右任先生的重要幕僚。他雅好书画艺术，与张大千、溥儒、黄君
璧等著名书画家过从甚密，有散文集《蜀中纪游》和《关于倪
云林》《陈老莲的生平》等艺术评论文章传世。张目寒逝世后，
张大千撰写《挽宗弟张目寒》，文曰："春草池塘，生生世世为
兄弟；对床灯火，风风雨雨隔人天。"张目寒虽不是未名社成员，

但他对推动未名社成立起了穿针引线的作用。管笠与张目寒、李晞箬在中央公园游玩，应该在 1925 年秋天，因为诗中出现了"寻秋"之句。管笠作有《四月初七日到京重游中央公园》："四围烟树郁参差，城阙高低日欲斜。嗅到丁香开似雪，八年重看蓟门花。"除了此诗，管笠还作有《重到广德楼观剧》《清宫》《天坛》《城南公园》《三贝子花园见牡丹零落有感》《游颐和园》《雨后游十刹海归复遇雨》《公园即事》《十刹海品茗》等。1925 年 4 月到京后，管笠游了不少景点。张目寒与管笠在中央公园品味园中之景，拍照留影，可见关系非同一般。而《送张目寒赴莫斯科就学》进一步提供了这种佐证：

> 桓侯豪俊快人意，一奋能成万里行。
> 悉比亚遥风正紧，如山积雪绕车明。

张目寒去莫斯科就学，时间估计在 1925 年秋天之后。1923 年 6 月，鲁迅被蔡元培、吴稚晖、陈声树创办的北京世界语专门学校聘为董事，并讲授《中国小说史略》《文艺理论漫谈》等课程。鲁迅在学校授课，一直持续到 1925 年 3 月学校停办，他任教了一年零九个月。张目寒在北京世界语专门学校学习，是鲁迅的学生。张目寒与管笠到中央公园游玩，是在世界语专门学校停办之后。1925 年 7 月 10 日《鲁迅日记》记载："静农、目寒来。"[1] 1925 年 7 月 11 日《鲁迅日记》记载："目寒有麟来。"1925 年 7 月 26 日《鲁迅日记》记载："张目寒及汪君来。"1925 年 8 月 4 日《鲁迅日记》记载："目寒来。"1925 年 8 月 12 日《鲁迅日记》记载："晚张目寒来。"1926 年 1 月 18 日《鲁迅日

---

① 本文引用的鲁迅日记的内容，均摘自人民文学出版社《鲁迅全集》，2014 年版。

记》记载："午后访李霁野，托其寄朋其稿费十二；遇张目寒，托其寄荫棠稿费二。"1925 年春，韦素园、台静农、李霁野、韦丛芜在北平一边求学，一边谋生。在张目寒的引荐下，几位小学同学登门拜访鲁迅，很快打出了"未名社"的旗号。韦丛芜写于 1957 的《读〈鲁迅日记〉和〈鲁迅书简〉——未名社始末记》① 记录了这个过程：

　　最近读了鲁迅先生从一九二四年到一九三六年的日记，又读了他的全部书简，为的是要重温一下他和未名社、和未名社各社员、特别是和我的关系。

　　一九二四年九月二十日的日记记了张目寒把李霁野译的《往星中》送去给先生看，这是最初的关系。目寒和素园、青君、霁野、我都是安徽省霍邱县叶家集明强小学校第一班同班生，这时目寒在北京世界语专门学校读书，是鲁迅先生的学生。一九二五年三月二十二日目寒带霁野去见鲁迅先生，二十六日霁野把我署名蓼南的短篇小说《校长》寄给先生，二十八日先生即转寄郑振铎先生，后来刊登在《小说月报》上，这就是我同鲁迅先生最初的关系。

　　记得大约在这前后，目寒曾把我译的并经过素园对照俄文修改的《穷人》送给鲁迅先生看，蒙修改若干处，但日记上竟未记。四月二十七日目寒带青君去看鲁迅先生，五月九日又带我去。五月十七日目寒又带素园和青君去看鲁迅先生。在这两个月期间，我们五个人都同鲁迅先生认识或发生联系了。七月十三日夜，青君和霁野去请先生写信给徐旭生先生，托介绍素园作《民报副刊》编辑，这时就开始酝酿组织出版社了。我的《君山》也在这时写完，曾由霁野代抄一份送给鲁迅先生看，以后即在该

────────────

① 原载于《鲁迅研究月刊》，1987 年第 2 期。

刊发表一部分。但日记上未记。十月八日鲁迅先生交素园和青君二百元印书费，这是印《出了象牙之塔》和《莽原》半月刊的钱，这时我们四人（素园、青君、霁野和我）也向同乡台林逸先生借来了二百元，于是未名社就算成立了……

韦丛芜文中的"青君"是指台静农（1902—1990），在1925年4月，台静农经由张目寒介绍，初识鲁迅。《鲁迅日记》4月27日记："晚钦文来并赠小说集十本。夜目寒、静农来，即以钦文小说各一本赠之。"这是台静农第一次见鲁迅，从此，两人成为终生挚友。两人在十一年半的交往中，台静农致鲁迅信件有74封，鲁迅致台静农信件有69封，目前保存收录于《鲁迅书信集》中尚有43封。

在未名社成立初期，为了筹措印刷经费，"未名四杰"向台林逸借了二百元。李霁野的《未名社成立始末》一文中也叙述过这件事："我们当晚也就决定先筹起能出四次半月刊和一本书籍的资本，估计约需六百元。我、素园、丛芜、静农从台林逸先生的工资中借了二百元，台先生声明此款不再收回，如果将来叶集开办女学，可将此款捐给他们，但是叶集未办女学，此二百元也就没有再提取出来。"① 1925年，台林逸任阎锡山的参谋主任。李霁野在《我的童年》中回忆："后来一位在山西做过高官的人台林逸，厌恶政治黑暗，宁愿放弃高薪，回乡任小学校长。他为人耿直，很爱打抱不平……"李霁野在致李德中的信中也提及台林逸做过他们的小学校长："我想叶集并不是没有老虎的，明强校长台介仁（人），其子一谷烈士，后任校长台林逸，我的塾师

① 载《文史资料选编（第三辑）》，中国人民政治协商会议北京市委员会文史资料委员会编（1979）。

以后到小学任教的董卓堂……"① 在台介人之后，台林逸曾担任明强小学校长，台静农等人与他是师生关系。李霁野在他的好几篇散文里都对台林逸念念不忘，如在《未名社始末记》中写道："台林逸先生从贫困中回到山西不久。也为我们筹了二百元，使未名社得以成立。"② 1928 年，李霁野曾去过太原，"为找同乡前辈台林逸设法营救一个在南宫被捕的小学同学。这位同乡当时是阎锡山的参谋长"。1925 年，台静农曾去太原，极有可能是去找台林逸借钱。管笠在《送台静农赴太原》一诗中写道：

> 与君相聚久，别我太原行。
> 暑雨怨咨意，山河表里情。
> 文如枚叔贵，气自董生横。
> 多少英雄感，驱车过井陉。

从"暑雨怨咨意"一句，可以判断台静农去太原的时间应该是夏天，正好是"未名四杰"向台林逸借钱的时间。李霁野在《鲁迅与未名社二三事》中写道："1925 年夏晚，静农、素园同我去拜望先生，谈话中他说现在的书局如北新，不肯印行青年的译作，尤其不愿印诗和剧本，因为没有销路。他说想同青年们合办一个小出版社，自己可以筹四百五十元印费，先印自己的一本书，收回成本，自己先不支版税，用来印青年人的译作。我们表示赞成，并说我们三人和丛芜，可以向一位同乡（台林逸，当时在山西工作）借二百元，素园说可以约曹靖华，筹五十元不成

① 《李霁野文集 第 9 卷 书信 生平简表 主要著译发表年表》，百花文艺出版社，2004 年版，第 207 页。
② 《李霁野文集》第 2 卷，百花文艺出版社，2004 年版，第 485 页。

问题。未名社就这样诞生了。"① 李霁野在《未名社始末记》中也回忆是一个夏夜，鲁迅在谈天时建议成立未名社："1925年夏末一天晚上，静农同我访鲁迅先生谈天。先生谈到一般书店不肯印行青年人的译作。特别不愿印剧本和诗歌，因为不容易销售。先生对此很不满，但也没有什么办法，因此建议我们试办一个出版社，只印自己的译作。他可以筹点印费，先印他的一本译稿，以便能收回钱来印我们的书，稿子他可以审阅编辑。这是出乎我们意外的慷慨倡议，我们当然赞成，表示愿意承担出版事务工作。我们自己是拿不出印费的，但不愿让先生独力负担。便由静农和我写信给当时在山西任官职的台林逸先生商量。他很快给我们寄来二百元，作为我们四个人筹的印费。"② 李霁野在《忆素园》的散文里写道："1925年夏季的一天晚上。素园、静农和我在鲁迅先生那里谈天……第二天我们就给台林逸先生写信借钱，他是总愿随时帮助我们的人。我在这里怀着感谢的敬意提到他的名字，没有他，我们的计划不能实现。钱一凑齐，我们就将《出了象牙之塔》付印，于9月间出版；1926年1月我们出版了《莽原》半月刊。"③

　　台静农去太原的时间，应该在1925年7月20日至8月30之间。鲁迅1925年8月23日致台静农的信中曾问："兄不知何时回北京？"④ 鲁迅的书信，表明台静农这段时间确实离开了北京。7月13夜，台静农与李霁野同访鲁迅，酝酿组织出版社。7月19日晚，台静农再访鲁迅。8月30日，与鲁迅、韦素园、曹靖华、

---

　　①　《津沽旧事》，王大川、陈嘉祥主编，天津市文史研究馆编（2005），第119～120页。

　　②　《李霁野文集》第2卷，百花文艺出版社，2004年版，第484页。

　　③　《李霁野文集》第1卷，百花文艺出版社，2004年版，第37～38页。

　　④　《台静农全集·台静农往来书信》，黄乔生主编，海燕出版社，2015年版，第79页。

李霁野、韦丛芜等组成文学团体"未名社"，夜里与李霁野、韦素园、韦丛芜、赵赤坪等同访鲁迅。综合以上分析，台静农确实在这段时间去了太原，目的是找台林逸借钱，开办未名社。

台静农去太原借钱一事，在《台静农年谱简编》以及其他回忆文章中均没有记载，管笠的诗歌为我们留下了记录。管笠在诗中用典，表达了他对台静农才华的欣赏之情。西汉辞赋家枚乘，字叔，故叫"枚叔"，刘勰称"古诗佳丽，或称枚叔"（《文心雕龙·明诗》）。董生是指西汉著名思想家董仲舒。"文如枚叔贵，气自董生横。"管笠在这里用枚乘与董仲舒来类比台静农。《燕京集》还收入了另外一首写给台静农的诗《赠台静农》：

> 长安一见心相许，往复情如万顷波。
> 今日读君诗竟好，淮南佳气属君多。

此诗也写于1925年，"淮南佳气属君多"一句，形容台静农这一段时间的生活与创作非常贴切。1922年9月，台静农考取北京大学研究所国学门旁听生资格。民国十七年《霍邱县志》对"未名四杰"的毕业院校均做了记载，韦崇文（韦素园）北京俄文学校毕业，韦崇武（韦丛芜）、李继业（李霁野）北京燕京大学毕业，台静农国立北京大学毕业。北京大学毕业生中还有四位霍邱同乡，其中一位是管笠的族侄管传桢。台静农于1924年暑假回家，1925年春节过后，由故乡回到北京。在半年时间里，台静农在家乡搜集了大量民间歌谣。1925年4月5日，台静农将所辑歌谣编为《淮南民歌第一辑》，在北大《歌谣》周刊第八十五期上开始连载，其后续登四期，共收113首。从管笠写给台静农的赠诗内容看，他对台静农的创作与采集淮南民歌的情况都非常了解。从1925年起，台静农与鲁迅也"一见心相许"，结下亦师亦友的关系。1926年台静农辑录了关于鲁迅的评论资料，结集为《关于鲁迅及其资料》。这是新文学以来第一本评论鲁迅的论著。鲁迅编选《中国新文学大系·小说二集》时，特意以自己的小说发端，而以台静农的小说《天二哥》《红灯》《新坟》和《蚯蚓们》殿后，该书中一人名下选取四篇的只有台静农、陈炜谟和鲁迅自己。鲁迅在《〈中国新文学大系·小说二集〉序》中对台静农的小说给予了高度评价。在台静农的小说集《地之子》出版后，鲁迅也称赞它为"优秀之作"（《二心集·我们要的批评家》）。

管笠 20 世纪 50 年代初期写过一组《台湾杂诗》，其中三首加了尾注："访季丰静农寓屋"：

> 侏离人语半咿呕，耳不能明作字求。
> 百物尽随昂价购，似憎外客闪双眸。

> 百果斑斓满市场，西瓜早熟润肝肠。
> 地偏潮湿多蒸暑，午热如汤晚变凉。

> 有山有水带乡风，万顷青秋一望中。
> 最爱小桥回首处，村村绿带夕阳红。

季丰系管笠的族侄管传镠（1905—?），册名琛，字季丰。系管笠叔伯兄弟管厚忱的第四子。管传镠毕业于国立中央大学农学院森林科，曾任宜昌第二乡村师范农场主任兼教员、武昌私立三楚中学农场主任兼教员。管传镠去台湾的时间，与管笠差不多。他与台静农的住所在一起，可见关系较密。

未名社成立的 1925 年，管笠与来自故乡的这帮文学新人关系密切。未名社的霍邱人，除了"未名四杰"台静农、韦素园、韦丛芜、李霁野外，来自霍邱城关的王青士、王冶秋、李何林也曾加入过，成为未名社的非正式成员，在文学事业上也各有建树。1923年夏末，十四岁的王冶秋（1909—1987）随胞兄王青士离开家乡来到北京求学。王青士考入俄文法政学校。王冶秋先考入志成中学，不久转入英国英文补习学校。王冶秋结识了瞿秋白之弟瞿云白及同乡韦素园、张目寒、台静农等。几年之后，王冶秋还成了台静农小说中的主要人物。1924年，15岁的冶秋由同乡张目寒介绍，加入了李大钊领导的国民党"左派"。1925年春，王冶秋就读于西山中学，带领学生参加了孙中山逝世的悼念大会。1925年末他加入中国共产党。1925年韦素园在沙滩红楼对面的新开路五号租了一间小南房，8月，一个在鲁迅扶掖下的文学社团未名社诞生了，而这间阴湿小屋就成为未名社最初的社址。入冬，未名社的牌子尚未挂出，鲁迅译的《出了象牙之塔》却已经出版了。此时王冶秋时常来韦素园处，帮忙推销。而未名社的期刊《莽原》在鲁迅的主持下成为当时青年最喜爱的刊物之一。此间，韦素园和台静农去西城阜内西三条21号鲁迅住处请教时，经常带上王冶秋同去。王冶秋后来著有《民元前的鲁迅先生》《琉璃厂史话》等，《王冶秋选集》收入小说、散文、诗歌六十七篇。王青士和李何林曾在未名社做过校对、印刷方面的工作。王青士为未名社出版的《第四十一》《蠢货》《建塔者》等作品做过封面设计。他为《烟袋》（曹靖华译）一书设计的封面，立意新颖，风格独特，深受鲁迅先生的赞赏。1931年，王青石与林育南、柔石、胡也频、殷夫、冯铿等人成为著名的龙华二十四烈士。1925年，管笠与王冶秋等人的交往，在《王冶秋传》里也找不到任何记载。管笠的诗歌《代王冶秋拟贺李晞箸新婚》，却为他们的往来留下了珍贵的记忆：

比翼鸾凰下九阊，梅花香阁梦初温。
少年乐事知多少，第一还须让大昏。

合卺筵前笑语哗，来宾相与赋宜家。

李唐赵宋天潢远，并蒂能开富贵花。

漏尽人稀烛影微，云垂鬌髻腻情肥。

定知首夜温馨语，生为卿卿废学归。

柔情一夕恩成海，数月绸缪别更难。

转盼春初折杨柳，高楼日日望长安。

　　16岁的王冶秋，请同乡前辈诗人管笠代笔赋诗，祝贺李晞箸新婚，可见两人过从甚密。"李晞箸"这个名字也出现在管笠的另外一首诗歌的题目中：《同张目寒李晞箸在中央公园桥塊山麓摄影》。管笠与李晞箸、张目寒、王冶秋之间都有频繁的接触。管笠作过《赠李曦箸》："目光炯炯如流电，心绪层层似叠缣。独具内心涵量远，春华秋实两能兼。"李曦（晞）箸其人，尚待考证，疑为李宗邺（1897—1993），字若梅，是蒋光慈少年时代在白塔畈万春生药店结拜的兄弟，蒋光慈入安徽省立第五中学读书就是李宗邺介绍的，李宗邺当时担任安徽省立第五中学（校址在芜湖赭山）学生自治会会长。民国《霍邱县志》记载李宗邺毕业于"安徽省立第五中学"。1918年，李宗邺与胡苏明、吴葆萼、台逸谷（台介人之子）、蒋光慈和钱杏邨（阿英）、李克农等人成立安社（"安"即"安那其"的简称），出版油印小报《自由之花》，由李宗邺和蒋光慈主编。五四运动时，李宗邺曾为全国学生总会安徽省学生代表，1922年加入国民党，历任国民党南京市党部执行委员、安徽省孙文主义学会理事长、中华法政大学历史系教授、中央陆军军官学校政治教官、国民党安徽省党部主任秘书、广州市政府政治委员。生前为辽宁大学教授。著有《中国历史要籍介绍》《彭玉麟梅花文学之研究》《满江红爱国词百首》《注释中国民族诗选》《孤鸿吟诗集》等。1985年，李霁野与这位乡兄有多封书信往来，畅叙旧情。①

1925年的夏天，管笠与一帮霍邱同乡凑钱饮酒，作《同乡诸君子酿酒饮余作长歌答之》。他首先惭愧自己"少不封侯已老腐，驱车进入幽燕土"。管笠接着感叹春秋时期楚国令尹（国相）孙叔敖在霍邱留下丰功伟绩后，再没有出现杰出人士："吾霍地脉本丰饶，孙敖去后无贤豪。东湖西湖皓如月，飞旗插顶淮为尻。"与家乡的这帮学子相聚，管笠终于看到了希望所在："所幸佳气苍然来，满目斑斓皆杞梓。""十万横磨待学子，千秋信史有传人。热尘滚滚暑方厉，诸公各具骞腾志。"管笠对来自家乡的这帮小老乡寄予厚望，台静农、李霁野、韦素园、韦丛芜、王青士、王冶秋以后都成了杞梓之才。这帮老乡里，可能还包括蒋光慈。

1925年4月，蒋光慈与管笠差不多同时到达北京，他是受党中央派遣参加中国共产党北方区执行委员会的工作。5月中旬，经北方区党委负责人李大钊介绍，蒋光慈往张家口冯玉祥处，担任苏联顾问的翻译。夏，在北京与赵世炎一起介绍私塾同学李云鹤加入中国共产党。当时，管笠的族侄管传镕也在北京求学。管传镕（1900—?），管厚忱第三子，册名琦，字叔陶，北平国立农业大学毕业，历任绥远农林试验场场长，安徽省立第三第五职业学校教员、第四职业学校校长。民国《霍邱县志》记载："管

---

① 1985年6月，李霁野在致李宗邺的信中写道："惠书始知嫂夫人仙逝，伉俪情笃，悲伤自是难免，惟望宽怀珍重，以现时天伦之乐自慰。静农蛰居台北，久未通信，晤谈瞬息，仅在梦中，老杜梦李诗篇因此备觉亲切。书艺一册由海外辗转传来，展观如晤故人，亦一小小安慰。彼所著小说二集，国内已重印。今日能得适当评价，亦一佳事。弟之文集尚未整编完毕，佚失者四分之一……"（见《李霁野文集》第9卷，百花文艺出版社，2004年版，第347页）从信中可以看出，李霁野、台静农等人与李宗邺乃是年轻时的好友。

琦，国立北京农业大学毕业。"管笠的诗歌《别叔陶侄暨李鹤樵裴仲鸿》云："相送依依出郡城，三千里外见乡情。"从时间地点上看，李鹤樵疑为李云鹤。在蒋光慈介绍李云鹤入党的同时，7月20日，宋若瑜来京，与蒋光慈确定爱情关系。8月6日，宋若瑜离京。10月，蒋光慈由张家口去南京，然后抵达上海。旅居北京和张家口期间的蒋光慈写作了《北京》等诗歌与中篇小说《少年漂泊者》。收入《燕京集》的诗歌《七月初一赴张家口》《张垣眺雨》《张垣逢七月初三生日》、《赐儿山》，记录了管笠游览张家口的行踪，表明管笠在七月初可能去那里找过蒋光慈。张家口又称张垣。管笠在张家口度过了五十二岁的生日，并游览了张家口峰峦秀丽的赐儿山。蒋光慈与韦素园、台静农、李霁野也堪称故交。1921年初，蒋光慈曾步行四十余里，从白塔畈到叶集拜访过李霁野、台静农和韦丛芜，当时韦素园不在叶集，在上海"外国语学社"学习俄语。不久，蒋光慈也到上海入了"外国语学社"，与韦素园成了同学。1921年夏，蒋光慈和刘少奇、任弼时、萧劲光、韦素园、曹靖华等同赴莫斯科学习，一路历经艰险，行程三月有余。民国《霍邱县志》记载，"蒋宣恒，莫斯科东方大学毕业"。蒋光慈学名用过蒋如恒、蒋宣恒，还有侠生、侠僧、光赤等诸多笔名。1924年初夏，蒋光慈由莫斯科返回北京，在学生公寓里见到韦素园、台静农、李霁野、韦丛芜等同乡。1925年夏，蒋光慈与李霁野等老乡再次见面。1926年暑期，李霁野回家乡省亲，途经上海还专门看望蒋光慈。1925年在京期间，管笠与蒋光慈、韦素园等老乡的交往史实尚待发掘考证。这一年的北京，对于霍邱的一批文人，具有特别的意义。

第二十三章　李梦庚家族：
被篡改的诗人和易学家

在窦氏家族的姻亲中，李梦庚家族较为出名。

李梦庚虽是"华东最大地主"，但关于李梦庚家族的真实资料，却十分有限。民国十七年《霍邱县志》载，李梦庚的父亲李鸿祺于光绪二十九年（1903）中举，"尽先选用主事"。李鸿祺以"乡试中式第二十一名"中举，他的朱卷，对我们研究李氏家族1903年以前的历史具有重要史料价值。据朱卷记载，李鸿祺家族的"始祖应聪明洪武二年（1369）由山东迁霍"。而当下关于李梦庚家族的资料，均标注其祖先从甘肃迁至霍邱。如安徽作家流冰的《探访霍邱李氏庄园》："资料显示，李姓于明朝年间从甘肃迁至霍邱，其庄园建筑风格受山西等北方地区庄园的影响较大，这一点可以从建筑中的雕刻等细节中反映出来"。从山东迁到霍邱的李氏家族，到了李鸿祺这一辈，已经繁衍到了第十五世。李鸿祺字翼亭，号幼程，同治丙寅年（1866）二月十七日出生。李鸿祺中举的1903年，李梦庚尚幼。

从李鸿祺的朱卷看，李氏家族也堪称书香世家。八世祖为庠生（秀才），九世祖、十世祖、高祖均为太学生（在国子监读书的生员，亦是最高级的生员），曾祖李华本为国学生。李鸿祺的母亲刘氏系秀才刘选一的女儿、贡生刘贯一的胞侄女。李鸿祺的胞兄李鸿谟，字远亭，附贡生，候选同知；胞兄李鸿文，字渐亭，监生，湖北候补知县，勋西县知县，钦加同知衔。

李鸿祺的父亲李图南，"字程九，湖北候补县丞，补缺后，以知县用，五品衔，赏戴花翎，诰封中宪大夫，隐居不仕，慷慨好施，捐修邑西沣河义渡，奉旨旌表，乐善好施，照例建坊，顺直赈捐，倡首轮，安徽巡抚陈彝奖'以仁安人'匾额，重建皖豫通衢之紫河桥，行旅称便，固邑邻里撰有碑记"。陈彝于光绪十二年（1886）至十四年（1888）任安徽巡抚，为李图南颁"以仁安人"牌匾。1928年《霍邱县志》卷十二也有同样记载：

> 李图南，字程九，湖北候补县丞，美须髯，仪观甚伟。咸丰中首筑寨，结团一方，胥赖保全。性俭朴，而于修桥梁、施医药、设义塾诸事终身行之不怠。又尝析产以畀戚族不能存者。光绪丁亥，倡义捐助，赈顺直灾，皖抚陈彝奖"以仁安人"匾额。邑西沣河渡，皖豫要冲，宽逾十里，为买舟设义渡，捐置田亩九顷，行旅颂之。邑令上其事于朝，旌以乐善好施，并准建坊。子鸿文，见"仕籍表"；鸿祺，见"选举表"。

李图南乐善好施，热心于修桥梁，施医药，设义塾。在沣河设义渡，捐田九顷。光绪皇帝"以创立义渡，予安徽霍邱县分发湖北县丞李图南建坊"。

李鸿祺朱卷"胞伯"一栏里，有胞伯二人：李照南、李道南。先说李道南，李鸿祺朱卷载，胞伯"道南，字丙山，候选参将，钦加副将衔，赏戴花翎，在营积劳病故，奉旨从优议恤，恩赏祭奠银两，遣官致祭予荫袭世职，诰授武显将军"。

据同治八年（1869）《霍邱县志》记载："李道南，俟先候补参将。同治六年，安抚宪英片奏，俟先参将李道南，随营有年，屡立战功。由怀庆追贼至太和，昼夜兼行，积劳过重，在营病故。恳将参将李道南追赠副将衔，即照副将立功后在营病故例从优议恤，奉旨准加副将衔，交部从优议给恤银五十两，减半祭奠银二百两。一次减半祭银十两，给予伊子八品监生，遣官读文致祭。祭文由内阁撰拟，行知该故员家属钦遵在案。"

同治六年，安徽巡抚英翰奏请从优议恤李道南，追赐副将，其曾祖父李永发、祖父李华本、父亲李培才于同治六年被朝廷赐封为武显将军。其子李鸿志，授八品荫生。

无论是李道南，还是李照南，清朝大臣英翰都与他们有过交集。英翰（1828—1876），满洲正红旗人，字西林。道光进士。曾任霍邱知县、安徽巡抚、两广总督、乌鲁木齐都统，是晚清历史上因镇压太平天国、捻军起义而成名的督抚之一。他俘捻军领袖张乐行，参与剿灭苗沛霖，招降马融和，捕杀太平天国辅王杨辅清。左宗棠挽英翰："遗诀酸辛，嗟膝下无儿，堂前有母；殊勋彪炳，看大江东去，冷岭西来。"关于他的事迹《清史稿·列传》及其他相关的著作均有记载。英翰去世后，清廷赠太子太保，复勇号，赐恤，谥果敏。在镇压太平天国、捻军时，李道南是英翰手下的一名重要将领。

始建于清朝咸丰六年（1856年）的李氏庄园，2006年被批准为全国重点文物保护单位。李氏庄园即李家圩（李家西圩），位于安徽省霍邱县马店镇西3公里西圩村，庄园占地70多亩，房屋最多时有430多间，现存房屋86间。李氏庄园的门楼屋顶为五脊六兽。五脊六兽是中国宫殿式建筑。在古代，"脊兽"被赋予了等级意味，除宫殿署衙庙宇外，民宅不得安脊兽。有特殊功名的，由皇帝特批敕建。安兽之脊叫作"仪脊"，以示殊荣。李道南是有特殊功名的人，李氏庄园的"五脊六兽"可能是同治、光绪年间所配。李氏庄园的主体建筑，应该是同治、光绪年间所建。

1992年《霍邱县志》记载，清代咸丰年间，"当时掌管李家财产的是李道南、李亚南、李图南弟兄三人，人们背后称他们'大老道''二老道''三老道'。他们十分迷信风水，在选择建圩地址时，遵循'靠山出人，近水出财，金银都归洼处来'的观念，将圩址定在青山环抱、绿水环绕的平畈中央。背靠银珠山，面对马鞍山，东傍长山，西倚煤山，且有泉水堰、煤山堰两溪，从东西两方汇流圩前，环李家祠堂，绕马鞍山东流入城西湖。风水先生称此处为'藏龙卧虎'之地"。1992年《霍邱县志》所附的"李家圩世系表"显示，李道南"咸丰中自办团练任练总，镇压捻军有功封为候补参将，同治时追赠副将"；李亚南"咸丰年间任阜阳三里湾税卡官，因贪赃枉法被斩首示众"；李图南"湖北后补县丞"。李亚南为什么会被"斩首示众"呢？1992年《霍邱县志》给出了绘声绘色的描述：

同治二年（公元1863年），英翰因镇压捻军有功升任颍州知府，李亚南前往投靠，当上阜阳三里湾卡官（税务官）。他拦路、沿河设卡，对来往客商、船户肆意加征苛捐杂税，甚至没收其财物，捞了不少黑心钱。遂在阜阳、颍上购置房地。船民、商人及当地市民对他恨之入骨，曾多次向官府控告，因有英翰庇护，不仅未告倒，李亚南反而变本加厉地横征暴敛。为铲除这个恶棍，船民们商定，轮流守候在码头上，等待出京的大官，向上控告。据传等候三年，终于等到文华殿大学士、分管吏户刑三部的大臣周祖培的亲眷，由京城回河南商城省亲。船民们殷勤接待，船快到三里湾时，船民假称要起大风，请求将"执事"收起，扯满篷帆，驶过三里湾也未停靠。李亚南以为是大商船想逃税，随派兵乘船追赶拦截。上船随意搜查辱骂，对年青女眷进行调戏。事发后，刑部派员严查。商民、船民、市民也纷纷控告李亚南种种恶迹。按清朝法律，本应抄家斩首。但英翰在奏折上只说"该员以官为家"，结果只将李亚南一人斩首示众。据当地知情人说：李亚南死后运回本地时，有尸无首。李家请一木匠雕刻一个木质人头（一说做一个面头）安放其尸上，而后埋葬。

这是一段伪造的历史与事实。现在关于"李道南、李亚南、李图南弟兄三人"的资料，多为胡编乱造，其实历史上并不存在"李亚南"这个人，"李亚南"是对诗人李照南的篡改与歪曲。当代关于李家庄园的所有文献，几乎都采纳了"李道南、李亚南、李图南"的说话，比如河南作家陈峻峰在《三次去李家花园》中写道，"遥想清代咸丰年间"，"清廷武显将军李培才之子李道南、李亚南和李图南兄弟三人，站在跑马岗的高坡上"，"李道南一只手挽着丝绸长褂，另一只手指向了远处青山环抱、绿水绕流的大野平畈的中央，没有说话。但兄弟们从心里已经有了共同的认定：未来的一个浩阔的李氏庄园，就将在他们大哥手指的地方实施营建，平地而起"。陈峻峰显然也认定李道南是李培才的长子，李亚南是次子。

李鸿祺朱卷"胞伯"一栏里，有胞伯二人：李照南、李道南。加上李鸿祺的父亲李图南，是兄弟三人。兄弟三人排行为：李照南、李道南、李图南。"胞伯照南，字君山，岁贡生，署石埭县训导，钦加提举衔，诰授奉直大夫，著有《伴鹤轩诗稿》待梓。"同治八年《霍邱县志》卷九《选举志·贡生》载："李照南，十一年府庠岁贡，候选训导，现署名石埭县教谕，加提举衔。"民国十七年（1928）《霍邱县志》记载：

李照南，字君山，岁贡生，幼学京氏易，善星算，能望气，占灾异不爽。咸丰纪元，粤匪初讧，祸未及皖，照南曰："长淮南北劫将至矣！"携家避秦中居年余，忽谓土人曰："此地将大乱，曷早为计。"皆以迂腐目之，不之信，后果验，人服具先见焉。同治中，任石埭县教谕，解组归。皖抚英果敏翰深器重之，将为改官，立辞曰："教职乃儒生之素，升迁非本志也。"遂归隐自适所，著诗俱艺文中。子鸿济，邑廪生。

民国《霍邱县志·艺文志》载，李照南著有《伴鹤堂诗稿》。可见，李照南是一位诗人，可惜其诗歌已经散佚。但李照南的个人历史已经被真实地还原了，证实"李亚南的故事"纯属虚构，那些关于一个诗人的谣传也不攻自破。2016 年，笔者的小学老师、作家穆志强先生在李氏庄园二道门楼上方的横梁上发现二组篆字，出自《诗经·小雅·天保》，即"如山、如阜、如陵、如岗、如川之方至、如月之恒、如日之升、如松柏之茂、如南山之寿"，让我们看到了建筑与诗歌的结合。

同治年间，李照南任石埭县教谕。明清时代县设县儒学，是一县的最高教育机关，内设教谕一人，另设训导数人。石埭县当时属于安徽省池州府，直到 1959 年才被撤销，并入太平、祁门县。从石埭县教谕卸任后，安徽巡抚英翰准备晋升调任李照南，但他不为所动，隐居不仕，著诗立说。

李照南"幼学"的所谓"京氏易"，是指西汉著名学者、易学家京房所创立的京氏易学，京氏易学以善明灾异而闻名于世，企图建立起宇宙或天地间一切事物相互关联的模式，并企图从其可能建立的模式中解释和预测一些事件的发生。"占灾异不爽"的李照南，无论如何，也占卜不到自己会被丑化成被"斩首示众"的阜阳三里湾税务官。

李氏庄园的选址、布局、建筑技艺和砖雕、木雕、石雕都体现着易学文化，无处不浸润着《易经》的智慧，可能与李照南有很大关系。

李氏庄园四面依山，门向朝南，面对平畈，山间清泉浸出，汇入护城河内。选址布局采用向阳视生原理，体现在住宅的建筑布局上，强调向太阳、利生命的观念，与易学的"观物取象""法天象地"原则相吻合。《易传·象传》中强调"豫，顺以动，故天地如之"，所以建筑也应顺应山势、水势，顺应自然，体现顺天而行的原则，向阳背阴就是效法自然。

在李氏庄园中院三道门内，又对称地分东西两院，门楼上有砖雕。东院刻"素履"，西院刻"行恒"，字体苍劲有力。"素履"出自《周易·履卦》："初九：素履往，无咎。象曰：素履之往，独行愿也。""行恒"出自《周易》六十四卦中第三十七卦："象曰：风自火出，家人；君子以言有物而行有恒。"李家庄园中院大客厅对面的照墙上，刻有斗大的"知命乐天"四个篆字，语出《周易·系辞上》："乐天知命，故不忧。"

通过李家圩第一座吊桥进入圩内，前排耸立三座门楼，按易学九宫构思布局，分东、西、中三道大门，门楼三间距离相等，门楼各为三间，共九间。李氏庄园二道门楼上方的横梁上发现二组篆字，是《诗经》中的"天保九如"。李氏庄园一般房屋的台阶三至五级，西院堂楼的台阶为九级。这天阳之数"九"也就来源于《周易》乾卦中的"九"。在中国古人的观念里，奇数为阳，偶数为阴，而奇数里最大的数字是"九"，"九九归一"，故而古人对"九"这个数字特别重视，认为"九"可以代表阳气最盛。《易·文言》传中说："乾玄用九，乃见天则。"《楚辞·九辨》序中说："九者，阳之数，道之纲纪也"；《周易》是中国符号学的起源，其中的八卦是一套完整的符号系统，八卦中的每一卦都代表了一个符号，象征一定的信息，李家圩由于深受易学的影响，因此极具符号及象形优势。

李家圩整个建筑布局，与《周易》中的神秘数字"三"联系紧密。李家圩一寨分三宅，一宅分四院，一寨三宅都是采取走过式一线穿珠，从头道大门向纵深踱近，中经四道大门，直到后堂楼，完全贯穿三条轴线。通过第一座吊桥进入圩内，前排耸立三座门楼，分东、西、中三道大门，门楼各为三间。纵深向内过第二道吊桥，到第二道大门，建筑格局与前排基本相同。第三道大门，建有三个院子，每院建有正堂楼、东堂楼、西堂楼。第四道大门内，中、东、西三个院子都在一条横排线上，中院有三间客厅，东西中三院，都修有砖井，共三口。这种建筑布局与易学的关系都密不可分。《易经·说卦》："是以立天之道，曰阴与阳；立地之道，曰柔与刚；立人之道，曰仁与义。兼三才而两之，故《易》六画而成卦。"大意是构成天、地、人的都是两种相互对立的因素，而卦是《周易》中象征自然现象和人事变化的一系列符号，以阳爻、阴爻相配合而成，三个爻组成一个卦。"兼三才而两之"成卦，即这个意思。《易传·系辞下》："有天道焉，有人道焉，有地道焉。兼三才而两之，故六。六者非它也，三才之道也。"《周易》最早、最明确、最系统、最深刻地提出了"天、地、人"三才之道的伟大思想。"三才之道"影响深远。老子的"三生万物"思想，实质就是三才生万物的思想。《周易》本身与数字"三"也似乎特别有缘，八卦中的每一卦都是由三个爻组成，这是最直观的感受。

李氏庄园门楼屋顶为五脊六兽，正脊两端塑有砖烧龙头，龙须直探霄汉，仰天长啸，十分威严。中国的古建筑物是由一条正脊和四条垂脊组成，统称五脊。在五脊之上安放六种人造的兽，合称"五脊六兽"。正脊两端的兽叫"龙吻"，叫"吞兽"，是镇脊神兽。《周易》对龙做了完整系统的论述，并赋以哲学的含义。八卦中整体用龙来说明的就是乾卦，也是《易经》的第一卦，以龙的变化来揭示凶吉利害和人事变化。《乾》卦描绘了龙的一系列状态：龙或潜伏不露（潜龙），或翔于天空（飞龙在天），或在田中出现（见龙在田），或在水中跳跃（或跃于渊），或使身子伸直（亢龙），或把身子卷起来以至见不到头（群龙无首）。

易学原理对建筑学有着深厚的影响，成为古代建筑思想的灵魂。因为有"善星算，能望气"的李照南，李家圩建筑的布局、设计等都以易学理论为指导，也就不难理解了。对于研究古代建筑与易学之间的关系，李氏庄园为我们提供了一个极佳的标本。通过解读李鸿祺的朱卷与民国《霍邱县志》，还李照南作为诗人与易学研究者的本来面貌，我们也就明白了李氏庄园在建筑文化方面的真正内涵。